中国湖 上

杜杜

EVERSPRING PUBLISHING

EVERSPRING PUBLISHING

中国湖 上
China Lake Vol 1

COPYRIGHT 2018 by Dudu (Zhanqing Du)

Published by
EVERSPRING PUBLISHING
OTTAWA，ONTARIO，CANADA
everspring2017@yahoo.com

ISBN 978-1775128847
ISBN 1775128849

zhanqingdu@yahoo.com
Facebook: Du Zhanqing
Twitter: zhanqingdu

220,000 Words
Printed in the U.S.A
This edition first printing, Sep 2018

摄于二零一八年八月

作者简介：

　　杜湛青，常用笔名杜杜。毕业于中国山西大学法律系，后出国深造，先后就读于芬兰赫尔辛基大学社会心理学专业、加拿大多伦多美容美体专科学院、加拿大渥太华大学软件程序设计专业。曾经商、从事文职、Spa 管理、健身教练等职业。为当地华文报纸撰写"杜杜笔廊""杜杜之窗"等文艺性专栏十余年。海内外平面纸媒发表文字逾两百万字。作品被收入多种作家文集。小说、散文、诗歌屡次荣获美国汉新文学奖、中国散文年会华语创作文学奖、台湾林语堂文学奖、加华文学奖等文学奖项，多次获得首奖。海外华文女作家协会会员，加拿大华裔作家协会会员，加拿大中国笔会理事。

　　杜杜珍爱生活，积极乐观，笃信以爱为本。重视家庭。兴趣爱好广泛，擅长体育运动、歌唱、烹饪、毛线编织、服装裁剪、园艺、绘画等。积极参与社区义工活动。凡事脚踏实地。热爱在文字中做一条自由的小鱼，游荡于没有边际的生活海洋，享受风平浪静，亦直面狂风暴雨。相信精神的自由与独立，高于一切。

出版中英文书籍：

散文小说集《青草地》

诗集《玻璃墙里的四季歌》

随笔散文集《杜杜在天涯》　　　　淘宝、当当等中国网站均有销售

中长篇小说集《不吃土豆的日子》　Amazon 国际网有售

短篇小说集《玫红色的艾玛》　　　Amazon 国际网有售

新诗集《上帝之棋》　　　　　　　Amazon 国际网有售

散文集《大路朝天》　　　　　　　Amazon 国际网有售

英文诗集《When a poem speaks》　Amazon 国际网有售

新诗集《一叶书签》　　　　　　　Amazon 国际网有售

长篇小说《中国湖》上　　　　　　Amazon 国际网有售

长篇小说《中国湖》下　　　　　　Amazon 国际网有售

古体诗词集《草色入帘青》　　　　Amazon 国际网有售

Amazon 购书英文搜索词："Dudu Anthology" "Dudu's fiction" "Zhanqing Du"等均可。

杜杜个人微信号：　　　butterflydudu
杜杜微信公众号：　　　杜杜天下
杜杜邮箱：　　　　　　zhanqingdu@yahoo.com
杜杜 twitter　　　　　zhanqingdu
杜杜 facebook:　　　　Du Zhanqing

献给默默支持我的家人

岁月和记忆
融入血液
分秒不离

《中国湖》自序

海外生活，十几载有余。求学，择业，搬家，工作，生育教养子女。做好贤妻良母是我与生俱来的本领，不论怎样在法律、社会心理学、计算机、美容美体等领域辗转求学，也不论怎样在商业、管理、文书、美容、健身等行业摸爬滚打，最终的定位简简单单地落在一个"家"上，一个使我安心、安神、安静、安详的地方。远离嘈杂，我行我素的我一直在平静地做着自己。对方块字的热爱使我持久地与它相依为命。在一块靠英文生存的土地上，方块字的堆砌无法制造牛奶和面包，这个缺失，却从未阻挡我对她的忠诚。

脚踏实地、吃苦耐劳，一贯是我崇尚的品性，自然而然，我把它融进自己的血液和生活里。从小就被人冠以天生丽质的帽子，我却从不曾躺在美貌与才艺的花床上坐享其成。我选择做自己的主人，用自己的双手创建生活，用自己的头脑引导生命的走向。无论在飘渺虚幻的精神世界还是在近在咫尺的现实生活中，我都是一个态度老实绝不偷懒的实干家。

家庭美容的工作性质给我近距离接触众多中西女性的契机，客久为友，很多隐私生活在长达十几年的"闺蜜式交流"中变得清澈透明。我是一个良好的倾听者，也是一个温柔的建议者。个性的温良纤柔善解人意，为我赢得了数不清的"密友"，很多人为了倾吐的快感和免费的开导来见我，给我戴一顶"心灵安抚师"的帽子。有时，我感觉自己的富有几乎成为负担。我如同一幢大楼的房屋管理者，每户的钥匙我都有备份，租户允许我常常进入他们的家中查验卫生、修检水电、观看家居摆设、饮酒喝茶。当别人的生活和自己的判断与思想时常交汇时，人的感觉是充实伴着沉重、欣喜伴着疲惫。好像一个花园里四季的鲜花同时开放，这样旺盛的盛开令人喜不自禁，那反常的拥挤却又显得杂乱无序。

点滴生活、点滴感悟在日升日落中日积月累，个体小生活在岁月的摩挲中逐渐形成一个社会大生活的图景。我渴望把不同人生所遭遇的迥异生活画面分类归纳、撰文成册。真实故事背后，莫辨的人性、意识领域的彷徨、琐碎生活所蕴含的美好与丑陋，常常会令我心灵颤抖、扼腕叹息。世界的日新月异正使得人们在道德、家庭、爱情、公义、性别等方面失去标尺，一切不能再用过去的目光简单地给出"对"与"错"的答案，人性的复杂在社会变革与文化冲突中显得更加尖锐。很多夜晚，没有结论的思考掠夺着我的睡眠。但无论世界变得如何混沌没有规则，我固执地相信，人类生活永远不会脱离柴米油盐酱醋茶这些基本元素，人生的追求也无一不是在为更美好的生活而奋斗不息。美丽的爱情、和睦的生活、无私的品格、积极健康的社会，永远是人们所渴望的，不论在故乡还是在他乡，不论在钻木取火的原始社会还是在信息时代高速运转的今天。而人类在精神渴求中所遭遇的苦闷彷徨、在人际关系中所面对的牵牵绊绊、在文化碰撞中所面对的矛盾和挑战，千百年来，总是世代重复、永不停歇。

所见、所听、所想的移民群体在异国他乡经历的文化冲突、心理冲突、人性冲突，与我朝夕相伴，点燃着我的写作欲火。希望把中年知识分子华裔移民的总体生活状态以文字呈现出来的渴望，如同一粒种子，逐渐生根发芽。这是一株耐心的植物，一长就是多年，缓慢执着。散文、随笔、诗歌不足以装盛一个庞大的宏观画面，长篇小说于是成为唯一可能使用的文体。用虚构曲折的故事来从多层次多角度展示全方位知识移民在"卧春城静湖区"的生活，渐渐发出嫩芽。动笔之前，"中国湖"这个名字，已经在我运动、做饭、工作、闲聊、旅游、睡眠时毫无预示地在头脑中疏忽闪现，黑色粗体字，醒目而温暖。终于有一天，这棵植物的生长必须冲破我的胸膛，跳到屏幕上来，才能让我舒展地呼吸，也才能让这棵旺盛的树苗有望开花结果。二零一三年初，我开始动笔写作《中国湖》。

《中国湖》上部写了一年。工作着，上有老下有小，责任缠身，操心劳力，挤出时间来写作长篇是一种不可想象的奢侈和艰难，我不知道自己是怎样做到的。几乎不看电视，经常在社交网络上闭关。"见缝插针"是我的写作状态，所有零散时间，都无比珍贵。我以分钟计算着时间，还有一小时二十五分钟，好，立刻动身。车子在开往图书馆的路上，大脑已经在复习上次写到哪个情节，并思考着下面该如何继续。一家老小一日三餐，几乎顿顿都是我亲手烹煮，电脑就摆在熬粥的灶台上和炒菜锅边。我给孩子安排了丰富的课外活动，等待接送孩子时，笔记本电脑永不离身。我管我的车子叫办公室，坐在方向盘面前，座位移到最宽状态，窗户半开，在微风和草叶的气息陪伴下，我敲打着键盘，和我创造的人物们同欢喜共悲伤，等待孩子下课。这时的效率往往出奇地高，写作的幸福感霸占了我的每寸情绪和思想。甚至陪家人看病，我都会在候诊室拿着小本子记录新的构思与情节设计。家、图书馆、车子，如果它们有生命和记忆，一定记得我随着作品情节的发展、伴随着人物的喜怒哀乐所发出的笑声和流淌的眼泪。

上部最后一章写完时，我坐在图书馆里，面前一扇大窗，早春的树木刚刚发芽，面对新鲜的绿意，泪水哗哗流淌，眼睛生疼，一个多小时无法停歇的眼泪擦洗着写作的艰辛。二十二万字，写得很累。一页一页翻着屏幕，我简直无法相信，《中国湖》上部已经结束，我所创造的这个世界如此真实地在眼前呈现，故事却刚刚拉开帷幕。

之后，歇了一年，我在古典诗词里游荡，以格律诗词的写作来缓解长篇创作的辛苦疲乏。这停滞的一年，信息时代的发展突飞猛进，我前所未有地感觉到自己落后于时代的惶恐不安。观望着大爆炸式的信息，微信上流窜着的铺天盖地的网文，真假充斥的网络消息，速成的网络小说，我对自己产生了疑惑：追求传统文学的路子走得通吗？写实的小说还有人看吗？不去哗众取宠，远离网络，文学能有出路吗？我的坚定无数次去战胜我的动摇，一遍又一遍，我坚定地告诉自己，无论时代如何喧哗与进步，永远会有一块原始的净土属于热爱它的人们。托尔斯泰、雨果、狄更斯、沃尔夫、卡夫卡、博尔豪斯不会死，曹雪芹、罗冠中不会死，巴金、矛盾、莫言都不会死。吊带衣、蕾丝短裙永远无法代替优雅的晚装，T恤衫也永远不会替代西装革履。大千世界，万物同生共存，自然规律。

二零一五年十月，我静下心来，开始《中国湖》下部的写作，华裔二代移民的生活在我的笔下可见轮廓，老年移民在适应国外生活中所遭遇的困难也有了客观表现。华人也开始关心选举积极参加竞选了，信仰笃定的人扛不住人性的本能出轨了，文艺女中年无法抗拒心灵的孤独出家当尼姑了……作品主要中年角色在人性、信仰、融入西方社会等方面的彷徨和宿命，一样样尘埃落定，基本与我的模糊设计相符。二零一六年六月底，我终于完成了下部二十八万字的写作。这次没有掉泪，也没有感觉到轻松。我对作品的杀青并不满意。隐约的不安之感远远超过了写作疲惫感终结的兴奋。我写出了想表达的东西了吗？这样的文字是否太过细致琐碎？场面是否太过杂乱平庸？人物是否特点不足、呆板平凡？小说结构是否均匀稳定？情节设计是否生硬牵强？小说形式是否缺乏创意和突破？对自己作品的怀疑，让我心乱如麻。

夏天在忙碌中度过，我放下了《中国湖》，给她机会沉淀。这时，花园草坪、放假的孩子、一日三餐、进出的客人占用了我大多的时间，一切有生命的东西都让我感觉意义重大，我侍候他们和它们，全心全意。貌似平静的日子里，《中国湖》那五十万字却始终压在心上，无法忽视它的重量。轻松的笑容只是一种假像，有着未完工的她，我的每一下呼吸里都有着不能拒绝的颗粒。有时候我希望我的文字也是一种生命，让我不得不随着季节的更替去就着它的生长，遵循自然法则侍候她。春夏时节为她的健康施肥浇水减枝、不遗余力，秋天收获饱满的果实，冬天让她休养生息、积蓄生长的力量。可是，文字中的我或者我写着的文字中，常常处在某一个季节，就固执地不肯前行。这种停滞，令人焦灼不安，又无能为力。

从头到尾阅读这五十万字，花费了近三个月的时间，边看边改。小到标点符号，大到情节的加减与章节的删修。我仍然不能满意。不得不又一次放下她，让她沉淀。我开始写新诗，定制了一年二百首的诗歌计划。感谢我的写作生涯里有诗歌的不离不弃，诗歌的简洁格式和它随时可以喷薄而出的状态，让我的情绪得到自由、松弛和解放，好像一个课间休息的最佳游戏，对心情和写作状态起着承上启下的充电作用。

对小说的认知，在这前后几年时间里不知不觉地变化成长着。恰巧正在阅读雷蒙德卡佛（Raymond Carver）的简约小说，简洁直白的情景描写所创造的憾人力量，不能不令我自省。《中国湖》中大量分析性叙述似乎庸长多余，心理描写也比例过大，福克纳（William Faulkner）与伍尔芙（Virginia Woolf）的意识流手法显然对我有着不可抗拒的诱惑和影响。看待自己的作品，我的挑剔就像在研究自己的皱纹和白发。三年，花开花落三载，植物壮硕了三倍，果树结出三年果子，何况一个文学课堂里的求学者对小说的认知？我劝说自己放松，明知她不是一部完美的作品，不奖励她一顶艳丽奢华的玫瑰花冠，也应该奖给她一顶长青松枝编成的朴素桂冠。很多故事意犹未尽，很多技巧可以运用得更加娴熟，很多问题应该反映得更加深刻彻底。但面对这完工的五十万字，我应该学习暂时满足。这棵小苗终究已经长成了大树，每片枝叶或生得完美无瑕，或生得奇形怪状，都和谐地共同构成了她壮硕的存在，她已经准备好去接受清风细雨的爱抚或者狂风暴雨的挑战了。

二零一七年和二零一八年，我开始着手整理短篇小说、散文、中篇小说、诗歌等书稿，这是厚积薄发的一年，我的各种文集陆续出版。《中国湖》这部最庞大的作品悄悄地置之高阁轮到最后。她安静地享受休眠之乐，在时间的滴答声中不动声色地等待着命运的摆布。

姑娘大了，要见人了。戏台上的节目接近尾声，这部五年前就开始动笔的作品，终于要拨开云雾见太阳了。时代运行的速度令人惊恐，《中国湖》却缓慢沉着地踱着步子，安静地走过了这五年。意犹未尽的、或者有待讲述的故事，应该留给未来的作品。可以毫无疑问地说，《中国湖》中任何一个人的故事都可以演绎成一部单独的长篇小说，他们之所以挤进了同一部作品，是因为他们都生活在"中国湖"这个虚拟的海外城市一角，在同一个时代和同样的蓝天白云下，很努力地生活着。

应该画上一个句号了，《中国湖》所描述的故事，她所经历的时代，她所发生的异域空间，在写完的瞬间，已经成为过去的存在。我想说，我相信它们的的确确存在过，在我虚构的文字里，我和他们血肉相连。此刻，写下"血肉相连"这四个字的时候，屏幕在我眼前一片银光，眼睛早已模糊不清。

我相信文字是有宿命的，《中国湖》文运的好坏只能留给时间去证明，而她的美丑，也只能留给未来的评论家去鉴别了。

杜杜二零一八年八月于加拿大渥太华

一、

　　许多年前，那片地方还是一片茂密的树林。这里的树木既不是横竖成行、树种统一，也并不参天高大、笔直健硕。低矮的灌木树丛间杂在高耸的松柏树之间，新枝败叶、枯木朽根在岁月的流逝中堆积演化变革，滋生出千百种植被。扇形的巨蘑、寄生的藤蔓，高高低低自由分布在或茂盛或干死的树木之间，放肆地吸引着误闯入林的好奇目光。有的树木裸根外露，多年阴冷，生出油油一片绿苔，不小心踏上去，就是一个趔趄，滑出一道彗星尾巴状态的模糊脚印。居住在林子里的鸟兽欢畅地鸣叫着，偶尔一只松鼠从你面前迅捷穿过，大胆地破坏你的孤独，树叶沙沙作响，不知道是风的光顾，还是不知名的动物从树巢里出来在枝叶间散步。如果你想林中一游，需要穿上特制的野外作业专用鞋，还要有一番披荆斩棘的气魄。国家统一规划的林中小径，四通八达贯穿整个加拿大，却似乎把这片林子遗忘在外。原来，这片林子是私产，史上望族遗下来的产业，国家动它不得，现代子孙疏于管理，才这样繁茂而荒凉了许多年月。

　　少了步行的出路，人们散步散不进去，便弯回头。身后又是一派令人叹息的景象，一片湖滩，芦苇丛生。那芦苇因了纬度高寒，每根都有足够时间缓慢积蓄营养，根根指头般粗细，根脉延伸到河底深邃的泥浆之中。刮风的时候，它们整齐地摇摆，如同群舞的窈窕女子，湖面顿时有了一种无法抗拒的动人美丽。几只野鸭悠然自在地在湖上游玩，鸭妈妈身后一行鸭宝宝一定是受过训练，整齐跟随，在湖面上画出圆滑的路线，水纹便妖娆地扭动起来，那四野颓败的气氛立刻有了勃勃生机。

　　天空大多时候蓝是蓝，白是白。阴天的时候也是蓝色里填了水，清朗地淡下来，均匀地平展展铺开，雨水浇下来，不急不慢，打着高树，打着矮丛，打着湖面，打着鸭羽。支一把伞在湖边深一脚浅一脚走走，自是一幅烟雨朦胧的水墨画，怎样的"动"，加到这画里也是一个"静"字，雨声紧凑地落在水面上刷刷的声响也像是多余的，哪怕你高喊一声，震出林中的回声，也还是得用这一个"静"字来形容。人们管这片林子和湖泊所在的大片土地合称为静湖，是很好听的英文："Silent Lake"。

静湖，坐落在静县北部。早些年静县并不繁荣，以风景取胜，常常吸引东边繁华都市卧春城的居民驱车来远游，湖边走走，观鸟垂钓，陶冶一下繁忙的情操，给心灵一点田园疗法，缓解生活的疲惫。这湖大多时候保持着宁静的体态，周末才有几分喧闹。静湖这名字，仍然是量身定做般和谐准确。

世界上对立的事物大多变换有序，比如合久必分，分久必合。又比如"动"与"静"的状态，动过之后才更显出静的极致，"蝉噪林愈静，鸟鸣山更幽"便精辟在此。反之，静久了必有或飞鸟或人际来搅动那静，那动的便格外显出力量来。能够持久保持在一种状态的物与人，都极其罕见。所以这一片幽静的几乎被世界遗忘的角落，在现代社会人类庞大扩张力量驱逐之下逐渐丧失了静谧，正符合了时代发展的自然法则。

城市的扩张从二十世纪九十年代初期已经在静县一带显出痕迹，原本离繁华的卧春城五十多公里的静县，似乎距离卧春城越来越近，像一根越拉越短的松紧带。到二十一世纪初期，信封上的地址错写了卧春城，静湖人也同样可以平安收到信件，在城市邮政系统里，静县已经是卧春城的一部分，城市区域划分很快就在地图上彰显明白，静湖冠冕堂皇地变成了卧春城的西区。由于多家国际性的高科技公司先后进驻到静县，这里的玻璃大厦东一座西一座平地而起，没过几年，静县已经被称作北方硅谷了。

高薪的高科技职工需要安家立业，自然会选择在离单位较近又环境良好的地区居住。聪明的开发商巧握商机，静湖这一代很快成了热点。水上无法起砖堆瓦，静湖后面那片杂交的树林就成了炙热的宝地。恰因是私产，有买卖转让的可能，早早被积极的建筑商左右周旋，你来我往地交涉烦了，林主才高价卖了林子，土木从此兴旺，买地建房一派热火朝天的景象。静湖的"静"从此不再，前前后后成片的二层住宅小楼多米诺一般整齐地横成行竖成排，越造越多。沿湖的社区公园，学校，商场，图书馆，停车场，诊所，健身馆，影剧院也隔几条街就是一小片拥挤簇拥着，虽然说不上人来人往，也够得着生机勃勃。

又过了几年，静湖区的一所小学和一所中学的排名就飞跃到整个卧春城的榜首。有资深人士分析原因，说该区人口素质的良性循环促进了学校的质量。能进入高科技领域的职工基本都是受过良好教育的高知人士，重视子女教育，子女们受到良好家庭环境影响，并且携带从父母而来的聪慧基因，学习成绩优异，带动了学校排名。优异的学校排名又吸引更多重视教育的居民搬迁到静湖区来，与其说是学校的教学质量高，不如说是生源素质好，容易培养出类拔萃的尖子学生。不管原因如何，静湖区学校出色的名声越传越远。

良好的学区，方便的商业环境和娱乐环境，加上静湖的天然美景，联合带动着房价飞涨。同样规格和布局的房子，在静湖区要贵出几万块。高额房价没吓倒人们，稳步扩大的湖区和稳步上升的房市手挽手在生活图画上飘着昂扬的旗帜，对美好生活的向往就是那保证旗帜招展的熏熏暖风。

房子越盖越大，一批新房上市，销售日期一公布，立刻有人成群结队地在售房中心门口排队等待，手里端着网上打印出来的新区布局图，要哪个街区、多大土地、什么房型，早就心中有数，银行贷款都已提前谈妥。更有甚者，自己工作繁忙，就花钱雇人排队。售房中心门前那些黄皮肤黑头发的男男女女们构成了一道别致的风景，站着的，坐着的，聊天的，打哈欠的，玩儿手机的，不亦乐乎。不知情的以为这是些疯狂的彩票购买者，或者是等待一睹知名歌星影帝的疯狂粉丝团，谁能想到有这么一群人买房子像女人买衣服男人看球赛一样热情万丈？冰天雪地的冬日，那是一道散发热气的人墙，烈日炎炎的夏季，那是一排热上加热、燃着熊熊烈火的火炉。房子的未来价值在这些将要居住进湖区的未来住户心中描绘着壮观的图画，降温是不可能的，人们要的就是升温，升值。静湖的宁静早已被人遗忘，它的物质价值显然超越了它的自然价值。这是静湖的幸福还是不幸，只有未来才能给予解释和判断，但那已经是这些排队的人类不在乎的更远的未来时代的故事了。

不知不觉中，静湖区的居民成分渐渐被华人统领。你没法抱怨那些往外搬迁的本地白人居民。当整条街儿十户人家里只有二两户纯粹的白人面孔时，这几张白人面孔便有了一种从外向内又从内向外的尴尬。邻居扎堆儿站在小公园带孩子玩耍聊天的时候，用的是中国的普通话，纯粹的英语居民只好像敬畏外星人一样敬而远之。私下，人们开始管"静湖"叫"中国湖"。搬迁而去的白人面孔们怕是不忍影响这几个很民族化字眼儿的纯粹性吧。尽管加拿大提倡宽松的移民政策，报纸广播鼓励多民族文化的兼容并举，但短暂的国家历史是白人造就的，宽松的移民政策也是白人制定的，谁也无法否定白人在国家管理中的统治地位。可是，把地图缩小到静湖，就好像一朵红花的黄色花蕊，虽然同属于红花的美丽，却拥有彻底不同的质地和色彩，你不能否定这几根娇弱的花蕊对红花的贡献，可你绝不能称这几根黄色是红色，黄蕊黄的再彻底，红花仍旧是红花。

旭蓉蓉这时正站在队伍中和排在自己面前的黎群说着话："那排房子面对福克斯大道，虽然多一层朝阳的底楼，车来车往怕是会很吵，价钱要贵三万，我还是不想买这个。"

"你确定？你这样可是丢了和我做邻居的机会了！"黎群说完哈哈笑了几声，两道浓眉舒展开来，洼陷的双眼微微地眯缝着，有些故作深邃，过分白皙的面孔现出一层红润来。他细长的手指下意识地整了整那件名贵的伯百利短风衣领子，长腿交替了一下，雪亮的皮鞋在晨光里泛着镜子般的光辉。

这张脸十分英俊，但他的矫情未免太过分了，你以为你高大帅就有了全世界人民都想和你做邻居的资本么？张狂。如此女里女气，跳舞跳得全身没一个地方不是软绵绵的，看那对目光，天！多么轻浮浪荡，难怪贾易生说看着他不舒服，请我们做邻居我们还不见得想和你做呢。

"算我吃亏吧。我就要你后面那条街的这座房，刚好三千尺，够住了。你这排房都是四千尺的大地块，又是三层，地税每年要贵几千块，你开舞蹈学校挣大钱当然不在乎，我们挣工资的，就这一千尺的差距，还真不是闹着玩儿的。"旭蓉蓉字字句句都是实话。

手机响了，是贾易生："我打完这几个重要电话就来，一定赶得上开售。你再坚持一会儿，我过来时会给你带便当吃。"

旭蓉蓉凌晨三点就来排队，掐指算来，已经排了8个小时的队。好在是初夏，不需抵挡严寒和酷暑，随身带了折叠椅和几片面包一个水果，坐坐站站，不知不觉就挺过来了。半夜来的时候前面已经排了十几个人，你不能不因此感慨，为了一个共同的目标，这群人正发挥出同样勤劳刻苦的精神，披星带月，锲而不舍。半夜，月光和路灯交织出灰紫色的光辉，映在人们脸上，这一行人似乎是旧电影上走下来的黑白人物，即使出声说话，也似乎年代久远，和熟睡的世界相隔万里。人群里除了两个印度面孔，一个白人面孔，其他都是亚洲面孔。确切说，是中国面孔。不用问，旭蓉蓉也猜得到那些亚裔都是中国人，里面有几个面熟的，叫不出姓名，互相点了点头。黎群正好站在面前，两人就有一搭没一搭地聊了一早晨。

黎群曾是丫丫的舞蹈老师，丫丫跳的好，是他最喜欢的学生之一。那时一到年节演出，他总会分配主要角色让丫丫来演，一周四次训练，放了学就要去练舞，旭蓉蓉业余时间积极做义工帮忙，很多时间耗在舞蹈学校里面。交往多了，两人不知不觉熟络为友。黎群教舞教的好，另外受雇的几位本地老师也都经验丰富，舞蹈学校有些名气。他是个爱说话的男人，又干文艺一行，很有女人缘，旭蓉蓉不过是他数以百计的女性朋友中的一员而已。后来丫丫功课紧，课外活动也多，钢琴之外又喜欢上了社区游泳项目，时间不够用，才下了决心停了跳舞。黎群左劝右劝，对丫丫弃舞深感惋惜。

　　两人说着话，身后已经排起了长龙，总有百十来人，仍然是华裔面孔占主导地位。远远地看见一个女人从停车场小跑着奔向队伍尾部，一身时髦装束分外抢眼。一件扎眼的大红色风衣，敞着怀，黑色高筒靴上露出一截白腿和一个黑白格子短裙，黑红相间的齐耳短发小男孩一样飒爽英姿。是梁星。旭蓉蓉跟身后排队的打了个招呼，笑嘻嘻跑过去跟梁星说话。

　　"你怎么才来？这么长的队，轮到你，恐怕是拿不到你最喜欢的地块儿了。"旭蓉蓉还没停脚就喊了出来。

　　"哎，谁知道会这么多人排队？跟抢白菜似的。算了，我也没有大目标，只要在静湖区就行，勇子明年上高中，有个湖区的地址，能进静湖中学就行了。"梁星说一口清脆的东北话，嘎嘎的吸引了周围很多目光。

　　旭蓉蓉躲避着那些目光，压着声音说："我猜你就是为了儿子来买房，那现在住的房子卖吗？"

　　梁星把头凑到旭蓉蓉耳边，也关小了音量，说："不卖！不蛮你说，这是我买的第三个房子了，投资为目的，出租还是过来住都说不准。"

　　旭蓉蓉惊愕地看着得意洋洋的梁星，半天才把睁圆的双眼和嘴巴都回归原型。"你真猛，第三个房了？短短半年没见面，你摇身一变成了地主婆儿了？怪不得打扮的这么妖娆。"

　　"去去去，别上纲上线，我什么时候不妖娆？买房子是房子套着房子抵押贷的款，哪个房子都不真正属于我们，就希望以后升值能赚点儿钱吧。现在卧春城的华人不是都在热火朝天地抢房投资吗？我就是随个大流。你看看这队伍，像不像咱小时候排队买烧饼似的？"说着嘎嘎地笑起来。"你呢？你这是干什么？难道不是买投资房，是买烧饼？"

"我是自己住，贾易生现在创业阶段，不赔钱就不错了，全家就靠我那点儿工资，哪有钱投资？现在住的那套连体镇屋太小太旧了，换个大点儿的住。以后丫丫也可以转到静湖中学，上大学前的十一、十二年级最关键，这几年中学，希望她能受点儿良性影响。"

旭蓉蓉和梁星是在卧春大学读书时的同学，两人都修软件工程专业，经常一起上课一起进餐一起在图书馆复习功课，考试时鬼鬼祟祟地递递纸条的事儿也一起干过几次。毕业后，梁星进了卧春市政府税务局做数据维护，旭蓉蓉进了一家大型电讯通讯公司做软件工程师。一晃都工作了七八年了，两人半年一载通通电话，三五个同学聚会时见见面，各自在自己的生活圈里发展进步。偶尔遇上，总会唠叨一下各自的动向，交换一下同学们的信息。

"知道吗？大威哥和徐美美在闹离婚呢。你能想像大威哥打人吗？听说是家庭暴力！被警察隔离了，徐美美的单位都下了通知，不让大威哥靠近半步。"梁星突然低声宣布。

旭蓉蓉这回更惊愕的不知所措了："怎么会这样，那样一对儿！怎么可能？大威哥虽然威猛，可很会讨女人喜欢，怎么可能打人？又是那么娇滴滴的徐美美。"

"知人知面不知心！你别跟别人说。你知道冰儿和徐美美亲姐妹那么好，是冰儿亲口告诉我的。她说大威哥动了刀子，把徐美美的胳膊划了一个大口子。"梁星犹豫了一下，还是把头凑近旭蓉蓉补了一句："两个人肯定哪个人在外头有事儿了，你知道就得了，千万别传播，我只是猜的。"

"这，太离奇了。我没法儿相信！"旭蓉蓉血往上涌，大威哥站在公车站等自己的模样清晰如昨，他的头发总是短的像没有头发，幸好身体高大，大多数人都看不到那个头颅缺少毛发的顶端，人们的目光都集中在那身墙一样威猛的健子肉上了。那面土耳其特色的小镜子到现在还收在自己的纪念箱里呢，精雕细刻的圆盒盖比镜子里照出的美人更加美不胜收。虽然只有短短两年，可毕竟是自己的一页历史。这段地下恋情，同学里没有一个人知道。大家都知道江南美女旭蓉蓉是结了婚的人，丈夫贾易生在国内赚钱供她上学。

"好像是你介绍徐美美跟大威哥认识的吧？当时徐美美和你住一个宿舍。"

"啊，是他们自己好上的，什么年代了，还介绍婚姻？他俩有缘分，又般配，认识没多久就同居了啊。"旭蓉蓉眼神迷离，大威哥对自己死了心，才和徐美美恋上，谁能禁得住徐美美那么娇滴滴的执着追求？谁又肯在己婚的旭蓉蓉身上压什么赌注？大威哥是个现实的人，现实是他需要一个可以朝夕相处、可以生儿育女，最重要的是可以使他迅速有个合法移民身份的妻子。徐美美的富有是她具备了大威哥渴望的一切。旭蓉蓉当时只是国际学生身份，徐美美是从初中时就随父母移民出来的，早就入了公民，只要结婚，大威哥立刻就可成为合法移民。旭蓉蓉虽然不悦，也只能把一切深藏，她有夫在先，有什么理由要求大威哥不谈恋爱？她只能为他们祝福，别无选择。她给不了大威哥任何东西，大威哥却在她独自求学苦拼最孤单的时候，给了她很多温存和爱护，连作业都经常帮她做。她心脏莫名其妙地紧缩起来，胃口揪痛，她下意识地捂着心口，弯了腰身。"我突然有些胃痛，我回去坐着去了啊，可能排队时间太长，有点儿饿了。"

"你胃病还没好？别走，我刚在提姆霍顿买的咖啡你拿去喝吧，我还没沾嘴呢。"梁星把咖啡硬塞在旭蓉蓉手里，看着她一手捧着心口，微微佝偻着腰远去的背影，暗自感叹，曾经那么个古画儿上下来的美人儿，也现出中年的老相了，日子啊！岁月这把钝刀，对谁都不留情面。

贾易生是两年前熬不住旭蓉蓉的死磨硬泡才终于放弃了国内的事业，出国来和旭蓉蓉母女团聚的，国内好好的一个国企高管，不得不放下身价，开了这个进出口厨房用具的生意，起步晚，进出口生意早被人们做烂，市场饱和，有一搭没一搭地在小超市里打一点销售额，勉强存活，过去的积蓄，坐吃山空，丫丫快要上中学了，买房子还得靠太太的工资来保证，难！

梁星复习了一遍旭蓉蓉描绘过的生活现状，抖了抖自己靓丽的大衣，感觉十分良好。同学里数算着，还是自己最顺心，两口子都在政府工作，经济形势时好时坏，高科技公司裁员风波一波刚停一波又起，政府公务员的金饭碗却可以端的稳稳当当。金齐欣虽然木纳，做个小职员，工作上不求上进，却懂得合理使用上班时大把的富裕时间琢磨投资，上班阅读投资网站，下班听投资理财讲座，闲来实践具体购房操作。这几年时机抓的好，倒手了两个房子，净赚了十几万。甜头有了便收不住，两人今年简直成了买房专业户。梁星忍不住笑出声来，她瞒着旭蓉蓉没提，除了这几个独立房屋，自己还买了两套楼房在往外出租，房租除了足够供房子的地税、维修和银行贷款，还略有余额，逐年上涨的房价差可就是净赚了。这个房子买了，勇子如果愿意离学校近点儿过来住就全家搬过来住，把现在的房子出租。静湖这片宝地，青天绿水，茂林环绕，一定会给自己带来更多运气。

旭蓉蓉的胃一阵一阵疼挛着，梁星的热咖啡也不能平复胃里的暴动。她窝在折叠椅上给贾易生发短信催他快点儿来。黎群终止了和前面熟人的谈话，回头看见痛苦的旭蓉蓉，大惊小怪地嚷："你这是怎么了？脸色这么不好看，要不要去医院啊？"

旭蓉蓉只有在自己嘴唇上竖起一根指头的力气，这个可恨的黎群，你嚷什么？我旭蓉蓉的胃又不是房子，值得你如此兴奋吗？

黎群不弃不舍："不去医院，你也应该回家躺躺，肯定是夜里排队受了凉。这个位子我给你占着，一会儿贾易生来了，填住就是了。"

"不行不行，这前后几个人看到我排队，后面那些不明就里的还不说我夹塞儿啊！这么多人都是自己排，我不搞另类，也不敢搞。谢谢你，我挺一会儿就好了。"

黎群脸上的焦灼云彩一样左右飘忽移动，他蹲下来看着窝成一团的旭蓉蓉，眼神里关怀的神情闪烁着跳动的不安。旭蓉蓉也盯着黎群看了两眼，心里突然涌出感动来，这男人是真的着急了，这样焦灼的关切在贾易生的脸上很少看到。黎群的脸晃动着就变成了大威哥棱角分明的面孔："你念书念得太辛苦，皮肤都灰了。这面小镜子，是我在集市上跟土耳其移民买的，方便放在书包里，你经常拿出来照照，我不在的时候，照镜子就好像照着我的眼睛，想像我在端详你的美貌，就笑一笑，记住，要让自己保持美丽，多微笑！微笑的时候，心情放松了，一切不快都会过去。不信你试试看。"旭蓉蓉眼里突然涌出潮雾，腰更加弯了，整张脸红得像刚升起的朝阳。

"我觉得你真的不应该在这里挺着，身体重要啊！"黎群伸出手，似乎要拉她起来，又犹豫着放了下去。

"我真的没事儿，黎群，谢谢你的关心，贾易生马上就来了。"

黎群挪动着脚步，不知所措地围着旭蓉蓉走了几圈，瘦桃身材似乎踩踏着舞步，嘴里小声重复地念叨着："不容易，不容易！"刚才站着聊天时那份矜持潇洒变成了神经质的焦躁："唉，做女人，做女人，不容易！"他的眼神时不时瞥一瞥旭蓉蓉，脑子却显然飘忽在另一个什么魂牵梦绕的世界里。

贾易生来的时候，旭蓉蓉的胃疼挛已经略好，间隔越来越长，她有气无力地站起身，叮嘱说："我得回去热敷休息休息，这个时候犯病，真不是时候。你知道我们看中的那套房子，应该排得到，万一排不到，就买后面那条街那套地皮小一码的，我们都商量过的，有问题，随时给我打电话。最次，我们也还有三号方案呢。"

"你这样，开车能行吗？"贾易生看着妻子走向停车场蹒跚的背影，喊道："下午别去上班了，歇着吧。"

旭蓉蓉没回头搭理贾易生，开车不行又怎样？你送我回去？房子怎么办？两人分居久了，常常话不投机。旭蓉蓉的和平策略就是沉默，沉默是金，不需要说的话就不说，日子就是那么一回事儿，过着，怎么过都是过，大事儿商量决定，小事儿随缘，睁一只眼闭一只眼，就天下太平了。

二、

中午一点整，蒙坛公司售房中心正式开门。十几个售房业务员同时工作，购房者虽人数众多，但功课早已做足，各个胸有成竹，地块儿和房型都是早就看中的，银行贷款证明周到齐全，填表签字，半小时不到，一个房子就卖妥了，比进超市买菜买米还迅速。黎群和贾易生都顺利买到心仪的房子，排到梁星，房子已经不多，风景好的、地块大的都卖脱了。剩下街道深处房子挤房子的几户，地块也略显局促，梁星挑了一户门牌号码是九十八号的，图个吉利，当下付了两万元定金。人们互相询问着，有的立刻攀了邻居，把联系电话和邮箱存进手机。建房时说不定遇上什么事情，沟通是必要的，联合沟通有时可以带来意想不到的集体利益，比如联合铺地板，联合修围墙，零售变成了批发，集体省钱是大家都乐而为之的好事儿，明白人都做着同样的明白事。

五点不到，梁星满心欢喜往家开。妥了，又一户房子到手了！树枝上又冒出一个令人惊喜的花骨朵，虽然离秋天尚远，这树木的旺盛还是格外令人欣喜，她家的这颗摇钱树已经结了不大不小几个健康的花骨朵，结果子的日子还会远吗？上车前已经跟金齐欣汇报了好消息，即便在电话里，金齐欣克制的笑声还是颇具传染力，两人约好了今晚全家到牛羊小锅去吃火锅自助餐庆祝胜利。她跟着收音机哼着听不太懂歌词的摇滚音乐，回家接儿子，然后去饭店和丈夫会合。

今天请了病假，在政府工作的这点儿好处特别受用，除了规定的假期，一年还可以临时修十几天的事假病假，工资照付不误。当初毕业实习选对了门，自己这样一个注重生活品质又比较懒惰的人，进了政府这种缺乏竞争机制的老爷单位最合适不过，舒舒服服钱也挣了，家也照顾了，金饭碗一捧到底，不会像旭蓉蓉那样在高科技单位里时刻面临被裁员的危险，更不用动不动加班加点赶项目，争表现。看旭蓉蓉短短几年，老成那样儿，疲倦，变成了她的衣裳，蒙着整个人灰秃秃的。梁星又有了几分得意，伸长脖子朝后视镜里看了自己两眼，只照见一只眼睛半张脸，鱼尾纹虽然趴着几根，细细小小当然可以忽略不记。虽然自己长的没旭蓉蓉好看，可感觉年轻的滋味太好了，自己的生活显然顺心顺意，远远超过旭蓉蓉，暗中较了多年劲的她没办法不沾沾自喜。感觉良好的时候，秋凉可以变成春暖，冬雪可以变作夏阳。心，是一个魔术师，无中生有和有中生无都在它的一喜一悲之间变幻莫测。

梁星一进门，看见勇子的鞋子东一只西一只在门厅地上乱扔着，就大声喊："勇子，下楼，咱们去吃火锅！"勇子无声无息。梁星等了一会儿，只好脱了鞋子，咚咚咚跑上楼。不用想，她也知道勇子关在自己房间里在做什么。她伸手推开门，说："你这样废寝忘食地打游戏，将来可怎么办？"

"你为什么不敲门？我说过你得尊重我的隐私，你为什么总是故意忘？"勇子恶狠狠地冲梁星吼了起来，他啪一声把手边的笔包摔在地上，愤怒的胸脯起伏不停，一对浓浓的剑眉倒竖着。

"对不起对不起，儿子，我是真的忘了，不是不尊重你。走吧，我们出去吃你最爱的火锅，爸爸直接从单位过去排队，在等我们呢。"梁星说着伸手去摸儿子的头，被勇子躲开了，她也不介意，转身往楼下走，心想，我是你妈，讲什么隐私，可笑，你身上哪处隐私不是我亲手拨弄过的？国外长大的孩子十来岁就要隐私，讲人权，要尊重，真没办法。"快点快点！"她扭头催了一句。

勇子虽然只有十四岁，已经六尺高，宽宽的肩膀总是横空支巴着，站在地当中占好大一块地方，梁星需仰视才可和儿子展开不平等对话，这不平等令她感到万分骄傲，儿子大了，怎么看怎么帅气。唯独这个电子游戏，和自己抢儿子，孩子被迷得神魂颠倒，每天除了吃饭睡觉一分一秒都离不开，放学回家冲进房间开电脑的速度犹如饿虎扑食。本来小学三年级就通过考试被定义了天赋儿童，如今成绩却总是徘徊在八十分上下，这样下去，进了静湖中学怎么跟得上？

梁星开着车，斜眼偷看了儿子一眼，他正低头在苹果手机上敲字。这些孩子，没有电子产品，就没法子生活了，是我们老了跟不上时代，还是青少年们超越了时间和空间？这样分分秒秒活在虚拟世界里，有意思吗？梁星憋住没让儿子收起手机，她心里对孩子有些惧怕，这个反叛的青春期，火捻子一样，一碰就着，她总是充当点火的，那滋味很不好受，得和金齐欣谈谈，管教儿子的艰巨任务得做父亲的一手担当。

牛羊小锅是卧春城首家川味火锅厅，本地华裔居民为此在网上兴奋喧哗了很久。移民十来年的华裔人群在卧春城的生活大多具备了"五子登科"的境界，"五子"包括头上戴的学位帽子、胸前挂的工作牌子、家里养的孩子、守家立业的房子和出行代步的车子，几项生活基本因素满足之后，吃喝玩乐，开始进入意识日程。弹丸之地，风吹草动都能在网上掀起波澜，吃，这首位享受内容在家里厨房束手束脚，向餐馆的自然延伸传染病一样扩散着，别说这个小有规模的火锅厅开张，即便十张桌子的特色小吃厅开张，也会投石入水般掀起一圈圈的涟漪，展开波澜壮阔的网络讨论。究其原因，卧春城并非经济中心，外来商业投资收益缓慢，华裔餐馆风味局限，数量有限，饥饿的人们对餐馆的渴望像黄沙求水、寒冬盼日，能达到门口那排队吃饭的境界也就不值得看官大惊小怪了。

要说这牛羊小锅开张已经一月有余，生意仍如此兴隆，不能不归功于反复上网提供反馈信息的勤劳吃客，小料如何地道，川味如何浓厚，服务员如何漂亮，小锅如何卫生，收费如何经济，勾搭着人们的食欲和尝试欲，没尝过的似乎人前矮了一头，总要携家带口把这门功课补回来才能直了身板有一番昂首挺胸的体会和谈资。无论这些移民的华裔吃过多少奶酪和黄油，仍然改不了对中餐恒久如一的热情和衷心。远离地道的中国餐饮，对民族食品的渴望更加变本加厉，民以食为天这句俗语，在这群人中间早应改成"民以中餐为天"才贴切传神。

牛羊小锅生意过分兴隆，晚饭和周末不提供订座服务，闲着桌子等待订座客人，等于浪费排队那些人的时间和放弃他们口袋里晃荡的金钱，老板的精明虽然不合常情，却合了生意经，吃客大多为华人，也没人提意见。金齐欣全家已经来过两次，对那长队早有体验，收到梁星电话就提前下班来排队，母子俩到达时，金齐欣已坐在窗口的座位上满面红光地等待，旁边桌上坐着他篮球队的队长邱段守一家，那邱段守端着盘子站在桌边跟他讲话："周末球赛和山那边儿中文学校家长队比，你提前安排好时间，咱们队需要你这个主力中锋，没你就玩儿不转了。"

"放心，早在日历上标注了。我听老周说你要出差，周末能赶回来？"

　　"能回来，比较赶，累啊！这个队长赶明儿你当吧？你负担小，事儿比我少，你看我，里里外外都指望我啊！"邱段守说着朝桌边自己的三个千金努了努嘴。

　　邱段守在高科技公司里做软件工程师，出来二十多年了，有些积蓄，最近刚搬进静湖区的四千尺豪宅，太太秦封雨是十年前从中国娶回来的，比他小十来岁，在国内是医生，出来就一直没工作，肚子倒一直没闲着，一儿两女先后落地，最大的儿子十一岁，最小的才三岁，干脆断了出去工作的心思，在家做专职母亲。此刻，秦封雨一手端着满盘子虾，一手领着三妞刚回到座位上，一边把女儿放到儿童坐位上，一边和金齐欣笑着打招呼。金齐欣去他们家参加暖房派对时见过她，贤惠安静的女人，做一手好菜，围着一群球队的爷们儿端茶倒水，一声不响。除了眼睛小点儿，相貌说不上好看，也说不上不好看，见过了记不住的那种模样，身材倒是凹凸有致，很合适生养。新房，通顶的门厅，大部分房间空荡荡的，家具还没填满，却收拾的干干净净，一看就是很会持家过日子的两口子。

　　梁星和儿子进来，两家人热热闹闹地寒暄，少不得你恭维我儿子英俊，我夸赞你女儿可爱，梁星和邱段守也在中文学校见过面，你好我好地应对着。这边服务员早把锅子点燃了，红汤有厚厚的牛油红椒盖着，皮冷芯热，看不出温度，热气却从白汤上燎燎升起。香味儿肆无忌惮地钻进鼻孔向全身每个细胞进军，大家早已饥肠辘辘，都起身去拿食材。

　　这里的自助食材种类相当丰富，靠墙一整溜架子分门别类，牛羊肉是要问服务员索要的，其他肉类各取所需，鸡片，鸭脚，鱼丸，虎头虾，牛百叶，凤爪等等应有尽有，素的也琳琅满目，青菜有菠菜生菜白菜西洋菜小油菜等等十几种，生发干货也几十种，黄花菜腐竹豆腐皮海带结烤麸块，粉条面条也不甘落后，红薯粉土豆粉米粉鸡蛋粉乌冬面粗粗细细十来种。走道当中又一排汤粥甜点架，中式油炸馒头糯米糕团等等，西式奶油点心红红绿绿，汽水机呼啦呼啦转动着，红的樱桃汁、桔色的橙汁、白色的椰汁，牛奶可乐更是必不可少。咖啡和热茶要自己点，额外算钱，就少有人点，吃火锅讲究喝冷的来中和火气帮助消化，谁来火锅厅点热咖啡，怕是缺筋少弦，老外饭后喝咖啡的习惯，在这样的中餐馆里也行不通。

端食材的时候，梁星又碰到单位一个同事，带了白人丈夫来吃，梁星问那老外丈夫吃得惯吃不惯，同事霸道，说吃得惯吃不惯都得吃，妻子的中国熏陶是不可抗拒的。梁星说看不出你还有把外国胃变成中国胃的本事，两人都嘻嘻笑。

卧春城小的像蚂蚁洞，进来出去一转身一回头就碰到一个熟人，华人社区这几年虽然扩张到几万人了，可三绕两拐就有了千丝万缕的联系，你想躲都躲不及。勇子也看到一个同学，两人隔着人头做着鬼脸儿，擦身时对着两个堆成山的盘子傻乐，这年纪，动物一样能吃。

梁星一家兴高采烈地吃起来，她看着儿子狼吞虎咽的样子，心里高兴，嘴上说："慢点慢点，别吃呛了，没人跟你抢。"这么大的个头儿，需要营养。不大一会儿，她就给儿子要了三盘牛肉。全家喜辣，身体里面火烧火燎，身体外面热气蒸腾，吃的脸都红的像皮肉里点了红灯笼。

还好，儿子只掏出来一次手机，他放下筷子噼里啪啦敲短信，梁星使劲给金齐欣使眼色，金齐欣撇了两眼儿子，做无辜不明事理状，什么都不说，只管自己吃牡蛎。梁星憋着没吭声，不再专注儿子，有一搭没一搭地说了排队时遇见旭蓉蓉的事儿："你说她怎么老的那么快？这些年太辛苦了，本来挺好看的江南美女，皮肤那么好，现在像腌过的，暗淡缺血色，无精打采，穿得也不讲究，每次看见就是牛仔裤、套头衫。早晨还胃痛，也不保养，咋活的？我可过不了那样的日子。"

金齐欣想起旭蓉蓉姣好的面容，那张脸当年美玉一般找不出一星一点的瑕疵。他对妻子的话存了疑惑，多少年来，妻子嘴巴里难得夸奖别的女人，他早已习惯，女人的嫉妒心啊，好朋友也要这样，复杂！他说："那，和咱们是近邻了吧？老同学，住的近可以聚得勤了，你应该高兴啊。"

"隔三条街，是不远。你的意思是咱们搬过去住，把现在这套出租？"

"勇子上学如果真的转到静湖，咱们还是搬家比较合情合理。"

"那左邻右舍可全都成了中国人！你没听人们管那个区叫中国湖？勇儿你乐意搬到静湖那边吗？静湖中学是最好的中学，今天妈妈把房子都替你买好了。"

两人都看勇子，勇子显然没注意他们的对话，嘴里吃着，手机又掏出来看。金齐欣拍着儿子的肩膀说："儿子，咱们就搬到静湖去吧？进了静湖中学，可不能像现在这样吊儿郎当地学习了。"

"我现在学的挺好的，怎么又不对了？静湖中学也没什么了不起，我认识好几个人在那儿上学，学习还没我好呢。"勇子一口英语说的飞快，眉头结了一个大疙瘩，一脸不乐意。

"八十多分就满足，要求太低了，你爸你妈当年出来读书，还都是用半生不熟的英语学，门门功课都是 A，你这样不努力用功，A 都保证不了，上不了好大学的！"金齐欣和颜悦色地说。

勇子啪地一声撂了筷子，翻了翻眼睛，嘟囔道："除了教育我，别的不会说！"说罢起身去端食材，气哼哼一付抗拒的模样，本来端正的面孔都歪歪斜斜了。金齐欣对转过头来的邱段守尴尬地笑了两声，说："唉，青春期，主意大着呢，管不了了。哎，对了，我们可能也快做邻居了，我儿子明年要上静湖中学了。"

两人相互交换地址，拿出手机找了谷歌地图对照着看，真巧，邱段守家离金家的新房只有五条街远，蒙坛公司这片新房是紧挨着邱段守家那片刚完工不久的楼盘盖的。两家人都喜出望外，说以后常来常往互相关照。

正说着话，邱段守的二女儿尼尼弄翻了橙汁，滴滴答答滴了一身，秦封雨手脚麻利地把所有人的餐巾纸抓成一大把擦了桌子擦女儿，又问路过的服务员要餐纸，邱段守挨着尼尼，橙汁洒的时候，他一下跳开，没流到他身上，此时看着太太清理战场，站在旁边手足无措。三妞这时大声叫了起来："妈妈，我要尿！"说着就努力从系着安全带的儿童坐位里往外爬。邱段守过去按住孩子说："等着妈妈，别着急。"秦封雨声音一下高了起来："小孩儿尿尿是能等的？她刚学会不用纸尿片啊。"说着，奔过来一手就抱起孩子朝厕所走，邱段守看服务员过来把桌子收拾好了才木然地坐下。

邱家这通大哭小叫的忙乱，金家三口一直在聊天吃饭，似乎没去注意。其实，秦封雨突然锁紧的眉头和烦躁地瞥着丈夫的目光没逃过梁星的火眼金睛，虽然听不清秦封雨嘴里在说的话，梁星还是一下就猜出来她是在抱怨邱段守不帮忙。

"好烦，孩子多了就这样吵！有日子熬了。邱段守真够呛，累她太太一个人！"梁星低声对金齐欣说。

金齐欣等邱段守坐稳了，才不经意地扭过头来，邱段守苦笑说："老金，最近单位赶活儿，出去开会我还得做演示，加班加到半夜，真累，你说出来吃个饭，也不消停，孩子闹，老婆烦，老了！力不从心啊！这次比赛完了，无论如何球队队长是干不了了，你就接手吧。"

"你五十不到吧？哪里老？就摆老资格？我不成，打打球还行，队长真干不了！不会当领导！"

"我比你大三岁，忘了？你今年四十六？我明年就五张了，孩子还这么小，谁让咱媳妇娶的晚呢。熬吧！你就别谦虚了，除了你，谁还能张罗球队的事儿？"

秦封雨抱着孩子上厕所回来，儿子伟大就吵着吃饱了要回家，被妈妈呵斥住了，让他帮忙看看妹妹，他只是不管，问爸爸要了手机，低头玩儿手机游戏。两个大人一边安顿两个小的，一边急急忙忙地吃了两盘菜。金家三口起身的时候，三妞圆圆已经睡眼惺忪地爬在儿童椅上打盹儿。秦封雨一边和二妞儿尼尼说着什么，一边给三妞身上盖大衣。邱段守还在往嘴里夹豆腐呢，吃的满面红光。

"我看邱段守是个大爷型的，小孩都是他太太管，怪可怜的。我可过不了那样的日子。"梁星一边往外走一边对金齐欣说。

"别人的日子你都过不了。世界上只有你最好！"勇子突然插话。

梁星和金齐欣都楞了，儿子不声不响，什么都看在眼里，听在心里。梁星没理会金齐欣故意撞过来的胳膊肘，金齐欣和儿子是穿一条裤子的，当妈的自我感觉良好，总被这爷俩儿挤兑，难道你们希望我整天自怨自怜唉声叹气吗？

儿子要坐爸爸的车回家，爷儿俩先走了。梁星转身进了厕所，出门进门，她都要整理一下头发，检查一下脸面，虽然基本不化妆，但这几年长了斑，粉底霜变成第二层皮肤，每天都得穿上，匀匀地涂抹，小皱纹色斑统统盖住，一下年轻五岁。

镜子里那张脸肤色略深，眉毛不粗不细却有形有款，眼睛不大不小却有情有意，鼻梁不长不短有棱有角，嘴唇不厚不薄有颜有色，一切都不突出，却精致恰当，自自然然便妩媚，上了妆就变美人。她对自己没什么挑剔，世界上只有懒女人没有丑女人，像自己这样勤快地关照着自己的女人，当之无愧地归属在美人范畴。她冲自己笑了笑，牙齿也不错，不够齐，却白的耀眼，嘴角那条皱纹有点儿扫兴，她伸手去抹平那条皱纹，张嘴闭嘴试了几种不同的笑法，还是没法不生产那条皱纹，只好放弃努力。无所谓了，这是太阳上的黑子，遮不住太阳的光芒。夜黑风高，马上回家，她没再补粉底霜，轻盈地在镜子前转了几个身，笑盈盈地出了门。我的日子就是很好，为什么不让我骄傲？我就要骄傲！她揉了揉吃的鼓鼓的肚子，心满意足地发动车子，朝家里开去。

三、

　　旭蓉蓉排队熬了一夜，加上胃痛，回家就倒床上了，倒了一会儿才勉强爬起来在微波炉里转了两分钟热敷袋，捂在肚子上。她闭着眼睛，热量，注射液一样温暖地流进她的腹部，舒展着痉挛的胃部，又从胃部根脉一样缓慢地向身体四周蔓延。羽绒被子底下，她感觉着松弛下来的肌肉和神经，急促的呼吸也渐渐舒缓平稳下来。家，终归是安全的，令人不必绷着、假着。它括弧一样括住了你的隐私、不安和烦恼。床，终归是舒适的，令人不必惦记这四方一块之外的空间和无助，它磅秤一样接住了你生活的重量，你的身体和思想可以在减了重量的此时此刻，松弛地漫游和飞翔。想哭你可以哭，想笑你可以笑，想悲伤你可以悲伤，想愁苦你可以愁苦，想胃痛也不必愧对黎群那同情的眼神。这是你的床，没有贾易生躺在身边的时刻，它整个都是你的，托着你，担着你，任劳任怨，无声无息。

　　"大威哥！"她默默地念出声，那陌生的声音吓了她一跳。她睁开眼发现自己躺在床上，似乎只是打了一个小盹儿，又似乎过了一个完整的世纪。想不到自己还如此在乎他，他生活的不好，自己的胃就会发生久违的暴动，这是爱吗？什么可以有这么大的力量？惦记？惦记到胃痛？思念?思念到胃痛？不不，至少过去几年里，自己从来就没想起过他来。爱？不是爱，当然不是爱！三年前男女同学联合聚会，和大威哥连话都没说。徐美美小鸟依人的样子那般迷人，夫妻俩的胳膊从头到尾缠在一起。当时扫了一眼大威哥，他连看都没看自己，虽然心脏哆嗦的感觉现在还真真切切，那也只能总结为对旧情的点滴眷恋，和"爱"不相干。自己是真心希望他和徐美美过得好，正像自己也希望自己和贾易生过得好一样。日子总得往前走，不能往后退。

　　旭蓉蓉感觉胃痛好了一点，起身趴到地上，往床底看。床底相当低，里面塞着一个扁扁的塑料储藏盒子。她干脆全身爬在地上，长长地伸出手臂勾出那盒子。盒子上薄薄一层灰，这儿干净，几年不动，也积不出国内三天的灰。

　　盒子里一边整齐地摞着一些日记本，另一边零散地堆着许多小玩意儿，旅游景点的冰箱贴、纪念杯和同学送的小礼品，项链手镯胸针，可爱的玩偶小人等等。她试着回忆每件东西的来源，有的想得起来，有的想不起来。记忆这东西，并不是依着你的愿望去选择该记住的或者不该记住的，冥冥之中有一只上帝的手在控制着你记忆的开关，让你记住他认为值得的东西，让你忘记他认为无关紧要的东西。

她终于摸到了那面镜子，过了这么多年，银色的镜盖虽然不再闪亮，却也没有一丝锈蚀，精雕细刻的花纹向内洼陷，深处就有了些色彩的层次。镜子虽小巧，却很沉重，一定用了上好的金属，拿在手上立刻让你无法忽略它的重要性。她打开镜盖，双面镜上立刻出现了她的面容，这是一张憔悴而疲惫的面容，她呵了口气，用衣袖细细地擦了擦镜面儿，镜子立刻明亮起来，里面那张脸的疲倦也更加清晰了，大大的杏眼眼角已经有些下垂，三根细细的鱼尾纹悠悠地滑进发际，雪白的脸白得失真，似乎没有生命的痕迹。

"照镜子就好像照着我的眼睛……笑一笑，记住，要让自己保持美丽，多微笑！微笑的时候，心情放松了，一切不快都会过去。"大威哥的脸又一次在眼前晃动，她对着镜子微笑起来，一边一个小酒窝缓缓地窝出一对小坑儿，嘴唇舒展出弯弯的月牙型，细小的白牙隐隐约约地在里面闪烁。是的，笑起来很美丽，疲惫立刻散去了一半，雪白的脸也因为笑容的起伏添了生机。她让那笑容定格了好一会儿，觉得全身的细胞都像嘴唇一样咧开了，流淌着笑意，才啪地一声关了镜盖儿。的确，这招管用。"大威哥！"她又低声叫了一声。

打开电脑，没费劲就找到了他的邮箱地址，多年前的邮件也翻出来，它们出土文物一样散发着陈旧的泥土清香，却让探宝之人由衷地发出惊喜的感叹。旭蓉蓉打开大威哥和徐美美结婚前给自己发来的最后一封邮件，是一首摘录的诗歌和一句摘录的英文，后面跟着一句他的表白：

> "'让我怎样感谢你？
> 当我走向你的时候，
> 我原想收获一缕春风，
> 你却给了我整个春天。
>
> 让我怎样感谢你？
> 当我走向你的时候，
> 我原想捧起一簇浪花，
> 你却给了我整个海洋。'"

'A friend walk in when the rest of the world walks out.'

　蓉，你曾是我的春天，我也曾是你的海洋。当全世界抛弃你的时候，记住，我一定是那唯一愿意走进你的朋友。我也希望当全世界抛弃我的时候，你能成为我身边这唯一的朋友。祝我们的未来，都不是梦！"

　那是爱情中断时浪漫的延续和留恋的誓言，留不住爱情就留住友情吧，所有为情所迫又无法成就爱情的情侣都渴望这样的结局，西方东方，古代现代，这样的故事从无休止。可真正持续的友情，又有几桩？男人和女人，能像楚河汉界一样笔直地区分爱情和友情的关系吗？

　旭蓉蓉揉了揉早已潮湿模糊的眼睛，在这封邮件上点了回复键。她静静地敲着字，不慌不忙："大威哥，很久没有联系，希望这封信不会令你吃惊。偶然听人说你和徐美美在闹矛盾，希望情况不太严重。作为永远的朋友，我希望在你困难的时候给你支持，如果需要，我随时愿为你效力。"

　她先用英文写了几句，觉得想说的话没说到位，才改了中文，久不用拼音输入，很生疏。为什么中国人之间都用英文交流邮件？她疑惑。公家的邮件要官方语言进行，必须用英语，情有可原，私人邮件在华人移民中间也都是英文进行，是怎么回事？每次她都觉得别扭，可每次还是约定俗成地用着英文。有些华人英文烂的掉渣，也都乐此不疲地卖弄着错误的语法和错字。人们习惯随波逐流，她也同样不例外。可今天和大威哥说话，英文就大感生分。语言是有情感的，用母语说话，好像吸汗的棉布衬衫贴身穿着，用英文，就似化纤的绸缎裹着出汗的身体，好看的也许是绸缎，舒服的却无疑是棉布衫。她要舒服，不要好看。她要感情有个透气吸汗的舒适，她要纯天然。

　我只想帮帮他，也许他感觉众叛亲离，也许他无援无助，被警察监督是怎样的滋味？工作还能保住吗？婚姻还能持续吗？孩子怎么办？我只是想帮帮他，没别的意思，毕竟我的情况比他稳定。人要有良心，当年他给了自己那么多帮助，现在只是一点回报。就这样了。胃，不会骗人，想帮他，从听到他家庭暴力被隔离的一刹那就决定了，就这么简单。

旭蓉蓉不再犹豫，轻轻点了一下发出，看到"你的邮件已发出"，才宽心阖上电脑。胃已经不痛了，才觉得有点儿饿了。她拎起冷了的热敷袋走进厨房，为了排队，上午请了假，下午还是要去公司上班的，最近测试总出故障，那个印度裔同事萨瓦里动不动找自己的茬儿，一件又一件，都是烦心事。

到单位已经一点多，贾易生发来短信说蒙坛公司已经开门，还没轮到自己，但估计一号方案没问题，让她放心，又问她是不是还胃痛，是不是下午在家休息。旭蓉蓉看着手机发了一会儿呆。贾易生这么关心自己，并不多见，到底是老夫老妻，心连心，妻子病了，也知道疼了。她一边回复一边往实验室走，并不知道贾易生排队时被黎群潜移默化地教育了一番才有了这个关怀的短信。

"你太太真能干，丫丫学跳舞的时候你还在中国吧？你太太下班接了孩子两人就在车里吃快餐，要么买便当，要么早晨出门前就夹好了三明治。一个女人全职工作，孩子学这学那什么都没落下，那决心，那毅力，那吃苦耐劳的精神！有一次丫丫生病，可能在车里也吃得太急，下车就花花地吐，你太太为了不让舞厅里脏了地板，拿自己大衣兜住丫丫的脏物，我一个男人都感动得要掉眼泪，周围没有一个人不夸她能干，什么都扛得住。刚才你太太胃痛，又是那样不声不响的干挺，你这是前世积德，修来的洪福，娶了个这样上得厅堂下得厨房，还永远任劳任怨的老婆，羡慕的我恨不得变成你，不是不是，是恨不得变成你老婆那样的女人。"黎群说完，似乎对自己的最后宣言颇感不好意思，扭扭捏捏地抬起兰花指捋了几下油亮的头发，眼神里一丝暧昧莫名其妙地罩上来，面孔也红了起来。

贾易生恍惚间觉得黎群变成了女人，延颈秀项，二月的枝头豆蔻一般，颇撩心神。"同性恋"几个字刷地闪过，突然心里就有点泛恶心。他定了定神，寻思黎群说的话句句在理，提醒了自己不太注意的换位思考，是好事儿，面前这女人般娇媚的男人面孔也就不那么难接受了。这些年旭蓉蓉一个人在国外读书、找工作、抚养教育孩子，连夜排队买房，有目共睹。他低头笑了笑，抬头对黎群说："是啊是啊，我是个有福之人！"自己的福除了旭蓉蓉给的，也有秋苇给的。没有人知道国内秋苇的事儿，除了对不起旭蓉蓉，自己也对不起秋苇，那个没保住的孩子……唉！秋苇大概已经和小郭结婚了。人生不过是大江东去，一去便不复返了。逝去的，难寻，还是活现在吧。他掏出手机，给旭蓉蓉发短信，老婆是自己的，十有八九会和自己手拉手一起走过下半生的路，过去没疼过她，现在能疼多少就疼多少吧。

旭蓉蓉跟贾易生你来我往几个短信回完，走进实验室，萨瓦里已经在测试台旁边的机器上干活儿了，鼻子里哼着莫名其妙的噪音。她没法儿管那声音叫音乐，虽然曲调可以听出明显起伏的动感。她烦死了萨瓦里身上的咖喱味儿，烦死了他阴阳怪气说话的口吻，烦死了他下意识的滔滔不绝，烦死了他哼的噪音。这是一个浅薄而骄傲的人，和自己不是一路，不幸的是自己非得和他一路把这个项目做下去，怎么办？忍吧。

"蓉蓉，你总算来了！上午威廉看了我的邮件，说你得帮我把 B 组的那个软件测完，前半部分是你测的，你不能撒手不管，我等了你一上午了。"萨瓦里一说话，整张脸就开始跳舞，鼻子嘴巴眼睛都上下起伏，跟风雨里的海面一样。

"报告？撒手不管？B 组的测试计划我不是都写好了吗？而且早就交接给你了，怎么又要我帮忙？我自己手头还有很多活儿要做呢，A 组和 C 组的测试都刚刚开始。"旭蓉蓉不准备给萨瓦里留余地。

"蓉蓉，你先看看我的邮件再说，我上午通发时，你不在。"萨瓦里一脸得意的样子，好像他写的邮件是一张大面额的中奖彩票，会把别人羡慕死了似的。

旭蓉蓉打开电脑，一上午没来，有二十多个新邮件要查看。她找到萨瓦里的邮件，率先打开，不看则已，越看越生气，本来就不爽朗的面容阴云密布："萨瓦里，这种问题你也要发给全组？你根本就没看懂我的测试计划，那段程序的基本思路你没有理解就准备修改，这样的话搞不好一切都得重来，整个组陪着你这样干吗？前几天交接给你的时候给你讲的东西你既然不接受，为什么不提出来？这样通发修改意见，错还都往我身上推，你……。"旭蓉蓉想说"你太难合作了"，忍住了，工作上的事儿，就事论事，绝不能带个人成见，更不能对一个人下结论，尽管这个萨瓦里如此之笨，还自以为是，小题大做。再这么下去，自己就是有三头六臂也不可能干完这么多活儿啊，还背这样一口黑锅。"我去找威廉。"她说着转身要走。

"哎，哎，别去。"萨瓦里有点儿慌神儿，他拉住旭蓉蓉的袖子，笑得很低贱很无助："蓉蓉，我不过是对你的测试计划提出一点不同意见，我担心按你的方案 B 组越改问题越多，延误了测试速度，这也是为工作出发啊！你不够虚心啊！你资格老、经验丰富，就一定是百分之百地正确吗？我只是实事求是地向全组介绍了一下我的看法，值得你这样光火吗？"

"好，你介绍了你的看法，B组怎么反应？你做出新的测试计划了吗？对保证按期测试有什么实质性的帮助吗？你接着测就好了，为什么还要我帮忙？我得去问问威廉，到底怎么回事？如果该我做，我就不接A组了。我精力不够！"旭蓉蓉气的面红耳赤，英文竟比平时激昂有力。她工作上兢兢业业，能力也有目共睹，但这不等于所有艰难的活儿都得她一个人担当，还得受着这个白痴的气。她甩开萨瓦里，大步走开。

威廉是早年从保加利亚来的移民，东欧人有着和中国人类似的技术头脑和严谨的工作风格，旭蓉蓉在威廉手下已经干了七八年，一直合作愉快，威廉对她的能力非常欣赏。贾易生在国内的时候，她一个人带丫丫，威廉一直在时间上给她很多照顾，只要工作能完成，早点儿走晚点儿来，都开绿灯，很多话她都可以直截了当地跟威廉说。

"你看到萨瓦里的报告了？那是要推翻我的测试计划，现在又要我来帮忙，这用我们中国话说叫做'搬起石头砸自己的脚'，荒唐！这个忙我怎么能帮呢？B组明白我在说什么，你也明白我在说什么。B组怎么反馈？"旭蓉蓉直奔主题，说话激动，眼眶都红了。

"别急别急，蓉蓉，B组已经来人和我谈过了，萨瓦里的提议没有道理，他没完全看懂你的测试方案。这个测试还是你来完成吧，萨瓦里给你打下手，我们需要这个调整。"威廉显然早已做出了决定，他不能跟旭蓉蓉说B组彻底不信任萨瓦里，坚决要求旭蓉蓉来带领测试的意思，更不能告诉她萨瓦里能力不行，今年的工作业绩评估最低，需要制定个人进步计划，三个月后看成效，他发这个邮件是表现自己工作积极认真的一个方式，有病乱投医，怕丢工作怕得不知所措了。

"那我不能接A组的测试了，我干不了这么多活儿。"旭蓉蓉直直地看着威廉。

两个人眼对眼地僵了几秒钟，威廉先笑了，说："好吧，我再想办法调一个人过来，到时候再决定是他独立工作还是给你打下手。"

旭蓉蓉知道再说也没用，转身出来。当头儿的只在乎工作是不是可以顺利完成，具体怎么完成是底下工作人员的事儿，她心知肚明。她必须得拎着萨瓦里这个难缠的家伙，这也是她的一部分工作职责，无法推卸的责任。

"还是按我的方案运行一下 B 组那个程序吧，数据有问题你随时报给我，好吧？"旭蓉蓉对萨瓦里说道，假装没看到他幸灾乐祸的笑容。这个萨瓦里，表情全写在脸上，难道你就不能收敛一点你低级丑陋的心态？这是工作，不是在威廉面前争输赢的战役。我来帮你，是因为你是白痴，不是因为你的意见是正确的，世界上怎么会有这样拎不清的人。

　　贾易生已经短信通知了太太买房成功的喜讯。下班时，葛林娜过来找旭蓉蓉问静湖买房的事儿。葛林娜是俄罗斯移民，金发碧眼的美人，酥胸艳逸，长腿端仪，丹唇外朗，皓齿内鲜，人很聪明，工作亦敬业。过去和旭蓉蓉一个组共事多年，私人关系不错，两人隔三差五要一起喝喝咖啡，交流一下生活和工作信息。

　　"买到了就好啊！我们也动心了，那里中国人多，我那两个儿子很喜欢和中国青年交朋友，中国人聪明好学能干，我也希望他们受些中国影响，再说，那片环境多好啊，静湖那么美！就是房子比别处贵不少。"葛林娜一家四口住的远，早就想搬到离公司近些的地方了。

　　"那就别犹豫了，和你老公卡宁商量一下，下个月蒙坛公司和泰克公司都会开下个盘，你们就去排吧。我们当了邻居，该多好！要什么信息跟我要，能给你的信息都给你。"旭蓉蓉得等程序运行完毕才能回家，萨瓦里还守在测试台上，实验室里那些测试仪器的风扇吹得山雨欲来般响。她把葛林娜拉到楼道里说话，就把萨瓦里通发那个愚蠢邮件的事儿抱怨了一通，说的义愤填膺。

　　"唉，谁让你能干，谁又让他蠢呢？你过去跟我说过的话，你倒忘了？淡定！忍耐！同事之间的不愉快和着盐吞下去，笑着忍耐，一切就都风平浪静了，工作就是糊口的饭碗，不能太认真，更不能搅坏了自己的心情。这都是你劝我的时候说过的话，现在还给你。"葛林娜温和地劝解道，蓝眼珠儿纯洁的透明透亮。

　　"唉，说起来容易，做起来难，人不都这样吗？道理是一回事儿，实践又是一回事儿！事情一来，道理都忘干。所以需要我们这样的朋友彼此经常提醒着，才好缓解生活和工作的压力。谢谢你，亲爱的！"旭蓉蓉说着伸手拥抱了葛林娜，两人都感觉到心贴心的零距离，各自温暖放松了很多，才挥手告别。

　　葛林娜说的对，微笑，得微笑。那面土耳其小镜子又在眼前闪了闪，只要一提到微笑，她就会想起他，他知道吗？

　　萨瓦里虽说蠢笨，倒还努力，总是加班，做好做不好工作，时间是搭进去不少。旭蓉蓉没再难为他，她也没精神难为他，她只希望他帮不了正忙，不要再帮倒忙。如今公司不景气，加班没有加班费，能付出时间，就是工作态度积极的表现。她哪里知道，萨瓦里如果连这点表现也不拿出来，被炒鱿鱼就是今朝明晨的事儿了。

旭蓉蓉下班的时候已经七点多钟，中间跟贾易生发了条短信，告诉他自己又加班，贾易生竟然劝她早回家，说胃痛刚好，别再累的又犯了，旭蓉蓉少不得又感动了一回。哎，可不是，一整天胃窝一直隐隐跳动，好像心脏下沉到了胃里似的，这是胃痉挛的后遗症，每次胃痛一次，这种胃部的虚弱感觉总会陪伴她大半天。

自从贾易生从国内回来开始了自雇生意，时间容易自我支配，接送丫丫课外活动的工作就由这位当爹的承担下来，旭蓉蓉已经不必慌慌张张提前下班。贾易生不会也不爱做饭，刚回来时，旭蓉蓉下班回家还得现做，忍不住抱怨几句，贾易生就经常提前出去买好便当晚餐，用不着旭蓉蓉回家现做。旭蓉蓉知道贾易生在国内从来都是在外面吃喝，买便当只是惯性，懒得抱怨，零敲碎打地说几句："在国外生活，哪有整天在外面买便当吃的？家家不都是自己做饭吗？卫生、健康还经济实惠。你在家工作，学学做饭，权当工间操活动活动筋骨，不是很好吗？"贾易生默不作声。

生意早期，开销大，贾易生挣的都搭在再投资里面，入不敷出，少不了掏出国内的积蓄贴补生意，家用只能靠旭蓉蓉一个人的工资，贾易生感到压力，知道老婆说的有道理，才收了胡乱花钱的习惯。一年过去，生意渐渐稳定，他竟也笨手笨脚学着做了些家务，旭蓉蓉回家前，他尽量把蔬菜清洗切好，旭蓉蓉回来快速地蒸炒烹炸，省了很多时间和心思，也就不再唠叨。三口之家，总算过上小日子了，婚后这么久才熬到的小日子啊！丫丫出来进去爸爸妈妈地叫着，听得旭蓉蓉心里流蜜，想起她一个人带着孩子在这块人生地不熟的地方打拼的那些艰苦岁月，现在的生活简直幸福了千万倍。要满足，她提醒自己，她必须时刻提醒自己，尽管生活里还有很多很多不如意之处。

旭蓉蓉进门时，家里没人。贾易生去送丫丫上钢琴课了，还有两个月孩子就要考钢琴六级，正是不可松懈的时候。桌上留了一个便贴条：饭我做好了，在烤箱里温着，没你做的好，不合口你也将就吃吧，吃完歇了，小心胃痛。我带丫丫学琴去了。

旭蓉蓉打开烤箱，戴上专用棉手套把大烤盘端出来，哇，贾易生竟做了三菜一汤，鸡蛋炒西红柿，酱烧豆腐，耗油生菜，粉丝青瓜汤。烤箱里焖着，生菜和青瓜已经失了绿色。虽然都是素菜，香油放的足，美味直冲肺腑。旭蓉蓉从电饭煲里盛出米饭坐下，瞧着面前的菜盘子，抽泣起来，扯了纸巾擦鼻子，雪白的面孔瞬间揉的通红。结婚以后，第一次吃丈夫做的晚饭，婚姻已经过去十八年了。

丫丫的钢琴老师娜塔莎在卧春城颇为著名，俄罗斯裔移民，不苟言笑，拘谨严厉，她的学生总是一堆一堆地挤在各种音乐比赛的台上领奖。娜塔莎住在卧春市中心，开车要四十分钟，加上一个小时弹琴，来回将近三个小时。丫丫学琴七年，七年来学琴的日子旭蓉蓉从来没时间热乎乎地吃顿晚饭。头一天就做出两天的饭菜，下班回家接了丫丫揣上早就装了餐盒的晚饭立刻动身。丫丫经常在车里吃饭，旭蓉蓉就在等待孩子的时候端出饭来冰冰凉凉地吃下去。多年来，克制自己不去多愁善感、不去自怜自哀，是旭蓉蓉能够坚持到底的尚方宝剑。今晚这剑却粉碎了，女人，除了有能力顶起半边天，或者顶起整个天，也是需要火热的太阳来疼爱和温暖的。

她擦干眼泪，细细地品着每样菜肴，仍然不太相信面前陌生的一切，每个菜的美味都是空前绝后的，每道菜都是世界之最，这"最"是因为前所未有而滋生，滋味里揉进了贾易生的表现和自己的感动，舌尖品味到的是夫妻之爱。多年来把自己当作钢、当作铁的她，此时心里燃着一团热腾腾的蓝色火焰，缓慢地融化着那坚硬的钢铁。

贾易生和丫丫回到家，已经九点，丫丫有读书报告要写，安静地把自己关进了房间。孩子懂事儿，学习优异，各项活动也从不落后，学期报告总是全A，评语都是E（Excellent）。旭蓉蓉每天拖着疲惫的身体下班回家，看到丫丫端着书本娟秀温润的模样，就感觉一切都值得，只要孩子健康成长，吃的苦受的罪，瞬间就冰雪消融。

"怎么样，胃还痛吗？"贾易生冲完澡，坐到旭蓉蓉身边来，她正捧着热敷袋窝在沙发上看着一个歌手选秀的节目，屏幕上一个头发染成紫色的女孩儿正弹着一把吉他热情地唱着："别去想明天，今天我要忘了一切地去疯狂。"怎么能不想明天？没有一个今天是可以忘了一切地疯狂的。

"谢谢，不痛了，只是想暖暖胃。"旭蓉蓉笑嘻嘻看着老公。"你今天的菜做的真不错！本事藏着，看不出啊！" 两个人总算有些话说了，旭蓉蓉庆幸着。

贾易生刚回来的时候，俩人坐在一起都感觉尴尬，说话是试探性的，小心翼翼，像公司的产品测试，生怕哪个环节不小心，就卡了壳。那是一种陌生人的隔阂，面对面，中间却隔着透明玻璃，什么都看得清清楚楚，却似乎什么都和自己有一段无法触摸的距离。虽然那时每年两人都有一两次见面的机会，或者贾易生回来，或者旭蓉蓉带丫丫回国，可一两周客客气气转瞬而逝，除了孩子，几乎没什么共同话题。即使亲密的时候，也是草率匆忙，完成任务一样。两个人对对方的身体都不再熟悉，也没有足够的时间去熟悉。思想上的差异更像隔着太平洋。旭蓉蓉在国外多年，很多价值观、人生观甚至生活方式都潜移默化地转变了，两人都不去触碰这部分雷区，相聚无多，求同存异是上策。虽然隔山隔水，两个人各自也都有些故事，却谁都不想离婚。那是下下策，大学里自由恋爱走到一起，缠绵美好的回忆是有的，基础是纯洁扎实的，未来虽然渺茫，但牛奶和面包总会有的。

贾易生完全放弃了国内的事业，回到旭蓉蓉身边，这才是婚姻生活的真正开始，两只形状迥异的宝石怎样才能珠联璧合，需要时间这把锉刀来缓慢磨合。一年多来，吵嘴的日子并不多，不是不吵嘴，是没有时间和力气吵嘴。开始半年，贾易生忙着创办他的事业，整天不是在打电话就是在电脑上搞计划下定单，旭蓉蓉除了伺候丫丫，又多了一个要伺候的人，辛苦加倍，吃了喝了睡了根本没有时间讲话，吵嘴缺少原料，就省略了。各自忙着各自的一摊，并行的轨道上开着突突突的列车，进站便是回家，充了给养，检查了零件，第二天再各自走上自己的轨道，朝自己的方向前行。

现在贾易生的生意相对稳定一些，两人才开始一起商量家事儿，买房子这件头等大事，算是两人多年来第一件合作之举。

旭蓉蓉自己带着女儿住的这间连体镇屋，一千七百尺大小，两层楼房，一层地下室，三个卧室在二楼，一楼是紧凑的餐厅、厨房和起居室，并不觉得小，多了贾易生，男人的雄性气场立刻把房子充满，转身来去，便显得挤。同事聚会，谁家的房子都比她家大，旭蓉蓉都不好意思请人来家里做客，这才动了换大房子的念头。

贾易生在国内已经做到一家建筑公司的管理层，除了定期往国外汇款，多少还有些积蓄，债卷股票基金也都有一些，旭蓉蓉的固定工资，比上不足比下有余，两人买个大房子经济上并不吃力。只要旭蓉蓉的工作没问题，年年要上的地税和按月支出的房贷都不会成问题。

夫妻俩头顶头围着餐桌算了几天帐。国内的房子还在升值，用不着卖，闲钱也都锁在基金债券和股票上，两人就都把注意力集中在旭蓉蓉国外这些年的积蓄上来。丫丫的教育基金和按年存入的养老金加起来已经上了六位数，都是避税的钱，动不得。只有把股票和基金里的钱拿出来做首付，首付达到百分之二十五才能免掉贷款保险费，五十万的房子，百分之二十五就是十一万五千，加上律师费过户费等等开销，备足十二万就差不多了，剩余的购房款靠银行贷款就好，旭蓉蓉工作稳定，贷款不是问题。就这样，俩人很快就把买房的事儿定了下来。这番商量，双方都看清了两人一心一意过日子的心思是统一而持久的，心里的拨浪鼓都放下不再摇动，那层立在两人之间的玻璃墙一下换成了透明塑料纸，多年的陌生感只剩下这薄薄一层，关系前进了一大步，各自兴奋不已。夫妻进进出出的话越来越多，贾易生逐渐进入父亲和丈夫的角色，旭蓉蓉逐渐转手家庭责任和义务，日子过的平稳健康，晚上忙碌完毕，也可以时不时坐一起看两眼电视了。

"单位总这么加班，赶项目？"贾易生问。

"唉，时不时就这样，项目收尾要提交客户，我们测试的最忙。有的时候，再……"旭蓉蓉想起萨瓦里幸灾乐祸的面孔，欲言又止。她从来没有和丈夫交流过单位的事儿，不太适应，也不知道是不是应该讲。

"你讲讲，工作的压力说一说，也许就释放了，没准儿我还可以给你出出主意。"

旭蓉蓉叹了口气，就把萨瓦里这桩事儿说了。贾易生听的聚精会神，他抬了胳膊，搭在妻子身后的沙发上，似乎要搭到她肩上去，中途又停住了。他说："这个萨瓦里把问题通过邮件捅给全体，还公开把自己的责任往你身上推，当然是非常愚蠢的做法，不要说他的技术提议是错的，就算他是对的，这样也很不合适。我做总监的时候，受过管理训练，其中专门学过这样一条，冲突和矛盾不可通过邮件公开化。涉及的人员下面沟通，开碰头会、集中调解都是办法，那样不会令当事人尴尬难堪。这样公布问题，文字表达有出入，员工情绪恶化后，矛盾不但不会缓和，反而会激化。难怪你难受，没事儿了，你去和领导交流是正确的。老婆啊，你的能力有目共睹，事情已经解决，不要再放在心上了。"他的手终于搭了上来，开始很轻，后来渐渐地加了力，妻子瘦削的肩头被他那样握着，像一只受伤的麻雀。

旭蓉蓉的身体触电一样抽搐了几下，是从肩膀传过来的电流。还有"老婆"这两个字，敲着她的心坎儿当当响，像阿里巴巴的芝麻密语，开了一扇久闭的门，石门洞开，金光闪烁的一切扑面而来，晃的她眼花缭乱。有那么一瞬间，她觉得自己的心脏停止了跳动，呼吸也终止了。她不适应这样的亲密，因为从来不曾体会；可她又是那么焦灼地渴望着，因为不曾拥有，这渴望就更加强烈，它带着神秘的光环，行星一样在心底深处的宇宙里早已旋转了十八年。大威哥曾经给过她这样的温暖，但那似乎已经是上个世纪的事儿了，那时她生活里有个洞，大威哥正好补上。后来这个洞一直存在，却一直空着，这原本就是贾易生的位置。现在身边这个男人，虽然变得陌生，却是那个和她缔结了生命里最重要契约的人，共同生养了丫丫，还将和她一起走完人生剩余的道路。这小小的亲密姿态，给她带来的眩晕是惊奇，又是幸福，是难以置信，又是无言的甜蜜。一个没有脚本的剧，说上演便开演了，她满怀欣喜。但愿自己这笨拙的演员可以顺利地进入角色，把这出人生大戏演得无懈可击，但愿！

　　旭蓉蓉转过身来，很久没有这么近地直视他的眼睛了，她看了进去，他也看了进来，两个瞳仁儿里都装了对方的影子。贾易生笑，旭蓉蓉也笑，两人都为自己没有躲闪感到高兴。她轻轻把头靠在贾易生肩头，重重地喘了口气，一整天的疲惫在这一口气里都呼了出去。她说："我怎么忘了你当了这么多年领导，单位的烦心事儿，以后就专门带回来听你的主意，你这么说说，我感觉好多了。工作，真的挺累的！"

　　"我回来了，我们一起承担生活的压力，你的压力尽管倾倒到我身上，我的，也不瞒着你。这些年，你辛苦了，对不起，是我不好。"贾易生的话断断续续在旭蓉蓉耳边鸣响。她说不出话来，任眼泪静静地流。

　　"早点去睡，昨晚去排队，早晨胃痛，单位又烦心，这一天够累的，今晚一定好好睡一觉！昨夜是我不好，不该和客户约今天上午那个约会，否则，我应该去排队的，我检讨！"贾易生说完就把妻子拉起来往楼上卧室拉，嘴里说："去睡，去睡！"

　　到了卧室门口，他犹豫了一下，小声说："今天不了，让你好好休息，现在就睡，去吧！"说完，轻轻把门带上，咚咚地下了楼。

　　旭蓉蓉仍旧沉浸在刚才的温存中，对这个结局略感遗憾，再亲密些就更好了。贾易生回来之后，一直不是很要，老了？创建生意搞得心事重了？对自己丧失了兴趣？旭蓉蓉有过几次瞬间的假想，生活忙碌，想过之后，也不真的当回事。和大威哥分手之后的这些年，自己不是基本处在无性生活之中吗，还不是顺顺利利地过来了？难道自己是性冷淡？难道贾易生也是性冷淡？温饱思淫欲，我们显然都还处在为生活奔波劳碌的状态，淫欲后置也属正常吧。旭蓉蓉不再多想，五分钟草草地冲了个澡，就和衣上床了。

四、

邱段守死了。球队比赛的赛场上，前一分钟还活蹦乱跳，后一分钟一头栽倒就再没醒来。

金齐欣回家之后，抱着头坐在沙发上，说不出话来。梁星给金齐欣冲了杯热腾腾的黄山云雾茶，放在他面前就不知所措了。她默默地坐在丈夫对面，悄悄地流着泪。秦封雨没工作，一个女人带着三个小孩子，以后的日子可怎么过？她脑子里闪着那天在牛羊小锅吃饭时的情景，邱家那一家五口大哭小叫的忙乱样儿，当时还惹自己心烦，现在想起来，那是多么生气勃勃的一家啊！早知道那是见邱段守的最后一面，真该做点儿什么，现在人都走了，又能做什么呢？秦封雨，对了，自己应该问候问候秦封雨，她现在最需要安慰和帮助了。

"别太难过了，齐欣！人已经走了，再回不来。"梁星用纸巾擦干眼睛，小声说："我想给秦封雨打个电话，你把她家电话给我好吗？"

这种悲伤的沉默是一种折磨人的安静，安静的你恨不得不再存在。

金齐欣过了一会才抬起头来，他大手在脸上捋了一把，像是要捋掉脸上的阴翳，可那张脸仍旧灰暗无色，罩着厚厚的乌云，五天没洗过、洗也洗不干净似的，一夜没睡，男人的悲伤也是可以挂在脸上的。昨天比赛，出了这事儿，球队队员都聚在医院门口等消息，等来的却是死讯。如雷轰顶，大家没几个受得了，就一起去队员赵区哲家里喝酒，赵区哲是大龄单身，队员们时常在他家聚会，爷们儿几个整夜没睡，商量着该怎样帮忙给邱段守办后事。天亮了，有几个喝的烂醉没醒，金齐欣张罗着分别送回家了，才拖着沉重的心情回家来。

"你别打电话，这时候，秦封雨不一定会接电话。你直接去陪陪她吧，那女人太可怜了。如果需要，你陪她几天，有必要就和单位请一两天假，晚上也不用回家来。球队已经分了工，葬礼的事儿都会和秦封雨商量，你们几个队员家属在她身边招呼着孩子，帮帮她！昨天我看秦封雨快崩溃了，是周凌云的老婆送她回家的，他们两家住的近。周凌云的老婆小唐，记得吧？上次来咱家，那个小个子湖北人。勇子大了，这两天给他点儿钱，吃喝让他自理，家里的心你就别操了。"金齐欣说完，起身去书房拿邱家的地址。

梁星伸手打开茶几上的笔记本电脑，翻看连心网对邱段守之死的消息。连心网是卧春城无人不知无人不晓的华人网站，大到国家选举、世事政局，小到买房修车、柴米油盐，长到子女前途、退休养老，短到红杏出墙、婆媳矛盾，都有人上去唠叨，有闲人和热心人跟贴帮顶，大批评小建议地跟上去，论坛人气兴旺、风生水起。卧春城华人人口一共四五万，连心网一天的点击率就能过万。邱段守的死讯是第一时间就被某位知情人士公布到连心网上去的，这时跟贴已经几百条，哗啦哗啦翻十几页翻不到头。有认识死者的，难免贴点儿和死者生前的相处片段，都是赞扬邱段守热心能干、工作认真、多才多艺的。不认识的也成群结队地跟了"RIP"（安息）。秦封雨的困境早被公开出来，就有热心人鼓动捐款资助，很多人响应着推举连心网的网管组织捐款。

"你们得赶紧跟连心网联络，丧葬委员会和捐款一事赶紧协调起来，脱节了不利组织葬礼啊！"梁星把笔记本端到金齐欣面前给他看连心网的跟贴。

"嗯，赵区哲负责这事儿，昨夜已经和网管钱明打过招呼，放心，今天就会有人去银行申请捐款账户，看样子，捐个万把儿块钱应该没问题，丧礼和墓地的开销省着点儿应该够了。周凌云今天会和那个台湾做墓地生意的华人商量，看能不能给些优惠，总会比西人墓地便宜些，墓碑的费用估计也能打些折扣。咱能给秦封雨省下一分钱，都是值得的，她日后拉扯三个孩子的日子还很长呢。"这一夜，显然颇见成效，金齐欣那一班球队队员，已经把该想到的都想到了。梁星对丈夫的体恤之情油然而生，她伸出手去，捧住老公的脸，说："这几天你会很辛苦，现在抓紧时间睡点儿觉吧？"

金齐欣顺手揽了妻子入怀，说："出了这样不幸的事儿，你心高气傲的，在秦封雨面前一定不要说错话啊！多做事儿，少说话，只说好的，别说坏的。"

梁星本意想挣脱出来替自己辩护几句，这种时候我怎么可能心高气傲？你也太小看人了！我是那么不讲理的人吗？可是，理智让她留在了丈夫怀里，不是吵架的时候，大家心情都很沉重，自己就别闹事儿添乱了。捍卫自己还有的是时间，邱段守可只死这一回。

梁星出门前，没忘了打扮，选了一件翻领纯棉白衬衫，深灰色的时装开襟儿薄毛衣，黑色窄脚裤。看起来素净庄重，又不乏时尚，近年流行灰色、开衫和窄脚裤。葬礼的衣服她也选好了，就穿那件韩款紧身黑色薄尼连衣裙，腰间一圈黑白相间的装饰花纹，身材凸显，精致典雅的质地也适合正式场合，黑丝袜和高跟皮鞋有现成的，不用这种时候忙乱着去商店购物。她在卫生间把头发梳拢，扑了点儿粉，收拾了几样洗涮和化妆用具，挺了挺胸，镜子里的佳人满意了，才拎着蔻曲包包出了门。如今蔻曲包包在卧春的华裔女性里几乎人手一个，虽然去美国买打折的也要两百元一只，用的人多了，就算不得什么高档东西，拎起来大方随便，并不扎眼。自己是去慰问丧偶之妇，万不能拎那个香奈儿包包，这不是炫富的场合。梁星想起老公的叮嘱，头昂的更高了，看我的，一定让秦封雨感觉贴心，拿出点儿实在的给金齐欣看看。

梁星家住在卧春城南，开车到静湖要向西斜穿城市。车开到一半，就堵了，停下给过马路的野鹿让路。那些鹿不懂得礼让，神态优雅地慢行慢踱，望着被堵的大串车队丝毫不急。一只大鹿过去时，站在首辆车子面前，不骄不躁，驻足张望了好一阵，才横穿过去，却又跟出三只小鹿来，一蹦一跳地跟着妈妈钻进树林深处。被堵的车流静静观赏着这些骄傲的动物平平安安过了街，才又缓慢移动起来。这里的人民普遍热爱动物，不要说给动物让路，专门买了瓜籽、建了鸟食笼子喂鸟，揣了面包到湖边喂鸭子的人比比皆是。梁星掏出手机抢着照了两张照片，车子停得远，角度不好，只拍到一串鹿屁股。可怜的鹿们，过不了几年，森林成片倒下建房造屋，你们就面临无家可归，这样的一串鹿屁股也许会成为历史资料，用来回忆今天自然与人类近距离和睦相处的美好时光。

卧春城日渐兴旺，原来这一路是一望无际的大片森林和农田，马路直溜溜通下去，两边高高矮矮堆出一片绿油油的连天碧景、啼绿映红。这几年，城市扩张在卧春城日演愈烈，森林这一片那一片地砍伐出空地，几个星期不行这路，就惊诧于眼前兴起的一片又一片住宅，独立的两层小楼一座座积木似的搭起来，横成行、竖成排。林子里的动物空间被侵略得越来越有限，经常有报道说动物到住宅区觅食，鹿啊，树袋熊，刺猬啊，甚至鬣狗都可能在人家的后院里看到。前几天，这片森林还发现了熊的踪迹，一公一母，掀翻住户垃圾桶觅食，中小学校都发出警告，要求家长教授孩子们遇到野兽的紧急自救措施，诸如噤声冷静、慢行后退，就近向住户求救等求救手段。

堵车的空当，梁星想着居住在这个环境优美的北方国度，民风淳朴，社会安定，人民富足，秩序稳定，不由得感慨自己的幸福生活。又想到邱段守的暴亡，秦封雨的孤独无助，禁不住悲喜交加。卧春城的华人不乏友爱互助，众人拾柴火焰高，一人有难，八方伸手，有丈夫金齐欣这样的热心人张罗着，葬礼一定会顺利，秦封雨也一定会挺过来的。

圣经上不是说上帝不会给人无法承受的磨难吗？这是一个基督徒同事陆西安经常说的话，一定是有道理的。对了，这葬礼需要教会配合吧？当下给金齐欣发了个短信，发完才想起来金齐欣说过邱段守一家周末时常去教会，想必教会已经在张罗帮忙了。此刻，她只希望秦封雨母子平安，嫉妒心一点儿都没跑出来作祟。她没什么可嫉妒秦家母子的，她有的只有同情，甚至可以说是居高临下的同情。

路过华人超市，梁星进去买了五袋速冻饺子和四块叉烧肉，秦封雨哪有心思做饭？估计送吃送喝的人不少，三张小嘴儿张着，这最艰难的日子总要大家帮着熬过去。梁星选饺子的时候看了看价钱，没买自己爱吃的很贵的那种，五袋省了十元，都是饺子，吃到肚里都管饱。自己这样已经够大方，之后还要出力、捐款，不在乎现在多花少花。她的小算盘这时还这么仔细地拨拉着，在信用卡上签字的时候就红了脸。收款员是个面熟的，打招呼说："周末吃饺子啊？这款不错。" 她知道这是一款比较便宜的饺子，心下惭愧，哼着应了，逃跑似地离开。

来开门的是小唐，小唐皮肤白净，通红的眼圈就格外显眼，看起来刚哭过。"哎，是你啊！快进来，她又哭了一阵，这会儿我让她去卧房睡了。"小唐让进梁星，又问："对不起，我忘了你的名字了，我记性不好，你别怪我，我还记得在你家的 party 呢。"

"没事没事，我也没记住你的名字啊，只知道你姓唐。"

两人交换了姓名，也不称呼对方大名，仍旧小唐小梁地叫着。

周凌云和小唐家是去年搬到静湖的，住在两条街之外。周凌云和邱段守上班是前后楼，两人经常搭车上班，两家人平时就走的近些。小唐显然对邱家很熟悉，主人一样张罗着。梁星看着小唐小旋风一样一会儿转到这儿，一会儿转到那儿，把三个孩子安顿得稳稳当当，那边电话接着，这边给梁星的热茶也沏好了。心下嘀咕，自己可没这么麻利能干，干体力活儿的人就是训练有素。酸水儿泛出来一个波浪，又赶紧压了下去，打定主意凡事听小唐的指挥。

小唐是湖北人，身材娇小，眉眼清秀，皮肤光洁红润，天生一张笑模样，如果穿一身儿童服装，就是个地道的儿童，没人会相信这样细小的身体已经生养了一儿一女狗狗和猫猫。周凌云在政府农业部做数据维护工作，工作稳定。小唐在华人超市的烘烤部里做点心，辛苦差事，挣份劳力钱。超市几年前被西人店收购，福利待遇都和本地的大商场接了轨，休假、退休养老就有了基本保障，干了几年下来成了元老，提升做了个组长。平时商场到期的食品都要当垃圾丢了，快到期的食品自然可以免费带回家，省了很多日常开销，软实惠虽然看不见却用得着，小日子过得蒸蒸日上。一儿一女也都十来岁了，搬家后都进了静湖学校。她家的房子三千尺大小，一家四口住得宽敞舒服。梁星虽然没去过小唐家，可听金齐欣透露过，周凌云家的家具装潢都很考究，日子像是比邱段守家殷实富足。两个人上班，不管是脑力工还是体力工，终究比一个人养家糊口稳定宽裕多了。

"你给我分派任务吧，老金说让我明天也请假帮忙，今晚我可以就留在这里招呼着，洗漱用具我都带来了。"梁星端着热茶，跟在小唐身后讨任务。小唐这时正帮三妞儿换裤子，不知什么时候尿湿了。

"等封雨醒来，你去陪陪她就好。你怎么这么客气，我哪能给你分配任务？我连自己该怎么帮忙都不知道。有什么做什么吧。一会儿，我们教会有人来和她商量葬礼和追悼会的程序，可能需要张罗教堂布置什么的，到时候肯定事儿挺多。这会儿她睡着，没什么事儿，你英文好，如果有电话，你就接吧，刚才有卧春时报的记者要采访，被我挡了，我的英语不行，交流不了这种问题，只会说 No。估计一会儿还会有媒体来电话，你就接吧，封雨的意思是低调、沉默，不报道。我先把这两个孩子安顿着，老大省心，有游戏玩儿就老实了，尼尼和三妞事儿多，不知道一会儿又要怎样呢。"梁星跟着小唐一路走一路说着来到洗衣房，见小唐把尿湿的裤子泡进水盆就开始洗起来，暗暗吃惊，淡淡的尿臊味儿弥漫在空气中，那手，那裤子，那黄色的水，天！梁星无论如何是不会帮别人家孩子洗尿裤的，勇子当年的尿裤子都是金齐欣洗的，她最见不得屎尿。当下对小唐多了几分矛盾的心情，藐视和崇敬是同时滋生的，藐视她实实在在的劳动本色，崇敬的同样是她实实在在的劳动本色。藐视是因为自己不屑去做的事，小唐在做着，崇敬是因为这种朴实实在是自己不具备的美好品质，发自内心，表现出来如此自然。好东西谁都认得出。人啊！自己是差了一截的。

果然又有电话来，先是卧春城市电视台的记者，梁星客客气气地回绝了："家属不想有任何媒体报道，请尊重家属的意见。"她的英文没有好到想说什么不用反应就应对如流的地步，但清楚地表达自己的观点是做得到的。卧春城平静稳定，人民安居乐业，社会治安良好，新闻素材匮乏，有个盗窃的、暴死的、着火的、孩子走失的消息，都能登上头版头条，也会在新闻广播里反复播放，平静的民众就多少有了一个闲聊的话题，好像平静的生活水面上扔进一枚小石头，泛一圈闲谈和感慨的涟漪。如今华人移民越来越多地融入本地西人社会，邱段守突然死亡的消息不胫而走，并不稀奇，好事儿者网上随便留个言，消息就传遍万里八方。信息社会，你想守住这样的消息，很难。

　　后来本地华人的华风周报也来了电话，是社长。卧春城有三家华文报纸，都是实体性质的商业报纸，和真正的主流大报不可同日而语，既没有新鲜的时政采访报道，也没有实力雄厚的记者、编辑班子，更没有文艺体育经济时政的专业人士撰写相应版面的专栏。三两个会玩儿版面编排的留学生担任美工文字编辑，社长亲自筛选网上时政，亲自商谈广告价格，一份报纸也就一周一周地成活下来，华人社区的大事小事大生意小生意也借着这几分报纸有个展示平台，一份报纸，三十个版面里二十五个版面是广告，华人社区的旅行社、美容厅、中文学校、中医、牙医、房产经纪、投资经纪等等面面俱到，无所不包。广告多少成了报纸成功与否的基本衡量标准，几家报纸为招揽广告，明争暗抢的事儿时有发生。有人戏称这些报纸为"广告报"，还有人说它们是便民通讯录，称不上什么"文化媒体"。报人也类似黄页电话本的老板，靠收取刊登费谋生，所谓报道时事消息、弘扬民族文化、宣传主流社会这些冠冕堂皇的办报宗旨，在卧春城的华人报纸上捉襟见肘地勉强体现着。至于报上的时事报道大多是网上拼凑抄袭而来，一周发一次，发出来的新闻已经变成旧闻，只有不使用电脑的老人去看报。广告倒是总有人翻，水管漏水了，得找水暖工，买房卖房，得找房产经纪，投资贷款，得找个人经济顾问，孩子中文学校夏令营该报名了，要看报名日期，民族舞蹈班地址在哪儿，要上社区通讯录去查。前些年移民少，生意做的成功的就那几张熟面孔，翻开报纸就好像和老熟人翻来覆去地打招呼。这几年新移民越来越多，新生意的开办日渐繁荣，才多了许多新面孔。大照片、小图片挤的花花绿绿，报纸端在手里，也有了几分分量。华人社团、教会、球队、舞蹈团等团体组织举行活动，都会自动向这几家报纸反馈，豆腐块的报道简单摘要，错别字是难免的，句法语法出点儿毛病，读者也不必惊奇。报纸出版了就堆在华人超市门口，购物的华人进门出门顺手抽两份，回家丢给老人，老人阅后就用来做了绿色回收纸袋，装绿色垃圾，家里没老人的，省了由新报变旧报的程序，直接叠成垃圾袋。网上有人发贴说几家报纸里华风周报的纸张相对结实，最适合做绿色垃圾袋，虽然有人发言耻笑华裔移民缺乏道德，自己不看报也罢，何必做了垃圾袋还到网上来评比哪份质量最适合装垃圾，缺乏厚道的民族本性。人们嬉笑着有检讨的，有指责的，也有悄悄看热闹的，华风周报的走势却因此上了台阶，不管人们拿来是看广告还是装垃圾，超市门口这份报纸总是先被拿光。当年卧春城开始回收绿色垃圾之前，报纸并没有如此红火，想必这垃圾袋事件的网络效应间接地支持了卧春报业的发展，人们装垃圾便装得更加心安理得。

这时，梁星想起自己家绿色垃圾桶里华风周报长久以来的巨大贡献，对社长韩立权的态度很是和蔼。

"谢谢您的问候！报道就不必了。出了这种事，家属精神上需要承担的太多了，希望您可以理解。不过，稍后会有捐款信息，如果报纸能支持一下就太好了，把捐款账号登上去，简短的讣告也可能需要登一下。"

"哦，这个，报社一定全力支持，只收版面价的二分之一就好，你们拟好内容，给我发过来，这期就可以上，我这就把报社邮箱给你，你有纸笔吧？"韩立权说道。

"二分之一价？那大概是多少啊？"梁星吃了一惊，这算支持吗？秦封雨这么困难，一份免费的中文报纸登个捐款账户还收钱？太没有同情心了吧。

"这要看你们准备登的规格大小来定，无论多大的版面都给你们半价，这种优惠我从来没给过别人，我也听说了他家的情况，无论如何这个忙我是帮定了，您放心！"梁星可以想象韩立权那个拍着胸脯豁出去了的英雄气概。逮便宜卖乖，生意人！明明在做生意赚钱，却好像在施舍善心一样。

梁星记好电话号码和邮箱地址，现在丧事的组织还八字没一撇，费用如何分配自己无法决定，就撂了电话。

"小秦到底怎么样？要不要有人守着？"梁星问。

"难受呗。估计不会寻短见，三个娃娃怎么办？现在一个人静一会儿也好。这样突然，还懵着呢，今天才哭出来。昨天周凌云叫我接她去医院的时候，她连话都不会说了，两眼直呆呆的，整夜都没有哭一声，反复说："不可能！不可能！"太让人心碎了。我看她随时可能会昏倒，就没让周凌云回家，万一有什么事儿，我招架不了啊！关键时候，还是离不开男人！你来之前，周凌云实在太困了，才被我赶回家去睡一会儿，也招呼一下孩子，我一步也不敢离开这里。你来了，可太好了，帮大忙了。"小唐说话的时候，一直爬在地下，帮二妞和三妞搭积木。

"那你睡了没有，是不是也一夜没睡？现在去睡一会儿吧，我看着孩子。"梁星也蹲下来，加入搭积木的行列，她看着小唐的红白眼仁，鼻子就有点儿酸，伸手碰了小唐胳膊一下。

"现在我也睡不着啊，等一会儿教会来了人，你有个替换的，再说吧。"

"估计球队也会来人，金齐欣说他们都分了工呢。"梁星道。

教会一群人到来的时候，梁星正在厨房切土豆。小唐和梁星商量了，中午饭大家就一起随便吃点儿，孩子大哭小叫地找妈妈，都被小唐挡住了，连哄带骗地留在家庭活动室里玩儿童游戏，梁星就把厨房的事全权掌管了，她倒宁可离那些孩子远点儿，自己这身衣服虽然休闲，和孩子混在一起，难免弄皱弄脏，再沾点儿屎尿啥的，可受不了。厨房里的事儿，自己虽然称不上是专家，炒几个菜却难不倒她，围裙一系，就很专业，毕竟做了十几年的人妻人母。

卧春城有五家华人教会，小唐是搬到静湖后才转到静湖区最大的华人教会浸信会来的。梁星没想到同事陆西安是这间浸信会的主力长老，小唐介绍的时候，梁星和陆西安两人伸手握着，都笑，梁星说："世界真小啊！"立刻觉得这种场合笑嘻嘻地不妥，才收敛了笑容。"神看顾！"陆西安嘟囔了一句。梁星平时习惯了陆西安讲话时常冒出来"神"的习惯，虽然不明白世界之小、低头不见抬头见这件事跟上帝有什么关系，还是点了点头。

"想不到你土豆丝切的这么细，厨房里也如此能干！"陆西安盯着案板上的土豆丝夸奖道。

梁星听了暗地高兴，陆西安言外之意是说她工作上也很能干。陆西安博士毕业，进政府早，资格老，最近被提升为梁星所在部门的一名中层领导，华人移民在卧春政府里升到这个位置的并不多。陆西安的话应该让金齐欣听听，这可是明眼人对我的评价，我就是那传说中"上得厅堂，下得厨房"的女人啊，你是烧了高香才摊上我这样的老婆。想得高兴，脸上就带了潮红，腰板自然地直起来三公分，灶台前的站像儿就有了点儿舞台效果，她抬了抬眉毛，耸着肩说："瞎切呗。你们去忙吧，有用得着我的时候通知一声，我给你们准备中饭！"说完，微笑着低下头咚咚咚地继续切，贤惠小媳妇的模样越发专业了。

陆西安呆了半分钟，才转身到家庭活动室里听小唐对事情经过的详细描述，大家你一言我一语地商量教会能做的事，说来说去，一切需要和秦封雨当面商量，球队的分工也需要和教会协调，大家就先把教会能在这几天过来秦封雨家陪宿帮忙的人列了一个名单，一个韩姓姊妹给教会会众通发了邮件，鼓励捐款、捐食品、捐时间，又分别给几个已经报了名的义工骨干打电话商量排班儿时间，让每个时间段至少有两个人在秦家值班，一个帮忙看顾小孩，一个招呼吃喝和前来慰问的客人。

陆续就有人来敲门，大多是周围邻居和球队成员的家属，屋子里虽然人多，人们都压低声音讲话，新来的人不管互相认识不认识，都是或多或少与邱段守和秦封雨相熟的，彼此的寒暄是收敛的微笑和点头致意，脸上都庄严，心情都沉痛，手里有拿花的，有捧了食品的，都被负责接待的教会姐妹接了，这时秦封雨还在楼上睡着。如此，两个小时过去，屋子里的人来来去去换了几批，邱段守为人豪爽热情，朋友众多，活着的时候没感觉，去了才令周围人怀念感叹，他的好处都放大了被人们念叨，唏嘘声不断。见不到秦封雨，人们也不惊讶，知道她悲伤但平安，需要休息，都不肯久留，留下慰问卡片和礼物，也有直接捐款的，教会就派了个姐妹专门登记来宾姓名和礼物，稍后也好给秦封雨一个交代。

小唐一夜没睡，马不停蹄，累的脚底发虚，去开门时在地毯上绊了一跤，这才同意回家休息，走到门口又翻身上楼轻轻推开主卧房门，门缝儿里见秦封雨背对着门在床上躺着，才悄悄掩门下楼，又叮嘱人们时不时要看看秦封雨，才终于放心回家去休息。

金齐欣打来电话，说银行周日停业，专门派人去了市中心唯一开门营业的银行总部才开设了捐款账户。丧葬网页找到了现成的，花钱不多可以直接进入编辑状态，已经有熟悉网页编排的队员开始着手这事，又说几个较大的葬礼中心的报价也都打听好了，只等秦封雨能谈事情了，一起过来商量具体细节。梁星就把球队分工的这些消息随时跟教会成员们通报着，就有人赞赏金齐欣的安排周到慎密，又说梁星有福，陆西安插嘴道："我看金齐欣也有福，不是一家人，不进一家门啊！感谢上帝！"梁星心跳加速，脸也红了，突然就觉得这次来帮忙为自己在陆领导面前树立了良好形象，越发贤惠起来，说话也变得轻言细语，连平时稍嫌生硬的东北口音也似乎转化成吴侬软语般娇软香酥了。

来人送的东西渐渐就堆了满满一桌子，梁星大包小裹地把送来的东西往冰箱里放，心下嘀咕，够吃好几天的了，真有大方的，自己那几袋饺子和叉烧肉不过是小巫见了大巫，感叹好人真多，就又惭愧了两秒钟。秦封雨也是基督教徒，来人里不乏教会的兄弟姐妹，是不是信主的人都心善大方？梁星手里忙着，忍不住打算，陆西安早就鼓励自己去教会，明年搬到静湖以后，也该去参加陆西安他们教会的活动呢。

教会姐妹安排了三个孩子在早餐桌旁坐好，二姐早已喊过数遍"pizza"了，梁星切了三盘刚从烤箱里端出来的比萨饼摆在孩子面前，是胡椒香肠奶酪蘑菇味儿的。小孩子少有不爱吃比萨饼的，入口容易，不需刀叉筷子，一口下去，面粉蔬菜奶酪肉片完整了，味道十全，两块三角比萨饼下肚，一顿饭就轻易解决，省去了一筷子一叉子吃饭就菜的繁琐。人类从孩提时代就天性懒惰，从喜食比萨饼可见一斑。梁星本来发愁自己的炒菜是不是能对孩子的胃口，看见有人送了现成的比萨饼来，顿时心花怒放，过去问了孩子们，果然都爱，就烤了。此时，每人面前又放了橙汁，也是来人送的，最好的牌子，鲜橙子压的汁，自己也不舍得经常买，看三个孩子大口吃着喝着，没人捣乱，才放了心。

　　"我爸怎么了？你们这么多人在我家干什么？为什么不让我去找我妈？"老大邱伟大嘴里嚼着饭，突然抬头问。

　　梁星和帮忙的姐妹就楞了，大家心照不宣，这事儿只有秦封雨自己来对孩子讲啊。"你爸爸住院呢，你妈太累了，我们都是你妈的朋友，来帮帮你妈的。"

　　邱伟大在书房里玩儿了一上午电脑游戏，门外发生的事情似懂非懂，妈妈什么时候有这么多朋友？毕竟是孩子，就算疑惑着也没再追问。

　　梁星刚松了口气，一转身就呆住了，只见秦封雨靠墙站在楼道正中，身边教会姐妹伸手要扶她，又没敢扶。秦封雨穿着一身宽松土黄色套头衫，光着脚，烫过的头发乱蓬着，像一个头上顶着另一个头，本来细眯的小眼睛这时肿得几乎挤成一条缝隙，圆脸盘因为浮肿，更加圆得标准，圆规画出来的一样。那圆面上是一层暗淡的灰雾，忽明忽暗，嘴唇一丝血色都没有，紧紧抿着，也是灰灰的，好像刚吃了泥土。

　　"你起来了？饿了吧？咱们大人这就开饭，马上就好！"梁星打破沉默，拉出凳子来让秦封雨坐。

　　三姐却已经从儿童座椅上爬了下来，扑到妈妈怀里，小脸儿上沾的满是比萨饼上的西红柿酱，一股脑蹭到妈妈裤腿上。秦封雨蹲了下来，搂着孩子，紧紧地，像是不这么紧地去搂，孩子会化掉一样，二姐尼尼也跟了过来，"妈妈！妈妈！"地叫着，也被秦封雨一把揽进怀里，使了狠劲儿，像有人要抢她孩子，眼泪顺着那两条细缝直直地流淌下来，汹涌如泉。

　　梁星的眼泪早流了一脸，她强忍着没有抽泣出声。巨大的悲痛悬浮在空气里，人们都聚了过来，默默流泪，谁也说不出什么来，说什么能够让逝去的回到生活中来，说什么能让这无法修补的情感停止哀伤？说什么能让这些瞬间失去父亲的孩子们召回父爱？说什么能让这个无助的女人面对眼前渺茫而无依无靠的生活？

屋子里就这么静着，邱伟大似乎明白了什么，放下比萨饼蹲到妈妈面前，就开始抽抽嗒嗒："妈……你别哭！你到底怎么了？……我爸呢？……妈，你这样……我害怕！"

沉默一旦被打破，就哭声一片了，人们不再忍耐心中的悲伤，整个房间像旋转着一股龙卷风，风声呜呜咽咽地旋过来又旋过去。女人们都聚拢来，有的来拉孩子，有的来拉母亲，拉住就抱住痛哭，那哭声就像加了平方，成倍地响亮了。尼尼和三妞看大家都哭，跟着哇哇地哭了起来，小孩子一哭就使出全身力量，哭得上气不接下气，咳咳地哭呛了。秦封雨赶紧抱过孩子，拍着孩子的后背，自己倒忘了哭。梁星拿了餐巾纸伸手去擦秦封雨的脸，呜咽着说："封雨，为了孩子，你得撑好啊！"

秦封雨点着头，轻轻摇晃着三妞，这才慢慢停了抽泣。人们也渐渐止了哭声，纸巾撕拉撕拉地抽空了一盒。梁星起身把炒好的几个菜和米饭端上桌子，招呼大家坐下吃饭，食物的香味儿勾着人们的胃口，顿觉悲伤也是十分消耗体力的，都已饥肠辘辘。

"还有很多事情要张罗呢，这几天你得吃好喝好睡好，能不能做到都尽量吧，你如果再累倒了病倒了伤心倒了，孩子怎么办？丧事怎么办？老邱去了，总要好好把他送走！"梁星说。

人们劝着吃着，自然要夸梁星的菜炒得好，虽然都是家常菜，难得在这种场合施展一下手艺，梁星用了十分的精心、耐心和细心，比平时自己在家讲究了不少，麻婆豆腐加了肉末榨菜丝，酸辣土豆丝先过了油，红烧冬瓜开了一罐鸡汤罐头来炖，奶油西兰花汤加了全脂奶，连糖拌西红柿也点缀了黄瓜丝，叉烧肉切得一般长短厚薄，码得齐齐的像用尺子量过。中国厨艺里这一星一点的变化就可以变化出菜肴的精致讲究和高级来，同样的菜蔬，少了这星星点点，便失了魅力，让你难爱。反之，有了这精心的设计和程序的繁复，色香味更上层楼，轻易让你心神向往，涎水长流。

早餐桌子坐不下，陆西安就带着几个男士端了盘子夹了菜坐回起居室，把餐桌让给女士们。人们轻言细语地吃着，就有人向秦封雨通报谁来过了，送了什么吃喝，梁星也把金齐欣那边张罗的事说了，秦封雨就千恩万谢地又掉下泪来，说："多亏你们帮我，一切都由你们做主吧，我什么都不懂，脑子不转了，该怎么就怎么吧，劳累你们大家还得辛苦几天，我真是……真是……，不知道该怎么活下去，以后……，以后……，可怎么办？"

大家就又劝着，跟着掉泪，她才吃了点东西。母亲的天性这时并没有被悲痛掩盖，梁星的菜炒得好吃，秦封雨每样夹了些追着两个丫头喂了。

梁星跟着，小声问："你准备告诉孩子吗？"

"怎么瞒得住呢？伟大懂事儿了，不用拐弯，他是哥哥，又最大，得帮我承担家事啊！两个小的也都是教会熏陶着成长的，知道天堂是好地方，也许不会太伤心。"秦封雨说着，又哽咽住了。

梁星眼睛哭的生痛，纸巾没离过手，自己也没吃几口就饱了。自从秦封雨下了搂，她一点儿没想起来炫耀自己做菜的手艺，人们的夸奖也似乎隔着一层雾膜，淡淡地从耳边划过，她深深地被这母子们的悲伤感染了。这时看秦封雨面对孩子仍然耐心细致，思维清楚，说话清晰，才略感欣慰。人们看出这是个坚强的女人，有孩子支撑着，日子艰难还是容易，都会挺过来的。一上午房间里充满的压抑和无奈，也好像气球漏气，缓缓地释放着。

秦封雨看两个闺女吃好了，才把孩子交给教会姐妹，自己把儿子拉到书房，关了门。

金齐欣带着几个球队队员来了，众人坐在起居室商议葬礼事宜，金齐欣和陆西安做了当然总管，一个主管外务，包括丧事纪念网页、殡仪馆商洽、遗容瞻仰、租车租人运送逝者到教会参加葬礼、最后到墓地安葬等等事宜，陆西安主管内务，包括秦封雨过渡期的生活起居、教会支持和在教会举行葬礼的全套安排。

邱伟大和母亲从书房出来的时候，好像一下长了十岁，那张酷似邱段守的脸严肃地绷着，看不出流过泪，却突然没了稚气，不知道秦封雨给孩子施了什么魔法。他目不斜视地走到妹妹们玩儿的房间，坐在地毯上，呆呆地看着两个妹妹。从那一刻到丧事结束，邱伟大没再说过一句孩子话，他不哭不闹不玩儿电脑不打游戏，静静地吃饭，静静地拉着妹妹去厕所，静静地看着她们玩儿，静静地坐在妈妈身边听大人讲话，妈妈让他走，他便走开，无声无息。有一会儿他默默坐在窗前发呆，看街上几个孩子玩儿旱地冰球，面前那孩子们的游戏却已经成了童年的过去，此刻他必须面对长大的责任了。他转身回到妈妈身边，说："妈，我就坐这儿听你们说话，我一分钟都不想离开你！"大人们惊奇于他的反应，有人伸手摸了摸他的头，他不满地看了那人一眼，坐直身体，紧紧靠在妈妈身边。

"没事儿，伟大从小懂事，咱们继续说。"秦封雨搂了搂儿子，便松了手，金齐欣把殡仪馆的报价报出来的时候，她转身对儿子说："咱们就选最便宜的，好吧？爸爸不会介意的。"

金齐欣就从最便宜的讲起，说如果把尸体或器官捐给大学医学院或医院，费用是最低的，接受单位会负责之后的火葬和费用，然后把骨灰物归原主。秦封雨没等他说完就否决了，她回头对儿子说："爸爸说过要捐献器官，但一直没有填表签字。爸爸走的这么急，妈妈心里难受，不想让爸爸再少了身体零件。我希望有一块墓地。我们以后可以经常去看他。这件事爸爸一定不会责怪妈妈违背他的心愿，你同意妈妈吗？"

"妈妈，你做的都是对的，我都同意。"秦封雨刚干了的眼睛就又刷拉拉掉下泪来，邱伟大就伸出小手去给妈妈擦眼泪，又站起来去搂妈妈的头。人们又是唏嘘一片。

"好儿子！"秦封雨搂了儿子，很久才停止抽噎。邱伟大忽然说："妈妈，爸爸走了，还有我呢，你别怕！"大家又呆了，这邱伟大才11岁，有个这样的儿子，邱段守应该可以闭眼了。

是土葬还是火化，费了点时间，火化可以节省丧葬费用，秦封雨犹豫不决，国内的人都是火化，但这边土葬的居多，两种方式都可以有块墓地下葬。邱伟大就插了嘴："我们不在中国。我看电影里墓地都是大棺材入葬的。这边地多，他们能住的宽敞为什么不住呢？我们买这个大房子不是爸爸的主意吗？爸爸喜欢大房子。"大家都住了嘴，盯着邱伟大看，虽然他讲的是英语，大家的表情就好像他在说着外星话，半晌没人言语。秦封雨看了儿子一秒钟，就定了土葬。她小声对儿子说："爸爸其实不在乎住的大小，但你替爸爸着想，希望他完整入土，住大房子，他一定会非常高兴的。"

定了土葬，又商讨瞻仰程序，金齐欣随时跟殡仪馆电话联系着就敲定了。选了不开棺展示死者面容的方式，死者棺木上会摆放照片供来人鞠躬敬礼，然后在瞻仰大厅观看死者的照片和录像，这样又省去了一大笔装饰死者棺木和化妆的费用。教会葬礼在一周之后的周末举行，殡仪馆会派专业人士和运尸车运送棺木到教会大厅，费用都是固定的，之后直接送去墓地下葬。

教会的葬礼部分，开销极小，人力物力会众都会全力义务支持，花篮花圈需要和花店预订，估计也会有会众捐赠，陆西安就指定了专人负责教堂装饰等事宜，又安排了三个姐妹负责帮助解决秦封雨母子们葬礼的衣饰、照片录像收集等私人问题，甚至安排了一个会妙笔生花的姐妹帮助秦封雨准备葬礼讲稿。

不到两个小时，一切就商定下来，秦封雨的宗旨是经济实惠。世界上的事，如果要一切从简执行，往往最容易不过。

会议结束，赵区哲打来电话说捐款账户已经向连心网公开发出，跟帖的十分踊跃，捐款金额看好。金齐欣赶紧把瞻仰日期和教会葬礼日期也通报了，立即登上连心网，这边梁星就负责联系报纸的消息公布。

人们该走的就走了，该留的便留下。仍陆续有人来探望秦封雨，秦封雨亲自接待了两个，都是面生的，邱段守的朋友，大家无言可叙，陪着集体流泪。梁星看着不是回事儿，送了客人就逼着秦封雨上楼，又推着邱伟大陪妈妈去休息，两个小妹已经被教会姐妹哄着睡午觉了。

上了楼，儿子就被秦封雨撵走让他随便玩儿电脑，再懂事儿，也是个孩子，让他跟着操大人的心，对孩子不公平，玩儿游戏转移转移注意力，对孩子没坏处。虽然躺在床上，哪里能够入眠？一台大戏在她脑袋里乱哄哄地演着，演员只有一个，邱段守。那面孔千变万化地更换着，时而喜，时而忧，时而呆滞，时而鲜活，坐着，站着，跑着，跳着，开着车的，推着吸尘器的，手里运着球的，肩上扛着儿子的，胳膊里挽着女儿的，衣着严谨的，床上赤裸的，下班进门的样子，上班出发的样子，邋遢的样子，精干的样子，怒目而视的样子，和颜悦色的样子，笨手笨脚的样子，手足舞蹈的样子……这一切如今都已经云烟散去，只能在记忆里零星地拾取碎片了。秦封雨始终不明白健康活跃的丈夫看起来比世界上所有人都应该长寿，怎么会突然就不见了？高高大大的一个人怎么就突然从这个世界上彻底地消失了？她伸手摸了摸身边的枕头，捻起一根半头儿白半头儿黑的头发，又粗又硬，他的头发。她放在鼻尖下闻了闻，是他的味道，不够，她干脆放进嘴唇抿了抿，还觉得不够，索性用牙齿嚼了起来，段守啊段守，我真想把你生吞活剥了啊，如果可以，我多想吃你的肉喝你的血啊！你怎么舍得弃我而去？你怎么舍得弃三个孩子而去，你怎么舍得？？

枕头湿了，她抽走自己的枕头，扯过邱段守的枕头枕上，一遍一遍地抚摸着，又摸到一根头发就又放进嘴里咀嚼，嘴里念叨着只有自己听得懂的话。十几年了，她放弃了自己，一心一意相夫教子，心甘情愿地在家庭中充当绿叶，去衬丈夫这朵红花，虽然还不到四十岁，她已经变得与世无争，只要家庭平安和睦，孩子健康快乐，就心无他求。可生活为什么这么不公平，在平静顺遂的时刻，一瞬间就把邱段守从她身边夺走？留给她一个大大的问号，怎么办？一切都颠倒个儿了，一切都将重新开始，一切都将变化，朝哪里变？怎么变？？

邱段守比秦封雨大十几岁，她对邱段守的依赖心理除了平等的夫妻之情，还有些父女般的遵从恭敬和交托之心。认识邱段守的时候，秦封雨刚经历了一段刻骨铭心的爱情，男友是医学院同班同学，读研又跟了同一个导师，直到两人同时报考了美国同一个实验室的助理实验员，不幸的是男友拿到了实验室的基金资助，秦封雨却落选。多年来两人学习用功吃饭睡觉形影不离，这样的分离令人心碎，两人商定等男友稳定之后回来结婚，接她出国继续深造。鸿雁传书，一年即逝，秦封雨已经在市里最大的医院做了住院医师，业余时间去上外教的英文辅导课。现在必须努力工作，集中精力积累些金钱、临床经验和英文能力，做为到国外去建设家庭的储备力量。繁忙的工作和学习使她忽视了男友渐少渐短的信件，她坚定地盼望着，不久的将来男友会把自己接出去。哪知，人心莫测，一封信如晴天霹雳，七年相亲相爱瞬间变成了看不见摸不着的记忆，男友果断提出分手，一切都成为过去。

秦封雨看着男友和新女友的合影，悲恨交加，她知道自己不美，她也知道自己和那位妖气十足的富二代留学生无法相提并论，她恨，恨的不知如何是好，她悲，悲的伤心欲绝。心灰意冷，七年的感情，是个什么？是个比零还渺小的负数啊！她倒宁可它是个零，不留痕迹，可它是负数，它留下的是皲裂的心、破碎的情，一块永远无法复原的碎裂的镜子，每一块碎片都折射着痛苦的血红色的光芒，晃得她看不清前面的世界，看不清未来，看不清人生。

她沮丧了，消沉了，工作无精打采，对世界灰心丧气。正是这个时候，邱段守出现了，他回国相亲，秦封雨的姑妈介绍两人见面。这个突然降临的转机迅速把她从低谷中拖了出来，她看到了穿过浓厚的乌云放射出的光明。邱段守离过婚，但没有孩子，虽然年纪大了点儿，长相倒并不老，常年热爱运动使他的面孔总是红光满面，他的老成持重和已经稳定的身份、工作和经济状态更让她感到踏实放心，两人约会了几次就定下婚事。之后，结婚、出国、生子，水到渠成，按部就班。

她新鲜丰满的身体果然适合生养，前脚出国，后脚就有了儿子，想要继续深造读书的心思就渐渐地淡了，儿子两岁的时候，她也申请过几所大学里的实验室工作，都未成功，她需要国外的学历。求学，对一个初为人母的女子，没有老人帮忙协助生活，太辛苦。邱段守是个热衷社会活动的人，下班之后一周打两三次篮球，卧春城的华侨协会他担任理事，河南同乡会他担任副会长，过年过节，经常会被大使馆邀去做客，报纸上专注去找，一定找得到他的名字。这样的男人，需要一个安心而省心的家，需要一个勤劳而操心的太太。秦封雨的求学梦想在丈夫的精心培养下一天天萎缩，贤妻良母的形象却一天天高大健硕起来。二妞来了，是计划生产的，三妞来了，却是意外。不管计划还是意外，求学和找工作的思想只能像秋天的树叶，天天都在生活的琐碎中飘飘零零。树枝渐渐干枯，封冻时节，树枝上一片叶子也没有了，冻住的是她曾经有过的求学理想。

她的生活却并不是冬天，这是一个大哭小叫儿女成仁的繁忙景象，如春天的青草吐芽儿，夏天的山花烂漫，秋日的硕果累累，她不再怀念那冻住的理想，她宁可参与面前兴旺的繁忙。有时候她也会抱怨邱段守在家务事面前的懒惰，也会厌烦沙发上他那男子汉大丈夫的骄傲，甚至会仇恨他偶尔流露的居高临下的姿态。可更多的时候，她是繁忙而且快乐的，她喜欢看着丈夫不嚼不咽地吃她蒸的小笼包子，一口一个，她喜欢悄悄在洗衣筐边嗅他被汗液浸满的球衫，她愿意在夜晚被他粗暴地压迫揉捏，她喜欢在报上的一个角落看到"邱段守"三个字。网上球队照片里丈夫总是站在最中间的高大身影令她忍俊不禁，瞧瞧，他的腿干嘛站这么大的八字？球衣都汗湿成这个样子也不换一件再照相？运动包里给他准备了备用球衫啊！嘴咧的太大了，露那么多白牙，多不雅观！唉，男人啊！那个时候，她似乎成了丈夫的母亲，母爱的泉流涓涓地奔涌着。所付出的一切，都在心里凝结成一团一团的蜜糖，她爱他，他快乐着，孩子们快乐着，她便幸福。她认了命。相夫教子，就是她的宿命，她愿意去接受它。可现在，她去相哪个"夫"？没有了丈夫，"教子"这件事该如何去完成？三个孩子啊，没有一分钱收入了，远在他乡，上天啊，为什么你这样虐待我？

保险！这念头是一瞬间闪现在秦封雨大脑里的，她想起了去年和邱段守的一次谈话。

"保那么多干嘛？每年白给保险公司多扔好几百块钱。"她问。

"咱家就我一个收入，这个保险非常重要，每个月多花几十块钱，心里买个平安"丈夫答。

"人都没有了，要多少钱能抵得住这条人命呢？"

"唉，这事儿就这么定了，这种地方省不得钱。我出门进门开着车，你不撞人，保不准别人不撞你，防患于未然吧，原来这个保的太少了，我不能不为自己的妻儿着想！人没了，有这些钱至少养孩子的后顾之忧减了不少啊！如果是你走了，这个保险对我意义不大，我有工作支撑。但如果是我走了，这个保险对你的意义太大了！你的保险意识很弱，得学着点儿。"

邱段守一直参加单位群组集体买的人寿保险，每年需要一次重新审核。就这样，保额从过去的五十万增加到了一百万，想不到竟是邱段守为妻子儿女做好的别离准备。当时秦封雨心里有阴影闪过，这样的保险是不是预示着什么不吉利的未来啊？她不习惯违逆丈夫，自己在国内呆久了，没有保险意识，只怪自己土气，便不再言声儿。想不到，害怕发生的事情竟然真的发生了！如果当初自己竭力反对，也许，也许邱段守就不会死。可是，世界上从来就没有"也许"。

此刻，这个保险果然变成了救命稻草。她的心好像一直被什么攥着，突然间就松开了那束缚，孩子们有救了，自己有救了！

邱段守暴亡之后，虽然见不到邱段守，但家里到处都是他的痕迹。她始终有种悬浮的感觉，好像活在梦里，虚弱，迷蒙，不清不楚。此时，突然就有了双脚踏到地面的感觉，梦也像晨雾一样随着天光渐亮消散着，生活渐渐清晰起来。如此就好，可以很好地缓冲一下。"怎么办？"的问题变成了"这么办！"。周一一早就去和丈夫单位、保险公司、银行询问此事。至于捐款，是不是应该阻止他们？但是……就由他们去吧。再多钱，坐吃山空也是不容易的，多一点总没坏处！当务之急，大房子是无论如何得换掉的！

她立刻有了精神，翻身起来，到卫生间洗了把脸，梳了梳头发，就下了楼。

"我得卖房子，这么大的房子，地税一年要八千到一万，我养不起，你们帮我插牌卖了，好吧？这房子是新房，一定容易卖，我们住了不到一年已经涨了几万块了。"秦封雨找到陆西安和金齐欣，就不停歇地说："然后我还在这个区看个小房子，三室的镇屋就够住了，儿子一间，俩女儿一间，我一间。可以省很多地税和水电气暖。"

陆西安正在和金齐欣捧着电脑低头商量着什么，两人对了一下眼神，沉默了片刻，都点了头。她的境况大家都看得清，卖大房换小房是现实的，没想到丧事还没办完，这个比他们都年轻的女人就如此清醒，能这么短的时间内就提出如此现实的问题，两人倒颇觉意外。

"好，先自己插牌卖吧，卖不掉再找经纪卖。我让赵区哲帮你在牵牛花自助售房网页上做个网页，他做网络的，轻车熟路，几天内就可以插牌。再派人过来拍些照片、商量具体售价等等。不过，这事儿怕是得等到葬礼之后了。"金齐欣稍做思索就答应了。

"太感谢你们的帮助了，没有你们，我真不知道该怎么去做这些事儿。"

"都别急，一切都在神的手中。教会稍后会来人帮你收拾房子，卖房买房是很繁琐的事儿，但有大家齐心协力，一切都会顺利的，放心！"陆西安补充道。

那夜，梁星没回家。小唐吃晚饭的时候就回来帮忙，回家睡了一下午，精神好了很多，把孩子都安顿给了公婆。周凌云的父母很早就办了移民，居住够了十年，已经拿到了政府给老人发放的养老金，在静湖区的老人公寓里住，这时被周凌云接到家里住几天，帮忙照看孩子。

男人们带着各自的任务都走了，留下若干电话号码，让女人们随时联络。教会来值班带孩子的女人们招呼着孩子睡了才离开，秦封雨也被梁星和小唐督促着去睡了。房子安静下来，梁星和小唐这才洗洗涮涮，换了睡衣，都没冲澡，联合着在起居室铺好睡袋，有一搭没一搭地讲话。虽然刚刚相处了一天，却是为着一个共同的目标走到一起来，似乎战友一般，战场上共患难同呼吸过了，一下就变成了挚交好友。两人的睡袋并排着，枕头挨着枕头，躺倒，扭头目光相遇，就彼此微笑。

"我看秦封雨好坚强，这么突然的事儿发生了，她脑子还是清清楚楚的。"梁星感叹道。

"她本来就是个能干的女人啊，在国内做医生的，研究生毕业。为了邱段守和孩子才牺牲了自己的事业。"

"咱们是不是得帮她看着点儿？这么年轻，总得再嫁吧？"

"是。不过，一个不工作的女人，拖着三个孩子，找谁呢？"小唐摇着头。

"是，看来得找个老外。中国男人不愿意找个拖油瓶的。老外倒很多和二婚带孩子的女人组建家庭，我同事里就有。秦封雨才三十几岁，毕竟年轻。还是有机会的。"

"我每天在点心房工作，见不着男人。你们政府工见的人多，你发动你周围的朋友留点儿心，帮她看着，说不定就碰上一个愿意的。上帝不会总让她这样苦命的！"小唐说完，似乎觉得怀疑上帝是罪过的，赶紧爬起身来，冲梁星尴尬地笑笑，跪在地上，闭眼祷告："耶稣我主，一切交在你手中，你掌管我们的一切，一切都有你的理由，求你保守秦封雨和三个孩子度过难关，求你给她们平安美满的生活！谢谢你给我们带来这样多的好姐妹好兄弟一同帮忙，求你保守葬礼一切顺利。您的慈爱无边无际，我愿意把一切交在您的手中，也求您的爱随时降临到我们每个人身上，以主耶稣基督的名求，阿门！"

梁星躺在那里，听着小唐祷告，每个字都清晰响亮，明明响在耳边，却似乎是天外之音。她小声地重复了一句"阿门"，突然有种奇怪的冲动，似乎有小虫子在血管里爬行，刺激得她不得不坐起身来。

"小唐，你，真信？那你说上帝为什么夺走邱段守的命？她为什么让秦封雨这样苦命？"

"我们人这么渺小，怎么能猜出上帝的心意呢？上帝总有上帝的理由啊！只是我们不懂罢了。邱段守去了天堂，秦封雨要面对的也不一定就是苦难，只有上帝知道他的计划。小梁你不知道，信，真是个好东西。你信了才会明白，它让你快乐、平安、踏实、有依托！我的信给我带来太多美妙感觉了！"小唐笑着，那张本来就孩子气的笑脸，这时简直是"天真烂漫"加"真情四射"，每一根皱起的纹络里都盛着欢喜和兴奋。

梁星的眼睛突然就有点儿潮湿，她抓住小唐的手，说："等我搬过来，我也去你们教会听听道去。"小唐的手小而温暖，攥在手里像攥着一个小炉。"你的手真暖和！和你的心一样吧？"

小唐就抽出手翻过来抓住梁星的手放在自己胸前格格格地笑着说："你摸，我的心是不是一样暖？"

那团柔软在梁星手下面轻微地起伏着，她没想到小唐有这样的举动，自己先红了脸，笑说："这么没羞的！"手却轻轻抓了一下。

两人都嘻嘻笑起来，一天的疲乏在笑声中释放出去。两人关了灯，很快就入睡了。

五、

连心网和华风周报几个华人平面、网络媒体很快就把邱段守的葬礼信息公布出去。

瞻仰那天，分了早中晚三个时间段，秦封雨一身玄衣玄裤带领三个孩子站在瞻仰大厅门口，和前来瞻仰的人一一握手拥抱，接受问候祝福。免不了一次次抽噎，泪流得剩下不多，一整天要接受几百上千人众的近距离慰问，也只能不停抽噎，悲伤的面容时刻停留在脸上，话也难得说一句完整的。

梁星对小唐小声嘀咕："悲伤也需要体力和耐力呢！我看着她都觉得累。"小唐用胳膊肘捅了梁星一下，说："坏人。这时候还说风凉话！我去给她倒杯水喝。"梁星忍住没笑，这几天上班迟到早退，下班就直接到秦封雨家照应，和小唐相处更加默契，小唐身上有种天然的宽和大气，令她十分喜爱。几天来梁星忙碌在琐事中，悲伤的情绪已经麻木，大家都类似，日子总得往前过。忙碌，是转移注意力的最佳方式。人都是现实的，活着的人面对亡者，想的最多的还是怎么活着，即便葬礼，也像活人的一场秀，做的好坏，是为了亡人还是为了生者，很难判定。仅仅几天，亡者似乎已经成为生者用来使用的一个符号了。她对自己的麻木和这种阴暗的想法多少有些愧疚，晚上就和金齐欣念叨，金齐欣竟笑了，说："行啊，老婆会用脑子了！还挺哲学的。其实，本来一个人赤条条来赤条条去，就是空空如也。记忆、情感这些东西虚头八脑的，看不见摸不着，只有自己心里明白。活人继续吃饭穿衣走路，还不得照旧？活一天就离死亡接近一天，想那么多干嘛？你也犯不着有负罪感，你我他，都差不多，做好该做的事情，就行了。"

按照本地习惯，邱段守是心脏病猝死，教会帮秦封雨在瞻仰大厅设立了给心脏病研究协会的捐款台，却只有几个邱段守的白人朋友往那里登记捐助。西人那套公益捐助意识，对华裔移民来说虽然早已不是新鲜事物，但真正从内心愿意接受的毕竟不多。针对秦封雨的现状，捐给她本人更能救急，还落个人情，都是捐，干嘛捐给公家？讲究经济实惠，是咱华人的传统，即便捐款，也不例外。前来吊唁的华人有的已经从网上直接捐给邱段守捐助基金账户了，没捐的人图省事，就有直接把现金放进吊唁卡片里的，拥抱着秦封雨的时候说："一点心意！"然后重重地把信封塞进她手里，那份人情就直接传递出去了。没一会，秦封雨的手里就一把信封了。教会只好在灵堂边上干脆又加了一个邱段守基金捐款的小桌子，摆了捐款箱、信封和笔，那小桌子边的人流也就络绎不绝了。这道风景，在本地人的葬礼上，怕是罕见。

来瞻仰的人很多，晚上的队伍最长，一直延伸到了停车场。殡仪馆大门口迎宾的是两个穿着笔挺黑西装的白人老者，对每个进门的人郑重地微笑点头，是殡仪馆的专业工作人员。瞻仰大厅的正面摆着邱段守的铜红色棺木，因为不展示死者面容，在棺盖上摆放了邱段守的大幅照片，那张精神焕发的黑白照，迎面给每个前来鞠躬的人一脸永不消失的微笑。人们却对着这张照片擦着自己的眼角，生者对逝者的恭敬，要用沉痛来表示，才符合惯例。大厅里面有个侧间，连续播放着邱段守从小到大照片的集锦录像。人们在棺木前稍停之后顺着人流走进侧间，黑压压地挤着看录像。

儿时的邱段守愣头愣脑，不多的几张黑白照。青年就显出与众不同的阳光气质，笑起来没遮没拦，满口白牙，头发根根直立，领袖范儿十足。中年的沉稳干练都是挤在人群中的，大多都是集体照，他的中心位置在群众的衬托下一览无疑。每幅照片都配着相关的说明，邱段守一生的轨迹，就这样一张张连接着每十分钟翻动一遍。人们一波波地离去，心里装着一个逝去生命的一生，或感慨或唏嘘。今天的他，没准儿就是明天的自己，谁的手里也没有一只可以预卜未来的水晶球。就有人互相拍着肩膀，说保重。熟人相见，低声寒暄，聊些和葬礼毫无关系的事情，邱段守的棺木几尺之遥，他在球场上突然倒下的事情，三言两语带过，好像已经是很久以前的事儿了。

梁星看见旭蓉蓉俯身在邱段守基金桌前填信封，身边站着丫丫，免不了大惊小怪："怎么，你也来了？你认识他们家？"

"不熟。丫丫和邱伟大在西区中文学校是同班同学，接孩子时和秦封雨聊过天儿，挺好的一家人。中文学校的老师号召同学门给邱伟大献爱心，丫丫一定要来。"旭蓉蓉说着把信封封了口，梁星看见里面是一张支票。旭蓉蓉把嘴巴凑到梁星耳朵边，已经压低的嗓音压的更低了："孩子没见过丧事儿，想来看看。带她来，长点儿见识。"

梁星点了点头，伸手摸了摸丫丫的头发，旭蓉蓉一贯实实在在。旭蓉蓉说："孩子们可怜啊，这么小就没爸了。你在这儿干什么呢？"

梁星就把金齐欣球队参与丧事的事儿说了说，功劳一定会在老同学面前摆一摆："我成了骨干队员了，班都没好好上，这几天在她家帮忙，烹饪技术飞涨！"

"你本来烹饪技术就好，我不惊奇。惊奇的是你能量太大了，看你多精神！当上了地主婆，当上了救助团的女子团长，还当上了大厨！世界上有你这么能干的人，还让人活吗？"旭蓉蓉啧啧叹着。周围人来人往，两人收敛了笑容，各自归位。

旭蓉蓉穿了条黑牛仔裤，上衣是件黑色套头绒线衫，上面印着几个不知道什么意思的白色大字母，大概是临时抄起丫丫的衣服，求了素色，却不够庄严，多少有些不伦不类，一看就是从不在自己身上花心思的忙碌工作族。可那一色的玄黑却衬得她本来就白净的面孔更加显眼地白，这张脸挤在黑压压一群人中，简直清丽单薄的让人心动。

梁星一边帮小唐搬弄越来越多的花篮，一眼瞥见陆西安站在门口看着侧间发愣，他的目光直接落在旭蓉蓉苍白的脸上，那脸上不施脂粉，透明地白着，双眼黑葡萄般亮着，熊猫似地黑白分明，对着电视荧屏一动不动，身边的丫丫也一样地牛仔裤套头衫，一样地又白又静。离的远，看不到旭蓉蓉的鱼尾纹，黑压压的人群中，两张脸一片白亮。

多日顾不得泛滥的酸水儿慢慢涌进了口腔。这几天，在秦家进进出出，低头不见抬头见，梁星总是下意识地观察陆西安，有时碰巧两人目光相遇，心脏蹦地一下，她感觉自己的微笑总是不够自然，脸上像贴了胶带纸。此刻，她低头审视自己讲究的服饰，半高跟黑蓝相拼皮鞋，深蓝色暗花西服裙，纱织白衬衣，配套暗花深蓝西服，无可挑剔。可是很显然，再打扮，也没有旭蓉蓉那随意自然的样子出众。

她悄悄绕到陆西安身边，后背撞了他一下，手里的花篮险些掉了："哦，对不起，对不起！"她慌张地说。

陆西安回过头来微笑着问："哦，要我帮忙吗？这么多人送花篮啊！够你们累的。神保守！"

"不用，不用！你忙你的。"梁星弯腰摆弄花篮，心跳渐渐平复了，才起身环视四周。陆西安已经退到瞻仰大厅，跟摄影师低头说话。

她想起昨天在单位碰上陆西安的事儿。吃中饭时在饭厅，梁星邀陆西安坐到她们桌上来，几个华裔女士经常在饭厅里扎堆儿聊天儿。陆西安很少到饭厅来买饭吃，平时都是带了饭直接在办公桌上草草地吃。他犹豫了一下，还是跟着她坐了过来。梁星发现陆西安在单位和在秦封雨家里判若两人，单位里的陆西安话少、严肃、郑重其事，秦封雨家里的陆西安随和、幽默、容易相处。一个嘻嘻哈哈的人怎么能在单位里讲出掷地有声的话呢？这严肃简直令人尊敬。做领导的，懂得公私分明。女人们在谈论这两天的头条新闻，一个天主教堂的牧师性侵幼童被判了刑。一个同事问陆西安："陆头儿，你不是信教的吗？你说牧师怎么能干出这种事儿？"陆西安平静地笑着答："你说牧师是人还是神？对了，是人的话，就会犯错误，我们都是带着原罪的烙印的。牧师受神召唤传递神的信息，不等于他就是和神一样完美的人。人，都是有七情六欲的。"同事还想接着问，陆西安却转了话头，他冲着梁星说："梁星，你说是不是？" 梁星看着陆西安温和的面孔，淡然的神情和轻言细语的声音，心跳本来就莫名其妙地加快了，陆西安这么问着"七情六

63

欲",不知不觉,脸就有些红,咽了饭,才腾出嘴来说:"是吧。你是明知故问。你可以给我们大家当老师。"虽然说的是真心话,语气里却多少有些撒娇的成分,软绵绵的。陆西安就笑着说:"你不久也要搬到静湖去了吧?你们几个以后都常去我们教会转转吧,教会气氛友爱平安,几位美女来了一定会喜欢。"大家都好好好地应着。梁星说:"一定去。小唐也跟我说了几次了,我看你们信教的人心态特别平和,真挺好的,我搬了家就去你们教会吧。"

虽然在瞻仰大厅,梁星还是无法管住自己动荡的心思,她张罗着迎来送往,目光时不时地追随着陆西安,真是见了鬼,她自嘲地骂自己,又气愤不已,呸!他看起旭蓉蓉还没完没了了!

旭蓉蓉终于过来道别,梁星伸手揪住那印着字母的套头衫说:"亲爱的,你怎么穿这个来瞻仰,太不严肃了!"旭蓉蓉低头看了看自己,尴尬地咧了嘴:"这么严重?我还专门找了件黑衣服呢,是打折时减价买的,丫丫的。"

"唉,你呀,白瞎了这张脸蛋儿,太不爱惜自己了,受苦的命!"

旭蓉蓉耸了耸肩,梁星这是怎么了?虽然听着不爽,可也不知道该怎么回答,就匆匆带着丫丫告辞,说葬礼上再见。梁星看着旭蓉蓉纤瘦的身影消失在停车场里,那股酸劲儿才像气球漏了气,缓缓地释放了,瞥着陆西安的眼神立刻松弛下来。

瞻仰日总算过去了,秦封雨累的身子发飘,几次快要跌倒。小唐就又拉着梁星在秦封雨家住了一晚,三妞这些日子缠上了小唐,二妞跟梁星对脾气,两人总是带着孩子一边说话一边玩儿。秦封雨也把小唐和梁星当了贴心姐妹,不哭的时候,三个人就你一言我一语地说事儿。梁星说:"小雨,你别怪我性急,现在就提这事儿,我这人最庸俗最现实。我现在就帮你看着,有合适的咱们就见见。"

"开玩笑吧?总得等几年吧?我脑子里全是邱段守,孩子们还这么小,根本没心情。"

"你得调整自己。就是因为孩子小,你才需要帮手啊,越早越好。等上几年,你老了,还能找吗?想找就来不及了。"梁星紧追不舍。

秦封雨唉声叹气,却没去堵梁星的嘴。梁星过后和小唐嘀咕,秦封雨也明白自己的处境,生活逼到这份儿上,也由她不得,孤身女人带着一群小孩子,怎么离得开男人?

这几天梁星并不天天守在秦封雨家,静湖、家里、班上来回跑,两天加一次油,车子跑得像永动机。梁星想起刚移民时汽油价不过是现在

64

的一半，路过加油站巨大的标价牌时就要骂几声娘，小数点之后的数字她都不会放过，涨涨涨！你涨得能有我们赚的快？梁星开着黑色奥迪Q7，是半年前买的，车行专门从欧洲运过来。好车开着神清气爽，代价也高，油要用好油，比普通油贵不少，几天来的加油账单不忍心看，哎，邱段守啊，我们对你也算人之义尽了。这车子通常就是在车库里泊着，上班两口子开一部车，周末出游才开这部车，这下好，几天里车轮滚过的距离顶了半年的路程。回家就免不了唠叨了两句，金齐欣皱了眉，说："你啊，好车是你要买的，当初也知道开销大，平时上班不开也就罢了，城里泊车贵。但车买了不是用来摆着看的，现在需要，就少想点儿钱，这不是物尽所值吗？人都死了，帮点儿忙你还有情绪算计油钱和公里数！"梁星就哑了声儿，明知心眼儿小是坏毛病，可仍然情不自禁地去钻针屁股眼儿。表面上，她的豪爽大气却是当仁不让的。进进出出，别人多看她的奥迪两眼，她就更加昂首挺胸，很有点儿沾沾自喜的得意。

葬礼安排在周六，休息日，崇拜大厅坐满了人。阳光从大厅正面的窗口射进来，照在黑压压一片安静的人群身上。这扇长方形窗户，安装在舞台正中的墙上，玻璃中间是一个巨大的十字架，阳光涌进来被分割成四个长方块，放大在人群里。从二层座位上看下去，那十字架的光芒四射在人们头顶，庄严和肃穆的神韵从天而降。此时，满满的大厅像集体吃了安眠药，安静的只听到喘气声，人们没有交头接耳，也没有寒暄低语，统一的庄严肃穆，约束了人们的意识和行为，刚进来的人也都默默地就坐，生怕破坏了这默契的统一。

陆西安和教会几位长老一直站立在几个大门口指引来宾入座，人们寻到座位坐下，对熟人点点头。金齐欣和梁星是带着勇儿一起来的，一家人神情肃穆地坐在前排，金齐欣一会儿要上台讲话，被安排了特殊座位。梁星自己的黑色镶边连衣裙是早就选好的，金齐欣的深色西装也是现成的，勇儿却费了点儿心思，孩子还在长个儿，为了一个葬礼买新西装不值得，梁星就把丈夫的一套旧西装翻出来给儿子穿，儿子又瘦又高，上衣在身上直晃荡，裤子短得吊着。梁星就嚷着要给儿子去买新西装，勇儿本来就不想去参加葬礼，这时便有了借口，死活不去逛商店。金齐欣几天来辛辛苦苦，脑子里乱得很，母子两人的口角听着很心烦，耿耿地插嘴说："你这个当妈的就不能少唠叨两句？不就一两个小时的葬礼吗？儿子穿了这身宽大点儿的衣服就丢了你的人了吗？谁顾得上看他？你要那狗屁虚荣心干什么？儿子，别理你妈，你一定得去，邱段守是老爸的队长，老爸还要发言呢，你没参加过葬礼，也该见识一下，一块儿去，给老爸个面子，就这么定了！"梁星念念叨叨地哭了一会儿，说父子俩一起欺负她，说她也是为了给全家撑门面才这么要面子，说男人不懂女人还逞强霸道，自言自语了一小时，也没人理她。电话来了，小唐叫她过去商量事儿，她才擦了眼泪补了妆出了门。一路上开着车，放了摇滚乐，强迫自己把老公和儿子的不合作忘到脑后。见了小唐，早换了欢天喜地的面孔。她从未在外人面前示过弱，无论和怎样贴心的闺蜜相处。这时她坐在教堂大厅前排，想象着后面一排又一排目光都有可能在注视自己，就有了明星的感觉，腰板挺的笔直，肩上的头发整理的一丝不苟。

崇拜大厅是新建的，会众集资了一百多万建堂，小唐说教会家家捐款，捐几百几千的都有。"生活达到小康就好了，多余的资助教会大家庭，多好！攒钱是攒了地上的财富，会腐烂消失，只有积攒天上的财富，才会得永生和平安。"梁星听的似懂非懂，只觉得怎么信了主的人都这么缺心眼儿，天上的财富是什么东西？谁见过？还是地上的财富房是房，车是车，看得见摸得着，实在。自己辛苦挣的钱，税后能剩几个几千块呢？几千块地捐，无法理解！可面前的小唐显然无私奉献到了忘我的地步，自己无论如何做不到，心下即纳闷儿又佩服，越发想去教会参加参加崇拜，看到底是什么让这些人傻成这样。

想不到首次崇拜竟是参加葬礼。这耗资百万的大厅果然雄伟，两层座位能盛上千人，二三十米的高顶设计，立刻给了会众庞大的空间感，神圣的气氛充满这空间，坐在座位上仰头张望，那空阔的高顶苍穹一览，你无法不感觉自己的渺小，难怪大厅落成时总理还亲自来参加庆祝。

这间教会是卧春规模最大的华人教会，总理亲临华人教会是亲近华民的一份姿态，毕竟，这个国家日益增多的华人移民在行行业业里为国家的繁荣添砖加瓦，毕竟，这日趋庞大的华人群体的选票和政治倾向令政客们无法忽视。梁星扫视大厅，扫视坐的满满的会众，想起见过小唐全家和总理在新大厅里的合影照片还有总理亲自签名的圣经封面，总算明白了这间教会的与众不同之处，它有一种整体包容个体的吸引力，你置身其中，就不由的想跟随什么力量的指引，放弃小我，归于大我，同化为一。个人也有了主心骨，有了大集体的依靠。

讲坛下面，沿着舞台一字排开了许多花圈和花篮，毛笔写的挽联不多，大多用粗重的签字笔代替，歪歪扭扭的连书法也算不上，也难怪卧春城这些新移民，多数是理工出身，毛笔字写的能上台面的是凤毛麟角。挽联却雅俗共赏，网上抄来并不难。雅的有："前世典范，后人楷模， 名留后世，德及乡梓"，又有"鹤驾已随云影杳，鹃声犹带月光寒"，亦有通俗的"一生行好事，千古留芳名"，更有朴实的大白话"段守仁兄，你永远活在我们心中"，倒最最真实自然。

几天来和小唐的近距离接触让梁星了解到不少教会的组织和成员状况。教会共有英文、国语和粤语三个分堂。小活动各堂有小集体和固定时间，大活动就联合举行。三个牧师各行其政，主任牧师姓潘，台湾背景，普通话、广东话、英文都精通，做主要的布道和宣道工作，青年牧师姓曹，大陆台山人，从小信主，主管青年事工和家庭事工。实习牧师叫陈新，非常有趣，是几年前抛弃电讯通讯公司的高薪工作辞职去学了神学的大陆移民，能做出这样的决定，无异于丢了皮鞋穿草鞋，砸了金盘用泥碗，没有对神的一片赤诚，是做不出这样的举动的，他在华裔圈里也因此颇有些名气，是为了"主义"可以放弃"生意"的类型。他神学院毕业后受聘做了实习牧师，三年后方能转正，现在给其他两位牧师做助手，因擅长弹奏吉他，除了偶尔讲道，主要分管教会唱诗班的音乐侍奉，颇受大陆教民喜爱。

人们的静默终于被打破，陈牧师带领着几位白衣黑裤的唱诗班成员上了台，男女各半，都是中等年纪的，梁星看了看，没有认识的。墙上的巨大十字架窗户被一扇缓缓下降的大荧幕遮盖，对着舞台的顶灯都亮了起来。舒缓的钢琴响起时，一个女子柔美的声音萦绕大厅："奇异恩典，何等甘甜，我罪已得赦免；前我失丧，今得寻回，瞎眼今得看见。如此恩典，使我敬畏，使我心得安慰，初信之时，我蒙恩惠，真是何等宝贵。"歌词在荧幕上逐句显示着。

这是一首熟悉的旋律，梁星想不起来在哪里听过，但此时此刻，这旋律显然揉进了新的意义和感情，简短的歌词短句突然就那样令人心潮起伏了。梁星刚才还专注在自己坐姿的心思一下子安静下来，她似乎无法确定自己的存在，只觉得心被一下揪住，整个人腾空而起，空明之感顺着脊梁直冲脑顶心，她身体好像涨得比教堂还大，里面装满了神圣的音符和字符，每个细胞都跟随这股庞大的势力缓缓流动。那女中音刚唱到一半，梁星的泪水已经扑簌簌地落了下来，她不知道自己是怎么回事，一切来得自然又突然，泪腺的失控和那空明的感觉同样没有解释，怎么会这样？她克制着不让自己抽泣出声。

陈牧师挥手让大家起立时，另一曲已经奏响，这次是整个唱诗班的和声演唱，两把电吉他，两把克鲁斯吉他也同时奏响，"噢，主耶稣，你已为我预备了最好的福，我肉身已去，新生开始！"歌声响起的时候，全场会众都站立合唱起来，宏大的歌声响彻大厅，梁星的手不知不觉地攥住金齐欣的手，她和金齐欣都不善歌唱，但两人此时都小声地哼着歌词，"今天我遇见你，生命不是结束，是开始。"梁星仍然热泪盈眶，身体松弛下来，脑子却被一种从未有过的情感兴奋着，"从破碎到自由，重新连接在爱里，极致的爱和恩典，拥抱你，也拥抱我。"她觉得一切都这么美好，美好的像假的一样，柔美和谐的音乐声中，这种新鲜的感觉令她无所适从，她不能不跟着歌唱，她控制不住地想要唱，想要融进这个合唱的阵营，有一种光明在她面前展开。她觉得自己像一只茧中的幼虫在奋力地蠕动，她想冲破蚕茧，变成一只美丽的会飞的虫子。她的大脑有些恍惚，里面有着星星点点的闪烁，这种恍惚一直控制着她直到葬礼结束。

　　唱诗在整个葬礼中穿插了五六次，有时全体起立，有时保持原坐。葬礼开始时，钢琴的音乐声中，两位殡仪馆的专业人员和四位邱段守的朋友一袭黑西服黑领带白衬衣缓慢地抬着棺木进入大厅，神情庄严肃穆，每一步都踏着音乐的节拍，也扯动着人们的思绪。那棺木里躺着那具曾经叱咤风云的身体，在这群肃穆而立的活人心中，平躺在那个盒子里的人，不再有思想，不再有温度，他来到这些有温度有思想的人们中间，充当什么角色？存在什么意义？被纪念，被回忆，被叹息，被说来说去，被搬来搬去……这一切的被动，就是生者对逝者的尊敬和爱戴？人类试图怎样在死亡中寻找真谛？怎样在死亡中经历生命的洗礼和升华？

　　舞台之下有人立好了支架，棺木平稳地落在上面，它的四角和中心都点缀着乳白色的鲜花，棕红色的棺木在顶灯的照耀下，泛出柔和明亮的光芒。钢琴师的琴声渐渐地弱了下去，主任牧师潘牧师走上台去开始致辞，他声音低沉亲和，像唠家常，国字脸因为年长，有些慵懒的赘肉，笑起来弥勒佛一样，更加显得平和谦卑。他的致辞毫不悲伤，甚至会经常带来微笑，除了经常引用圣经经文，他更多的是介绍邱段守的简要生平，着重回忆他带领全家人来教会的侍奉工作，"你们可记得他临时帮文馨姐妹抱小孩的事儿吗？"会众发出了笑声"孩子尿了他一身。封雨，是你太贤惠了，对他缺乏训练啊！"前排的人就探身去看坐在中间座位上的秦封雨，她正一边笑着，一边擦眼泪。金齐欣想起邱段守邀请自己去他家参加圣经小组学习的事儿，对自己当初的拒绝多少有些惋惜。邱段守信教这一个侧面，是金齐欣不熟悉的，显然，他是一个好教徒，像他是一个好队长一样，无可挑剔。一个人究竟有多少个层面？每个层面竟然可以如此完全独立而不相干，真是复杂透顶。

会场上的人们仍然鸦雀无声，气氛却松弛下来，有人在座位上左右移动调整姿态，伴着时不时的轻笑。潘牧师的亲和力和幽默感令人钦佩，会众们在他的言语声中不会感觉悲伤，不像是在参加葬礼，倒更像在参加一个家常派对。"邱段守兄弟已经进入了天国之家，是神的计划，我们要歌唱颂赞，为他的荣誉，为主的大爱和救恩颂赞。"潘牧师领头唱了起来，钢琴声随之响起："若有人在基督里，他就是新造的人，旧事已过，一切都变成新的了。"那荣光就和着集体的合唱充满了大厅。

这随和轻松的气氛却没有持续很久，秦封雨上台讲话时没有忍住悲伤，有那么一阵，她泣不成声，无法讲话，大厅里到处都是呼应的抽泣声，梁星看小唐起身想上台去安抚秦封雨，但台上那个坚强的女人终于克制了哭泣，她挥手制止了小唐，说"我行！"虽然放低了，声音还是从麦克风里传出。她重重地吸了口气，似乎吸进了力量，又重重地呼了口气，似乎在呼出所有的悲伤。她说："我不知道还有谁比邱段守更渴望生命，我也不知道神这样做有着什么样的用意，但我知道，我必须面对，一切都写在生命册上，他的时间到了他就必须走。我们的基督救主知道这一切是为了什么。我只有顺服的力量，我只能俯首跟从。我明白神不会给我无法承受的东西，我愿意时刻祷告，籍着对神的信靠和爱，籍着这么多人的帮助，度过这个难关。感谢所有的兄弟姐妹给我这样多的温暖无私的帮助，感谢神籍着你们的手看顾我们全家，感谢大家，感谢神！"就有会众都大声地说"阿门！"，会场里那股无形的力量就又让梁星心潮激荡了。她惊叹于秦封雨的讲话，那种宣言般的誓言对她来说陌生甚至虚假，和平时秦封雨的模样并不十分吻合。她知道发言稿是教会姐妹中的笔杆子一起帮她写的，但显然秦封雨往发言里注入了她自己的内容和力量，那不是照本宣科的发言，那是有着坚硬脊骨支撑的宣言。这力量和教堂的气氛如此协调，以至于那虚的东西也变得实在起来，连不信主的梁星也完全地信赖了，她也说着"阿门"，尽管她不懂"阿门"的含义，脱口而出的声音，却非常响亮。

也有那么一瞬间，梁星想到这葬礼整个笼罩在迷信之中，秦封雨的话不就是认命的态度吗？不认命又能怎样呢？所谓的生命交给神了，上天堂了，得永生了，有谁能证明？死了就是没有了，死后怎么样，又有谁在乎？但这念头只一闪，就被再次响起的圣歌淹没了。梁星实在太喜欢这些圣歌了，它们即使是献给死者的也仍然充满希望，那旋律好像一条金色的河流，让她看到流淌的光辉无时不在，歌声响起，她就由衷地沉浸在河流里，任这美妙的浸泡尽可能地驻留。"天国的门向你敞开，你的累在他怀里消除，你的恨在他爱里融化。信的人得永生，让我们走进他的爱，他是牧者，我们是羔羊。"

之后，邱段守的几个好友先后上台发言，有悲，有喜，金齐欣代表球队的发言简单真挚，"没有段守兄弟，就没有球队，他是我们这群老后生的老大哥，更是我们球队的父母官儿。"台下就有人笑了，金齐欣也笑，说："Well，球队如果是个县级单位，他就是咱县长，如果是个省级单位，他就是咱省长。这官儿，非他莫属。"人们又笑。"球队发展成今天这个团结的大家庭，归功于他的号召力、永不衰竭的热情和干劲儿！段守最想看到的就是球队的持续发展和长盛不衰，我想我们每个队员都会为此尽力，好好锻炼身体，健康地生活，快乐地打球！段守兄弟的在天之灵，请安歇吧！"球员们都是携家带口来参加葬礼的，周凌云和小唐也坐前排，赵区哲坐在不远处，大家拼命鼓掌，脸上挂着泪，嘴唇流露笑意。勇儿似乎也受了震动，老爸刚下台，他就低声用英文对老爸说："爸，你讲的真好！"金齐欣收敛着脸上的笑意，小声问："怎么好？"勇儿回答："Well，我听不懂你说啥，反正就是好！"梁星在旁边扑哧笑出声儿来，连忙止住笑，斜眼看金齐欣歪着脸，五官格外生动，怕是挥起铁拳把儿子揍回家的心思都有了。

钢琴开始演奏，潘牧师高举手掌伸向天空带领结束祷告，"尊敬的天父，爱我们的主啊，我们满心感谢赞美你，因你带领我们在你面前聚会敬拜，蒙你的祝福平安，送邱段守兄弟回归天国，我们向你献上感谢赞美。主啊，我们敬拜纪念侍奉，述说你的大能与作为，用心灵与诚实来敬拜纪念你，信你的会冲破天空升腾，达到你面前，蒙你的悦纳。主啊，你无所不知，求你使软弱的坚强，让你的荣耀与秦封雨姐妹全家同在，求你看顾她和孩子，赐她们所需的，让心中的忧愁烦恼转变为平安喜乐……求主给我们会众和我们教会赐恩祝福，平安快乐，从今生今世直到永远！祷告感谢祈求奉主耶稣基督圣名，阿门"。

祷告结束，人们仍旧站立着，钢琴声响亮起来，水一样涓涓地流淌着，棺木被抬了起来，缓慢向大厅外运输，会众默默注视着棺木，向它行注视告别礼。荧幕上打出了墓地的地址和地图，一小时后，棺木将在那里入葬，想要参加安葬仪式的可以自行开车前往。

人们缓步出大厅，小唐和教会几个姐妹安顿秦封雨和孩子们坐进殡仪馆的黑色加长豪华轿车，运棺木的黑色轿车漆黑锃亮，开在中间，金齐欣搭了赵区哲的车和几个球队队员跟在送棺车后面。人们挤在教堂门口目送车队缓缓驶离。

梁星本来也是要去墓地的，勇儿下午要参加学校举行的一个义工活动，只好就了儿子，分兵两路。梁星看赵区哲的车从拐弯处消失了，才回转身找儿子，却见陆西安迎面走来，梁星惊讶地说："你没跟去墓地？"

"牧师和教会几个弟兄都去了，这边还有很多事要打理，我留下来帮忙。你呢，这是？"

梁星说要送儿子去学校，说完就低头寻思了几秒钟，小声说："你有时间吗？我想问你点儿事儿。"

教堂门口的玻璃窗是磨砂花纹的，有束光从磨砂花纹的缝隙里射到梁星脸上，照在她嘴角一颗小小的粉刺上，那粉刺是粉红色的一座微型山峰，山顶上顶着一粒小白帽子。陆西安呆呆地在那粉刺上专注了两秒钟，有种要帮着摘掉那白帽的冲动。他停了一会儿，才说："啊，当然，你说你说，对你，我当然有时间。"

梁星的整张脸就和那粒粉刺一个颜色了。"我觉得，怎么说呢，今天参加葬礼，有种说不出的感觉，就是觉得这里好，唱诗的时候，眼泪就禁不住落下来。心里面感动的不行。"

"那是被圣灵充满了，神眷顾你啊！"陆西安的眼神里闪着兴奋。

"我想，我应该经常来，不等搬家了，你们崇拜的时间是什么？"梁星问道，其实小唐早就告诉过她教会国语堂周日上午、周三晚上的崇拜时间。

"太好了，我就知道你会受神的呼召，从那天看你炒菜，我就知道。"陆西安脸上泛出红光来，似乎什么东西突然刺激了血液的流动。他详细地告诉了梁星教会的崇拜时间，又说："先来崇拜吧，之后，还有家庭小组活动，你都会喜欢的，有什么问题随时和我联系。"陆西安张了张手臂，似乎要拥抱梁星，却半途收了回去。他的脸上也有了点异样的表情，但瞬间就消失了。他退后一步，似乎要走开。

"陆头儿，我还有一个问题。为什么这个葬礼的气氛并不悲伤？我从头到尾只感觉到圣洁肃穆，但没有感觉到悲伤？怎么回事？邱段守是实实在在地死掉了啊！我是不是不对劲啊？"

"你真是悟性极好的人，这种感觉很准确。死亡对于信主的人来说是另一份生命的开始，那个生命更加美好。人在世上很短，永生的生命才是永恒长久的。所以有信仰的人，面对生死，更容易看开。你的感觉是现实的气氛，不是你自己造出来的。你不孤单，放心。"

梁星想着他的话，仍然无法理解。那么，人的死亡就变成了一件很自然的事情，好像人来人往，潮起潮落？也是，但这和天堂有什么关系？

旭蓉蓉带着丫丫朝梁星走过来，今天她穿了一件纯黑紧身连衣裙，比瞻仰日那天讲究多了，梁星那天的几句奚落起了作用。"唉，让我好找，远远地看见你坐前排，怎么一散场就不见？怎么也得跟你打个招呼啊！"

"梁阿姨好！"丫丫微笑着，一张粉团儿脸，就是绷紧了浸过水的旭蓉蓉。

"哎呀，我还以为你没来呢。贾易生没来？"梁星上下打量着精精神神的旭蓉蓉，转头看了眼陆西安，心口便像被蜜蜂蛰了一般。

"来来来，我来介绍一下，这是我同学旭蓉蓉，这是陆西安，我的领导。我领导最善体恤民情，对蓉蓉你这样的美女一定加倍体恤。"梁星说着呵呵地笑了，眼睛翻了一下，瞟在陆西安脸上的眼神里流淌着掩盖不住的责备。

陆西安知道刚才自己注视旭蓉蓉的神情被梁星一览无余，脸色轻轻地泛了红，转眼又淡了下去。他也呵呵呵地笑，沉静地说："梁星特别会开玩笑。唉，你好！很高兴认识你！"陆西安的手就伸出去和旭蓉蓉握了握。

旭蓉蓉你好我好地应着，只冲陆西安笑了笑，转身对梁星说："你什么时候多了个领导？金齐欣呢？他认识你领导吗？你知道现在网络上LD是什么意思吗？"说着自己先笑起来。

梁星愣了愣，举手猛锤旭蓉蓉，才明白旭蓉蓉在调侃自己管陆西安叫"领导"，吻合了网络上管自己丈夫叫领导的潮流，脸就红了，嗔怪道："有你这么开玩笑的吗？人家陆领导是教会的长老，不敢乱说！"她心里却莫明其妙的高兴起来，一点不想责怪旭蓉蓉。

陆西安看两个女人关系不一般，又笑又闹，推脱需要帮助清理教堂，知趣地走了。

旭蓉蓉这才和梁星勾肩搭背地往停车场走，一边认认真真地说："新房那边的事，咱们可得经常通通气啊，我那房子开始打地基了，让去设计中心选外墙砖和房顶颜色呢，你懂得审美，又当上了地主婆，经验丰富，你得给我上上课啊！"

"哎呀，什么地主婆，难听死了，不许再叫！再说，我哪懂得那么多？适合我家的颜色不一定适合你家啊！"短短几分钟，梁星经历了几次心灵震荡，此时心情出奇地温柔，她脸色红润，挽着旭蓉蓉的胳膊挽得很紧："这样吧，亲爱的，回家后你给我打电话，我们再好好聊房子。我把我这点儿有限的油水一定倾囊奉献！这会儿我得送勇儿去学校参加活动，来不及了。"说着，又伸手摸了摸安静地跟在身旁的丫丫："瞧瞧，你妈咋养的你？这孩子越长越漂亮了！"

两人告别之后，各自带孩子上路。

开着车，梁星问儿子："你觉得今天的葬礼怎么样？"

"挺好啊！"勇儿耸了耸肩，满不在乎的样子。"我看见好几个同学，都是跟家长一起来的。这个邱段守人气很旺。"他已经掏出手机开始敲字了。梁星无奈，两代人是两座隔着太平洋的山！她不知道怎么能填平这片巨大的海洋。她忽然扑哧笑起来，问："你听不懂，为什么夸爸爸？"

勇儿不答，专心敲字。

"唉，我问你话呢，你能不能听听你妈？"梁星声音高了起来。

"啊？你说什么？"勇儿抬起头，一脸无辜。梁星叹了口气，不再言声。

这边旭蓉蓉也在往家开，丫丫问："妈妈，我喜欢教堂的气氛，我想来参加教会活动，邱伟大说他们的青少年活动可丰富呢，他说我应该来参加。我看见中文学校好几个同学都来了，她们说都是这个教会的，周日她们来上主日学。去年夏天教会组织她们一起去了一趟墨西哥呢。"

"是吗？等我们搬到静湖来再决定好吗？现在太远了。妈妈打听打听，看是不是一定得大人一起来才能让你参加少儿活动。妈妈爸爸周日工作，周末送你学这学那，剩下点儿时间连家务都忙不过来，哪有时间去教会？我们无神论了这么多年，也不容易信啊。"

丫丫的小嘴儿噘了起来，说："我看今天来的中国人都是你们这样的，人家怎么有时间？人家怎么变成有神论了？"

旭蓉蓉哑口无言，她抬手打开音响，调到古典音乐台，舒缓的小提琴声弥漫了车厢。她轻声说："丫丫，放心，你喜欢的事情，妈妈阻止过吗？妈妈也觉得这教会气氛很好，今天的葬礼很成功，妈妈心里也很感动。我们搬过来，一件件事情，慢慢商量慢慢做，啊？"

天忽然黑了下来，雨点子像豆子口袋漏了一样，叮叮当当打在车上，车顶变成了一架炒豆锅。旭蓉蓉拧快了雨刷，小声嘟囔道："你说怪不怪，每到死人、安葬什么的，天就下雨，在中国，每年清明都会下雨。也许，也许真的有上帝，他也在为人间一个人逝去而落泪呢。"

此时此刻，邱段守的棺木正被一个大大的安葬架缓慢地放入挖好的墓穴，赶到墓地的足有上百人，人们在雨中伫立着，有些带了伞的，互相挤在伞下。雨水中，这黑压压的一片人，安静地摆设在一片高高低低的墓碑之间，人多站不下，许多人穿插着站在别人的墓碑前后。阳与阴融洽吻合，一幅黑白水墨画，晕染在雾蒙蒙的雨水中，像是今生，又像是隔世。

别了，邱段守。

六、

福克斯大道本来是条老街，短短两三公里，不起眼儿地绵延在静湖区南部的零星住宅区里，向北延伸到静湖一带就被密匝匝的树林阻断，如女孩营养不良的辫子，软毛毛地分了杈，再也长不动。自从静湖区大兴土木以来，树林剃头推子推过一样，再挡不住辫子的长势，这女孩突然就进入了青春期，来不及梳理，辫子就又长又粗地发展起来。拉木材的卡车川流不息，大地平平地铺开，房子积木一样盖起来，福克斯渐渐地就成了静湖区最宽最长的街道。街道两侧都是开阔地。一侧地势上行，是正在大兴土木的新开发区，房子们因为坐落在坡地上，都是正面两层背面三层的房屋，地下室便不再是地下室，有进出方便的大门朝后开着，对着远远的福克斯大街。这一带，蒙坛公司设计的房屋大多宽大时尚，面对福克斯大街的最后这个底层是整面墙的玻璃，阳光晒进来如身处户外一样温暖。与福克斯隔着的一片空地，现在堆放着砾石瓦块和废弃的木料，工程完毕之后会铺上连片的草皮，房子和马路之间就有了一长溜绿化带，车辆的喧嚣被草色隔离，不会太喧哗。从福克斯大道分出来的几条道路正在施工，分别穿进这批新开发的住宅区，旭蓉蓉和梁星的新房子散布其中，秦封雨和小唐的那片新区相对旧一些，再往东几条街也就到了。

　　旭蓉蓉的房子和梁星的房子几乎是同时动工的，巨大的铲土机张着大嘴啃着地下的土砾石块，大坑小坑迅速地星罗密布。短短几天，房屋地基的模样就眉目分明起来。旭蓉蓉敦促着贾易生抽空就过来看看房子的进展情况。说看也不过是观望一下，外行看不出长短，只能汇报今天的土坑从圆的变成方的了，明天土坑里灌注了水泥，后天木头支架已经造起来，诸如此类。旭蓉蓉终究是不放心，给贾易生打电话安顿了丫丫，丢下本来应该加班的测试，下班就径直往静湖新区驶去，心里像揣着一个活蹦乱跳的小兔子。

　　下午收到大威哥的邮件，来来往往几个邮件通完，鬼使神差地答应了见面。看着测试仪上闪烁的数字，她的眼前全是大威哥模糊的模样，好像一个绘图板，她要时而加高那只鼻子，时而又要加长那对眉毛，可是改来改去，仍然改不对。人的忘性怎么这样大？三年不见，连模样也想不清楚了。哎！这个鬼数字怎么老是错？萨瓦里是怎么搞的，为什么不能独立解决这个问题？一天不问十个问题就下不了班，他的那份工资应该让我来挣才公平。算了，还是让威廉省省心吧，这个错误看来还是出在 B 组唐纳德做的程序那部分，明天得去跟他讨论一下。这身衣服去见大威哥太随便了吧？蓝色牛仔裤，天蓝色绒线开襟薄毛衣，唉，就这样吧！这本来就是自己的日常装扮，咱又不是梁星那种要样儿的人，自然就好，不是去搞对象。想到这儿，旭蓉蓉的血液突然飞跑起来，素白的脸颊也就粉红艳丽了。绝没有旧情复发的意思，绝没有！她给自己打着预防针，心情却并不坦然。这是去倾听他的婚姻不幸，给他友情支持，别的什么都没有。她反复叮咛自己。

　　下班出发前，旭蓉蓉还是溜进厕所洗了把脸，清水一过，那层计算机前辛苦了一天的倦容就洗去了大半。除了白眼仁儿里有几根淡淡的血丝，白净的肌肤还是足够清爽姣好。她满意地对自己笑笑，又想起那面土耳其小镜子和大威哥的话来："微笑的时候，心情放松了，一切不快都会过去。"

建筑公司的施工现场因为安全问题通常都是禁止百姓参观的，下班之后当然没有人可以阻拦你，但据说如果按原则办事，进入这种钢钉水泥原木裸露的在建房屋，应该戴安全帽穿防钉鞋，否则被人举报是要被罚款的。你是不是房主在这些建筑工地上无关紧要，这是一个守规矩的社会，一切按规矩办事。图纸交到建筑公司手里，建筑工人对房子负责，不需要和你房主打交道。但这些年，精明细心的华人群体掌握了一些规律，经常去看在建房屋的，总能发现或多或少粗心大意甚至偷工减料的问题，比如窗户比图纸尺寸窄了两寸，横梁有一根比标准细了等等，发现问题自然不会听之任之，都是用自己的血汗钱购的房屋，跟售房公司交涉，大多都可以得到及时的改正和修补，这就减少了房子造好以后生米煮成熟饭的苦恼。一传十，十传百，买了新房的人少有不去监工的，中国人喜欢买大房，还特别喜欢鸡蛋里挑骨头的名声也就不胫而走，建筑公司为了防止麻烦，也就加倍用心，尽量不出错少出错。

　　旭蓉蓉远远看到自己的房子，吓了一跳。短短一周，地基建好，整个房屋的大框架已经支了起来，远看像一幅线条粗旷的铅笔画。新鲜的木支架毛乎乎的小树林一样立着，她伸手摸摸这根，再摸摸那根，绕过这根，又绕过那根，心里想着图纸上的布局，估计这间是起居室，这儿应该是厨房，这个小隔断是厕所和洗衣房。她小心地盯着地下，生怕不小心踩了钉子。千小心万小心，还是没躲过，木桩上的钉子勾住裤子时，她正从洗衣房的位置往外走，只听撕拉一声，腿就不敢动了。扭身，天，屁股侧面被一根木头上的长钉勾住，一个巨大的三角口子裂开，这才感到隐隐的痛。剥开三角口，血正缓慢地从伤口渗出来，那块白肉就格外艳丽地醒目起来。这可怎么办？她剥开三角口使劲用手按住伤口止血，一边一瘸一拐地往外走。还没走出毛坯房子，就看到一辆奔驰跑车停在自己车旁，下车的人穿着一件米色风衣，朝自己挥了挥手，那形象很有些舞台效果，看不清是男是女。

　　"你也来看房？"那人大声问着。旭蓉蓉这才认出来，是黎群。她尴尬地捂着屁股，因为手要往后方伸出，身体略微倾斜着，走起路来像个小脚老太太。黎群就笑起来，露出一口白牙，本来就细皮嫩肉的面孔，女人一样面若盛开的桃花了："你这是怎么了？"他盯着旭蓉蓉捂着的屁股，笑的越发放肆了。

　　旭蓉蓉臊的满脸通红，嘟囔说："你怎么这么幸灾乐祸？刮了一个口子呗，哪儿那么好笑！"

"来，我车里有急救包，帮你贴一下吧。"黎群仍然笑着，人已经钻进车子，从副驾驶面前的抽屉里拿出一个红色的急救包来。旭蓉蓉想起来，自己的车里好像也放着一个，难得用，都不记得了。这时也不多说，去黎群手里拿急救包，说："我自己弄。"

　　黎群却抽回急救包，又笑，笑的很媚："你自己够得着那儿吗？还是我帮你贴吧。"

　　旭蓉蓉怀疑地盯着黎群看了两秒钟，那张脸真是帅，不对，是美，瞧那一弯眉毛，修剪的像条有棱角的柳叶，眼睛是不是化过妆啊，要命，这样的脸蛋儿顶在一个大男人身上，多么荒唐？她收回注视，确定黎群没有猥亵调戏的意思，才说："就算你诚心诚意，我也不能让你帮啊，这算什么？快给我，我瞎着贴上就算了。"

　　黎群停顿了一下才把急救包递过去，脸上突然有了一丝不安的神色。他转过身，背对旭蓉蓉说："你呀！就是太要强！算了，你就躲在两个车之间处理这个问题吧。你应该把裤子脱了贴伤口。看见小方块的一次性酒精包了吗？对，用它清理一下伤口四周。看到那大方片的创可贴没有？对，用它来贴伤口。贴好了？你看，我还有一团白色医用胶布，你用那把小剪刀剪下一块，从里面把裤子的破口贴住，好了吗？这样你就可以舒舒服服驾车回家换衣服了。对了，你穿这件牛仔裤很好看啊，腿显得很细很直。这件牛仔裤可惜了，如果破口在前面，干脆剪了做乞丐服，还能穿，这下毁了，屁股破了，就只好丢了。"黎群罗里罗嗦地叮嘱着，又自言自语地笑。

　　旭蓉蓉还真是按照黎群的指示，一步步地处理了伤口和裤子，心想，谢天谢地，不然，一会儿怎么去见大威哥？心下感激黎群。黎群的婆婆妈妈细致周到也令她惊奇，她想起上次排队买房子自己胃痛，黎群那问长问短关心的神态，对这个矫揉造作自以为是的男人突然有了很深的好感。她系着裤子，说："黎群，你怎么不在你舞蹈学校教课，跑到这里来了？"

　　"学校有人招呼。我也是来看房子啊，你看我的房子在那儿！对，就是那座，对着福克斯大道的。我刚才看到你的车转过来，就过来跟你打个招呼！多亏我来了吧？不然你怎么开车？血赤糊拉的坐下会把车座都弄脏的。"黎群笑嘻嘻地说，眉毛一挑一挑。

　　"所以要谢谢你呀！你的房子怎么样，比我这个盖的还快啊！"旭蓉蓉强迫自己把目光从黎群脸上移开，她简直受不了那张脸的表情，可是这张脸却显然有着一种无法抗拒的吸引力，令你不忍心不去注视。她远远地顺着黎群指的方向，看到的也是几座毛木头搭起的房屋框架。旭蓉蓉和黎群两家房子中间隔着两条街的空地，零星的房屋都刚刚开始修建，视野相对开阔，现在从旭蓉蓉家可以直接看到福克斯大道。小区建成之后，从旭蓉蓉家到黎群家，恐怕要七绕八绕经过好几条街。

"谢啥呢，想帮你忙都不让帮。真把我当个大男人，好像我要吃你豆腐似的。"黎群说这话的时候，半是责备半是撒娇，嗲嗲地。

旭蓉蓉忍不住又去看那张极致的脸，心里腻腻歪歪的，她终于脱口而出："难道你不是大男人？真是！黎群，你今天有表演吗？是不是化过妆？"

黎群就格格格地笑起来，说："啊，你终于注意到我的变化了？"说着这话，她竟脸红起来。他扭搭着走到旭蓉蓉面前，说："蓉蓉你看。"他把脸蛋凑到旭蓉蓉面前，问："你看我的皮肤是不是比以前细嫩多了？"

旭蓉蓉轻轻朝后仰身躲着，这人，也不注意影响，这样把脸往女人跟前凑，像话吗？"啊，是细啊，比女人皮肤都好，不过你以前的皮肤我也没注意过，没有对比，不好讲啊！"

丫丫虽然在黎群的舞蹈学校学了几年舞蹈，但近距离和黎群接触是上次排队，搞艺术的人神经兮兮的也正常，可这样行事也太极品了吧？黎群好像没有意识到旭蓉蓉的躲避，径直把嘴巴凑到她耳朵边说："我告诉你一个秘密，我想听听你的想法。"

旭蓉蓉很吃惊，她的头仍然下意识地躲避着他，眼睛大睁着，很期待这个怪人要跟自己说什么秘密。

"算了！其实，也没有什么。"黎群突然改了主意，悠悠地说，声调一下子失去了刚才的兴奋和勇气："就是，就是我改名字了，以后中文名字叫黎群群，英文名字从麦克改成米歇尔了。"

旭蓉蓉使劲眨着眼睛，说："你，为什么要改名字？这，这不都改成女人名字了？"

黎群就极其娇媚地笑了，说："蓉蓉，你不觉得我更合适做个女人吗？以后，我们一定会成为好邻居，更会成为好姐妹的！"他说着，已经转身走回驾座边，旭蓉蓉这才看见，这件米色风衣是中间有掐腰的女式风衣，他脚上的半高跟皮鞋也是女式的尖头方口皮鞋，他的头发长了，在脑后松松的挽着马尾巴，这个背影完全是个窈窕淑女。

旭蓉蓉张着嘴巴看着黎群的车突地启动，卷起一层灰土，渐渐地消失在通往福克斯的马路上，才回过神来。"好姐妹？！"她嘟囔着，钻进自己的车子，这世界乱套了。

旭蓉蓉走进星八达的时候，大威哥已经坐在角落的二人桌旁了。人很多，几乎座无虚席，很多人捧着电脑，不知道是星八达的 Wi-Fi 服务吸引了群众的咖啡欲，还是人们的咖啡欲刺激了大家的网络热情。大威哥手里也摆弄着手机，没有注意旭蓉蓉的到来。旭蓉蓉轻轻拉开座椅，坐在他对面，他才抬起头来。

"你来了？"大威哥威猛的身材仍然是壮硕的，寸头和从前一样在头顶画了圈，坐的低，头顶心头发稀少的地方一览无余，他的浓眉大眼却似乎不如从前又浓又大了，灯光昏暗，他的脸显得柔和，笑容很亲切，一口白牙闪着热情的光辉。

旭蓉蓉的心颤抖着，她想起他壮硕的拥抱和并不壮硕的武器，脸烧了起来。

"你笑话我吗？别让我自卑！"第一次暴露，大威哥就是这么说的，她忘不了他眼神里的胆怯和自卑。谁能想象这样高大健硕的人会因为这个而自卑？她纳闷儿，上帝为什么做这样不配套的安排？大威哥的身材几乎是贾易生的两倍，可家具远没有贾易生的像样子，这多少令旭蓉蓉感到惊奇。

"怎么会呢，你待我这么好！"旭蓉蓉的善良让她忽略这个差距，这方面她本来就不是个敏感的人，也没有高要求，大威哥的温存足以弥补他的弱点，她看得到那付结实的身体里藏着一颗温柔的心，在那些求学的艰苦日子里，她需要的是精神上的支持和时间上的陪伴，即使他没长家具，旭蓉蓉仍然会喜欢和他在一起。

"你好吗？你看起来还不错！"旭蓉蓉微笑着说，心的震颤略微平复了一些，都是成年人，别走神儿，她叮嘱自己。

"你喝什么，我去给你买。"大威哥已经站起身来，那个二人角落一下子就满了起来，他的高大仍如从前。

"樱桃味儿的法布其诺吧。"旭蓉蓉没有推让。

等待的时候，旭蓉蓉远远地打量着人群中的大威哥，即使在金发碧眼身材高大的西方世界，他健美的身材也足够挺拔出众，那根脊柱像是一根不会弯曲的金属柱子。他衣着随意，土色帆布裤，白色翻领 T 恤衫，领子有点儿旧，泛着发黄的白。

坐回面前时，大威哥微笑着，他说："谢谢你发邮件给我。难为你还记着我。是谁跟你说了我的事儿？"

"谁告诉我的重要吗？到底怎么回事儿？当然了，如果你不愿意说，就别说。我只是希望你心情好起来。"旭蓉蓉说。

"你真想知道？"

"你说呢？"

"离了。那个小骚逼偷人，不被洋人操操，逼痒。我给她自由。"大威哥愤愤地说。旭蓉蓉对这样直白的语言很不适应，眼睛不知道该往哪里放。

"我忍了一年多。后来偷到家里来了，才把我惹火了。我没成心伤她，本来就是挥着刀子吓吓他们，结果她一挥手，就和刀子撞车了。就那么回事儿。我还真没觉得心情不好，蓉蓉，离了省心！那样的日子我早就不想过了。"大威哥说完耸了耸肩膀，一付无所谓的样子。旭蓉蓉却看到那对大眼背后有一层暗淡的失落。

"那你打算怎么办？"

"没打算，走一步算一步吧。警察也不会老盯着我，家暴这种事儿，只要我不去伤她，警察要把我怎样？上半年学习班就结束了，装我也能装着考及格。哈哈。她是吓着了，以为我要杀她，才报了 911。蓉蓉，你说我会杀人吗？我就是有贼心，也没有贼胆啊！她也不准备上法庭告我伤害罪，对她有什么好处？哼，欺人太甚！那鬼佬光着屁股跑了，晃着个大鸡巴，以为咱中国人好欺负呢，妈的！给他点儿颜色看看，他就知道咱中国人鸡巴小也照样可以是爷！火了就砍了他狗日的！"

旭蓉蓉忽略着大威哥的粗言秽语，她几乎忘了大威哥一贯是大大咧咧的，从不注意文明用语。当年，就这点儿放肆，也是吸引她的一大魅力呢，周围的人都是文绉绉的，听大威哥讲话很另类也很过瘾。现在听着，有种久违、陌生又不堪入耳的惊慌。

"大威，你可千万不要胡来，会毁了自己的！这事儿，遇谁身上都气不过，我理解。真看不出徐美美会偷人，她一直爱你爱的那么火热。前年同学聚会看把你看的那个紧，连句话都不让你和女同学说。"

"对不起，蓉蓉，那次聚会不想让你心里难受，才躲着你。这些年过来，说老实话，你是我见过的最好的女人。"大威哥的手伸出来搭在旭蓉蓉手上，捏了捏。

"快别！"旭蓉蓉抽了手，低头说："我也记着你的好。不过，都过去了。"

"丫丫都很大了吧？你还这么羞？以前……"

旭蓉蓉赶紧打断，说："大威，那你的工作受影响没有？"

"能不受影响吗？这段时间老请病假，还得上那个家暴学习班。不过，我干了十来年，公司虽然不景气，今年还不至于大裁员。高科技公司一波波裁员裁了十几年了，咱们不都存活下来了？走一步算一步吧，蓉蓉，人生就是他妈的这么回事儿，没什么大意思。"大威哥一仰头就把手里的咖啡咕咚咕咚几口喝净了。

旭蓉蓉笑了起来，眼睛眯得很弯，那白净的脸上，像浓浓地画了一道黑色的月牙儿："没见过你这样喝咖啡的，不怕烫着？跟沙漠里的人见了白开水似的。"

大威哥盯着旭蓉蓉看了一会儿，说："你真好看！纯粹的美，毫无做作。"他的手就又伸了过去，握住旭蓉蓉握着咖啡杯的手。

旭蓉蓉挣扎着想拔出手来，发现无法成功，也就泻了气。眼睛直盯盯地看着大威哥说："别闹，大威。你听话！"说着，脸就沉了下来，嘟囔着嘴，像个受气的小孩儿。

大威松了手，把头往前伸着，低声说："你这么逗我，我怎么受得了？"

"我哪里逗你了？"旭蓉蓉无辜地说，那神情越发像孩子一样可爱起来。

"你每个表情都是在逗我，还抵赖！我们去车里，好吗？我不想在这里了。"大威哥急急地说。

旭蓉蓉吃惊极了，她使劲摇着头，眉头皱紧了，说："大威，你想什么呢？"

"我想的和你想的是一样的。走吧走吧。"

"我想的和你想的不一样！"旭蓉蓉一字一顿，语气里有了痛苦和怒气。"我以为我们可以像朋友一样交谈，我们……"

"你说要帮助我，是不是？你说要让我心情好，是不是？"大威哥两眼放光，咄咄逼人。

"是……可是……"

"我现在需要你，你帮我啊！我都好几个月没碰女人了，你帮我呀！"

周围几张桌子的人都向他们张望过来。

旭蓉蓉大睁着眼睛，吃惊地瞪着脸红脖子粗的大威哥，不知道眼前的局面怎么突然变成了这样。她起身，毫不犹豫地往外走，头脑一片空白。

一出门，她就小跑起来，可大威哥的脚步比她快，她的胳膊一下被大威哥抓住猛地一拉，一个趔趄就转过身来，胳膊痛的要脱臼，面前是大威哥宽阔的身体和焦灼的面孔。

"你真狠心！你忘了那时候我对你多好了？你上晚课，我在公车站等你送你回家，你来月经肚子痛，我给你灌热水袋，你来不及写论文我帮你写，你从来就没准备和我好，你是已婚少妇，你勾引我，你是利用我！你们女人都一样，都是破鞋，都是婊子。你又不是没跟我睡过觉，你发邮件给我干什么？你现在装什么贞节淑女？"大威哥一边说着，一边拖着旭蓉蓉往他车子走。停车场里远远有几个人站住看着他俩。

"你疯了，大威哥，你受刺激了，你病的很重！你现在立刻放手，否则，我就喊了！"旭蓉蓉拼了命往回抽着自己的胳膊，大威哥被闪了一下，旭蓉蓉的胳膊脱了出来。旭蓉蓉使劲甩着自己的胳膊，站定了，她满脸通红，但克制着自己的语调，盯着大威哥吃惊的眼神，尽量平静地说："大威，你病了，你得看病！不要逼我，我不想让你再落到警察手里。我现在明白徐美美是怎么回事儿了。你太可怜了，你需要看医生。"

旭蓉蓉说完，甩下大威哥小跑着奔进自己的车子，她不知道自己是怎么上路的，一切都突如其来，一切像梦境一样失真，她满脸都是泪水，我在他眼里不过是婊子啊！我这是干什么？差点儿被他强奸了！车子拐弯，后视镜里大威哥孤零零地立在停车场中间，一动不动。

上了高速，她踩油门，车子加了速。天已经黑了，路上零星几部车子无声地行使着。车里很安静，高速公路上高大的路灯随着车子的行进忽明忽暗地闪烁着。旭蓉蓉恍惚的大脑里只有一个念头：大威哥疯了，他疯了。

大威哥看着旭蓉蓉的车消失了很久，仍一动不动。旁边一个路过的老者看了他两眼，走过来问他需不需要帮助，他才盯着老者傻笑起来。老人犹豫着朝自己车子走过去，一路时不时回头看他。只见大威哥仍咧着嘴笑着，竟朝老人挥起手来，高声说："谢谢你啊，谢谢你。我不是从医院逃出来的病人，你放心！你要不要打９１１啊，我这儿有手机……"直到老人惊恐无比地开走了，他还站在地当中挥着手机自言自语。他伸脚踢了两下空气，不够，又挥拳揍了两下空气，才骂骂咧咧地钻进车里，嘴里念叨着："婊子！都是婊子！整个世界就是他妈一个大妓院！装！都会装逼！只有老子不装，就他妈成病人了！我操你妈的，老子就不装，老子病了也不装！"

车子蹭地冲了出去，大威哥继续谩骂着，一路开的飞快。他却清醒自己的处境，再被警察逮住，麻烦就大了，车速只超了１０公里，就不再加速。上限１００公里，开到１１０公里，通常不会被抓，否则高速上的车就都违规了。"病他妈的逼，病人有这么清醒的吗？"他对自己控制车速的能力颇感欣慰。"咱正事儿没一件会耽误！我病？我需要看病？笑话！你们他妈才都病了呢，婊子装淑女，读点儿破书以为自己高雅了，出了个破国，不知道天高地厚了！"

大威哥把车停在自己的停车位，跌跌撞撞进了公寓楼，嘴里仍在念念叨叨："他妈的，女人哪有一个好东西？都是贱货！最毒妇人心！老子发誓这辈子再不对女人认真了，老子玩儿你们，玩儿死你们！"

这座公寓在静湖区的边沿，楼里住着很多在静湖区学习工作的人。拖家带口的印度人，戴着包头巾的中东人，卷着舌头说话的前俄罗斯人，当然也不乏低头走路闷声不响的中国人。住这种楼房的要么是还没有足够资金买独立房屋的新移民，要么是在读的学生，要么是工作或生活需要临时过渡的。大威哥算那一种？从婚姻进入离婚的过渡期？自从搬进这幢楼，他谁都不理，进出门有磁卡密码，他幽灵一样躲着所有人。楼里散发着浓重的印度咖喱味儿，他烦死了这股味道，他对印度人没有好感，确切地说他对整个世界都没有好感，他厌倦这幢楼房，他对一切都心存失望。亲人同学各自都活得滋滋润润，只有他无儿无女婚姻不幸，他没有任何情绪去联络这些只会低看他暗地嘲笑他的熟人。再说，人们各自忙碌，谁在乎他的日子是天堂还是地狱？他在公司不吭不响，曾经的嬉笑怒骂并不受人欢迎，也就逐渐变成了沉默寡言。他和同事相处生硬，很少去和他们扎堆儿。他不在乎独来独往，这是个自由的世界，他有权利独来独往。业务娴熟，是他保住工作的唯一需要，保得住工作就不必为生计发愁，再难的日子也就熬得出头。再傻，这点生活的基本概念他一直把握的很结实。

开门，开灯。屋子里很乱，走廊里堆满了东一只西一只的鞋子，起居室地当中堆着几个纸箱子，里面装满拥挤成一团的书籍、用品和衣物，是和徐美美分居后搬过来的东西，堆在地上几个月了。大威哥抬腿把一只箱子往旁边踢了一下，又跨过一只纸箱，才来到厨房。碗池里堆着满满的脏碗，顶柜里看不到干净茶杯，他啪地关了顶柜门，嘴里骂着Shit，从水池里抽出一只脏杯子，在水龙头下冲了冲，顺势接满了凉水咕咚咕咚喝了。近来他总是不停地喝水，情绪激动时更要大口大口地灌，他必须用这种方式来忘记酒精，他太想喝酒了。和徐美美一起过的时候，他曾有过一段酗酒历史，直到徐美美报了警，他才意识到问题的严重性，家暴如果再加上酗酒，如果捅到公司去，工作就怕保不住。他很庆幸自己白天上班基本不喝酒的原则，偶尔偷喝两口，也保证不和人近距离接触，保证不影响编程序，好在他的角色一直是系统维护，公司多年未更换新系统，他靠着老资格，轻车熟路，十几年也就轻轻松松地坚持下来。

　　他努力地想搞清楚是自己酗酒在前，还是徐美美出轨在前，或者同时发生也说不准。徐美美说他人不人鬼不鬼的样子造成了她的出轨，他反驳说是她出轨造成了他的酗酒。她说恨他那半梦半醒的疯样子，说看见他喝醉，她就象看见了地狱。他就说他恨她的风骚浪荡，他说她和一块随便买来卖去的猪肉差不多，她本身就是一个谁都可以插两下的臭地狱。

　　两个人只要说话就开始吵架，吵的内容五花八门，你说东，他势必说西，你说香，她势必说臭。

　　谁愿意回家就进入轰轰烈烈的战场？他开始去酒吧消磨时间，她开始夜不归宿。

　　"你干什么去了？"他质问，黎明的阳光透过窗帘射在他脸上，好像一群躲在阴影里的小鬼在舞蹈。

　　"去朋友家诉苦！"她斜眼看了他一眼，又专心在壁橱里挑选上班要穿的衣服。

　　大威哥伸手把她从壁橱里拖了出来，抬手就是一个大耳光。第一次动手打老婆，太他妈的痛快了！他看着徐美美愤怒的面孔扭曲着，那对曾经勾引得自己神魂颠倒的丹凤眼红红的，充满了眼泪。他甩着手嘿嘿冷笑着说："去跟女友诉苦？你苦？你个骚货，卖逼的婊子还苦？你快活得很呢。我不让你痛两下，你苦的不够名副其实！"说着，他就又轮圆了扇了出去，这下却没扇住目标，徐美美一猫腰从他身边钻过去了，

84

呜呜地哭着边跑边说："我要告警察，告你家暴！我要让你身败名裂！"大威哥伸手拽住她胳膊，就往床上拖，嘴里骂着："你敢！看谁身败名裂！让我检查检查，看那骚逼快活了一夜，撑大了没有！"徐美美却使出吃奶的力气挣脱着，终究身单力薄，还是被迅速地压在了床上，她感觉着大威哥的手撕扯着她的裤子，她使劲抵抗着，两手胡乱划拉着，一只手就抓住了枕边的一本书，她使劲儿把书砸向大威哥的脑袋，书角很尖很硬，一条血迹顺着他额头长长地流了下来，大威哥嗷地叫了一声，伸手捂住头，从徐美美身上翻了下来。徐美美起身就跑，跑了两步又回身抓起自己的包包，咚咚咚地下了楼，鞋也不穿，弯身拎着鞋子就走。大威哥听到楼下大门嘭地关上了，才从疼痛中坐起身来。

这是一座连体镇屋，买房时两人都已经工作了两年多，夫妻俩一起攒的首付款。买房前，大威一直租着上学时的套房，徐美美则两边跑，一会儿回家和爹妈住住，一会儿又陪大威住几天。为了大威的身份，两人一确定恋爱关系就悄悄去市政府领了结婚证，当时大威才上大三。徐美美的父母是两人买房时才知道两人早已私自结婚，对这个任意妄为的女儿无话可说。好在大威虽然看起来粗鲁，却像个男子汉，工作稳定，对女儿很好，对丈人丈母恭敬有礼，每次回家从不空手，妈呀爸呀叫得欢，院子里有什么活儿，总是抢着干，割草呀铲雪啊，样样一点就会，一会就干得兴高采烈，赛过半个儿子，颇讨长辈欢心。买房时丈人丈母要赞助一部分首付款，大威坚决抵抗才制止了。现在看来，真是太明智了。两人除了房子的首付是共同的，一直拥有各自的私人账户。家用开支另有一个公共账户，两人按月往里面放相等的钱数，各自的私人账户彼此互不干涉。想来，这是没结婚就为离婚做好了准备，提前预防分手时的经济纠纷。这样的夫妻财政方式在西人圈里并不少见，在华人中却罕见。

这座镇屋上下两层，外加一个装修好的地下室。一层有厨房、餐厅和起居室，二层是三间卧房两个卫生间，地下室装修成了宽大的家庭活动室。两人在这座房子里度过了十分甜蜜的一段日子，一起买菜烧饭，一起种花锄草，相拥着吃冰激淋看电视，一起做爱，从卧室做到卫生间，从卫生间做到厨房。如今，这段美好的日子好像是上个世纪别人的故事。徐美美报警之后，大威就被勒令从镇屋中搬出了，临时找不到更合适的，住进了这个充满咖喱味儿的大楼，一住就是几个月。

大威跌跌撞撞地倒在沙发上，嘴里还在骂着娘。直到全身都瘫软在沙发上了，旭蓉蓉气愤的脸才慢慢浮现出来，可那脸又莫名其妙地变换成徐美美的脸了。他几乎想不清楚和旭蓉蓉发生了什么事儿，就像他永远想不清他和徐美美是怎么回事一样。他不是没有努力去分析夫妻走到这一步的原因，但疲倦的大脑时而清醒时而糊涂。不就是性生活满足不了徐美美吗？但他尽了全力，他用尽自己能够做的一切来让她满足，他用手用嘴，甚至给她买了性玩具，难道这一切都比不过一条老外的大家伙？徐美美是什么时候开始拒绝他的？是因为她的拒绝他才开始喝酒吗？他试图跟踪她，但几次都被这个狡狯的女人甩了。有一次他清楚地看到她把车子停在一个商场门口就跟一个金发的高个男子又说又笑地走在一起，可等他追过去，两人却不见了。大威明白，矛盾出现之后，徐美美之所以还和他维持了那么久的夫妻关系是因为她舍不得放弃大威优越的外在条件、对妻子的忠诚和稳定的职业。那些大家伙能给她的是短暂快乐，却不能给她长久安定。如果不是最后自己当场抓获两个狗男女，又挥刀割伤了徐美美，两人的婚姻也许还可以继续维持下去，貌合神离地过着你酗酒我出墙的日子，就像两人的账户，需要合作便合作，需要独立便独立。这个世界上不是有着很多婚姻过着这样你是你我是我、表面一套背后一套的日子吗？多一对大威和徐美美也很正常。

至于和旭蓉蓉的那段历史，大威怎么能忘呢？这个温柔美丽的江南女子曾多么令他着迷啊，如果当时自己不是个身份都不保的穷学生，他一定会拼力把这女人变成自己老婆的。即便知道没有前途，旭蓉蓉的存在还是给他刚出国的不稳定生活带来期盼和温暖，旭蓉蓉对他的需要也让他感觉自信和强大，偷情的快感还让枯燥的学生生活有滋有味。面对他的小家伙，旭蓉蓉说："你就算没有生殖器，我也照样喜欢你。"他曾一度怀疑旭蓉蓉的真实性。如果是真的，很好，两人正好配对儿，如果是假的，说明旭蓉蓉不愿意伤害自己，只有在乎的人才不忍心伤害，那么她还是在乎自己的，这还不够吗？这个推理近乎完美。

他明白旭蓉蓉委身于他是出于感激。当时旭蓉蓉和大威哥租住在同一个学生宿舍楼里，暑假期间，学生大多都回家了，只有少数暑期选课的同学留守，整座大楼空空如也，旭蓉蓉就是在那时犯了胃痉挛，请求大威哥帮忙叫救护车，故事从此枝繁叶茂，不可收拾。孤男寡女，独守异乡，肉体干燥，精神饥渴，相拥片刻就有片刻的温暖，一碗热汤就勾出一汪眼泪，一个安抚的手势能胜过千金万银。病痛中的旭蓉蓉娇美虚弱，惹人怜爱，如果大威不动心还算个男人吗？他不在乎结局，她知道旭蓉蓉一次次表达她对贾易生的忠诚是偷情宣言，一切都是现在时，没有将来时，这是给未来提前锁定句号。大威除了外表强悍，头脑灵光，既无背景也无钱财，自己对未来尚且心中无数，又怎能要求旭蓉蓉这样美貌聪慧的女子向他托付终身？他接受这个现在时。他孤单，旭蓉蓉无助，干柴烈火的相遇，只在乎燃烧就够了。

如果说旭蓉蓉是个随便的女子，就大错特错了。"我是个婊子，是不是？"她对大威哥说："贾易生在国内赚钱供我读书，我却在大西洋这边快活地偷情。"这样的表白每持续一段时间，旭蓉蓉就会对大威哥冷淡下去，可过不了多久，一切又悄悄恢复原状，像凋谢的藤蔓，秋天的枯萎只是暂时，春风一吹，又枯枝吐绿千缠万绕地揪扯不清了。如果不是大三旭蓉蓉回国探亲怀了孕，如果不是徐美美恰如其分地出现，大威和旭蓉蓉维持了近两年的地下关系还会无休止地继续下去。但这休止符到底是来了，世界上原本没有不散的筵席，现在时终究会变为过去时。两人在同学面前是公开的好朋友，地下恋情竟没有被人发现，考验出两人卓越的表演能力。大威想起徐美美的好朋友冰儿的一句话："'若要人不知、除非己莫为'是老皇历了。现代社会应该是'只要人不知，不为白不为'。"看来，现代人的聪明和虚伪已经道高一尺魔高一丈，假作真来真亦假，无为有时有为无了。

七、

卧春城除了是北方的硅谷，还是一个政治中心。大量的政府机构只招收英法双语员工，法裔占了极大优势，面试时，英语磕巴说不成整句的法裔应试者比法语磕巴英文流利的应试者更容易录用。有些说法语的老员工，教育程度只有高中毕业，工作多年，也可凭资格做到中高层主管，管着一群硕士博士毕业生。

梁星给秦封雨介绍的对象是个法裔同事，亚历山大，部门小头目，离异，一个女儿已成家立业。亚历山大热爱和中国同事吹嘘他对中国的了解，他曾和前妻去中国旅游过一周，对上海女子的娇美窈窕赞不绝口。"导游小姐英文真不错，不过，经常把'她'说成'他'。人漂亮极了，皮肤好得像没长皮肤，五岁孩子般年轻。"说完，他本来就红彤彤的面孔更加红润，刮得发青的面颊抖起来，大肚子更鼓了。他还喜欢老子的道德经，甚至可以说出 "The way that can be described is

87

not the unchanging Way."害得梁星晕头呆脑，不知所以。"这是你们道德经的第一句话，难道你不知道？"亚历山大大摇其头。梁星回家才查出来是"道可道，非常道"的意思。心里惭愧，从来就没明白过这句话的意思，翻译成英文当然更是一头雾水。

除了那个大肚子，亚历山大基本是个合适的人选，五十几岁，老是老了点，身体看起来很健康，无儿女拖累，热情爽朗，热爱中国文化，对亚裔女子情有独钟。倒是秦封雨的状况，颇费梁星口舌。"她这个女人啊，即使在中国女人堆儿里，也是温柔贤惠、吃苦耐劳出了名的，人又年轻，还不到四十岁，学医的，研究生毕业，美人儿。三个孩子虽然不大，但乖巧听话。见见吧。"

梁星选了一家不太大的中餐馆，秦封雨和亚历山大先后按时到达。秦封雨白短袖黑裤子，不知是有意带孝还是随意求素。那白短袖很掐腰，衬得她本来就丰满的胸脯更加坚挺高耸，梁星暗自嘀咕，这女人蛮会展示自己的优势的。通常只穿休闲T恤衫的亚历山大显然也精心装扮了一番，一件从没穿过的暗红色棉质衬衣，领口微张，洒了淡淡的男用香水，脸刮的精光，头发剪成半寸短，鬓角和刮光的胡子连成一体，干干净净。

三人推让一番，梁星问了大家忌口的食品，就包揽了点菜大任，任两人眉来眼去互相端详。第一道鸡茸鱼肚羹上来时，秦封雨的拘谨已经减了大半，亚历山大指着服务员盛好的汤，问："对不起，吃中餐，这时候我应该干什么？"梁星还没开口，秦封雨已经接了茬："张开嘴，吃。"三个人都乐了起来，喝汤时，似乎都出了声响。亚历山大问："我应该不应该出声喝汤？我知道在中国有的地方不出声就是不礼貌，声音越大越尊重主人。"秦封雨笑着说："您怎么什么都知道？我河南老家的乡下就都是咕咚咕咚喝汤，呼噜呼噜吃面的。但咱们这是在加拿大，离我们河南隔着个太平洋呢。据我所知，加拿大人喝汤不用出声。"三人又笑。梁星暗自吃惊，几乎不敢相信秦封雨有这等良好的英文表达能力，见面熟的幽默技能也非常人可比啊。人真不可貌相，当家庭主妇尚可如此，出门做事，更不知能量有多大了。这两人有戏！自己就别当电灯泡了。正犹豫着是不是应该找借口离开，秦封雨忽然对梁星说："我们今天干一杯吧，以茶带酒。我的房子卖掉了。庆祝一下！"梁星这下更吃惊了，问："哇，这么快就卖了？！快说说！"

"追悼会完了没几天，赵区哲的网页还没设计好，房子还没在牵牛花自助售房网上插牌呢，教会就有个弟兄介绍了两个人来看房，有一个当时就出了价，求我不要插牌，等他和银行把贷款搞定就来买，让我先找好律师，两周之内就办手续。我就答应了。可这人从此没了消息，打电话也支支吾吾，一会儿要讨价还价，一会儿又说银行管事儿的人度假去了，要等。这样一拖就一个月过去了，我想这样通过熟人卖房还是不靠谱，就又去麻烦赵区哲，还是上牵牛花网上去卖吧，把屋里屋外的照片拍了几十张，正筹备这事儿，准备一半天就插牌呢。突然，另一个也来看过房子的人就出价了，一分钱没搞价，银行手续齐备，所以今天签了合同，算搞定了。谢天谢地，总共用了两个月不到，这么大的房子算卖的快的了，上帝保佑！"

三人碰了茶，连说恭喜恭喜。梁星用中文说："封雨，邱段守在天之灵这下安慰了。"秦封雨说："在天之灵？梁星，我倒觉得他还没急着走，才成就了这事儿。他怎么能这样狠心放下我们娘儿仨，你说说？"眼看着眼睛红了，却突然扭头对亚历山大用英文说："对不起，我们俩不是故意说你听不懂的中文，是有时候心不由己，口不由心。你别介意啊！"

梁星越发惊奇了，这女人会川剧变脸术啊，在中文英文里游刃有余也就罢了，在邱段守和亚历山大之间也如此开关自如，神了。她忍不住又用中文问："那如果他没走，现在……"梁星说完就后悔了，是你非要给秦封雨介绍对象的，秦封雨一直嫌太早，今天这约会也是你促成的，你这"现在"是什么意思？莫非要提醒她邱段守的幽灵正在这个饭店里漂浮？不由得起了一身鸡皮疙瘩。

秦封雨低了声，但很坦然地说："他要我和孩子怎么办？他总不见得希望看着我无依无靠独自领着他的三个孩子守寡一生吧？"这话说的一语双关，如果邱段守的幽灵正在聆听，也无话可驳。然后她又冲亚历山大笑笑说："这回不怪我，要怪你怪梁星，她老勾我说中文，你们政府的工作人员不太好领导吧？都是工会闹的。"

三人又哈哈哈地笑了一通。梁星也顾不得吃惊了，对秦封雨大大地刮目相看。趁着几个菜哗啦哗啦都上来了，梁星随便点了点筷子，就起身去了洗手间，坐在坐便器上给金齐欣发短信让他过五分钟给自己来电话。起身后在镜子面前又磨蹭了两分钟，想着沉默寡言的秦封雨怎么一下变成交际花了，大惑不解。看来，邱段守的离去，对秦封雨未必是坏事，这是一个生命的离去，唤醒了另一个生命的新生啊，人生是不是太离奇了？秦封雨能如此迅速地面对现实，真罕见。这么想着，那点嫉妒心就摇头摆尾地晃悠开了，竟有一丝后悔，不该介绍亚历山大给秦封雨认识，人家哪轮到你同情呢？人家本事可比你大得多呢。人家这叫含而不露！

回座位不久，金齐欣的电话就响了，梁星装模作样地说了两句话，借口家里有急事儿，说："对不起二位，我得先告辞。二位慢慢吃慢慢聊。"说着，伸手搂了搂秦封雨，冲亚历山大笑笑，就逃跑似地离去了。

梁星走后，亚历山大和秦封雨都有些不自在。亚历山大问："梁星真是个热心人，她对你很关心！"

"这次办葬礼，她和她先生帮了大忙。以前我不认识她，是我先生和他先生在一个球队打球，她才好心来帮忙的。她真是好人，热心又能干，还特别会打扮。"

"你似乎比她还能干！你不用打扮也好看。"亚历山大直直地看着她说。

秦封雨轻轻地歪了头，本来小小的眼睛眯成了缝儿，小鼻子圆圆地翘着。夕阳从窗口射进来，经过顾长的脖颈停在她高耸的胸口，画一样静止着。目光扫过山峰，亚历山大的呼吸略微动荡，那一刻，他感觉自己的运气从天而降，无限的未来正在不远处等待着。

梁星出了饭店，越想越烦，这都是什么事儿？她甚至有些憎恨自己的好心。这家饭店离静湖不远，不如去和小唐聊聊。坐进车里就给小唐发短信说要过去说话。

葬礼之后，小唐和梁星三天两头有短信邮件往来。梁星碰到不开心的事儿，总第一个想到小唐，家长里短、单位社区没有不聊的。在听筒里听小唐轻言细语地说两句话，心头的疙瘩就缓缓地松开，像吃了迷魂药。"多来教会崇拜吧！"小唐少不了提醒这句。

梁星说去就去，看到不少熟人，熟人里当然包括陆西安和小唐。陆西安经常担任教会执事，带领宣读经文，吃圣餐时端着圣餐盘一排排地给会众分发象征耶稣肉身的无酵干饼和象征耶稣宝血的葡萄汁。每次陆西安都会在崇拜之后的会众交通时过来和梁星说几句话："怎么，老金不来？"

"他忙！你呢？太太呢？"

"哦，她在国内呢。你今天听道听得怎么样？"

梁星感觉到陆西安故意转移话题，这才意识到他极少提到自己的家庭生活。后来小唐悄悄告诉她说："你不知道吗？陆西安的太太是常年在国内做生意的，两人的关系若即若离。"

"听说他有个儿子，怎么也见不到？"

"跟着妈妈在国内上国际学校呢。他太太似乎很会赚钱。"

梁星憋不住心里的疑惑，问："真奇怪！女人在国内，儿子在国内，怎么跟这几年的移民状况相反呢？常见的情况是自己在国内赚钱，把老婆孩子送出国啊！"

"陆西安不爱说，大家也就都不提。一定有他的苦衷。祷告的时候，他也从不为自己祷告。他这样积极为教会效力、为神侍奉的人一定会得到神的保守的。放心吧。"

梁星心里对陆西安就多了些怜悯。一个男人孤身度日，不容易！再看陆西安的时候就不全是仰慕，还多了同情。有两次包了饺子，背着别的同事，专门用保鲜盒装了满满一盒给陆西安送去。两人一推一搡，就多少产生了一点身体接触，梁星快速地转身就走，可转身的速度还是比脸红的速度慢了一步，陆西安看在眼里，也不说什么，再送饺子的时候，就不再敢推搡拒绝。梁星的脸却有机会没机会都红一红，本来就打扮得体，脸红起来，添了娇羞，整个人就有了女子的柔媚。她总是下意识地对这位领导遥遥相望，目光不小心碰上，心就咚咚两下。陆西安还是大大方方地说着官话，温吞地微笑，时时鼓励她去教会崇拜，上班在休息室聊天仍然时不时把"神"提了又提。周日梁星赖床，不想去教会，陆西安的目光就像脖子里暗藏的一个手电筒，刷地亮起来，照得大脑明晃晃的。她腾地翻身起床，推一把身边还在沉睡的金齐欣说："我去教会崇拜，你什么时候跟我一起去吧？感觉很好的。"金齐欣照旧打自己的呼噜，并不搭理她。

梁星路过洋人超市，进去买了束鲜花。小唐在超市工作，近水楼台先得月，经常有快过期的食品可以带回家。平时两人见面，小唐总是给她塞东西，梁星全家跟着没少沾光，就让这束鲜花致个谢。到小唐家时，小唐正在擦抹饭桌，她把一盘酱牛蹄筋摆在梁星面前，说："你吃，今天不吃就不新鲜了，吃不了你都带回家。"

梁星把秦封雨和亚历山大见面的事详细描绘了一番，小唐一边听一边笑。梁星就翻着白眼，说："你这人，怎么这么迟钝？难道不觉得咱们都被秦封雨的假像蒙蔽了吗？她这样的交际花，卧春城也找不出第二个呢！跟比自己大近二十岁的老外第一次见面，就眉来眼去，谈笑风生，我可见识了！明天就结婚我也不稀奇呢。"

"是你被蒙蔽了，才吃惊。我和秦封雨一家处了这么久，秦封雨是什么人我还算明白一点。她样样都拿得起来放得下，交际花这名头太大了点儿。人家找对象，又不是乱搞，别瞎说！何况还是你介绍的，真是！你想想，她是怎么嫁给邱段守的？邱段守不是比他大十几岁吗？和亚历山大这样大她近二十岁的人投缘儿，有什么稀奇？受过良好教育，懂得随机应变，讲究实惠，有什么错？谁不向往美好生活？谁愿意不到四十岁就守寡？"小唐慢条斯理地说着，一边给梁星沏茶。

梁星呆呆地看着小唐，过了半晌才说："我真服了你，什么事情到了你这里就理所当然了。我看下面你就要说这是上帝给秦封雨的恩赐了吧？"

小唐绕到梁星背后给她揉了揉肩膀，低身凑着她耳朵说："你这个冰雪聪明人儿啊，猜的太对了，不愧是我的好朋友啊！这当然是神的恩赐！其实，什么都掌握在神的手中，包括邱段守的去世，包括秦封雨的现实，还有你的惊讶，都是神赐的。矛盾中才能成长啊！当然要感谢神给了这一切机缘来让我们成长啊！"

周凌云送女儿猫猫踢足球回来，热热闹闹跟梁星打招呼。常来常往，梁星和周凌云也熟了。梁星问了猫猫几句学校的事儿，啧啧叹着："唉，中国人的孩子怎么个个都这么优秀，学习好不说，什么活动都不耽误，猫猫都当足球队长了，太了不起了！"如果搬家过来，勇子也会进入静湖中学，勇子整天打游戏，可怎么跟这些优秀的孩子比？小唐这时已经在忙着给爷俩热饭，梁星就起身告辞，紧紧地抱了抱小唐，满心欢喜拎着一袋牛蹄筋出了门。

车子上路，梁星心头对秦封雨的妒忌和惊讶早已烟消云散，打开摇滚乐台，摇头晃脑地听，是加拿大本地一个四人组合名叫"妈妈"的乐队创作的"让我们爱吧"，歌词大意是"这是世间一场游戏，如猫和老鼠还有男人女人，如果必须下注，我愿意赌一只鸟，它不会在男与女、猫与鼠的游戏中被擒……"什么意思？一只鸟？象征自由？在情爱的你追我赶、你离去我伤悲的游戏中可以一展双翅随时飞翔离去？那婚姻的约定呢？夫妻的责任呢？谁不想如鸟一样飞翔，摆脱捆绑？如果所有的猫鼠男女之戏都可灵机一变展翅退出游戏，这世上还有一夫一妻的婚姻需要存在吗？梁星脑子里出现了深秋铺天盖地的候鸟向南迁徙的宏伟场面，咯咯笑出了声。人类如果真成了鸟类，也没什么劲，风餐露宿，居无定所，搬来搬去的。她宁愿锁在婚姻里和金齐欣一路闷头走下去。可是，陆西安呢？那是怎么回事？梁星扭大了音量，妈妈乐队还在唱，"妈妈做过，爸爸做过，我打赌他们宁可没有做过，玛丽做过，乔伊做过，连小婴儿耶稣也做过！"就是，不愿做的事多了，也统统都做了，你我他都一样。管它的，咱又不是哲学家，猫呀鼠呀男人女人的，浪费脑细胞！

到家，梁星三言两语说了秦封雨的事儿，想看看金齐欣的反应。金齐欣斜眼瞟了妻子一眼，漫不经心地说："你如果是真的好心介绍对象，就应该希望人家成功，算是成人之美，积功积德。如果不是真心盼好，干嘛多此一举？秦封雨能力强，会见风使舵，讨人喜欢，和亚历山大一拍即合，你应该高兴才是。"

"唉，你这人，我有不高兴吗？"梁星声音高了起来。

"你看你那讽刺挖苦的语气。我是你老公，生活了快二十年了，你是真高兴还是假高兴，我会分不清？"

梁星瞪了金齐欣一眼，一扭头上了楼，心里美滋滋的。还是老公了解我这点儿小心眼儿，就冲这点儿，咱这婚姻还是美满幸福的，应该感谢上帝！

勇子的门果然关着，梁星要和儿子谈谈去静湖中学上学必须努力用功才能有竞争实力的问题，还要谈谈是不是应该增加些课外活动，猫猫能当足球队长，你勇子怎么也该踢踢足球吧？她敲门，等着勇子回应。半天没声响。梁星把耳朵贴在门上听，里面噼哩啪啦响着键盘的敲击声。呼吸急促起来，她抬手重重地敲了三下，还是没反应。这回梁星能感觉到自己急速呼吸出来的热气了。她控制着情绪，敲门的声音更重了，四下，像擂鼓。

"干什么？！"勇子嚷道。

梁星一下就把门扭开，胸脯上下起伏，声音也高得不亚于勇子："你还有理了？妈妈在外面敲三次门你才有反应，像对佣人讲话，有儿子这样对妈说话的吗？"

勇子还在继续打游戏，眼睛死死地盯着屏幕，手指快速移动着，屏幕上一个满身盔甲的人在奋力奔跑，后面是一个同样全副武装的人奋力追赶。"烦死了！别理我！没看我马上要输了吗！"

梁星血往上涌，恶狠狠地看着勇子面对荧屏决一死战的专注神情，他全部的肌肉都紧张得扭曲了，手指飞快地移动着，脖子挺着，嘴角随着手指的运动抽动不停。这是我儿子吗？梁星气急败坏，胸脯快速起

93

伏，不管三七二十一，弯腰，低头，就把立在地上的主机开关啪的一声关了。滋的一声，荧屏闪了一下，就黑了。

勇儿一下从座位上跳了起来，顺手把桌上的书呼噜到地上，发出巨大响声，整张脸涂了鸡血般通红，细瘦的脖子上血管鼓涨，五官变形，他喊着："你干什么？你走开！我再也不要理你！我打了三个小时的战果都被你毁了，毁了！！我从来没玩儿到这么高的级别，懂吗？你懂吗？？你这个、这个……"

梁星盯着疯狂的儿子，目瞪口呆，挥起的手臂停在半空，她竭力控制着不让它落在儿子身上："你，你，你还有理了，玩儿游戏玩儿成傻子了，你想干什么？我看你杀了你妈的心思都有了！不就是一个破游戏吗？你这是，这是上瘾，明白吗？明白吗？？"眼泪哗啦流了下来，梁星一转身咚咚咚下了楼，冲进书房，正好跟迎面出来的金齐欣撞了个满怀！"你看看你儿子，你看看吧！我关了他的游戏，他就发了疯！儿子怎么变成这样了，你，你，你这是当的什么爹？！"

金齐欣也满脸通红，眉头结着大疙瘩，他压低了声音，但极其严肃地说："你激怒他干什么？他是三岁的小孩子吗？你一点儿都不尊重他！儿子的事儿，以后归我负责，你干你自己的事情去吧！"说完，他就咚咚咚地上了楼，直到听到儿子的门砰地开了又关了，梁星才一屁股坐在沙发上，呜呜咽咽地哭起来。"都是我的错？儿子打游戏你不管，你不管我管还不行？我当妈的管儿子有什么错？对她妈如此吼叫，你不站在我一边，还训我！有你这样的丈夫吗？儿子不要我，老公也不理我，我怎么这么命苦呢？这日子没法儿过了！"越说越气，越气越委屈，鼻涕眼泪稀里哗啦。刚才还自豪的幸福生活，一转眼就变成了人间地狱。

金齐欣下楼时，梁星已经哭不动了，坐在沙发上发呆。金齐欣坐到梁星身边，抓住她的手，她挣脱了两下，被攥的紧，也就不再执拗。金齐欣说："他是上瘾了。我跟他商量好了，下周一天只许玩儿一小时游戏，他答应了，你负责监督，怎么样？"

"如果超过一小时呢？"

"就断他的网。"

"好，既然他同意了，咱们就这么做！今天他那个样子算什么？还把我当妈吗？"

"孩子长大了，不能再把他当孩子！打游戏是他的错，你过去就关他电脑是你的错。"

"我的错？我应该等他再打两小时再关吗？你看到他那个样子了吗？玩游戏玩得魂儿都没了。你，你也太没原则了吧？他对我这妈那样，你都不管？你还对了？这都是你这当爹的长期听之任之的结果！翻了他的天了！"

"唉，你呀，怎么又冲我来了？对不起对不起！现在开始管，你看我的！我也没说你管他不对，你管他当然正确，方式方法有问题。好了好了，我没有捍卫你的权威，该千刀万剐！我赔罪！"金齐欣说着顺手把梁星揽进怀里，另一只手开始摸摸索索。

梁星的气儿一下泄了一半，半推半就地腻味着，说："人家还生着气呢，你就搞这个，讨厌死了！今天又不是周六例会，这可是你在坏规矩，不是我啊！"

金齐欣抓住妻子的手往自己裤子里伸，说："规矩是人定的，人自然也可以破了它。"

"我想破坏的时候，你总有理由坚持原则，你想破坏就常有理了。"

"那，那就不破坏了？"金齐欣斜眼笑着，握着梁星的手顿住了。

梁星鼻子里哼哼着，早抓住了金齐欣的要害狠捏了一下，嘟囔着："去卧室！"

这些年，两人只在周六晚上亲热，吃饭睡觉一样定点定时，两人称之为"例会"。干干净净地洗完澡，松弛自在，慢吞吞一边说话一边做，实质工作不到十分钟，搂搂抱抱摸摸索索嘀咕枕头话能磨蹭两小时，那是梁星最幸福的时刻。两个例外，梁星月事儿和金齐欣偶尔疲软的时候，两人都会迁就对方，省了实质工作，枕头话儿这个程序却始终雷打不动。平时梁星经常有破坏规矩的企图，金齐欣却很少响应，老说上班上累了，没心思。周六于是变成了一周最美丽的日子。金齐欣只有在想讨好太太的时候才会破坏这个规矩，他和梁星都明白，这事儿一和谐，夫妻之间一切不快就都烟消云散了。家庭的欣欣向荣，不能不把功劳大大归功在规律的周六例会之上。

这天的枕头话自然离不开勇子。"小唐的儿女真了不起，学习都好得很，猫猫还当了学校女子球队的队长！猫猫她哥狗狗立志考 SAT 呢，我看是冲着美国的八大藤校去了。咱们勇子可怎么办啊？就知道玩儿游戏，愁死了！"

"你呀，总是人家人家，怎么在外面死要面子，装的理直气壮都是你好，回了家就都是别人的好了！各家有各家的活法儿，教育孩子的理念也不同，孩子更是个性迥异，对一个孩子合理的方法不一定对另一个孩子有效。勇子哪有你说的那么差？咱勇子学习也都没下过 B，你看他不学习都能得 B，如果用点功，还不一下子就得 A 了？男孩子成熟晚，你不用担心。我像他这么大的时候干什么了？还不是放学后一群一伙地在外面玩儿、掏鸟窝、射弹弓、扇烟盒？勇子不就玩游戏吗？既不出门闯祸，又不挑肥拣瘦。知足吧！戒游戏的事就交给我了，看我来软硬兼施，坚决完成老婆交给的任务！"金齐欣说着突然停了手里的摸索，起身说："我得去看看他，例会需要中场休息，一会儿再继续。"说完，披了睡袍就出了门。

梁星微笑着，翻了个身，把薄被子拉过肩膀，自己摸了摸一丝不挂的身体，光滑稍欠，弹性良好。刚觉得潮热点点滴滴从身体深处涌起，金齐欣一走，就像堵了的水管突然通了，哗啦，水跑光了，只剩下干燥的空虚。为了勇子而终止例会，这也不是头一遭，谁让咱为人父母呢？梁星又翻个身，好像要把肉体欲望压在身下，换成精神活动。是，老公说的对，勇子除了爱玩儿游戏，的确挑不出什么毛病，学习中上，性格也不霸道。孩子小的时候，两人求学求职，在孩子身上花的功夫并不多，孩子上蒙特梭利私立学校，游泳啊乐器啊各种课外活动都跟随学校完成，放学后家长无需多虑。中国孩子个个都学钢琴，勇子也不例外，但死不喜欢，勉强学到 4 级就半途而废。国际象棋玩儿了两年也中断了。现在羽毛球是唯一坚持的课外项目，报了周五晚上社区活动中心非比赛性质的随意训练，也不需额外努力。比较起小唐和周凌云在孩子身上的付出，梁星顿觉惭愧。小唐的一双儿女都没上过私立学校，孩子的全面发展是爹妈的时间和精力实实在在搭进去陪出来的。猫猫比勇子小一岁，钢琴过了 6 级，还是学生会的年级代表。猫猫的哥哥狗狗比勇子大一岁，钢琴已经过了 8 级，省级数学竞赛中得过第二名，课外参加学校划船队，起早贪黑地训练，此外还每周在医院做义工 6 小时。两个孩子都是教会的青少年骨干，承担许多义工。据小唐说，多年来，周凌云和小唐一个人管一个，接来送去，晚上和周末都是围着孩子团团转，球队和船队还经常要到别的城市比赛，一走一个长周末，都要家长陪，大人因此也要为孩子的活动做很多义工。造就这样两个优秀的孩子，是功夫不负有心人，你梁星和金齐欣比得了吗？现在才发觉该管孩子了，还来得及吗？哎，来得及要管，来不及也得管啊！

"我和他打了个招呼，把他机器的网络掐断了。"金齐欣回来一边往被子里钻，一边喜滋滋地说。

"是掐了全家的网，还是只断了他的网？"

"当然是断了他的网。"

"好，儿子就交给你了，我倒想看看你来硬的他怎么反应。"梁星嬉皮笑脸的，手开始忙碌起来，金齐欣却疲软了。他搂紧梁星，梁星的手就别扭的使不上劲儿。

"我有点儿累了，打球时好像扭了腰。咱们搂着睡吧，不做了。"金齐欣说。

梁星身体一团火，哗啦一盘冷水冲下来，心里不高兴，却又被金齐欣搂着，也不好发作。干干地皱了眉，觉得呼吸受阻，干脆挣脱出来，说："唉，我看你是有点儿老了，最近老说腰不好，打球这运动应该是把身体越练越好，怎么越练越差了？明天去看看医生吧。"说完就翻了身，嘟囔说："睡吧睡吧，一睡解千愁！"

金齐欣也翻身躺平了，回答道："有人头痛脑热，有人高血压心脏病，有人就腰酸腿痛。什么大不了的？愁什么愁？这么幸福的生活，哪儿来的愁？睡觉睡觉，睡醒万般有！"

月，升了上来，弯弯一弧，挂在窗外树梢上。天空隐约地灰着，树深深地黑着，层次分明，白白的弯月像是黑幕上一个剪开的豁口，完美的一只眯缝眼儿，窥视着床上的夫妻俩安静的身体。夜深处，金齐欣发出轻微的鼾声，似小鸟节奏鲜明的啾鸣。树影摇曳，忽明忽暗。

八、

徐美美打911告了大威哥家暴之后，心情忐忑。她怕大威哥打击报复。当时大威哥有警察监控，强制去上家暴培训班，禁止接近徐美美。但学习期满，谁能保证大威不会卷土重来？徐美美越想越后悔，把肯特带回家真是大错特错！可谁想到大威哥大白天会从单位回家来？高科技公司还会断电给员工放假，这样的事儿闻所未闻！他公司离家那么远，一大早走了又翻转回家，这千分之一的机率怎么就被撞上了？肯特连衣服都没来得及穿就抱头鼠窜了，要不是自己当机立断报了警，小命儿怕是已经毁在大威哥手里了。她摸了摸绑着绷带的胳膊，略微用了点儿劲，伤口便隐隐作痛。她太了解大威了，外表粗野豪放，内心脆弱善良，逼他到动刀子的地步，是自己欺人太甚。偷偷摸摸在外面搞，多少还给他留点儿面子，在家里搞是彻底不把丈夫放在眼里了。现在警察局又有了家暴记录，这个男人以后的日子该怎么过？自己不但是欺人太甚，简直就是致人于死地！可当时不报警也没有别的办法啊，任他把自己杀了？才30几岁，路还长呢，还有很多没有享受过的幸福在未来什么地方藏着等待自己去发掘呢。这是自卫，是捍卫自己理所当然的生存权。伟大、光荣、正确！

　　徐美美在这样时而后悔内疚、时而理直气壮的思想斗争中，难活了几天，就在兴奋中解脱了。肯特求婚了！他说要先离婚然后和她结婚。

　　这是两人偷情时从未涉及的话题，也是徐美美想都不敢想的奢望。肯特是公司部门主管，上通下达，能力出众，加上人高马大英俊潇洒，身上经常洒满靓女仰慕者偷窥的目光。她看过肯特太太的照片，是一个电视台的记者，金发美女，两人育有一女伊莎贝尔，美丽可爱。是什么能让他愿意舍弃这桩完美的婚姻来和自己结合？偷情的时候双方都沉浸在单纯的肉欲中不愿自拔，徐美美从来也没有想过会有和肯特结婚的一天。是因为大威哥的举动伤害了徐美美使肯特感觉内疚，渴望承担责任？还是肯特真心爱上了她？徐美美百思不得其解。

　　她哪里想到，肯特的美女太太出轨在先，和一个小有名气的画家你情我爱，心已另有所属，先提出了离婚。肯特不过是顺水推舟，趁机表演了一个男子汉胸怀大度、敢作敢当的英雄形象。时机恰到好处。肯特也明白，事情败露，大威哥如果卷土重来，肯特和徐美美假戏真做是减少麻烦的最佳选择，偷情到结婚，是爱情的升华，人类的自然规律，谁也说不出长短来。徐美美温柔娇媚，工作一流，兼有中国女人的细腻踏实和西方文化熏陶出来的狂热直爽，对自己崇拜欣赏迷恋不已，爱起来不管不顾，是个做妻子的上好材料。肯特一想到和徐美美成立家庭就兴奋不已，那个小鸟依人的小身体啊，整天抱着该多么惬意。这不是爱是什么？他被自己的真情感动了，毫无顾忌地求了婚。

　　"我爱你！这还不够吗？我们在一起天天都会像在床上这样幸福！"肯特一边说一边用他的坚硬反复摩擦着她的光滑柔软。

　　徐美美哼着，脑袋里飘着杂念：我爱你我爱你我爱你，说的如此频繁而随便，就难辨真假了。老外哪个不会说这个？谁知道你是不是背转身就对别的女人也如此这般？

　　怀疑归怀疑，肯特很快就办妥了协议离婚，女儿伊莎贝尔归母亲，肯特每月需支付一定赡养费，每两周可以和孩子共度一个周末。徐美美的怀疑在这一切现实面前土崩瓦解，肯特认真了！铺天盖地的兴奋和幸福席卷而来，大威被抛在脑后，他和肯特相比，无论外表、成就还是身体硬件都不是一个等级，日子得往前过，幸福只为有准备的人存在。她开始庆幸自己报警的决断是多么英明，大威这是自找苦吃，是搬起石头砸自己的脚，是不识时务，是罪有应得。没有爱了还将就地生活在一起，是不道德，是违背人性，是非人道，是口是心非，是不会开花的苗，是不会结果的树。她专注地离婚，筹备和肯特结婚。两人决定把各自的房子都卖了，然后再去静湖合伙买房，重建新家。

旭蓉蓉和大威哥见面的时候，徐美美已经和肯特秘密定婚，婚礼定在一年以后。徐美美希望和大威这件事的风波平息，两家离婚的一切遗留手续都处理妥当，再结婚。到那时，新房也差不多盖好了，两人可以一身轻松地迎接新生活，伊莎贝尔两周回来一次，也有个稳定的环境。

肯特抱着徐美美从头发亲到脚趾，说："虽然你没当过妈妈，还为伊莎贝尔想的这么周到，谢谢你。等结完婚，我们一定要有我们自己的宝宝，她一定是世界上最聪明美丽的孩子。"

"为什么是'她'，不是'他'？难道你不想要个混血儿子？我要他长着这样的鼻子！"徐美美说着，伸出舌头舔了一下肯特笔挺的高鼻子。

"说伊莎贝尔说惯了，所以用了'她'。不管是什么，一定都好。"肯特早耐不住，伸手揉搓起来，浑身热气腾腾。

"你怎么这样？刚做完啊！你的身体彻底不能碰女人，是不是？一碰就硬！一硬就非做不可！伊莎贝尔来了，我们可怎么办？"徐美美半推半就地一边嗔笑，一边缠了过去。她想起大威的小家具，暗自感叹，中国男不光是硬件差，连欲望这软件也不足，就算和大威谈恋爱最热烈的时候，一天也不会超过两次。再看肯特，相隔10分钟，就可以重打鼓另开张。每次幽会，没有三次猛射决不罢休。能怪自己出轨吗？天地之别！青春热血，让人怎么抵抗这个诱惑？上帝为什么这样造人？太不公平了。

徐美美的事儿只有闺蜜冰儿了如指掌。两人背景接近，都是1.5代移民，中国文化在早年种下种子，出国后在西方文化的熏陶中开花结果。两人都是初中随家庭移民来加拿大，初中高中大学都是同学，同进同出，亲姐妹相仿。两人却性格迥异，徐美美娇小玲珑，活泼外向，大胆主动，爱玩儿爱闹，敢爱敢恨。冰儿高大苗条，沉静内向，温柔娴淑，优柔寡断，低调收敛。两人各自的婚姻关系也是前后脚确定的，徐美美和大威哥秘密结婚的时候，冰儿也开始和一个华裔青年秦男同居。这些年过来，徐美美一直没有生育，冰儿却已是两个儿子的母亲。徐美美红杏出墙的时候，冰儿正一心一意地相夫教子，忙的不可开交。冰儿的丈夫秦男也是个 1.5 代移民，科技大脑发达，社会技能稍欠。这却妨碍不了他以突出的技术能力一路顺风做到最大一家电子公司的中层技术主管，薪水颇丰。

冰儿家是静湖的元老居民，站在后院阳台上就可以看到静湖湖面上水鸟的起起落落，出门散步可以沿着静湖小径赏玩水天一色、冬雪夏花。这片房比起静湖新建房区更加清幽宁静，院子宽敞，视野辽阔，颇有些世外桃源的味道。冰儿坐在后院宽敞的石砌阳台上听了徐美美订婚的消息，脸上开了花，不经常有表情的脸上露出开心的红晕，细长的丹凤眼炯炯发光。她说："太好了，美美！你没错。不管你做什么，我都支持你！只要你幸福，我就高兴。不爱了，就离婚。爱了，就结婚，理所应当！这本来就应该是你的英雄本色！"冰儿的兴奋迅速感染了徐美美，徐美美伸手搂住冰儿，说："你呀，我做什么事儿你都赞成，哎！当初和大威哥将就的时候，你也赞成！我怎么有个这么个没有原则的朋友呢？"

"你希望我反对吗？那好，我就反对吧！"冰儿从徐美美的怀里挣了出来，一本正经地说："徐美美，我奉劝你，做人要认真，要检点！怎么可以在外偷情？又怎么能偷了情不以为耻反以为荣？竟然还跟偷情人结婚？廉耻到哪里去了？"

徐美美一边咯咯笑出了眼泪，一边擂打冰儿，嘴里念叨："冰儿，别欺负我！可怜可怜我吧，如果没有你，我就是最可怜的孤家寡人。全世界的人都认为我是坏女人，只有你时刻站在我一边！我多好的福气啊！女人怎么能没有朋友？我真是太幸福了，有肯特爱我，还有你这么好的朋友支持我！"说着，嗲嗲地又去搂抱冰儿。

"肉麻死了！还海誓山盟地表开态了！赶紧打住，真受不了。你快回家去吧，我要给孩子做饭吃了。有什么新情况，尽管来电话。"冰儿听着徐美美的幸福宣言，内心突然飘过一股凄凉，她突然可怜起自己来，念头只是倏忽一闪。自己的苦恼为什么就无法对徐美美说出口？冰儿是个幸福的人吗？我的爱人在哪里？我的朋友在哪里？

徐美美恋恋不舍地离开，临上车，说："那我就听你的话，和肯特去看湖区下次开盘的房子了，咱姐俩儿就住得近了，小心我沾上你没完！"

冰儿微笑着打发了徐美美，想着这些年两人像亲姐妹一样走过来，心里暖暖的。老实说，徐美美和肯特订婚的事儿她心里也没谱，但多年的习惯，她从不反对徐美美做的任何事情，对朋友她只懂得支持赞成拥护，确切的地说她对任何人都基本采取支持赞成拥护的态度，这种谦和宽仁被动的性情是呱呱落地就流淌在血液当中的。

她返身进了家门，秦男还没下班，大儿子秦风爬在地上做科学课的展示作业，小儿子秦云捧着书歪在沙发上看。无可抱怨，这两个孩子都很听话，老大继承了爸爸的科学脑瓜，永远是 A 学生，老二酷爱看书，只要睁开眼睛，就在读书，买的书不够读，图书馆的书也被他借遍了，才八岁看的都是十八岁的书，时而咯咯乐，时而唉声叹气，跟着情节亦喜亦悲，这样沉静的阅读习惯像了妈妈。

冰儿虽然没有什么明显特长，但似乎又擅长一切。她喜欢业余时间看看小说写写博客，中文英文各有一个账户，几年下来，两边博客跟读的人上了千，这千人大军就像一条长长的鞭子，催着赶着冰儿继续写下去。她在键盘上积极勤快，每天不敲字就无法入睡，工作间歇也开开小差写了博文存在移动盘里，办公室无法连接博客网站，晚上回家后把写好的内容整理贴出，才心满意足。跟读的帖子她笼统地回一回，多年来，有了几个熟面孔，隔着屏幕亲近着，男女混杂，遍布五大洲。

冰儿在政府捧着金饭碗，做系统数据维护，平时悠闲，年初年终大量数据进入时，才需要用心上几天班。写博客的爱好完美地填充着她工作的悠闲和沉静的内心。周围熟人却很少有人知道她的博客之旅。徐美美好玩儿，不爱读书跟博，冰儿的博客给她发了链接她随便翻翻就抛到脑后，她对冰儿说："我认识自己眼前这个有血有肉的你，认不认识屏幕后面的那个你还有什么要紧？"冰儿心里虽然有些失落，文字中的自己是深邃多思才华横溢的，和眼前这个相夫教子老实巴交的女人大相径庭啊！可沉默内敛随遇而安的个性很快就把这点儿贪婪之心压制回去了。不爱看就不爱看吧，看了也未必看得懂，徐美美原本就是个重视物质世界的人，和自己的精神追求截然不同，相处多年，求同存异，挺好！

冰儿的博客广受欢迎，是因为字里行间处处闪烁智慧的火花和纯洁善良的心灵魅力。广播里一条新闻可以被她旁征博引地变成论文让人深思不已，派对上的一盘普通小菜可以被她形容成珍奇佳肴令人垂涎欲滴。她能把天上一片云变成一首美丽的诗歌，还能把邻居的一条狗变成一个故事的主人公。人生普通的早九晚五吃喝拉撒男欢女爱家长里短都能在她博客里焕然一新发光发热。透过那些精致优美的文字，人们看到的是一个和现实生活中截然不同的冰儿，生活里她不敢做的不敢说的，她可以在博客里把它们实现，她用文字补充着自己的不足和缺失，在那里，那是个完美的女性。她很爱那个博客中虚拟的自己，更喜欢把这个自己变得美上加美。她从不暴露自己的真实照片真实地址和真实邮箱，虚拟的就让它彻底虚拟，她把网络世界和现实生活分割得一清二楚。粉丝们只知道这个中文博主"半满"和这个英文博主"half empty"（半空）是个有家有室为人妻母的迷人女性，文字是唯一维系网络关系的纽带，这就足够了。

取这样两个网名，源于她最喜欢半瓶水的境界。看到那半满的部分便感恩知足，看到那半空的部分便要追求进取，这是人生不同阶段或者同一阶段不同情形所必需学习的功课。她愿意用它来鞭策自己的人生，看那瓶的上与下，懂得在知足中进步。两个博客互相链接相通，纯英文的读者读英文，纯中文的读者读中文，双语的可以两边都看。两边的内容却不尽相同，写作情绪完全跟着感觉走。或用英文或用中文或彼此翻译，全看心境如何左右文字。贯通中西的博主并不多见，这也是她的博客吸引了大量海外华裔粉丝的重要原因。

冰儿在厨房忙着炒菜，听到车库门上卷时哗啦啦的巨大声响，是秦男下班了，正在把他的宝马车停进车库。她赶紧关了火，放下锅铲快步走到门口，秦男一进门，她就满脸堆笑，一边接过他手里的电脑包，一边小声说："回来了，洗手准备吃饭吧。"秦男点了点头，脱了鞋子径直走进房间，见秦云在读书，一屁股坐在他身边，手臂搂了过去，说："爸爸回来了，也不理爸爸？嗯？"话是抱怨的，表情和语气都是笑嘻嘻的。

冰儿把秦男的电脑包放进他书房，看见秦云偎在爸爸怀里的亲热样儿，站在爷俩儿身后发了发呆，才转身去盛菜，不知不觉地叹了一口气。丈夫对儿子比对自己亲热多了！秦男多久没碰过自己的身体了？每天秦男下班她都是热脸上去贴了冷屁股，可是自己贱啊，总是希望下次会得到一个温暖的拥抱。可下次呢？日复一日，十几年就这样过来了。她的行动早已成为习惯，但那个希望仍然小火星一样亮着。也许有一天……她安慰着自己。

这是一个安静和平的家庭。冰儿和秦男分工明确，冰儿主内，秦男主外。孩子的活动两人错开时间共同承担。她早晨7点半出发，8点到办公室，4点半下班接了孩子回家就开始忙晚饭，秦男早晨8点送孩子上学，9点到公司，下午6点左右到家，荤素齐备香气缭绕的晚饭已经摆放停当。大儿子秦风和小儿子秦云的课外活动都安排在晚上和周末，哥俩除了弹钢琴、打篮球还有童子军，哥哥还额外上一个奥数班，秦男是儿子当然的数学辅导老师，秦风数学年年得奖也就不奇怪了。

秦男吃过饭就去送兄弟俩上童子军，冰儿追到门口说："今天要填表交钱，两个孩子都想参加童子军那个两天两夜的野营，是下个长周末，你别忘了！"她看着车子开远了，才回身进屋。厨房很乱，脏碗都堆在池子里，还没往洗碗机里放，饭桌上残留着两堆儿鸡骨头，窗前的花儿干黄了叶子，哎，这些活儿起码需要一小时。心里那个小挠子兹拉兹拉地挠，她扫视了一眼凌乱的厨房，毅然决然地上了楼，写出来，现在就写！这个念头在脑子里多久了？沤得快发霉腐烂了。不写出来你永远不知道别的女人怎么过日子，怎么面对这样的难题。和徐美美多少次想开口，话到嘴边又搁浅，这种事儿怎么说？徐美美这样开放的人又怎么能够理解？况且再好的朋友也是外人不是？走漏出去可怎么生活？对自己对秦男都是百害无一益的蠢事儿。可是，认了吗？就这样永远活在遗憾和期盼中？不，必须写出来，就现在，就是现在！不是明天，不是明天的明天，不是收拾完厨房以后，不是等孩子们都睡着了，不拖！是现在，就是现在！

冰儿坐在自己的电脑面前霹雳吧啦地打字，听到车库门响，才赶紧存了文档，一个半小时只写了一半，心情被这篇东西搅得十分悲凉。秦男进门看她下楼，说："野营的名报上了。这个周六童子军要去种树，我周六早晨有会，你送吧。

"好！我送。又是周六上午？又要耽误中文学校了。"冰儿答着，已经转身去招呼儿子洗澡了。哎，和秦男除了孩子的事儿，几乎没有其他交流，如果孩子长大了，空巢了，怎么办？那股悲凉的情绪更加浓厚地顺着脊柱升上来，她的心抖着，鼻子也酸了。

儿子们洗好澡，扔出一堆脏衣服，洗衣筐已经满了，她端着电脑进了洗衣房。周末和晚上七点以后是节能时间，她洗衣服总是选在这些时候。洗衣房加了一只靠背椅，她捧着笔记本电脑坐下，听洗衣机哗啦哗啦的转动声，心情松弛下来。从什么时候开始迷上洗衣机和烘干机的转动声的？那轰隆轰隆的噪音，是她的心灵镇定器。有那么一会儿，她试图分辨出水流挤压衣服的声响，听得很真切了，好像看到衣服们欢乐地拥挤旋转着，灰尘脏渍都不情愿地融化在肥皂水中，水色变得浑浊，咕嘟咕嘟地转着，这才舒心的笑起来。仰身松弛地坐舒服了，她开始敲字。

开始烘干衣服的时候，她的文章已经接近收尾。她听着衣服纽扣撞击烘干机金属墙壁的声响，一圈，又一圈，规律均匀地滴灵灵响，思绪也一圈一圈泛着涟漪。该往哪个论坛放呢？绝不能上博客，要听到大众的声音，必须上论坛。冰儿的英文博客在享有国际声誉的博客网"DailyPub"上，中文博客在最大的全球海外华人网站"同心圆"上。本地的"连心网"她虽然也有博客和账户，但并不活跃，时常翻翻了解一下本地新闻和华人社区的动态，极少发言。

听到秦男在洗衣房外的卫生间冲厕所的声音，然后门锁卡拉一声开了，他出了卫生间，进了书房，书房门卡拉一声又关住了。秦男上厕所是一定要锁门的，这在夫妻关系中正常吗？孩子都生了，防谁呢？她苦笑了一下，写这些是没有错的，她有足够的理由原谅自己。

重新开设了一个新账户，取名"知也不知"。人生就是一个无解的游戏，有一些统一的游戏规则要遵守，加入者无人不知，违反规则你就出局，比如婚姻。在规则之下努力游戏的人，一级一级地升高，总有一天升到了最高级别，你已天下无敌，孤独和无聊随之而来，你迷茫了，这就到头儿了？这游戏没什么意思啊！于是，你开始探索新的游戏，遵循新的规则，登上新的台阶，循环往复。哪一天是个尽头，哪一个游戏能让我们满足，无人能知。知，与不知，满足与不满足，就这样贯穿了人的生命。没有绝对的真理，也没有绝对的正确。所有的"知"与"不知"都是相对的，正如刚写的这篇文章中的困惑，男人与女人的关联，性在婚姻中的作用，一切的一切都在"知"与"不知"之中盘旋往回，即便这篇文字本身，能起到什么作用，也在"知"与"不知"之间，"知"的是一定会赚眼球、赢点击率、掀起大讨论，"不知"的是它能帮助你冰儿解决实际问题吗？它的社会效应能引导出你怎样的心态？它会改变你的婚姻观吗？既然它本身徘徊在"知"与"不知"之间，它还有存在的意义吗？存在即合理！冰儿想起黑格尔这句普世哲学真理。任何存在的事物都有其存在的原因，存在的一切事物都可以找到其存在的理由。她的困惑有其存在的原因，这困惑就可以找到解释的理由。至于冰儿你真的想知道什么或者不想知道什么，又有多么重要呢？既然不重要，这个网名就几乎没了意义。冰儿知道又一次陷入自己搭建的怪圈中转不出去了。

一切都是表面的，表面的智慧，表面的和谐。心里却缠绕着永远的迷惑和苦闷。这就是你！"芯儿里苦"！她突然心中一紧，是的，我就是芯儿里苦！"知与不知"太过故弄玄虚，谁有空这般胡思乱想、探讨知与不知的生命意义？这篇文字如此直白，不妨用"芯儿里苦"这个通俗贴切、也最配得上自己的网名更合适。

几分钟她就重新注册了，又预览了一遍，便果断地点了"发表"，就阖上了电脑。明天再看网络反应，今天到此为止！她的心舒展开来，如释重负，一个大包袱卸了。是真卸了吗？谁知道？？哪怕是暂时的，也是轻松愉快的！

她抱着洗衣筐上楼时，在秦男书房门前停了停脚步，静悄悄的，什么声音都没有。灯光从门缝下面挤出来，柔和地照亮了她光着的脚趾。她对着门说："你早点睡吧！不早了！"听到秦男在门里哼了一声，一切又恢复静寂。这个家就是这样安静，这是没有语言干扰的安静，缺乏语言交流的动荡，没有语言来温暖肉体和心脏。安静得冷漠，冷漠地安静着。

这就是我的家。冰儿想着，一步步上了楼，脚步拖沓，儿子们已经睡了。

九、

梁星给旭蓉蓉打电话的时候，旭蓉蓉正在丫丫钢琴老师家门外露台上坐着等孩了。天已经蒙蒙黑，树影里有个遛狗的女人被任性的狗抻得趔趄着，磕磕绊绊勉强往前走着，狗的心意和她的心意差距很大。世界就是这样，让谁顺从谁都艰难无比，动物之间、人之间，还有动物和人之间。艰难，是自然状态；容易，是非自然状态，需要努力克制本性、容忍对方才能学习和睦相处。

窗户里隐约听得到娜塔莎严厉的训斥声，俄罗斯口音浓重："弹钢琴是一项体力活儿，你忘了吗？从坐姿到手指的姿势，一丝一毫马虎不得，懂吗？"当当！"为什么总是弹着弹着就弯腰驼背？手指要松开，松开！音乐就这样让你无精打采吗？"当当！

旭蓉蓉的心轻微地颤抖着，她知道那当当两声是娜塔莎在用手里的铅笔敲琴键，之后就是用铅笔敲孩子的手指了，娜塔莎的习惯教学程序。旭蓉蓉努力让自己不去听窗户里面的动静儿，多年来她总是这样听着，听不下去了，就起身走开。冬天冰天雪地的时候，她就坐在车里听广播，可脑子里还是赶不走娜塔莎训斥孩子的模样，她的金色卷发一跳一跳，本来就深陷的眼睛变得更加巨大深陷，洞口一样，那模样实在不好看。

丫丫刚开始学琴的时候，只有7岁，每次挨训就安安静静地流眼泪。那时家长允许坐进房间里陪着学，娜塔莎严厉的训斥并不会因为家长坐在跟前就有所收敛，她甚至会连家长一起训斥："是不是没练琴啊？！孩子没练好，家长要负责！难道陪孩子练练琴，很难？！现在的家长，真是！"开始的时候旭蓉蓉感到无地自容，这俄国女人凶恶到如此境地，简直没有教养，可以和国内单纯追求升学率的暴躁班主任媲美了，不愧为社会主义同一阵营培养出的人物，连教育方式都如此雷同，这在西方世界多么罕见？也就中国人受得了这样的教学方式，她几乎没有白人学生，大概源出此因。旭蓉蓉几次想打退堂鼓给丫丫换老师，都被介绍人劝住了："娜塔莎如此有名，桃李满天下，钢琴大赛的奖一半都被她的学生包了，自有她严师出高徒的道理。这边的孩子太没压力，都被宠坏了，受受娜塔莎的训练，无论琴技还是性格都有好处。这么多人跟她学，都受得了，丫丫没抱怨，你就受不了了？你看我帮你通融了，才把你排进来，排队的等两年才轮上的都有，这么不容易得到的机会，你倒要放弃，再考虑考虑吧。"这一考虑就考虑了七年，丫丫也成为那些得奖孩子中的一员了，每次娜塔莎都会定制奖杯给孩子们留纪念，如今钢琴上排得满满的，第一名，第二名，第三名，透明塑料的、镀金镀银的，高低错落。旭蓉蓉一边对那些奖杯沾沾自喜，呵呵，功夫不负有心人啊！一边仍暗自寻思，难道不是严师就教不出高徒来吗？这边老师从来都是和颜悦色，只鼓励不批评，不照样行行业业都人才辈出？这是发达国家，很多行业都走在世界最前列啊！这里的音乐如此普及，三五人拉出来就是一个小乐队，人家交响乐团的音乐家也都是训出来的？

心疼归心疼，意见归意见，丫丫面前，旭蓉蓉还是努力维护着娜塔莎的威信来培养丫丫承受压力的能力。"老师训你，她自己身上又多不出一块肉来，还容易得罪人，她都是为你好！"丫丫个性乖巧被动，大人的话她习惯去全盘领受，对娜塔莎的严厉也习以为常。有时接了丫丫，旭蓉蓉问："娜塔莎又敲指头了？"丫丫反倒装开心："妈妈，她不敲我都没动力，我希望她敲我。"有一次旭蓉蓉试探着问："不知道别的钢琴老师是怎样的，你想没想过换个钢琴老师？"

丫丫耸耸肩膀，答："我觉得娜塔莎挺好的，跟别人我不一定会得奖。不过，如果你觉得我该换老师，我也没意见。娜塔莎会不高兴吧？还是别换了。我现在是她最好的学生之一，拿的都是第一名啊！"

"丫丫，你觉得学钢琴是为了得奖还是因为你喜欢弹？"旭蓉蓉又问。

"我喜欢弹呀！得了奖就更喜欢了，我喜欢得奖！你不是也喜欢看我得奖吗？"

这样的女儿是不是就该配这样的老师？

一阵风吹来，旭蓉蓉缩了缩肩膀，秋一样瑟瑟。屋里传来"献给爱丽丝"的优美旋律，旭蓉蓉竖着耳朵听起来，女儿弹得真好！正满心喜悦，琴声突然中断，娜塔莎的声音响了起来："强音呢？永远是同一个错！这段弹5遍！"当当！

旭蓉蓉站起身来，走下台阶，耳不听心不烦。等搬到静湖，来学琴就更远了，老师脾气这么糟，还是劝孩子换了吧？丫丫会同意吗？孩子这股爱得奖的要强劲儿是哪里来的？贾易生？自己？也许都有点儿，两人上大学时都是尖子生。唉！一切还是得就着孩子，远就远吧，家长的辛苦，还不都是为了孩子？苦中有乐！这么多年都过来了，再坚持几年，弹到十级就到头了。

手机这时响了起来，是梁星。"你发来的邮件我看到了，我把我选的墙砖颜色、地板颜色、卫生间和厨房台面颜色整理了一份给你发到邮箱里了，你参考参考。别跟我整成一模一样的啊！"

"为什么不可以一模一样？"旭蓉蓉明知故问，笑嘻嘻地接着说："我偏要整成一模一样的，看不气死你！"

"哈哈，我不怕，也许我给你的都是假的呢？看你学成四不像，是谁后悔！"

俩人嘻嘻哈哈东拉西扯了几句，梁星说："哎，丫丫不是想来教会吗？上次葬礼我感觉好，后来就去那个华人浸信会过主日崇拜，真的很好，每次崇拜完心情都好得出奇。你带丫丫来吧，我们长老陆西安最喜欢新人加入，更别说你们娘儿俩两个美女。"梁星说着，心脏抽动了一下。干嘛提陆西安？蠢！"这个周五周六晚上和周日上午有个著名的牧师来讲道，据说是大陆背景，早先北大物理系毕业的，写过很多讲道的书了。这是卧春城五家华人教会每年一度的联合布道会请来的牧师，很难得呢，听说请他来要提前一年预约。就算休息娱乐听个讲座，来吧！我把具体时间表和地址给你发邮箱里。一定来啊，拉上贾易生，我们也全家去。"

旭蓉蓉应着，脑子里迅速想着丫丫周五周六晚上的活动安排，说："我尽量吧，我想至少可以来一个晚上。"

梁星欢天喜地地撂了电话，把旭蓉蓉的情绪也传染得兴奋热烈。人生需要一些小插曲，打破按部就班的生活规律，令枯燥变得有趣。去教会是一件有趣的事吗？旭蓉蓉发现自己动机不纯，下意识地撇了撇嘴。

丫丫弹完琴上了车，旭蓉蓉按耐不住，说："你几次三番说要去教会，这个周末我们就去，好吗？"

"哎呀，妈妈，太好了！你怎么一下改主意了？"

"哪里是一下？是酝酿已久，量变到了质变！"旭蓉蓉乐呵呵地说。丫丫不懂什么叫量变到质变，旭蓉蓉问："是不懂中文，还是懂了中文，不懂含义？"

"当然是既不懂中文，也就更不懂意思了！"丫丫说着英文。

旭蓉蓉一边开车，一边细细地用英文解释着，穿插着中文词，那是典型的中式英文，Chinglish！几乎所有的海外华人都擅长的语言。中英穿插，找不着中文词就插个英文词，找不着英文词了，就拿个中文词来用。其方便实用，大大弥补着说话者的语言弱点，深受华裔移民青睐。有心人更把这门语言发扬光大，专门在常用俗语上下功夫，"马马虎虎"说成 horse horse tiger tiger，"好好学习，天天向上"说成"good good study，day day up"，"开门见山"说成"open the door see mountain"，"人山人海"说成"people mountain people sea"，"我要给你点儿颜色看看"说成"I will give you some colour to see see"。诸如此类，其幽默诙谐，早已超越了语言本身的功能，说的人和听的人都忍俊不禁，对话里多了笑声，心情松弛下来，关系也似乎融洽顺滑了。至于离开中国人圈子，有几个人能听懂，谁在乎？

母女俩多年来的交流很多都是在车里进行的。旭蓉蓉有时觉得，她简直迷恋这样和女儿被关在这个长着腿的铁匣子里的封闭时光。女儿谈学校、谈老师、谈朋友、谈见解，妈妈谈未来、谈现在、谈过去、也谈烦恼和欢乐，还有遥远的祖国和这个第二故乡。

"爸爸会和我们一起去教会吗？"丫丫问。

"爸爸听你的，你请求爸爸去，他就一定会去。"

丫丫点了点头，伸手把新闻台换成了摇滚台，跟着哼，说："妈妈，这是 Bruno Mars，我好喜欢他的歌儿！这首'The lazy song'最火了，YouTube 点击都上四千万了。"

"哇！那是很了得，那还不算中国的粉丝呢。中国粉丝一加进去，就能翻倍。"

"为什么没有中国粉丝？我不是半个中国人吗？"

"有些网站中国看不到，有滤霸封锁。YouTube 和 Facebook 都看不到，自然没有大陆粉丝了。"旭蓉蓉解释。

"为什么会这样？看几首歌儿有什么了不起？"

"你只看几首歌，有很多人不只是看歌儿呀，孩子。有人看政治消息，还有人看色情话题，这些敏感区，在中国被禁，并不稀奇。这叫西方糟粕，需要抵制！"

"什么是糟粕？"

旭蓉蓉笑出了声："就是垃圾。你听的这个，难说就不是糟粕！我好像听到 F 字眼了。"

丫丫翻了白眼儿，哼的声音更响了，说："我怎么这么喜欢糟粕呢，妈妈？"

母女都笑。虽然晚上八点多钟了，高速公路上车辆仍穿梭不停，车子像飘在一条流动的河里。旭蓉蓉忽然叹了口气，说："自由！孩子，归根到底，我们在讨论'自由'二字。自由应该是有底线的，比如你想杀人，任何社会都不会给你这个自由。但其他的自由，每个社会都有自己的价值标准，每个国家也有自己的管理原则，究竟谁对谁错，不好用自己的标准去评判别人。是不是？小到个人，大到国家，都是一样。"旭蓉蓉心里的话没敢说，出国多年，她对自己的祖国和这个北方国度都有了一些客观的了解，她不想用任何一边负面的东西影响孩子。

"妈妈你太好玩儿了，怎么变成哲学家了？"

旭蓉蓉不再作声，做孩子真好，丫丫生长在一个和平完善的社会，她有权利欢乐，有权利单纯，我们做家长的有必要让她变得复杂吗？

到家的时候，贾易生已经回来了，他今天有个重要生意要谈，很早就出去了。旭蓉蓉歪在沙发上休息，看见贾易生坐过来，顺嘴问："怎么样？生意谈的如何？"

"八字有一撇了，朋友介绍，今天见到一个连锁超市的部门主管，专管采购的。下个月美国的展销会，我已经租了个摊位，他会带人来看看我的东西，他们显然对那款"万事不求人"的厨房多用厨具感兴趣，我争取和国内厂家联络，拿到最低价格和最好产品，打进他们超市就有眉目了。"

"哪个朋友这么帮忙？能认识这么关键的人物？"

"老周啊！记得吗？周锡银，那个做玻璃制品进出口的，他跟这家超市做了很多年了，三年不开张，开张吃三年，客户稳定了，一笔就是几百万进出，钱是赚够了，每天打高尔夫球，悠闲得很。他家在静湖，是最早一批房子，地盘比咱们买的那套大得多，环境真好，背后就是树林，今天去他家坐了坐，后院修得像皇家园林，松树围的墙有两人多高，齐刷刷的，常年请了园丁来打理。我们说话那会儿，看见三只鹿在他家后院墙外闲逛。唉，人生到那个境界，也就没什么可追求的了。"

"那是富人，咱们是普通人。咱们别和人比，人比人，吓死人。再说了，那都是表面，富人的内心未必有穷人快乐，拥有的东西越多，操心和担心的事儿越多。何况人的贪婪永无止境，富了还想更富，哪有个头儿。"

贾易生点了点头："你说的对，知足是福！女人里能有你这么看得开的人，不多！"

"你怎么这么重男轻女？我看男人不知足的才更多呢，你看金齐欣，整天想着投资，买房子跟买土豆似的，一座又一座。现在卧春城这样的人家越来越多，悄眯眯地拥有好几个房子的移民，身边一问就是一个。在卧春买房子还不算，跑到美国买房子的也大有人在。咱家就这么点儿钱，你生意刚开始起步，咱不和他们比。要比，还不气死，别活了。"旭蓉蓉手里不停地换电视频道，嘴里漫不经心地说着。

"老婆能这么想，是我的福气！"贾易生嘴上虽然这么说，心里却暗下决心，自己的生意如果做成功，过上周锡银的日子，并非天方夜谭。到那时，这个吃苦耐劳的老婆就不用去辛苦工作了，也算这些年没有尽够丈夫职责的一点补偿。

旭蓉蓉的心里也是七荤八素，谁不羡慕拎着球棒敲敲小白球、坐在后院看鹿的悠闲日子？但不属于自己的东西强求不来，反添烦恼。一家三口能朝夕相处，在她已经是多年来的最高追求，如今这个目标达到了，还是心满意足吧。和大威见面的不快，更加坚定了她这个微小的理想。只要贾易生一心一意和自己过日子，苦点儿累点儿钱少点儿，都过得去，她想要的就是这点儿小小的平平常常的生活。

她看着老公的眼神柔和起来，这男人当年多么英俊潇洒又能干啊！两人确定恋爱关系的时候，校园立刻多了一道亮丽的风景。男的高大女的柔美，并肩走着，不必搭肩勾背，就是两株青春绽放的花树有了灵魂和双腿，走在前面的忍不住要回头，走在后面的叹着这对背影还不过瘾，要紧追几步，超过去再回头确定面容的质量，又是一惊，怎一对好人儿啊！

唉！分居这些年，一言难尽！如今，丈夫站在面前多少有些陌生，需要时间来做介绍人，逐渐重新认识他。做生意不会做成周锡银那样的人吧？

"那个周锡银，我们是在派对上见过的吧？你怎么跟他搞得那么近？我对那人没好感。油头粉面，油嘴滑舌，特别爱摆阔，派对上一直在聊他的几辆汽车，好张扬。他和你不是一路人！"

"哎，你这样说不客观。人不可貌相，他是真帮忙，一起做事儿时，丁是丁卯是卯，够朋友。京片子，吹吹拍拍能说会道也很正常。我这生意还真需要多认识几个这样的朋友。"贾易生说着转身离开："我还有些展销会的资料要查查，你看一会儿电视早点睡吧。"

贾易生坐在电脑前想着老婆对周锡银的评价，冷笑了一下。自己是什么人？是曾经背着老婆养着小三的男人，肚子都搞大了，只是阴差阳错，没留下那孩子。老婆太天真了。和秋苇的事儿她知道了会怎样？一定不会说自己和周锡银是两类人了吧？丈夫是什么人，没有几个妻子真正了解。夫妻貌合神离是正常情况，女人啊，就是傻。如果真混到周锡银那种成功状态，自己会不会变成他那付张狂的模样，也很难说。他想起自己在国内被众星捧月的样子，像梦。今非昔比，慢慢来吧，选择了出来团聚，就选择了单调平淡甚至辛苦的生活，认吧！

他拨通了周锡银的电话，说："老周，那件事就拜托你了。我这就把她电话和地址告诉你，你记好。"秋苇已经是翻过去的一页，但间接地关心一下还是必要的，毕竟她为自己付出了5年的青春。"什么态度？什么态度都可以，就算你和她上床都不关我事儿了。不过，警告你这色狼，她可是个好姑娘，你回国频繁，顺便招呼她一下是积德行善，别欺负她。"

撂了电话，贾易生靠在椅背上发了呆。秋苇的温柔曾填补了自己多少寂寞啊，虽然比自己小近20岁，她却有着八面玲珑的聪慧和执着稳定甚至成熟的恋情。如果不是宫外孕，孩子也该4岁多了。天意，和秋苇无缘生活在一起。如果孩子生下来，生活会是另一幅景象，留在中国，和秋苇结合，和旭蓉蓉离婚，从此和丫丫聚少离多。贾易生摇着头，想赶走汹涌而来的思潮。人生啊，似水流年。秋苇健康圆润的身体一定早已另有所属，小郭等了她那么多年，知道她做小三的事儿，还衷心不改，难得，现在俩人应该过上幸福的婚姻生活了。如果不是为了让她平静地面对现实，早就该打听打听她的情况，不会耽搁这么久。和周锡银处到如今这样无话不说的地步，还真得归功于男人之间这种隐私的交流和共鸣。谁说只有女人需要朋友八卦人生，男人也需要哥们儿寄托真情。托周锡银看望秋苇，带些美金给她，也算自己远在天涯的一份惦记和问候吧，当初留给她那套房子是往事的句号，现在这钱只是对往事的一点追忆罢了。往事如烟而去，一切没有回头路，能做的也就这么一点点了。

参加展销会的筹备工作都已和国内商定，几个电话打下来，贾易生像从战场上刚撤下来一样疲惫。打开连心网的主论坛时，家里静悄悄没有一丝声息，半夜一点了。

上网看热闹是贾易生来到加拿大之后培养起来的精神松弛疗法。在国内几乎没有时间上网闲逛，一个接一个的应酬几乎占用了全部业余时间。如今人生地不熟，生意初期，社交圈刚刚开始建立，少量的应酬也都在白天搞定。这个国家的人民讲究生活质量，即便生意人，也少有利用业余时间谈生意的。吃业务饭，都尽量选择午餐，偶儿吃顿晚餐，八九点钟就散伙。除了酒吧，哪有什么足疗、歌厅、会所、澡堂去消费？人们崇尚"家庭生活"，"家庭"这个字眼变得如此崇高和伟大，大人物小人物都要显示自己对家庭的重视。业余时间是属于家庭的，占用家庭时间来工作不会像在国内一样令人钦佩和敬重。加国总理和家人一起看场球赛的照片会登上报纸头条，美国总统和家人共进晚餐会被北美人民津津乐道。加拿大这个跟屁虫，美国迈左腿它就不迈右腿，连社会价值标准也一模一样。

刚过来的时候，贾易生像被拽着缰绳的野马，前蹄掀起，在空中乱踢，很有点儿不知下一步该落在哪里的空虚，这样平静单调的生活怎么过？直到和网络挂了勾，贾易生才逐渐定了神，慢慢体会出网络世界的庞大和诱人，难怪宅男宅女日益增多，"宅"在屋里，心却在网络里放飞全球，体会花样人生也是相当有趣的。大千世界的千奇百怪都在这里上演，五花八门的乐子应有尽有，生活里没有假面具的人套上了假面具，生活里惯常戴着假面具的干脆裸体了。装酸弄腐文男艺女的打情骂俏、傻妞儿的抱怨、猥琐男的猥琐，婆媳争端、公司裁员、买车买房、怀孕生子、炒菜做饭，没一样漏得掉。

贾易生的大脑在生意之余注入了新的内容和活力，这个琐碎嘈杂的世界、那些千奇百怪的人物、这样脚踏实地的日子是他陌生的，过去不曾费心去关注。他注册了一个ID，偶尔发两句言，看着回帖的反应变成了一种享受，偶尔调戏一下网上的傻妞儿，更令这颗沧桑历尽的心脏青春焕发。他庆幸旭蓉蓉不上网，他从心里瞧不起网上那些缺心少肺的傻妞儿们，确切地说是傻婆子们。卧春城的华裔主流是已经进入中年的人群，三十岁到六十岁之间的人最多，男人女人都是有家有口的熟男熟女。同心圆这样的国际网络，他只看看新闻，网民们隔着大洲大洋，玩儿起来太虚幻，纯粹的柏拉图。这个本地连心网，倒像个家门口的戏院，熟门熟路，戏子和观众角色换来换去，波澜起伏。谁干架谁发财谁出墙谁忧郁，都好像推开窗户就在眼皮底下的好风景，不看是可惜可叹，看了是丰富生活。碰巧飞块豆腐砖、劝个糊涂架，还造福人类娱乐自己。上网渐渐就成了习惯，就算忙碌了一天，睡觉前也还是要扫两眼连心网。别看小小的卧春城，华人不过5万，连心网的登录人数却每天都上万，帖子转盘一样两个小时就翻去第二页，一天没看，十几页溜掉。火了的帖子众人跟贴踊跃，总在首页晃悠，贾易生时间有限就只能挑选点击率最高的帖子看，人们关注的话题一定不会漏掉，卧春人的生活百态也就在这个看热闹的习惯中一目了然了。

贾易生看到那个灼人标题已经跟到一百多页，吓了一跳，两天没上网从哪里冒出来这么个炙手馍馍。帖子的标题是"夜间生活（18+）"，首贴是从同心圆网上转来的文字，原文署名"芯儿里苦"。帖子是第一人称，文字相当老道，说自己是一个和睦家庭的家庭主妇，丈夫是个表面意义的模范丈夫，爱子爱家，自己是表面意义的模范妻子，相夫教子。表面之下却流淌着粘稠不幸的暗流，大妻两人语言交流和身体交流都存在严重障碍，虽然都无外遇，一年却只有五六次性生活。楼主认为丈夫性冷淡，悲苦无奈，常年陷在饥渴中煎熬。文章最后发出疑问，这样的婚姻状况是否另类？应该如何面对？

贾易生没时间一层一层爬楼，跳着翻阅，忍不住笑，跟贴极尽玩笑之能，有判断楼主挖坑娱乐大众的，有好为人师出谋划策的，有断定文字来源卧春城的，便有自告奋勇的留下手机号要帮"芯儿里苦"变成"芯儿里美"的，更有同病相连的贴出自己的家庭隐秘以示支持。最逗的就是性福多多的显摆跟贴，嘲笑楼主苦逼自找，不懂得追求"性福"

是天赋人权、人间正道。贾易生看着笑着，本想跟贴起哄，不知不觉身体却硬了起来，秋苇的身体就在眼前晃荡。他顺手关了电脑，起身上楼。钻进旭蓉蓉被窝的时候，窗外淅沥沥响着雨。

老实说，旭蓉蓉虽然四十有余，比起秋苇的青春紧致，差距并不显著。旭蓉蓉天生丽质，加上多年忙碌，生命在于运动，肌肉弹性良好。夫妻分居，性事匮乏，零件却因此簇新。稍一撩拨，就山洪爆发，水库堤泄。即使睡眠之中遭受突然袭击，身体反应也堪称上乘，共鸣在肢体碰撞中起伏跌宕。唯一不足是旭蓉蓉不爱发声，缺乏语言刺激和慰抚，这点和秋苇的娇喘吁吁、莺声燕语相比立显高下。但妻子天性宽和容易满足，三下五除二解决了问题，无怨无悔，少有推三阻四抱怨连天的时候。秋苇就要多费功夫，前前后后不缠绵一两小时，定会小嘴一撅怨声载道。贾易生深感年纪增长，马拉松偶尔跑跑，有滋有味，经常跑就难免心有余力不足，倒不如与旭蓉蓉如此这般常常短跑冲刺，立竿见影，大快人心。人常说女人是一所学校，能造就男人这个学生的品行习惯、优点缺点。秋苇造就的是一个体贴关怀怜香惜玉的学生，旭蓉蓉就只能培养出一个现实可靠相对独立也相对自私的丈夫。贾易生明知旭蓉蓉可怜，也乐得顺水推舟，省心省力。

从头到尾，旭蓉蓉都处在半睡眠状态，身体的兴奋却势不可挡。少许微风抚慰之后的剑拔弩张，层峦叠嶂波涛汹涌的壮丽，海啸山鸣山崩地裂的盛景，都在混沌之中明暗交错。身体在困倦中放大成了海洋，精神不再存在，只剩下波浪的喧嚣动荡，身体随着翻滚的大浪汹涌起伏。他粗重的喘息海风一样忽紧忽慢忽而鞭挞忽而轻抽，有那么一瞬间，她几乎叫出了声，她听到自己内部的回响，清澈悠长的"啊——"，从脚尖到发稍连接起来，她想留住这条丝的美妙，它抖动着，琴弦一样发出动人的颤音，在身体中部形成漩涡，又突然从漩涡里窜出了水柱，把丝弦震碎成千万个破碎的音符，飘进血管的每一个角落。音符在他沉重急促的动作中左冲右突，撞击着血管壁，她感觉身体不由自主，一切更加模糊不清，只剩下音乐的激荡充满整个身体，那是天籁之音，非人间任何音乐可比拟的美丽旋律。她不想醒来，只想在这旋律中继续融化，融化成无数音符，消失在空气中，消失在夜色里，消失在梦境深处。

一切来得模糊，去得也模糊。任那番动荡的燥热在身体深处逐渐平息，她才沉沉地睡去。她看见墙上挂着贾易生的名字，鲜红的油漆大字，就过去抚摸，那些字却突然变了形，出现了一个年轻女人横卧的身姿，纠缠在名字的红色线条中，左缠又绕，那女人便有了蛇一样妖娆的

114

笑容。旭蓉蓉的手摸了上去，灼热无比。她说：你发烧了，得去看医生，你不能呆在我丈夫的名字里，这种缠绕会让你生病发烧。女人的曼妙身体却波浪一样扭动起来，还伸手拽起一根"生"字的横线拿近嘴边，伸出长长的蛇信子舔着，那一横就虫子一样蠕动起来。女人嘶嘶地说起了蛇语：这是我的食物，哪里是你的丈夫？男人都是昆虫，我们女人的食品，你要做条蛇，拿它们来充饥，不能做一片叶子，让他们蚕食你。来吧，加入我，来吧！女人说着从墙里伸出了细长的手，指甲有一寸多长，尖如刀刃，触碰旭蓉蓉的时候仿佛烙铁般火烫，她猛的一惊，一身大汗，从梦中醒来。

贾易生正在翻身，一只手挥着搭在她肩头，那只手传递着贾易生特有的高温。旭蓉蓉体温低，贾易生体温高，两人有肌肤亲密时，旭蓉蓉总觉得丈夫像个火炉子。她轻轻把他的小火炉移开，看了两眼沉睡中的他，均匀的呼吸，轻微的鼾声，一动不动的面孔。她嘴角一扯，微微笑了。翻了个身，她背对着丈夫，才又闭上了双眼。她试图想清楚刚才的梦，梦却缓缓遁去，消逝在魆魆的夜色中，无声无息。

十、

冰儿没想到"芯儿里苦"的帖子会被转载到连心网来，更没想到连心网的反应比同心圆那样的国际网络更揪心扯肺地令人惦记。同心圆网的网民遍布各大洲，三教九流高低贵贱不一而足，出国背景与移民经历参差不齐，投资移民的富翁、外嫁的出口女、留学生、技术移民、非法居留者五花八门，对事物的看法也就千奇百怪，搞笑起哄的多，认真回帖的少。而连心网是以卧春居民为主流网民的本地网络，卧春城华裔中产阶级聚集，技术移民占主要成分，出国、求学、打工白手起家的经历更具普遍性和共鸣感，知识层次接近，即便凑热闹起哄，也寓教于乐，隐大智于若愚中，嘻笑怒骂之间，大义申明，道理清楚，亲近感油然而生。两边看着，她的注意力就逐渐集中到了连心网上，一页一页翻着跟贴，时而捧腹大笑，时而泪眼迷蒙，时而掩面沉思，时而长吁短叹。她的心也像风中摇动的树木，时左时右，时而漂浮动摇时而静止安宁。即便很多帖子都是以幽默诙谐的方式调侃发言，其暗藏深厚意蕴，冰儿都努力从字里行间领会出端倪。

夜深人静，秦男还在书房，她安顿秦风秦云睡下，就开始对跟帖进行分析总结。

自告奋勇式："有些女人，在网上诉苦，还和男人打情骂俏、勾勾搭搭，聊不了几句就开房，视感情如儿戏，不知自重，对于这样的女人，我只想对她说四个字：请联系我！""哥这里是闲J难忍，你住哪里？""可以悄悄话你的地址吗？"。

出谋划策式："我有中国买来的印度神油，你要不要给老公试试？给我悄悄话。""网上有春药和伟哥卖，网址在这里——，给他盛饭时拌饭里。"

爱文明讲道德式："婚内道德观:时刻松着裤腰带；婚外道德观:时刻系紧裤腰带。""性是万恶之源。是丑恶，低级，上不了台面的庸俗。坚决支持无性婚姻，纯洁，完美，净化人类的灵魂。""柏拉图式的精神恋爱是卧春人民的唯一崇高追求！""婚姻只有脱离了低级趣味，才能说明是纯真的爱情。"

诚恳规劝式："『男为知己者死，女为悦己者容』。前半句可为女士之座右铭，要做男士之知己，处处关爱他、帮忙他、支持他；后半句则为男士之座右铭，要喜欢她、呵护她、关心她。其婚姻想不和谐都难。""男性要给女性幸福和性福，夫妻生活才完美。否则，男性应该离开女性，或者给女性自由。女人的幸福感就像家里的太阳，家人会感受到阳光和温暖。否则，女人没有幸福感来光照全家。""Happy wife, happy life!（妻子快乐，人生快乐！）"

体贴治疗式："1、可以多运动，每天晚饭后跑个三五公里，然后累得你啥也不想了，倒头就睡。2、如果老公同意可以考虑寻找外援，双双去见婚姻顾问来增进二人关系。老公不交公粮跟爱不爱有关，跟身体关系更大，有必要要去医院检查身体。3、最后一招，离婚，另辟蹊径。再婚前要先对未婚夫进行身体检查和性测试，看是否符合妹妹的标准。""器质性问题，可以靠工具等方法解决；没有被重视，没有被感兴趣，只有离婚可以解决。在这个男人这里不能被重视，总会找得到重视你的男人，在时间中耐心探索吧。"

卧春现状分析式："卧春城的妈妈们晚饭后大多会陪孩子睡觉，睡下基本就醒不来了。据观察，老公们独守空床率远比老婆们高。结论：

"芯儿里苦"的状况属另类，建议老公们饭后跑个三五公里倒头就睡。"

问题探索兼宏图远志式："夫妻是否匹配？柏拉图与柏拉图，潘金莲与西门庆，道德与肉体需求必然不同。当柏拉图碰上了潘金莲，应该如何将精神与肉体合理结合需要更新的哲学理论来支持。我们是不是可以深入探讨研究出一个划时代的新理论新课题呢？"

坚守阵地式："坚决把婚姻进行到底！没有亲人比没有性生活更残酷！亲情胜于性福！""别离婚！各种努力都尝试如果仍无收效，建议一夜情以及花钱买服务，但要学会演两面派，以确保稳定婚姻。"

…………

她的最终结论是：第一，像"芯儿里苦"这样长期生活在性压抑中的华裔女性并非少数，她拥有强大的知音团。第二，拥有和美夫妻关系和健康性生活的家庭也很多，但由于对"幸福"与"性福"的衡量标准不同，这种显摆贴多少要打打折扣。第三，女人在家得不到满足而红杏出墙的、男人家里红旗不倒墙外彩旗飘飘的人，也大有人在。第四，主战、主离的人有，多为个性自主独立、西化程度高的少数人群，主和、主将就、主自力更生自求其乐的人则占大多数，多为国内出生、然后出国的新移民，他们身上流淌着根深蒂固的中国传统观念"嫁鸡随鸡、嫁狗随狗"，力挺"从一而终"。保持家庭稳定，在他们心中是通向幸福生活的根本保证，至于"性福"与否，只能尽力而为，认命。

冰儿把自己的总结稍加润色发在博客上，就退出了登录。

这个总结是居高临下的，是身在庐山之外的，是清醒的局外人，不是迷茫的局内人。"芯儿里苦"却仍然是"芯儿里苦"。有哪一种方法适合自己吗？给丈夫下药？荒唐，下多重的药也不会令秦男雄风大振，他并不是阳痿，他是没有性趣，是心灵上对女性的冷淡。找婚姻顾问？笑话，秦男怎么会把自己的家务事说给外人听？他那样高傲的人又怎能承认自己有缺陷需要改进呢？寻找一夜情？做一颗出墙红杏？天啊，那是徐美美，不是冰儿！这违背自己的人生原则和爱情基本底线，手把手教她做她也做不来啊！她没有出墙的基因，没有出墙的欲望，更没有出墙的胆量。她的要求只是最基本的夫妻生活，难道这一点点要求也是奢侈的，任何手段都无法解决吗？这个世界真有解决不了的问题吗？她曾写博客宣称世界上任何事物都有解决办法，这条真理在自己身上出了差错，变成无解算式了。是自己出了问题，秦男出了问题？还是两人都出了问题？难道真的只有离婚这一条路可走？可她不想走啊！那是她最害

117

怕的伸手不见五指的黑森林！恐怖孤独，没有光明，没有走出去的希望。再说，为了这样的原因，弃两人生儿育女的夫妻之情与不顾，是何等自私？孩子会怎么看她这个母亲？秦男除了这件说不出口的短缺之处，有什么对不起她的地方吗？没有，一个上班下班两点一线专心过日子的好爸爸，一个从来不去酒吧歌厅守家立业负责任的好丈夫，会被妻子甩掉？原因是性生活达不到妻子的标准？天，这是多么低级不齿的原因？她简直成了荒淫无度的浪荡女人了！连她自己都瞧不起自己了！连她自己都要照着镜子唾弃自己了！

　　研究完这个帖子，帮她认清了一个问题，她血管里流淌着根深蒂固的中国传统，未因早年出国而改变，未因西方自由文化的熏陶而淡漠，更未因她多年婚姻中的委屈而减弱。她知道自己是那些不惜一切代价守住婚姻的一群人中的一个，区别是她做不到突破道德重围，而红杏出墙甘当两面派，她也不可能花钱买笑进入那样低贱肮脏的行业求欢做乐，自慰是唯一可以尝试的手段，但这能使她从现实寂寞的忍受和压抑中逃离出来吗？

　　这个婚姻，是一个封闭的洞穴，坚厚的石头墙壁，外界的光明照不进来，里面的亮光也透不出去。洞里面只有她和他，他平平静静地甘守现状，维持着原始状态的他；她，永无止境地压抑克制，警告自己想逃遁洞穴是罪大恶极。直到婚姻的尽头，一切才会结束。那时，石破洞开，她魂销天外，只剩下他。或者他安息九泉，只剩下她，或者在面对面厮守了一生的沉默无奈中同时死去。只要他们呆在婚姻里，就逃不出这石洞的关押，这就是她唯一可以直面的未来。她应该听之任之，任这人间悲剧演到尽头吗？

　　她觉得自己要虚脱了，这个总结并没有解决她的问题，它展示了大千世界的千姿百态，但甩给自己的仍然是个巨大的问号。她闭上眼睛靠在摇椅上，有个微小的声音对她说：你为什么不坦白自己？你从未尝试坦白，一切都是你的假设，包括对秦男的估计和判断。为什么你不试探一下他的态度，难道试探一下，会有什么伤害吗？不，什么都没有，那么，就去试试吧！至少应该试一次！那声音越来越大，后来完全占据了她的大脑：试试，试试！现在就试！

　　楼下传来秦男的脚步声，他走去了厨房，现在是在喝水，杯子放下了，他关了走廊的灯。他在上楼，他马上就要上来了，他上来了，是的，他进来了，就在眼前。

冰儿坐在自己惯常写作的椅子上，冲着秦男笑着："你总这么晚睡觉，睡眠不足呢。"

"啊，习惯了，你不一样吗？"秦男正在经过她，往卫生间走。

"哎，你，你等等，我在网上看到这个，很有趣，你看看？我想听听你的想法。"冰儿几乎是对着笔记本的屏幕快速地说完了这些话，突然生出的紧张情绪来的毫无准备。

他走了过去，说："哦，我先去趟厕所。什么东西这么重要？"他走了进去，卫生间的门照旧地关闭，跨拉，上锁。冰儿的心随着那声锁响犹豫不安起来，这就是他，拒人于千里之外的他，不需要男欢女爱、不需要言语交流的他。他很正常，一切都是他一成不变的常规动作，一切都是他按部就班的常规习惯，没有什么错。是你不正常！还有必要尝试吗？不会有结果的，不会的！一切都是徒劳！

可那个微小的声音又坚定地在头脑中响了起来："你这懦夫！为什么你连说句话的勇气都没有？他是你丈夫，应该是你最亲近的人，你怕的是什么？是怕伤了你自己的自尊？还是怕伤了他的自尊？自尊在夫妻之间有那么重要吗？你宁可抛弃相互理解这桩大事来维系的这个狗屁自尊，是应该保留的自尊吗？它是毒瘤！割掉它，勇敢点！你不去挽救自己，谁能来挽救自己？你不去挽救你们，谁来挽救你们？"

"是什么？"秦男从卫生间出来，走到她身后停住了脚步。

冰儿抬头看着秦男尴尬地笑了，说："你蹲下，我给你看？要不我们到床上靠着看？"

"是什么，能不能简单点儿？我有点儿困了。"他语气里的那丝厌烦自然而然毫无掩饰。

"那，给你看，就在这页。"冰儿克制着要打退堂鼓的心思，自己站起身来，把笔记本递给丈夫。

秦男一边捧着笔记本，一边往床上走，说："这么长？那就靠床上看吧。"他把枕头支了起来，靠上去，看了起来。

冰儿听见自己咚咚咚的心跳声擂鼓般响彻房间，她赶紧跑到衣橱里去换睡衣，希望自己的心跳不会被丈夫听到。没事儿，他一定不会想到这"芯儿里苦"是自己，绝对不会！他甚至连我写博客都不知道。他问过我每天在电脑上敲什么吗？没有，从来没有。他不在乎。只有一次，是她告诉他自己喜欢写日记，他是怎么说的？"好，好习惯。"就是这样一句话，不痛不痒，没有温度，没有热情。他不在乎日记的内容是什么，他完全不在乎。

她终于换好了衣服，从衣橱里出来。她告诉自己要笑，于是脸上浮现出一层笑容，像画在脸上的一层油彩，因为跟肌肉脱离，她知道自己很难看。秦男双目凝聚在电脑上，面无表情。冰儿走到床边揪开毯子，铺展了盖在两人身上。她往丈夫身边凑了凑，说："看哪儿了？你怎么看？"

　　"首贴快看完了。"他的眉头微微皱着。"这女人真是病得不轻。这种事情往外面捅，缺心眼儿！除了生理上有病，怕是心理上也有病吧？网上怎么都是这些污七八糟的东西？我不看跟贴了，没意思。秦男把电脑推过来，打了个哈欠，说："你怎么爱看这种幼稚的东西？闲得无聊？一个人有一个人的生活方式，一个家庭有一个家庭的运作状态，你能说红颜色比黄颜色好吗？没有公共标准。这种帖子有什么评论的意义？跟贴的人也都是闲得无聊。我看那丈夫不知道老婆到网上诉苦这事儿，如果知道了，这女人的芯儿里就更苦了，到时候提出离婚的可就轮不到她了，男人把她休了，她就知道自己有多愚蠢了。"秦男说完，又打了一个哈欠，把枕头放下，背转身躺下，说："睡觉睡觉！以后少看这种烂东西，无聊了看看电视连续剧也比看这些鬼东西有意思。"很快，他的微鼾就均匀地响起。

　　冰儿呆呆地捧着电脑坐在床头，悲苦之情粘稠地从心底上涌，喉头很快感受到那略带血腥味儿的哽咽。床头灯昏暗的灯光映照着她孤单的身影和身边这个巨大的躺卧的后背。他的后背真大啊！这哪里是后背？这分明是一个钢筋混凝土的巨大城墙！它狠狠地把她推开在千里之外。这是一张什么样的床？两人的距离，近在咫尺，远似天涯。她听到自己的呼吸游丝一样一出一进，混在他粗重却均匀的微鼾中。有什么意思？什么都没意思！一切都没有任何意义！夫妻？家庭？和谐？子女？没有爱，一切都没有意义！不是爱，这根本就不是爱！如果爱是这样永不相交的两条平行线，家庭的意义何在？婚姻的意义何在？任何直线都可以去和别的直线相交，但在这里，这是两条永远的平行线。它们应该去寻找能够和各自相交的那条直线！这原本就是一个错误的组合，一切原本就是错的。这夜的寂静是错的，没有应该有的亲切、动荡和温暖；这短暂的对话是错的，是一个人站在悬崖之上，一个人浸在深海之中的对话，鱼类永远不会懂得鸟的语言；这个结合是错的，错得像兔子嘴里的鱼，猫嘴里的草。

　　墙钟已经摆到两点钟，她呆坐了多久？她大脑中的喧嚣和身边稳定的鼾声，在两个天差地别的世界里又熬过了一小时。她听见自己唇间挤出一丝冷笑的声响，瞧，每一个小时都是这样和平共处，和谐平静。是不是？"不是！你骗自己骗的还不够吗？"脑子里那个声音坚定地辩驳着："你只需要一点点勇气，就可以让他明白你的愁苦你的不幸你的需求你的无奈。'这是我写的！'就这么简单的一句话，一切都会真相大白。他从来不给你机会表达你自己，你要给自己创造机会。他不了解你，是你的错，你从来没有试图让他了解。你心甘情愿地被他的个性、他的喜好、他的人生观和他所制造的冷漠气氛统治着，你从来不曾反抗，你从来不曾表达异议。你的软弱害了你，你的犹豫害了你，你的懦弱害了你！去，把他摇醒，就现在，让他知道，'芯儿里苦'就是他的老婆，就是这个孤灯枯守、虽然和他生儿育女却同床异梦十余载的老婆！"

冰儿移动着身体，细长的手臂轻轻抬起，颤抖地伸了出去，落在秦男的肩膀上。他的皮肤有着男性粗旷的质感，温度不高不低，在这寂寂深夜，那是一种虚幻中的真实。片刻之间，她感觉到一丝温暖，从手掌缓缓地流向心尖，这个人就是自己的丈夫，不是老虎，也不是狮子，没有什么可怕的，没有！

她的手臂轻轻抖动起来，她的心抖得比手臂更加严重。轻轻地，她摇了他一下，又一下。俯身凑过去，她喃喃地说："你知道吗，这个，这个'芯儿里苦'，就是我。"

他的鼻子哼了两哼，身体轻轻动了起来，腿伸展了，肩膀落下去，翻身平躺下来，她的手被那姿态自然地抛弃。他的喘息只有几分钟的变动就恢复了平静，一切进入夜的深邃之中，无声无息。他没有醒，什么都没有听见。

冰儿舒了口气，似乎卸掉了一个大包袱！脸上竟有了一丝微笑。"你压根就不想他知道真相！"那声音嘲讽地说。"那又怎样？"冰儿反驳道："知道了又能怎样？让他嫌弃我？像他预言的那样，把我当成病人，跟我离婚？"

浓浓的困倦令她厌烦无比，"别来烦我了！就这样维持现状吧！一切原本就没有什么，只能让它继续。我恨透了心里这些惊涛骇浪、纠结烦恼，无聊！我的确是很无聊！"她不耐烦地对那个声音下了逐客令："你走，别再烦我！"

她关了床头灯，翻身躺下，最后看了一眼伸手不见五指的房顶。阴天，否则房顶上会有月亮赏赐的树影斑驳，今夜没有月亮。她的心最后一次悲苦地叹了一声，合了眼。梦，很快吞噬了她的烦恼，一切都变成了无意识的，正像所有的睡眠。其实，醒着的时刻，人的思想和行为又有多少时候是有意识的呢？

几天之后，徐美美拉冰儿一起去逛街做美容："你不能老是躲在家里相夫教子，这是周五晚上，快把孩子撂给秦男，咱俩出去转转，之后我们去新开张的'憩园Spa'做做指甲，我都定好时间了。我们俩都多久没在一起了？我可是放弃了和肯特的大好时光专门安排了今晚的活动，你来也得来，不来也得来！我知道今天秦风秦云都没有课外活动，别找借口！"

冰儿听着电话里徐美美炒豆子一样的声音尖细地响着，笑了起来。她喜欢这个永远积极乐观的好朋友，她就像三月春风，吹到哪里哪里就欣欣向荣了。即便她和大威哥闹得不可开交的时候，那一把鼻涕一把泪的模样也可怜得让人心痛。而那种心痛却是一种孩子哭闹时想哄他回转心意的疼爱，不用费太多心思，笑笑，闹闹，一切就会烟消云散。孩子的脸，六月的天，孩子一转身就会忘记一切，去享受快乐无忧的童年，孩子的智力做不到处心积虑地把不幸储存在心底。多年来，每每看到徐美美陷入困境，冰儿总想窃笑。她太了解徐美美了，这是一个绝不会委屈自己的女人，悲伤，这样伤神的事儿她是不会长久保留的，她会拼尽全力让自己从困境中解脱出来，重新进入快乐生活。所以，生活中所有的不快和不顺徐美美都会在最短的时间里寻找到解决办法，那些转瞬即逝的悲伤只是一层不漂亮的包装纸，轻轻一撕，就露出了里面华丽美好、欢乐充实的本质。

冰儿时常羡慕徐美美拿得起放得下的品性，也许正是两人如此逆反，才要好了这么多年。一想到徐美美，她就开心起来，和好朋友共度时光，让她从日常家庭琐事中解脱出来，是她心爱的事。两人好了这么多年，这个隔三差五约会的习惯，已经变成了生活的重要组成部分。

"好好好，我打倒我自己！我检讨！咱俩很久没在一起共度时光，都是我的错！好像前一段你心烦的时候，我陪你的那些时间，转眼就被你这缺心少肺的忘了个一干二净！算了，饶了你。我这就通知秦男一声，稍后给你去电话。"

高高兴兴撂了电话，冰儿就给秦男打电话。秦男说："好。我也带儿子们出去吃饭，然后去看个电影，我们也好久没有父子约会了。"

看看，这老公还是很不错的，肯跟儿子们花时间，也从不阻止老婆的外出活动，知足吧！脑子里那个声音却说："你是个骗子，最擅长的就是骗自己。"她对那个声音翻了翻白眼儿，继续着自己难得的欢乐。

这几天，冰儿情绪不错，两个儿子马上就要放假，学期报告下来，都成绩优异。秦男发了五千多元的季度奖金，上了税还剩余三千多，两口子决定过两周就带着孩子去加勒比乘游轮度假。工作上也有开心事儿，讨厌苛刻的部门领导调走了，换来一个口碑很好的中年女性，温和宽容，开会总是一脸正经地开玩笑，逗得员工们捧腹。她还提倡大家把自己的工作间打扮得生活化，于是墙上有了五颜六色的装饰，桌上出现了各式各样的盆景，工作气氛一下变得友爱亲和，同事们都开心得不得了，工作效率反倒提升了。家里家外，一切无可抱怨。

在所有的顺心事儿之外，这几天上网看热闹，她的态度也有了大转变。经过这些天对网络反馈的观察，经过那些乱成一团的思想争斗，她越来越清楚地看到，谁都帮不了谁，日子必须自己去过，问题必须自己去解决，解决不了就和问题和平共处，这是唯一的道路。她本来应该悲哀，她的灵魂一直在寻求，什么是人生完美的幸福？什么是生存的意义？生命存在的真谛是什么？还有这具体的婚姻、情爱，怎样可以圆满？但答案哪里都寻求不到，她知道也许穷尽一生，也可能一无所获！但悲哀有用吗？与其悲哀，不妨平平静静地面对现实。想通这个道理，她便轻松起来，自如上网，做个事不关己的旁观者。她竟然好像忘了当初写那篇东西的苦闷无奈，一切都成了别人的事，还痛苦什么？自慰就自慰，没有健康性爱就没有它，别去在乎！一切既然都能放下，还有什么可愁？不想解决问题，就不解决，有什么错？两相情愿，没有什么比这个更加合理！

周五，人们早早下班回家度周末，办公室剩下没几个人影儿。她约好了和徐美美的见面地点，时间还不到，办公室计算机对中文网站有屏蔽，她就用手机连了网。刚打开连心网，就看见新到了两个悄悄话。前两天她注册了一个"芯儿里不苦"的网名，欲盖弥彰，这个"不"字一下抓住了人们的注意力，她贴了一首自己那个总结报告浓缩改编成的顺口溜：

"卧春春来有好戏，芯里苦叹夜夜长，
老公是个老实人，守家立业不开房。
可惜婚后十余载，妻子没有枕边郎。
一年只爱五六回，席梦思上有堵墙。
一楼不信芯里苦，定义深坑灌水忙。

二楼勇敢当教练，建议伟哥要用上。
三楼大义要救美，说他可以来帮忙，
腾讯脸书都上场，手机邮箱都没忘。
四楼咨询有一招，问寒问暖问家乡，
劝慰医院走一趟，听听医生怎么讲。
五楼最爱卧春城，卧春男人更需帮，
全城女人陪儿卧，男人只好守空床。
六楼同病又相怜，鼻涕眼泪一笤筐。
称姐道妹一战壕，一起对抗这凄凉。
七楼是个哲学家，人生意义挂心肠，
开拓一个新领域，专论男女短与长。
八楼熟识柏拉图，精神恋爱最理想，
抵抗肉体靠头脑，升华务必忘掉床。
九楼坚持不离婚，貌合神离也恰当，
偶尔一夜风流运，两头不误多么爽。
十楼居高识大理，忍气吞声最坚强，
幸福不是床上忙，老夫老妻情更长。
卧春是个大会场，舒情达意都赛狼。
百尺楼高层层盖，仁者智者齐欢唱，
集思广益比诸葛，酝酿新招磨钢枪。
芯里甜甜不再苦，尽管两眼泪汪汪。
卧春城头说再见，幸福大道通前方！”

贴子立刻掀起了新高潮，并展开了对"芯儿里苦"的马甲猜测大战，很多断定此人就是"芯儿里苦"的人开始大胆发送悄悄话，安慰的、鼓励的、约会吃饭的、索要邮箱的，不一而足。冰儿谁的悄悄话也不回，她像一个岸上的旁观者，静静注视着她扔的一颗小石子激起的千层波纹。

哼，世上人有几个是真正可以在现实生活中感觉幸福充实的？这些人显然比自己更寂寞更饥渴更可怜！他们不在网上找点儿乐子，不在虚幻的网络世界制造些导火线，引到生活中来爆出烟花般的片刻绚烂，誓不罢休。他们心中的空虚、无聊和困惑，和自己有什么区别吗？她小看自己，也同样小看这些无聊的网民。看来，秦男这样不上网闲聊的人倒是真正能够主宰生活的人。

手机屏幕限制了阅读的舒适，但这最新款的苹果手机屏幕超级美观清晰，给她带来走在时代前列的进步感。秦男对电器设备情有独钟，总是给他自己和太太买最新版的电器产品，大到家里的电视电脑吸尘器音响，小到照相机摄像机电话等等。冰儿是电器盲，秦男给她什么，她就用什么，她知道自己手里这个小东西，因为尚未普及，价格昂贵，令很多人羡慕。但对她不过是个物件，即便这点儿进步感，有了它或者没有它，又有什么了不起？她挥着一根手指头翻着屏，反倒对指尖这种细腻的感觉，分外喜爱，似乎小小一根指头，可以指挥整个世界。小事物拥有了大功能，能力无限放大的虚拟感，给人增添的欢喜，倒比这东西的实际价值更令她重视和心仪。

几天的悄悄话足有几十条，她庆幸卧春城的人民素质良好，不管心里如何龌龊不堪，表面上都做得到礼貌周到、文明友爱，没有污言秽语，没有谩骂指责，没有恶意中伤。她也庆幸自己可以透过现象看到这些人各有所求各有所需的本质，心中惘然。瞧，这位是在树立自己善解人意的光辉形象，他的诚心帮助是建立在他比你高大智慧的基础之上，骨子里是骄傲自满。这个呢，貌似他是全世界的救世主，好像只要和他交往就会迎来无忧无虑的共产主义了，狂妄到不知天高地厚。还有这个，装模作样的谦虚谨慎，不过是为进一步往下交往铺路搭桥。再看这个，急的啊，自我介绍如此详细，邮箱、QQ、脸书、电话一股脑倾其所有，就差坦白真实姓名和家庭住址了，还以为这是性伴侣选秀大赛呢。这个女人，哇塞，过来人？愿意做知心姐姐？冰儿需要从网上给自己划拉一个知心姐姐吗？这个更好笑了，竟然是个在网上销售性玩具的商人，大肆推销他的一流产品，许诺"芯儿里苦"的性福未来再也不是梦了。

冰儿发现自己在翻看悄悄话时有着强烈的防备心理和抵抗情绪，非常主观，和不登录看贴的客观状态有着截然不同的态度。显然，自己不愿意和任何网友建立私交，她的独立和坚决的抵制态度令她感觉踏实安全。

唯有一个悄悄话，只写了"开心！"二字，令她感觉舒服。是转发的一个笑话视频，视频是美国电视台的一个脱口秀节目，鼓励家长谎称吃掉了孩子们万圣节讨来的糖果，然后把孩子们激烈反应的视频剪辑编排起来，孩子们哭的，闹的，愤懑的，怒气冲天的，教育家长注意健康不可乱吃糖的等等，观看的人如果不笑，就妄称人类了。冰儿笑的稀里哗啦，下线前就对这个发悄悄话的 ID 留意了一下，网名"十年少"。她鬼使神差地点了回复键，写了"谢谢！"二字，这才收起手机，起身去会徐美美。

两人在一个大型商业中心见面。徐美美显然是身前身后打扮最妖艳的女子，八寸高跟鞋，紧身玫瑰红超短裙，麻纱透明罩衫，里面玫瑰红的胸罩一清二楚。头发染成金黄，在面颊两边朝外飞起，一边长一边短，是最流行的发型。一只迈克高仕手提包甩在手里，随着妖娆的步态，在臂弯里一晃又一晃。

"你穿这个上班？要命！难怪把肯特搞到手。是个男的，不动心也难。"冰儿拥抱徐美美时，贴了贴她面颊，笑嘻嘻地说。即使高跟鞋有八寸高，徐美美还是比冰儿矮。

"我是办公室最好的风景，女人保持靓丽是对室内环保最大的贡献！"徐美美咯咯笑起来。

两人说笑着买东西，到"憩园Spa"时，手里都拎着大大小小几个纸袋。徐美美花钱一贯手大，每个月都会花掉三分之一的工资武装自己。"挣钱是干什么的？就是用来花的！"她理直气壮，现在快做二次新娘了，更有了加倍的理由善待自己。

冰儿虽然没有徐美美那样的购物狂倾向，却惦记家人，每次逛店，总要顺手给孩子老公买些东西。她身材修长完美，什么衣服穿上都漂亮，徐美美总说："这么好的衣服架子不合理使用，是浪费资源！"说着就扯两件衣服塞在她手里，冰儿也不反对，每每穿起来，都大方得体，特别适合她的气质风度。她不能不佩服徐美美的审美眼力，这妮子显然对好朋友了如指掌，绝不会把适合她的摩登东西强加到冰儿身上。

"憩园Spa"坐落在静湖区边缘地带，门脸儿不大，挤在一群快餐店、医生诊所和小卖铺中间。进了门，才发现是个曲径通幽的好地方。门厅装潢高雅精美，几个椭圆深棕色的木板装饰浮雕从大理石墙壁上凸起，是女人夸张的凹凸身体。浮雕背后有柔和灯光照出来，女人的身形就有了明暗阴影，似乎活动起来，古朴神秘。Spa里响着轻柔音乐，似乎在耳边，又似乎隔着几座高山，那样清晰又模糊的感觉，麻醉剂一样令人松弛。两人相视一笑，还没开始享受服务，已有几分满足。前台小姐清秀大方，一头黑发垂肩，亚洲长相，说一口流利英文，笑容亲切。经过几扇竹帘遮盖的房间，七绕八绕，她把两人带到指甲房。房间里摆着两个指甲台和两只足疗椅，两位美甲师立刻迎了过来。

两个指甲台挨着，是专为方便客人聊天设计。冰儿和徐美美每年都会相约着进几次Spa，这边与中国不同，作脸和按摩都是隐秘单间，追求宁静隐私的休息气氛。美甲服务的空间则大多宽敞明亮，为女人社交提供方便。俩人就总是选了美甲服务，兼顾享受和聊天。两个指甲师都是华人，用中文问了好，安顿两人坐下，也各自坐在对面开始在两人手上忙碌，安吉给徐美美做，秋丽给冰儿做。

"我同事昨天告诉我连心网这两天热闹，有好戏看，你知道不？"徐美美问。

冰儿心里咯噔一下，庆幸面对着自己的指甲，不必直视好友的眼睛。她不动声色，说："怎么了？"

安吉突然接茬说："一定是那个'芯儿里苦'的帖子吧？我们每天都在跟读呢。"

"对对，就是那个贴。冰儿啊，你一定得去看看，有趣极了。你写博客，这可是好素材呢。"徐美美说着，对安吉说："你天天看？那你看得细，你给她说说。"

"这个芯儿里苦啊，表面上很幸福，但缺乏性生活，丈夫和她一年只做五六次爱，她就手淫解渴。"两个指甲师都嘻嘻笑起来。秋丽说："这话一到你嘴里怎么这么难听！"

"难道不是吗？她实际上就是性饥渴，我哪儿有说错？！"

"别人都性饥渴，就你不渴。"秋丽笑着数落道："她饥渴又不是她的错，是她丈夫的错。你看那丈夫是个什么样子？连摸都不摸她一下。芯儿里苦是受害者，怎么到你嘴里她手淫倒像是大错特错了似的。她多可怜啊！"

冰儿面无表情地听着，呆呆地看着自己的手指在秋丽的指甲锉的摩擦下变得光滑圆润。人们都注视着面前的手指，没有人注意冰儿古怪的表情。

"就是。我看芯儿里苦也可怜。现在还会有这么逆来顺受的女人，什么时代了？跟旧社会似的。要我，早离婚了，那样的日子一天也过不下去！"徐美美说道。

安吉接嘴道："我也觉得她可怜。可你们听说过这句话没有'可怜人必有可恨之处！'我看她自己一定是有什么毛病，是不是长的太丑或者有体臭什么的，要不就是特别没有女人味儿，或者脾气不好，再不就是床上功夫实在太差了，不然他男人怎么对她那么没兴趣？"

秋丽停了手里的活儿，扭头盯着安吉说："哎？这种看法我还是第一次听说，网上那么多跟贴，还没一个这么不给芯儿里苦面子的呢，你怎么没把这看法跟个帖子表达一下？肯定展开更热烈的讨论！"

"我不是可怜她吗？要是真这么跟贴，这芯儿里苦要真是咱卧春城的，看了贴子还不跳楼吃药呀？我可没那么狠心！"

徐美美来劲儿了，说："安吉，你好像特懂怎么让男人产生兴趣，你丈夫肯定抵抗不住你的诱惑，快快，快给我们传授一下经验！"

安吉立刻扭捏起来，说："没有啦，没有啦！"

秋丽笑着说："你们不知道，她可是个性福的太太！我说的是'性'爱的'性'啊！她老公宝贝得她啊，含在嘴里怕化了，捧在手里怕碎了，要不她怎么敢这样站着说话不腰痛？她是饱汉不知饿汉饥！她哪里懂得'芯儿里苦'的苦？"

"好像你是饿汉？你懂？你老公还不是一样？那天来接你，等在前厅，当众夸你的裙子显体型美。我看你在他面前转过来转过去，他的眼睛就没离开过你的圆屁股！"

秋丽伸出胳膊，重重地捅了安吉一下，满脸通红，说："这丫头嘴上没毛，老胡说八道！"她嘴角却流露着藏不住的笑意，性福的女人本来就应该是幸福的嘛。

"我怎么胡说八道了？一夜四次，是谁告诉我的？"安吉翻着白眼。

秋丽的脸更加灿烂了，她不再责怪安吉，说："我那是说刚结婚那阵，哪里是现在？现在最多两次。"

徐美美和安吉都哈哈大笑起来，徐美美说："不打自招了！露馅儿了！哈哈，不错不错，两次也很不错啊！"徐美美对安吉说："开心开心！你俩这对活宝，真可爱！你们老板从哪儿找到你们两个的？"然后转头对冰儿说："听我的，那个贴你一定去翻翻，我们说不清楚，你得自己看，说啥的都有，可逗乐儿呢！"她忽然意识到冰儿在发呆，情绪完全没有跟上她们的欢乐。她伸手碰了一下冰儿，说"唉！想什么呢？这么好玩儿的事儿，你都没听进去啊？"徐美美显然也没多想，对两个指甲师说："我这朋友，特别多情善感，一颗菩萨心肠。如果看了那贴，肯定也可怜芯儿里苦的，说不定能给她当个知心姐姐呢。她那个聪明的脑瓜儿啊！她一直都是我的知心姐姐，啥事儿到她那儿就迎刃而解了。唉，冰儿，是不是？你肯定能当了芯儿里苦的知心姐姐，是不？"

冰儿尴尬地耸了一下肩，忽然说："是不是我对你们这个指甲油过敏啊！我眼睛一直痒得难受，眼泪也出来了，给我张纸巾，让我揉揉吧！"

秋丽赶紧把纸巾盒拿过来，冰儿就抽了纸巾揉起眼睛来。

"怎么回事儿？过去做指甲没过敏过啊！"徐美美惊讶地说。

秋丽也不知所措，说："我们用的产品都是专业领域最好的，OPI系列啊。"

"我们过去也都用OPI，可能是别的什么东西？奇怪！"徐美美说。

"那，那你要停吗？还没上甲油呢。"秋丽结结巴巴地说，似乎自己闯了大祸一样。说完站起身来："我去告诉一下老板吧。"

"不用不用，接着做完手吧，反正也快做完了，脚今天就免了吧，我痒得难受。"冰儿还是拿纸巾按着眼睛。

秋丽求助地看着徐美美。

"那，那我们今天就只做手吧，把手做完，不做脚了。快涂甲油吧，涂完我们就走。看她出去会不会好些。"徐美美当机立断。

正涂着甲油，一个穿着黑色紧身皮裤，红色宽松低领短衫的时髦女人走了进来，女人很漂亮，三十几岁模样，额前一缕挑染的红发随意地遮了半边杏眼，她一笑，那口白牙就晃得人心慌："怎么样？你们这是头一次来？还满意吧？"她的声音不高不低，非常柔和好听。

秋丽抬头说："这是我们老板玛格丽塔。"她指了指冰儿说："玛格丽塔你来的正好，这位客人似乎对什么过敏，一直在流眼泪呢。今天约的脚就先不做了。"

美美"哦，是吗？"玛格丽塔眼睛睁大了，十分关切地问。"怎么会呢？我的产品都是最好的品牌，很靠得住的。不过过敏源谁也说不清，还是小心为好。这样吧，今天你们头一次来，碰到这事儿，我就不收你们钱了。这两个美甲服务算我送你俩的。以后来做脸做按摩吧，保证你们不会过敏！指甲用品里总是有很多化学成分。"

"不用不用，我们还是照付钱。再说，我也不过敏。我刚才还在夸你用人有方，这两位美甲师真可爱极了，做的好，还特别开朗逗乐！我们一定再来，放心！"徐美美应着。两人总算涂好了指甲，冰儿的眼睛一直红着，两个手都涂了指甲油，也不好再用纸巾，就偶尔用袖子抹抹眼泪。嘴上还笑着，说："，别怪我扫兴，我也不知道怎么回事！很久没有这么强烈的过敏反应了，又不是春天。"

冰儿每到春天，总有几个星期对花粉过敏，打喷嚏流眼泪，这种对植物有过敏症的人在这个植物繁茂、空气过分洁净的国家，是非常普遍的。徐美美支巴着双手左右甩着好让风快点儿把指甲油吹干。她看着冰儿说："什么对不起？咱俩谁和谁？"她的笑容却不见了，睁着一双疑惑的眼睛。

玛格丽特死活不收钱，徐美美要了一叠宣传单，说散给朋友，还答应一定再来，才千恩万谢地出了门。那玛格丽特优美的身姿站在门口，直到两人消失在停车场里，才转身回去。

"这家店真不错！你看这老板多会做人？一下就把咱们抓牢了吧？不来都对不住她！将心比心，她的装潢、雇员、产品还真的都上档次！"徐美美小心翼翼地按了车钥匙，尽量不去触碰那新鲜漂亮还没干透的指甲。"先到我车里坐会儿，等指甲油干了再走。"

坐进车里，两人都沉默了一会儿。徐美美看着面前的街灯，说："亲爱的，你眼睛好些了？"她不等冰儿回答，又问："你怎么了？你在哭，是不是？到底出了什么事？刚才逛街的时候好好的。"

冰儿再也忍不住，大声地哽咽起来。

徐美美慌了手脚，四处找纸巾，在后座上找到，赶紧亲手给冰儿擦眼泪，说："你别吓我，出了什么事儿？我从来没见过你这个样子，你快吓死我了！"

冰儿哭痛快了，才安静下来。有那么一瞬间，她强烈地想告诉徐美美那个'芯儿里苦'就是自己，想要倾吐的欲望像针扎一样戳着她的每一寸肌肤，那些利针左冲右突，再不说出来，银针一定会四面八方爆炸出来，把她的皮肤炸得风吹花落、雪花飞舞。可她最终还是没有张口，直到针的暴动以失败告终。

她默默地看了徐美美一眼，低头说："亲爱的，没事儿，最近太累了。今天晚上还是很开心的，你看，我的指甲多漂亮？"她伸出修长的手指，仔细端详着。这双手手型优美，但多年的家务劳动，已经使娇嫩变为粗糙。指甲上淡粉色的甲油也盖不住那勤劳留下的劳动的痕迹。她探头亲了亲徐美美的面颊，笑了，说："别放在心上！我现在开心了！真的！相信我！别多想，我改天给你去电话！你保重！"说着就拉开车门走了。

那夜，她整夜未睡。本来已经调整好的爱情平衡堤坝，又崩塌了。耳边响着徐美美和两个指甲师叽叽喳喳的对话。那些声音无限地放大重复着，她的大脑变成了一个完整的单放机。所有别的女人轻而易举可以得到的东西，为什么她得不到？难道真是自己有毛病，不会勾引秦男？难道全世界都这样耻笑、可怜自己吗？

黑夜中，她离秦男的大后背有一人宽的距离，毯子在那个距离悬出一个空间，这个空间总是走风漏气。冬天，她会因为它感到寒冷。夏天呢？夏天依然是冷，无论天气多么炎热，那块空间都会使心脏寒冷如冰。难道我真的如此另类？活在旧社会里？迈不出深宅大院？怎么办？她第一万次发出同样的疑问。

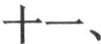

十一、

蒙坛公司的房子雨后春笋一般在静湖宽大的施工工地密密麻麻地长了出来。从旭蓉蓉家已经无法对着黎群的家遥遥相望，中间地带都被毛坯新建房填了空。旭蓉蓉的房子大门上了锁，内部工程开始以后，不再允许人们随便进入。旭蓉蓉和贾易生绕着房子转了转，对暗红色的墙砖和同样暗红色的房顶颇感欣慰。这两年流行土地色，大家都跟了风，周围都是灰突突的房子，这幢房子沉着的暗红就有了点儿鹤立鸡群的出众之处。"你看，不错吧？我说我们的新生活要有些喜气，这墙砖选得多漂亮，怎么看怎么好！吉利！"旭蓉蓉乐滋滋地说着，趴着窗户往里面看，说："当初梁星选的那款白灰色的墙砖，就是想另类，结果呢，反倒大众化了，我看梁星心里肯定打结， 她最不喜欢与众相同。可惜！"

"只有你们女人注意这些鸡毛蒜皮的小事儿，房子是住的，又不是看的，选完拉倒，谁还真在乎这些表面文章，累不累？"贾易生不以为然地说着，也趴在窗户上朝里看。

两人就指指点点地讨论说你看厅很大啊，是不是该买套皮沙发？厨房的地砖是不是颜色选重了，浅色显得空间更大，现在要改还来得及。要不操作的台面直接换成大理石吧？省了这几千块钱也发不了财，这么好的房子应该一次到位。两人很快就达成一致，赶紧上车开往蒙坛办事处，去做最后的改动。

为了方便人们选择材料颜色和材质，蒙坛公司的办事处晚上会一直开放到九点钟。旭蓉蓉和贾易生匆匆赶去，进门时，屋子里只有两对夫妻在墙砖展示台前踟躇。夫妻俩直奔厨房用料展示台前，跳过瓷砖墙，对着大理石展示墙指画不停。很快就确定了，选了和地砖一样的暗棕色水纹大理石料，与壁橱和地板十分协调，温暖色系。两人填好单子，到前台交涉。前面一对男女正挽着胳膊和工作人员说着什么，男人身上散发着古龙香水淡淡的香气，女人即便和工作人员说话，仍紧紧缠着男人的胳膊，怕他跑了似的。旭蓉蓉心里暗笑，老外真是，爱着，非要露给人看不可。只听那女的说："他们的房子已经转手给我们了，原来那个记录早该废弃，请您务必换成我们选的。"那声音里有种人工的娇嫩，旭蓉蓉隐约觉得耳熟，看到那一头黄发，也就不再多想，直到那两人转过身来，才大吃一惊："徐美美，怎么是你？你染发了？我以为你是老外呢！"

"旭蓉蓉，啊，你好你好！好巧啊，怎么在这里碰到你？你也买了静湖的房子？快来，让我介绍一下，这是肯特，我的未婚夫，这是我老同学旭蓉蓉。"徐美美叽叽喳喳地说着，本来就尖细的嗓音抹了蜜，丝绸一样柔软，脸蛋闪着幸福的红晕，丝毫没有扭捏之心。

旭蓉蓉克制着自己的震惊，和肯特彬彬有礼地打着招呼。不能否认，肯特良好的外表和徐美美的小鸟依人此时此刻显示着完美的天作之合。这么说，她和大威哥已经结束离婚程序，都和别人订婚买房了，想必面前这个男人就是大威说的那个甩着大家伙逃跑的人了。旭蓉蓉强迫自己不去想像这个金发男子仓皇逃跑的裸体模样。

"你们也买了静湖的房子吗？来选材料？"

"是，在这条街上！"徐美美指了指墙上的地图。

"啊，我也在这条街上啊！看，我住你斜对门儿。当初排队，没有看到你啊！我们排了大半夜呢。"旭蓉蓉想起就是那天从梁星那儿获知大威虐待徐美美并被警察强制分离的消息。这一切多么阴差阳错，徐美美竟然要和自己成为邻居了。"梁星也离我们不远，静湖简直成了我们同学的大本营了？对了，还有冰儿，你的铁姐妹儿，她是最早扎根在静湖的。"旭蓉蓉借着对静湖的发展形势抒发惊奇，顺便释放了她对面前这一对人的愕然感觉。

"哦，是一对中国夫妇买了这座房子，那男人忽然在美国找到一份好工作，全家决定搬迁，就把房子让给我们了，好在房子还正在建造，改动不迟，这不，我们刚把他们选的材料改成我们选的了，我家肯特可不愿意将就呢。是不是，甜心？"徐美美说着歪头问肯特，搂着肯特的动作更加亲昵了。旭蓉蓉的眼神扫过那亲昵缠绕的双臂，就看到徐美美裸露的左臂上一条半扎长的刀痕，这也许是大威在她身上留下的唯一一抹不去的痕迹了。徐美美没注意旭蓉蓉的注视，她看着贾易生，突然嗲嗲地说："老贾，你回来了？你早该回来了，让我们蓉蓉大美女独守空房那么多年，你可真狠心！"说完还伸出一个指头虚拟地点了贾易生两下。

旭蓉蓉感觉身上敷满了鸡皮疙瘩，她回头看贾易生尴尬地笑着，转身替丈夫解围说："你饶了他吧。以后做了邻居，你再敲打他，机会多得很呢。"

"好，等搬了家到我家来开派对！那你们赶紧交表吧，我们先走了，有事儿联络啊！"徐美美黏糊糊地依偎着肯特走了，两个人粘着走路的背影像一个三条腿的怪物。旭蓉蓉想起同学聚会上她也是用这一模一样的姿势粘着大威哥，心里突然升起一股厌烦，唉！就是这个女人把大威哥逼疯了，可怜的大威啊，你六神无主地发着疯，徐美美可是快快乐乐地翻开生活新篇章了，幸福得流蜜，大威哥，你值吗？

一切都安排妥当，两人离开蒙坛办事处时，黑暗中的天空乌云成团翻滚，快下雨了，雨前的风声格外张扬霸气，远处有雷声呼噜噜地滚过来，到了头顶，已经变得隐隐约约微弱温和。旭蓉蓉给丫丫手机发了短信说很快就要回家，让她先睡，两口子才开车回家。

"你对我这同学怎么看？"旭蓉蓉问。

贾易生开着车，专注在阴暗的路面上，半晌才答："骚！你什么时候有这个同学，我怎么没印象？她倒好像认识我。是 CBC 吗？英文怎么好得连口音都没有。"贾易生也是最近才在连心网上学会了很多缩写，CBC 代表加拿大出生的中国人。

"呦，连 CBC 都知道了，你有进步啊！徐美美是初中移民来的，算1.5 代，不算 CBC，咱丫丫才算 CBC。有一年你过来探亲，我们去参加同学聚会，她见过你一面。那时候她和我另一个同学大威哥是两口子，最近刚离了婚，这不买房要和这老外结婚呢。"旭蓉蓉就把大威哥和徐美美的事儿简单说了，又问："骚这个字，到底是什么意思？男人很喜欢用，我就搞不懂。"

贾易生笑了起来，老婆是个老实女人，问出这种问题。"怎么说呢，就是会在男人面前卖弄风骚，故作姿态，通常作风不一定太检点的女人，至少表面看起来是这样。"

"呦，这么看来，你还真挺内行。慧眼如炬，说的挺准的。你们男人是不是都比较喜欢这样的女人？"

"不见得吧？我就不会娶这种女人做老婆！"贾易生的另半句话是说，找她当个情人应该是不错的，风情万种。但他不会傻得把这句话说完整。

　　旭蓉蓉听着高兴，对老公的态度非常满意，庆幸自己眼力好，十来年的分居，贾易生的单纯本色未改。不是一家人，不进一家门啊！

　　贾易生开着车，另一个算盘这时正敲得活跃。他下意识地把徐美美和秋苇做了个比较，秋苇的"骚"按理是不及洋化了的徐美美，不至于见个陌生人就卖弄一下，但分手之后她似乎有了长足进步，竟然让久经沙场的周锡银见了一次面就担起了大任。下午和周锡银通电话，周锡银是怎么说的？"咱俩这关系，理应帮兄弟这个忙。这事儿，以后就交给我了！"

　　"什么事儿？"

　　"你说什么事儿？你改邪归正打道回府，我只好冲锋陷阵了！咱够哥们儿吧？"周锡银玩笑着说。

　　贾易生有苦难言，像活吃了个苍蝇，那苍蝇就在血管里扑腾来扑腾去，一时间让他不安，让他腻歪！毕竟秋苇跟了自己好几年，就这么拱手相让了？真蠢！让周锡银帮这个忙原本就愚蠢透顶！不不，生意要周锡银帮衬，这么做原本就是藏着不良居心，隐约之间，拿秋苇做了筹码，现在装什么圣人？假念什么旧情？一切都在轨道上，运行良好！

　　"呵呵呵，再接再厉，老兄！"贾易生知道自己混蛋，他为自己这点儿良知颇感惊奇。直到撂电话，贾易生一直乐呵呵的。那苍蝇终究缺氧，很快就停止了挣扎。他的平静证明那所谓的良知是死的。

　　秋苇没和小郭结婚，倒是出人意料。她一直希望有个稳定的婚姻生活。小郭人虽普通，究竟和秋苇青梅竹马。难道她真的嫌贫爱富？真的利欲熏心？贾易生不愿意相信这点，他希望当初的一切，不仅仅出于金钱和欲望，他希望有真情在里面。她当初是多么的小鸟依人啊！那些海誓山盟，多么新鲜诱人，日月可昭啊！可这一瞬间他迷惑了，他发现自己并不了解女人，或者说根本不想去了解。蠢蛋，男人也都是蠢的，你永远不知道女人想什么！女人现实起来，比男人有过之而无不及。为什么唯女人与小人难养？女人原本就最接近小人！

　　黑暗中他转头望了一眼旭蓉蓉，这个女人绝非小人，他庆幸！还有网上那个芯儿里苦，也绝非小人。孔夫子那句话改成"唯女人与圣人易相处"怕也行得通。

雨已经下了起来，窗刷均匀地左右摇摆，刮着他的记忆，也刮着他的无奈。他转头看了一眼安静的旭蓉蓉，她的侧脸在路灯映照下雕像一样轮廓分明，苍白平静。这是一张美好的脸，身体里装着美好的灵魂。他的心舒展开来，这个世界，不管外面的天气如何风云变幻，有了这点肯定，漂浮的心灵就有了安歇的港湾。

　　"周末我们还去教会吗？上次那个布道会你不是感觉不错吗？你看丫丫多高兴！"旭蓉蓉说。"她比咱们俩都有灵性，听一次就举手信了耶稣，那个牧师真有感召力，能让中文都听不太懂的丫丫决志信主，了不起！我们就算不信，也该给孩子一点支持吧?有个信仰，不是坏事。你看现在国内没有信仰，整个社会衡量一切的指标只有金钱和权力，多可怕。对了，那天，梁星也举手了。她会和丫丫同一天受洗。丫丫说，教会下个月就举行受洗仪式。之前有四堂'受洗预备班'的课要上，丫丫报了名，她的邮箱已经加进浸信会青年团里了，这些信息都是教会通知他们的。"

　　"嗯。丫丫这孩子很独立。不过信不信这个主我倒觉得没那么重要，我甚至觉得不该信！压根就没有啊！"

　　"这个你别干涉，咱们是受无神论教育长大，丫丫不同，她在这边出生成长，她自己选择要信，你可管不着，这里讲求信仰自由！整个西方再变的乱七八糟，还是有很多人相信上帝存在。"旭蓉蓉有点儿急。

　　"我没说管她啊！哎，我管她她也不会听。"贾易生无奈地说。这么多年没在孩子身边，丫丫是不太在乎他这个父亲的，感情刚开始慢慢建立，他必须有耐心。有时他想说几句丫丫，话到嘴边又咽回去，心虚。再说，丫丫听话，也没什么需要他非管不可的。他吭了两声清了嗓子也清了自己对丫丫那点儿念想，说，"那天那个大陆背景的牧师的确讲得不错，他了解中国，有过三十多年在中国成长学习的经历，对中国的状况有发言权。出国后又有抵制基督教的多年经历，最终信了主，还做了牧师，他本身就是个活教材，大陆移民容易产生共鸣，他的口才又好，大学教师出身，当然极有说服力。但他的逻辑是：证明不了的事儿，必然出自上帝，所以上帝存在。既然上帝存在，就该去信他。这个说服不了我。他举的那个例子说牛顿认为他的一切理论如果没有落实到最后上帝那轻轻一推，地球就转动不起来，他的理论也就都不成立，于是牛顿最终也就变成了上帝的信徒。这个简直就是自欺欺人，牛顿怎么想，我们怎么能知道？他是不是基督徒还有待考证，他为什么信了就更是未知的了。证明不了的事儿就安给上帝，多么荒唐？还要科学家干什么？他举了那么多科学家基督徒的例子，来劝说会众信主，这个也没有说服力。没有可比性啊！别的科学家信主，不等于你就应该信，你又没有长着别人的脑袋，是不是？"贾易生滔滔不绝起来。

"唉，你这么看也挺极端的，但我没力量反驳你，我也同样没力量支持那牧师。我也说不清自己的感觉，但当时差点儿就举手了，我倒相信那个超人的力量是存在的，我弄不清的是那个力量到底是什么？一定就是他们说的耶稣基督那个三位一体的上帝吗？就不是释迦摩尼和莫罕默德？凭什么你说你的耶稣是真的，人家佛教和伊斯兰教就是假的？而且那超人的力量也许什么宗教都不属于，就属于它自己，是不是？所以我没举手。多学习学习再说吧。可你没发觉那个场面和气氛很感染人吗？那么多人的聚会，在卧春城你见过吗？把那么大的教堂都要挤破了，连门厅里都挤满了，不得不在门厅里同步放录像。后来那么多人决志信主，有二百多人吧？是不是跟那个庞大气场相关？梁星说那叫"被圣灵充满"，还说是"神的拣选"。圣灵不圣灵我不懂，反正你和我这次没被圣灵选上。可我蛮喜欢教会的气氛，圣歌听着唱着，心里很舒服，去教会的人都笑脸相迎，很友善，牧师讲的都是爱呀宽容呀行善呀，很积极。去去教会，权当换换辛苦工作的烦躁心情，蛮好。"

"喜欢去就去，只要你不嫌远。实话实说，我兴趣不大。周末我要筹备参加展销会的事儿，货柜快到了，需要联络一下。等搬到静湖，离那个教会近了，再说吧。"贾易生想，你说的那些去教会的美好感觉我也有，但没有也无所谓，哪儿至于那么重要？还不如上上连心网呢，闲得无聊的人才去教会，还不说要捐钱捐力捐物，都是些空虚蠢笨之人。不想扫老婆的兴，他没再唱反调。他知道自己应该多支持，少阻挠，毕竟去教会不是去偷去抢去红杏出墙。可这终究是迷信，不聊也罢，换个话题，难得和老婆单独在一起，别冷了场。

"唉，你刚才说辛苦工作的烦躁心情？你公司那个和你过不去的印度人还找你麻烦？"

"萨瓦里？别提了，他背后不知道又去跟威廉说我坏话，估计是抱怨我霸道，很少采纳他的意见和建议。你知道我们领导和组员一对一谈话一个月一次，威廉昨天和我一对一，就露出来一点萨瓦里的抱怨。我才不吃这套，我跟威廉说了，要求换人，不再跟他合作。心情都被他搞坏，还怎么工作？严重影响我的工作状态。这个项目我知根知底，实力最强，威廉要依靠我，当然不愿意让我生气，他说这个项目现在做了一半，不容易调整人手，让我耐心点儿，这个部分做完，他就调整人员。"旭蓉蓉说着,呼哧呼哧喘了起来,显然气不顺,心不平,声音也提高了。

贾易生从方向盘上腾出一只手伸出去拍了拍太太的大腿,说:"别生气了,你也别太强硬,做领导的很多话不会跟你说,既然他露出一点萨瓦里的情绪,我看威廉也认为你有些过分了。你不能让老板觉得你是大拿你骄傲,技术过硬是长处,骄傲了,不容易被领导了,就是短处了。用人之道,讲究中庸,这个中国理论,我看在外国也一样用得上。其实,一份工作哪里需要太多才能?差不多的工作只要用心,人人都可以胜任。你想想,是不是这个道理?特别是你们这种以技术为主的工作,是硬技能,不是软技能,软技能需要天赋,硬技能是人人可以通过努力学习来掌握的,人和人的差距不会太大。中间状态的人最容易领导和指挥,就像机床上的螺丝,是钢造的还是铁造的,没关系,只要结实可靠能拧紧能保证机床运行正常是根本原则。你和萨瓦里像是两个极端,很坏的组合,威廉感到为难也难免。你们三个没一个顺心顺气儿,你看吧,他一定会帮你换人的,你放心。"

旭蓉蓉听丈夫一席话,句句在理,心里暗叹老公的慧智,语气软了下来,说:"我没觉得骄傲啊,不过,你提醒的对。我每天忙成那样,哪里有功夫想什么中庸,估计是没太收敛我对萨瓦里的厌烦,他也不容易,自己技术不行,还老得看我脸色行事。告诉你,就他那身咖喱味儿,我就烦死了,每天的确对他没个好脸色。"

贾易生的手在老婆腿上又拍了两拍,说:"人和人,不管中国人还是外国人,不管工作伙伴还是生活伙伴,相处和睦都不容易,有矛盾是正常的,没矛盾才异常。别心烦了,老婆,求同存异吧。"

两人说着话,回了家。丫丫屋门关着,灯光挤出门缝儿,在地上柔和地亮着。旭蓉蓉轻轻敲了两下,听女儿没动静,才推开门,见女儿躺在床上,已经睡着了,手里还捧着书。拿开书,她把毯子给女儿盖好,关了灯,才出来。这孩子总是这么乖,从不惹事生非,所有的事情都做得漂漂亮亮,这么多年的辛苦还能要求更高的回报吗?

临睡前,她给手机充电,才发现有两个短信没看,一个是梁星发的,提醒她不要让蒙坛公司盖房子时直接做木地板,以后几家人联合找别人做,能省很多钱。

这个梁星,太会过了,有钱人都是这样会算计的,旭蓉蓉自叹弗如。新房的地板早选好了,枫木抛光地板,今天已经跟蒙坛办事处最后签了单,一步到位省了心思,省'心思'对她来说比省钱更重要,这个钱懒得去省。厨房的大理石今天也定了建筑商直接做，梁星知道了不知会怎么笑话自己缺心眼儿呢。

另一个短信是葛林娜发的，说周末要请她们全家去她家开 Party，这段时间公司忙碌，出来进去有一阵没见到葛林娜了。她咚咚咚下了楼，走进贾易生书房，贾易生面对计算机背对着门，屏幕上是连心网的页面。

"葛林娜家周末开 party，邀请我们去，你也一起去吧？她还没见过你呢。我和葛林娜同事多年，她是我老外同事里和我最投缘的，你也该认识认识，你说呢？"

"我英文口语这么烂，你这不是将我的军吗？"

"语言要使用，这不正是练习机会吗？再说你和老外谈生意怎么谈得来，party 就不行了？"

"哎！生意上是就事论事，谈的都是我熟悉的内容，磕磕巴巴表达清楚，主要看产品、价格和信誉，我的角色是中国的出口商，我的英文讲不好情有可原，我是中国人啊，所以这点儿薄底子还将就够用。和老外聊天，我说什么呢？"

"你就别谦虚了，你不是每周去两次和老外练会话的课吗？我看你每天还听新闻练听力，家里老在放图书馆借的英文 CD。你刚来的时候，电话都不敢接，现在打电话基本流利了，缩头缩脑哪是你的风格？好歹也是个自雇的老板！就这么定了啊，你也不能总躲着老外，咱们到底是生活在国外啊！"

贾易生还想说什么，看见老婆已经出了门，没再多言。旭蓉蓉倒返身回来，说："我还要劝你一句，你不能老是看中文网站，你得养成看英文网页的习惯，北美这雅虎谷歌的新闻网页都不错，每条新闻下面的跟帖，都是通俗的日常用语，老外跟帖很多都幽默可笑，每天看看，对语言肯定有提高。"旭蓉蓉盯着老公面前的连心网页，呆了呆，说："你在看什么？人们都说连心网办的不错，可惜我没时间看。有什么新消息，你也给我说说。公司中国同事午餐扎堆儿聊天，我最孤陋寡闻。我看他们的消息大多都是从连心网上看到的。今天中午我听几个女同事热烈讨论一个叫什么芯儿里苦的人发的帖子，说她是咱卧春城的，在网上找情人，找一夜情？真想不到还有这种事儿，大张旗鼓的。现在的人怎么都变成这样了？毫无廉耻！"

贾易生呵呵笑起来，说："芯儿里苦在网上找情人？找一夜情？什么事儿一到女人堆儿里就走样儿。这人是诉苦求助，她丈夫性冷淡，她怎么是找情人？倒是无数人想当她的情人罢了。可怜的女人，苦得名副其实。怎么女人都这么恶毒，不同情她反倒给她编排故事！你别人云亦云，听她们瞎掰。"

贾易生这堆话抛过来，像团棉花塞了口鼻，旭蓉蓉愣怔了半天，才反应过来："我人云亦云？这关我什么事？女人恶毒？你倒挺向着她。我什么都不知道，倒是你蛮喜欢看瞎掰的东西，我看是不是你也想做她情人了？我寻思你忙生意忙成什么呢，还有空看这种八卦？谁没事干到网上去诉这种苦？神经不正常！我看你才应该少看这些八卦，小心走火入魔，现在因为上网走火入魔的事情还少吗？家破人亡的都大有人在。真有闲空，帮我擦擦地，洗洗衣服，实实在在帮我腾点儿时间出来，我也看看八卦放松一下神经。谁不想偶尔上网玩玩儿，我也想，有空吗？你倒好，有时间看这种烂八卦！"旭蓉蓉越说越烦，声音不高却充满幽怨，这些年的辛苦拥挤着涌上心头，眼泪直在眼眶里打转，话没说完扭身就走，再说一个小时也说不完的委屈。

贾易生被撂在书房，吵架没了对象，反驳也不是，不反驳也不是！恼也不是，不恼也不是。心里窝着火，顺手抓起一本书重重扔到桌上！"莫名其妙！"他狠狠嘟囔了一句。怎么女人都这样？说风就来雨，这是哪儿惹着她了？以后上网还是背着她点儿，没来由地招来一顿抱怨，我是谁？是你儿子？

旭蓉蓉装了一肚子气，蒙头躺下想心事。贾易生不好好研究生意，竟然有时间看这种八卦，太可笑了。堂堂的八尺汉子，在国内也是叱咤风云过的，怎么到这儿上网看这种婆婆妈妈的帖子？还挺动感情的，这个芯儿里苦怎么就那么招人待见？公司的女同事爱八卦，还情有可原，一个大男人也跟着凑热闹，这不邪门儿吗？她想着，就翻身起床，开了自己的笔记本电脑。这一看，就哗啦哗啦爬起楼来。

贾易生上楼来睡觉时，旭蓉蓉的气儿已消失殆尽，被芯儿里苦那帖子里花花世界里的花花观点们占领了。

"对不起，我刚才不是故意的。"旭蓉蓉合上电脑说，"我从来不上网看八卦，连心网也很少看。如果不是跟你生这顿气，还真不知道连心网有这么大的信息量，难怪你看它。这个芯儿里苦的帖子我看了，你说的都对。"

贾易生嗯了一声，没接茬。看看，女人的脸，是不是跟小孩一样，六月的天，这一转眼又变了。

熄了灯，两人都安静地躺着，旭蓉蓉小声说："你还生气呢？别气了。" 她伸手握住贾易生的手，两只手上下交叠把丈夫的手夹成三明治，捧在自己肚子上，轻轻抚摸着，说："世界上啥事儿都有，哈？看看芯儿里苦憋成那样儿，咱们还挺幸福的。"说着嘻嘻笑了。有比较才有鉴别，比较之中，旭蓉蓉宽容知足的本性正在大放光彩。"咱们可不能走芯儿里苦的路，夫妻交流，就该有话就说，有事就做。你不满意我，要说，我不满意你，也告诉你，你说对吧？"

贾易生心里暖暖的，翻身把妻子揽在怀里，下巴摩擦着旭蓉蓉的头发，说："你说的都对，我这老婆冰雪聪明！性格又这么好，知书达理，明辨是非！我上辈子做了什么好事儿积了这么大的德行？我不会让这样的老婆走芯儿里苦的路，绝不！"

旭蓉蓉在丈夫摸索下咯咯笑起来，前嫌尽去。有话就说，有事就做。两人的身体配合刚刚许下的誓言，在黑暗中愉快地行动起来。

十二、

自从邱段守离世，邱伟大一下就长大了，很有些邱段守做球队领导时大包大揽统领乾坤的英雄气魄。"妈妈，你去做大人的事情，不用担心，我会把两个妹妹照顾好的。"

秦封雨欲言又止，这孩子如果知道自己在和男人约会，还会这样配合吗？"大人的事情"在一个十一岁的孩子眼里就是一切曾经由父亲承担的责任，比如上班赚钱，比如应酬外部事物，那个范畴里不包括男女约会。

"妈妈，你应该出去找个工作，我爸不在了，你不工作我们怎么生活？"儿子第一次提到这点，秦封雨非常反感，她斜眼看着儿子，说："妈妈该做什么要你来指点吗？妈妈会让你们饿肚子吗？"说完又后悔语气太过坚硬，现在没了丈夫，儿子就是主心骨。她伸手把儿子拉进怀里，小声说："儿子，你放心，妈妈绝不会让你们吃苦，你呢，别逼妈妈，你要对妈妈有信心。我又不是先天的家庭妇女，妈妈有硕士学位，在中国是很好的医生，你不要对妈妈没有信心。这些年妈妈呆在家里是为了这个家做了牺牲，明白吗？我自有想法，我们不会比别人过的差的。你还太小，很多事情不懂，必要的事情和重要的事情，妈妈一定会和你商量。你管好自己管好妹妹，让我少操心就是帮了妈妈最大的忙。"

按道理邱伟大才十一岁，法律规定不可以单独在家或者充当小孩看护。特殊时期，特殊情况，秦封雨也顾不了那么多，需要出门的时候总是让儿子照看妹妹。三个孩子里三姐最小，经常惹祸，一会儿洒了牛奶，一会儿尿湿了裤子，邱伟大也不多说，倒比秦封雨还有办法，他把毛巾放到妹妹手里让她自己收拾牛奶战场，教她怎么用毛巾吸水，又教她怎么拧毛巾，三姐看着白白的汁液顺着肉肉的小指缝儿滴滴答答沥出，咯咯咯乱笑，这个新游戏，太好玩儿了，从此，家里的牛奶就经常被打翻。在那乳白液体的流淌滴答声中，邱伟大和二姐在一旁看得津津有味，三个孩子嘻嘻哈哈，乐不可支。三姐尿湿了裤子，邱伟大也同样不声不响，他把妹妹领到厕所，干净裤子递给她让她自己换。开始，裤子的正反总是搞错，二姐刮着三姐的鼻子乐，揉搓得三姐像个反穿裤子的布娃娃。三个孩子就这样在三姐犯的无数错误中高高兴兴度过没有妈妈在身边的时光。过了没多久，三姐自立的能力就长足进步，会自己刷牙自己搓毛巾自己洗澡自己系鞋带。秦封雨对儿子刮目相看，十一岁就可以靠得住了，于是更加放手，上帝有眼啊！

白天，秦封雨把儿子和二姐送上校车，就把三姐托付给一个中国老人，钱是照付的。没有孩子在身边，白天的时间富裕出来，她倒比邱段守活着的时候当专职家庭主妇还自由自在。小唐经常来电话说如果周末要出门，一定把二姐三姐送到她家去，秦封雨从来没开过口，葬礼之后，她不想再麻烦别人，有儿子当儿童看护，她放心。

有些事情只有她自己心知肚明，邱段守葬礼时收集的捐款，除了葬礼开销还剩余了一万多块，她捐了两千块给教会，尽了对教会的感激之心，也堵了个别了解捐款总额的知情人的嘴巴。教会极少收到这样大额的捐款，对她的表现千恩万谢，号召大家向她学习，会众经常集体虔诚地为她和孩子祈祷幸福生活，请求上帝之光在这位万能之主亲密的仆人面前彰显荣耀。

邱段守的人寿保险里是包括了葬礼费用的保险金额的，她把这部分钱提出来放到了基金账户上。保险的事儿她没有跟教会人员提及，自己家的隐私，没必要公布。陆西安有一次跟她提到人寿保险，她支吾几句说正在办理，陆西安也就不再多问。捐款剩余的八千多块，够她付三姐好几年的儿童看护费了，她很高兴。邱段守的人寿保险她可随时使用，完全免税，保险公司来家访的人离去之后，她的心彻底落了下来，一个模糊计划已经在她心中形成，合理使用这笔钱，她可以把今后的生活安顿得很好，甚至好过邱段守在世的时候。

邱段守突然弃家而去的失落感很快就被这个稳定的计划填补完善，她惊讶于自己迅速的应对能力，更惊讶于自己面对致命打击时惊人的情感修复能力。支撑自己信心和能力的却是"金钱"这两个重要的字眼。邱段守的离世，使她拥有了金钱和支配它们的权利。生命，在此时此刻正在用金钱来衡量，她坚信这种无价的失去和有价的得到出自上帝的恩典，有了这个恩典，她的悲苦人生不但不会走进低谷，反倒将要向一条光明大道挺进了。

白天三个孩子都不在身边的时间，她开着车到处看房，两套二手连体镇屋很快就归在她的名下，一次付清。她又迅速通过代理商找到了租住的人家。月租金一千五百块，一年的保险、房屋维修、地税一样样算下来，她需要大约四千，再付给代理商一个月房租代理费用一千五百块，尚余一万二千多块，两座房子就是两万四千块。如果以后甩掉代理商，又可多出三千块。对于没有任何债务的四口之家，应付简单的衣食住行，这点儿钱很管用。

政府对单亲家庭的补贴款也很快就申请到了，她还在同时申请了政府资助的就业课程。她很现实，高大上的行业都需要好几年的学习，孩子小，无法全力以赴。仔细斟酌考虑之后，她选了一个超声波技师的课程，短平快，好歹和自己的医生背景接近，虽然低了若干档次，也不敢在现实面前摆谱拿捏，希望结业后能迅速找到工作，有份收入养育儿女。前途是美好的，道路是曲折的。

短短几个月之间，两座投资房，成功把她转型为名副其实的收租婆，超声波课程也很快就要开始了。她把美好前景的规划和快速实施过程深深埋藏在自己心里。在外人眼里，她还是那个可怜的女人，三个弱小孩童，单亲母亲，没有工作，孤单无助。卖了大房，换了小房，勉强维持生计。

秦封雨买的小房也是连体镇屋，故意选了远离小唐等熟人的静湖中心区。她希望自己的新生活可以在一个新的环境有所开拓和转变，她怕自己的一举一动被熟人监督评判，比如和亚历山大约会。但她没有勇气彻底离开静湖区，这个优美社区有着太多优势，学校、教会、商场、方便的交通、孩子的朋友圈、传播迅速的信息圈等等。住在静湖边缘，孩子们上中学仍可直接升入静湖中学，不近不远，正合适鱼和熊掌兼得。

她一次付清了房款，变成了彻头彻尾的无债务族。这是邱段守多年的梦想，他在世的时候，此梦却无法实现，他用生命给秦封雨和孩子换来了这个梦的实现。房子小，地税相应递减，一年只需三千元地税，房子两年新，设备完善，短期内不必维修，基本开销控制合理，剩余的人寿保险金和另外两个房子的租金够她勉强支撑她和孩子们的日常生活。

这座房子背后是一片一望无际的田野，夏天刮起风来，高高的玉米地荡漾出一片绿色的海洋。每天清晨，她都把窗子大开，拼命把植物和泥土的清香吸进肺子，那一天就开张得格外踏实。为了这片田地，她买房时多付了五千元。土地在飞速开发的市场中越来越金贵，寸土寸金，房子之间的距离变得越来越窄小憋屈，前屋后院对着的都是别人家的院子和房顶，开窗就有大片绿色扑面而来的环境已经非常少见。精明的屋主借此填金加银，周瑜黄盖，一个愿打一个愿挨，秦封雨心满意足。

搬家不久，秦封雨收到亚历山大的约会通知，邀请她去一个法式餐厅共进晚餐。亚历山大的家离餐厅很近，酒足饭饱，步行就可以回家，该发生的就让它发生，可以自然得不留痕迹。亚历山大早把计划安排得完美充分，提前雇了清洁工把房子打扫的镜光面滑一尘不染，还买了一捧红玫瑰摆在卧室，等待一个适合它艳丽和高雅的主人拥有它。

秦封雨不知道他家在哪里，当然也不懂得他家的距离对这次约会的重要意义，她自有她的精打细算。多年求学，她所明白的是在考试之前把考试内容学的扎实。约会和考试相提并论，在秦封雨看来，顺理成章。考试是证明实力的手段，约会又何尝不是？一次大考，可能会影响终身事业和前途，约会又何尝不是？它影响的可能是更重要的基本生活和未来！既然在考试之前要用功复习，知己知彼百战不殆，在约会之前，又怎能掉以轻心？

当年和邱段守几次约会就定了终身，把她从失恋失败的痛苦中挽救出来，从此落脚在大高地远的加拿大，不能不归功于她不打无准备之仗的约会习惯。和邱段守首次约会的地点是西郊植物园，为了约会的成功，她把那个公园先走了一圈，哪块石头有个传说，哪棵老树枯木逢春，哪个小桥看得到落日，她都做了全面研究。两人并肩走着，她一路轻言细语地娓娓道来。她的聪慧是温吞的，自然不露痕迹，谦逊而坦白。她知道自己给邱段守留下了温柔聪慧又低调贤良的朴实印象。她不认为自己是制造出的美好，她只是有准备地把自己本身的美好集中放大而已。那片石卵地，也是她有意领他过去的。一脚踩空趟进湖水那出戏，虽然没有她想象的那般戏剧化，却成功地赢得了邱段守的臂膀。后来坐在河边晒鞋子的时光，两人才有了那样无拘无束的对话，也才有了邱段守凝视她胖乎乎白嫩脚丫的心动时分。谁能说不是那一刻的温情决定了她的后半生？

这次和亚历山大约会的内容是在吃法国饭的时候尽最大努力联络情感，这需要对法式餐饮的基本了解和适时适度的谈话技巧。和邱段守结婚后，他们的社交生活基本停留在邱段守交往的华人圈，出去吃饭也都基本去中国餐馆，好吃、对口、又经济实惠。他们极少进出西餐馆，西餐馆两人的晚餐，要一百上下，不外乎几片面包，一人一份土豆泥生菜萨拉通心粉生牛排之类的东西，色干味寡。同样价钱，中餐馆总可以吃到五六个荤素菜，全家两大三小，五个中国胃在中国餐的滋养下才可能无可抱怨。所以，出国十来年，她对吃各式西餐没有什么切身体会。

她于是上网对法式餐饮做了详尽的调查研究，背会了若干法国名菜的英文名称，什么马赛鱼羹、焗蜗牛、红酒山鸡、鸡肝牛排、牡蛎杯、马令古鸡，连图片都喀嚓喀嚓相片一样锁进大脑了。她还把法国人对烹饪的艺术感觉和对食物的精致要求都仔细学习了一番，能发表一个小型演讲了，才心满意足。至于临场发挥、联络情感这一步，无可准备，她相信亚历山大已经被自己迷住了，她的异域风情、她的年轻、她的智慧、她的丰腴，都可以产生足够的能量让一个老男人心动神往。从前几次约会的情况，她可以肯定这点。亚历山大在努力讨好她，又是夸奖又是送花，最近更是短信不断，还要求她开通了 Skype，要视频聊天。秦封雨拒绝了他的视频邀请，她慢吞吞地打字回答说，"我不上相，别视频了"，她紧张，她怕面对面眼对眼的对视，时机尚不成熟，再等等！亚历山大却接茬说，"你那么美，怎么不愿视频？"这个"美"字就长久地萦绕在她耳边。据说一个男人对一个女人说"你很美！"魔鬼就会在这女人耳边重复一万次。秦封雨经历着魔鬼一遍又一遍的重复，那是从未有过的喜悦之情。

从小到大，在中国人圈子里，她从来没被人夸奖过"美"，她的眼睛太小了，一笑一条缝，即便五官搭配合适，这对小眼睛顿时让所有其他部位丧失色彩，她的长相就怎么也无法和"美"字并驾齐驱了。她明白自己唯一可以炫耀的是丰满的身材，但即便身材，也没有得到过"美"的称赞，她身高不够挺拔，丰满便显得有些肥胖，甚至臃肿。她明白自己是一个普通得不能再普通的女人，难道亚历山大真的认为她美？还是为了讨好她？人们说外国人对东方人的审美和我们东方人自己不同，也许真是如此。大眼睛双眼皮在西方人身上见怪不怪，咱们这单眼皮小眼睛就稀罕宝贵了。不管真假，她尽情享受着亚历山大的赞誉，心中充满甜蜜和自信。这是和邱段守在一起从未有过的感觉，甚至和她的前男友也没有过这种感觉。过去的这两个男人喜欢的是她的朴实勤劳和聪慧，不是她的长相。亚历山大却五次三番强调她的美丽，好像发现了一个森林背后的水帘洞，连她自己也对这个新发现惊喜万分。一成不变的树林一下子被潺潺水帘赋予了仙境的意义，阳光透过云层照着这块林地，风儿轻轻，水儿潺潺，草儿绿了，花儿开了，一切都活了起来，她也似乎有了神仙附体的飘然。这个"美"字太可爱了，兴奋剂一样让眼里的一切变得美好，生活突然拥有了别样生机。

她开始经常想念亚历山大，经常复习两人约会时的对话，一遍又一遍地想象可能进行的更多对话。甚至比对话更高级的身体语言，也偶尔进入她的想象范围。自己对外国男人会不会不适应？都说老外的硬件比亚裔壮硕，真要去辨识庐山真面目，还真有些怵。她庆幸迄今为止，亚历山大还保持着足够的绅士身份。只有一次吃饭时把手放在她手上抚摸，她脸红着抽了回来，他的手毛乎乎的，又厚又大，那种感觉太不同寻常了。这样的举动邱段守是从来不会做的。亚历山大没再坚持，这让她心生踏实，她要的是伴侣，不是一夜情。她要的是后半生的依靠，不是简单的肉欲。

有时一边干着家务一边想着亚历山大，她就忍不住微笑起来，那张平凡的脸立刻桃花映红，分外娇艳。邱伟大看见她自言自语，露出微笑的表情，问："妈妈，你笑啥？还对自己说话？"秦封雨被儿子看到颇感局促，尴尬地说："你不喜欢妈妈笑吗？"伟大走到妈妈身边说："妈，爸爸刚走的时候，你很久都不会笑了。现在开始笑了，我当然高兴。"他心甘情愿地被妈妈搂住，说："你笑起来，真好看！像，像中国的菩萨塑像。"秦封雨搂着儿子的臂膀轻微抖动着，鼻子酸了："你是说妈妈的脸胖，笑起来就更胖了吧？！"她并不生气，像菩萨多好，吉利！她一连声嘟囔说："儿子真好！妈妈有了你，什么都不怕了。"是时候了，早晚要让儿子知道。她把儿子拉到沙发上坐下，说："你来，妈妈跟你商量点儿事。"

邱伟大像个小大人一样郑重其事地点着头，说："妈妈，您说。"

"孩子，我不知道你这么小能不能懂大人的事儿。妈妈还不到四十岁，爸爸就丢下你们三个走了，我心里负担很重，我需要……。唉！梁星阿姨把她的一个同事介绍给妈妈认识了，我想听听你怎么看。"

邱伟大愣了半天，问："妈妈，我不懂，你是说你需要交男朋友吗？"

秦封雨点了点头。邱伟大不自在地站起身来，小脸儿也红起来："妈妈，这是你的事儿，我不懂这个，这个你不必跟我说。"他一边往外走，一边又回头补充说："我同学里好几个父母离异的都是各自有男朋友女朋友，您知道的。你送我去艾登家玩儿不是每次都要问是去他妈妈家还是去爸爸家？这是大人的事儿，我不会反对的。"艾登是儿子的好朋友，这些外国小孩的确复杂，父母离异后今天在爸爸家呆呆，明天在妈妈家呆呆，爸爸妈妈各自和男女朋友同居着。艾登的母亲和男朋友刚生了一个女儿，俩人却还没有结婚，所以艾登还是口口声声说"我妈的男朋友"怎么样怎么样。

儿子的脚步声早就消失在走廊里，秦封雨还在发呆。这么容易？完全没有阻挠的意思？每天和外国小孩在一起，被"我妈妈的男朋友""我爸爸的女朋友"洗脑了？真把儿子影响得如此开明大度？她不敢相信事情会这么简单，现在只能走一步算一步了。即便儿子现在同意，也不见得以后能相处融洽。关键问题还要看亚历山大的表现。她打定主意，约会时要和亚历山大谈谈孩子的事。

秦封雨于是更加重视这次约会，把三个孩子提到议事日程之上，并不是件容易事。光靠自己的魅力能激发短暂的激情，却不能保证长久的关系。激情只能掩盖矛盾，如何处理矛盾才可能考验出人心，才可能预示未来。两人的激情已经到了万事俱备、只欠东风的境界。好像一座大楼布好的电线网络，只待总开关一开，就满楼灯火灿烂了。她担心的是三个孩子在亚历山大心中的角色，要找到一个稳定的关系，关键要看这男人对自己孩子的态度。

她给自己打气，她最放心的是自己有个明确的动机，她坚信人的欲望会引领她走到她想走的那条路上去。上帝说，只要你求，他就给你。最近她的祷告更勤了，她求上帝让她拥有一个可以依赖的男女关系，帮她抚养子女长大，帮她填补没有男人的孤单生活，帮她把突如其来的缺憾转变成充满希望的明天。

秦封雨到达时，亚历山大已经在餐厅深处一个舒适的座位上等侯了。餐厅装潢古朴考究。硬木墙板上支出来的仿烛灯光，闪烁着暗红色的柔和光芒，每张餐桌正中一只宽口木碗里盛着水，水面浮着一只淡绿色茶盅蜡，摇曳的烛光在水里漂漂荡荡，隐约响着萨克斯风悠扬的吹奏，座位旁边的男男女女就有了梦中的感觉，生硬的生活顿时变得柔软。浪漫，在空气中就着精美食物被每个食客贪婪地摄入。

亚历山大穿一件白色翻领体恤衫，头发打了蜡，脸上刮净的青光从一侧耳朵横跨下巴延伸到另一侧，如果那些胡须留起来，一定是马克思的模样，这个念头一过，她就微笑起来，马克思？这位社会主义阵营里始祖级别的人物在这个资本主义国家有知名度吗？

低头坐下，她伸手把连衣裙的裙摆摆弄整齐，这是一件淡青色亚麻宽松连衣裙，只有坚实的胸部包裹紧凑，其他部位的宽松与这紧致相映成趣，身体在衣服里虚实摇曳，别有一番欲盖弥彰的美丽。秦封雨抬起头来，亚历山大正呆呆看着她，眼神里有一种说不清的缠绵和焦灼，秦封雨赶紧避开那目光，转头四处打量着，说："这地方情调真好！我喜欢！"

她的目光扫视着墙上挂着的绘画作品，凑近了去看画框下面的标签。"哇，是卖的，两千块呢。"画面上是一个幽深的池塘，远处的树林和近处的草地明暗分明，池塘中间横着一只小舟，若隐若现，上面有个人在垂钓。

秦封雨微笑的面孔更加舒展了，她说："我们中国有首古诗，'孤舟蓑笠翁，独钓寒江雪'，是讲深冬一片茫茫白雪，一个老人独坐船上钓鱼的情景，很美也很凄凉。我看这幅画虽然是油画，却和我们中国那古诗的意境相似，凄凉、孤单，自然的庞大和人的渺小，自然的宽厚和人的参与，令人浮想联翩。"

"就像你和我吧？东方和西方，虽然不乏差异，却也有很多相似之处。人类的基本需求和基本情感是一样的，见了美食就想吃，见了美女就想爱，比如我现在。"亚历山大呵呵笑着，眼睛里又射出一束灼人的光来，从她脸上滑落到她胸口。秦封雨的脸烫着，胸口也烫着，她感谢幽暗的灯光，一切都暧昧模糊一些吧，饭还没吃，酒还没喝，这样明显的表白过于迅速了。她再次提醒自己，亚历山大如果不接纳自己的三个孩子，绝不和他上床。

先上来一份酒水单，精致小巧的皮面装裱，她翻了两翻，看不懂那些酒水的名字，就把自己对酒精过敏的情况又说了一遍。亚历山大这才想起来，两人吃过几次饭了，她从来不喝酒。

"你喝酒，我喝水就很好，我最爱喝水。"秦封雨说。

亚历山大给自己要了一杯德国啤酒，问："点个饮料吧？"

"我没有喝饮料的习惯，我就爱喝水，好而且简单。"秦封雨的确不怎么喝饮料，这是出国后一直没有养成的习惯，她连茶和咖啡也不怎么喝，或者说不怎么会喝。喝这喝那是上班族的习惯，那种喝，是坐着喝，休息地喝，小口品着喝，惬意地喝，周旋地喝，社交地喝。她在家忙来忙去，只有时间一仰脖，经常是站着喝，必要地喝，解渴地喝，不得不喝地喝。水是最好的天然饮料，没有各种添加剂，多么健康！爱喝水这个习惯，她不想去掉，也不想改掉。

　　"好而且简单？好一个好而且简单！"亚历山大点着头，说："这么说，我是不好而且复杂了？我从年轻时就只喝饮料，白水恐怕有很多年没有喝过了。"

　　秦封雨吃了一惊，小眼睛睁成了大眼睛，"当真？！"

　　"是啊，只喝有味的饮品，咖啡、果汁、汽水和酒，锻炼的时候喝能量饮料。反正要有味道的液体。我已经不会喝白白的水了，无法下咽。"亚历山大说完耸了耸肩。

　　"哇哦！"她叹着，不明白世界上怎么会有不会喝水的人。

　　"Well，这里我这样的人很多，你没见过吗？我同事里就有好几个。"亚历山大显然对她惊奇的神情也颇感惊奇。

　　秦封雨按捺着惊奇，心想，点点滴滴的东西方文化差异，今后值得吃惊的事还不知道有多少呢，这才刚刚拉开序幕。

　　菜谱来了，巨大的一本，烫金硬壳皮质封面，打开来却只有对折的两页，淡棕色的纸张粗砺古朴，菜名像是镂进了纸的粗纤维里。开胃菜、开胃汤、色拉、主菜每项只有五六个选择，法文在上，英文在下。她迅速浏览了一圈，没有一个名字是她背过的。

　　"你有什么建议吗？"秦封雨一边看着，问了一句，心里敲着鼓。怎么都是些牛排羊排三明治汉堡包？菜名之下的介绍内容里很多陌生字眼，那些生字不能论个儿，要论行来看，这样，整本菜谱就和鸟语距离不远了。功课都白做了？她心中忖度。岂不知老百姓常进常出的这类餐馆多半不会提供她所背诵的那些高档名菜。她告诉自己镇静，细细地读菜谱，洋葱汤她认识，就点这个做开胃汤。大块牛排论磅称，她没有那么大的胃口，鹅肝汉堡是相对最便宜的，虽然不想吃汉堡，鹅肝倒是新奇，就点这个了。

　　前几次吃饭，秦封雨提议两张账单时，亚历山大并没坚决反对。眼聪目明的秦封雨早有思想准备，在国外，同桌吃饭各自付账是最普通不过的惯例，她不在乎亚历山大的小气，八字没一撇，凭什么让人家替你付账？这是男女平等的现代社会，天高地远的加拿大，需要学习和习惯的东西太多了，你得忘记很多中国式的习惯、中国式的观念。什么女子优先，轮到付账，就是男女平等了。

"这个鹅肝汉堡你吃过吗？如何？"她问。

"棒极了！很有特色，你一定要试试！"亚历山大说着，两人都下意识地咽了咽口水。秦封雨想起来刚才亚历山大的话，人类的基本需求是相同的，说起好吃的，都会咽口水。

侍者问她要什么色拉做边菜，她窘了片刻，才问，"都有什么色拉？"侍者的舌头像相声演员一样转了几转，一个词也没听懂。她朝亚历山大求救地笑着说："你帮我点一个，好吗？我好笨，不懂这个。"那口气，简直就是小姑娘撒娇，我不会，才显得你英明啊！亚历山大呵呵笑着，一脸欣喜，就帮她点了凯撒色拉。她心里骂自己，做的什么功课，连最基本的色拉都不会点，还胸有成竹地来吃西餐呢！背诵那些法国大菜有鬼用？

前几次约会，秦封雨都要求去亚洲餐馆，为的是经验丰富，不会出丑，吃亚洲饭秦封雨知根知底啊，介绍这个介绍那个，把亚历山大招呼的风雨不透。可丑媳妇总要见公婆，这是在西方社会，总不能和老外约会总是吃中餐吧？想不到该出丑终究是要出丑的，点色拉就露了馅儿。这是在错误中学习进步成长。她安慰着自己，傻笑着给自己打圆场，话题一转，"我儿子特别喜欢吃内脏部位，我平时总不给他做，不健康。现在都讲究健康饮食，要少吃内脏食品，据说内脏都是高胆固醇。你呢？爱吃内脏吗？"秦封雨故意提到儿子，约会了几次，两人都很少提到双方家庭成员。

"我吗？没太多讲究，什么都爱吃，你看我这个实力就猜得出！"亚历山大拍了拍他隆起的腹部，不但没有不好意思，还充满自豪。

秦封雨抿嘴笑了，眼睛成了线。

亚历山大突然把头伸过桌子，压低声音说："你笑起来真好看。"

秦封雨往后躲了躲，不知道该怎么回答，悄声说："谢谢，你总是夸我。"那眼神一游离，就又有了十几岁少女的娇羞。

在亚历山大眼里，面前这女子面若满月，一根皱纹都没有，浑身紧绷绷的，哪里像三个孩子的母亲？分明就是一个二十出头的大姑娘。华人个个都驻颜有术，颇令人费解。他接起刚才的话头，说，"我和你儿子一样，也喜欢吃内脏。附近有一家小店，专门做鸭肝酱，抹面包，棒极了。"他抬腕看了看表，说："我该带你去看看，我们吃完，估计还来得及，那家店九点钟才关门。你带回去给你儿子吃，他会喜欢的。"他想，到了家门口进家看看也就更加理所当然。

秦封雨激动了，亚历山大竟然提议买鸭肝酱给儿子吃？看来他对自己的孩子并不排斥。

洋葱汤上来了，秦封雨小口吃着，尽量不发声音，中间稍停，说："洋葱是'蔬菜人参'，对健康有很好的预防功效，特别是它里面有一种成分可以产生抗氧化剂，消除体内的自由基，提高身体代谢能力，增强免疫力，有很好的抗癌、降血压、预防糖尿病的效果的。"

她说的几句，都是百度百科上看来的知识，她庆幸自己没有错过这样基本、廉价而通俗的菜品知识，至少为约会做的功课没有全部作废。话多，磕磕巴巴用英文说出来就很有些特殊效果，需要很多手势、表情做语言辅助。语言的生疏竟成了丰富表情的动力，秦封雨暗自嘀咕，福和祸从来相辅相承。洋葱是最便宜的蔬菜，两块钱可以买五公斤一大袋。她说，"好东西不一定昂贵，是不是？比如欢乐，很多时候不用钱，也能得到。还有这洋葱，一颗几分钱，却浑身是宝。所以我很爱便宜货，穷人就得学会自得其乐。"秦封雨歪着头自嘲地说道。她专门用了"穷"这个字眼儿，不到万不得已，她不会把邱段守给她留下了大笔人寿保险的情况告诉任何人，但适当的时候她不介意向男朋友透露做着收租婆这项事业的宏观状况。

亚历山大呵呵笑了，说："谁不爱买便宜货？这里到处打折，打折的目的就是为了满足人们买便宜货的普世消费心理，我们在一条船上，我也爱买便宜货。"他吃着面前的开胃色拉，嚼得满嘴生香，又道："我母亲也喜欢洋葱。洋葱土豆汤我们小时候几乎天天吃。可惜现在吃不到了，她去年过世了。"亚历山大淡淡地说。

"对不起。"秦封雨顿了顿，发现亚历山大并没有表现出悲痛伤感，才接着问："是病么？"

"胰腺癌。从发现到离开只有四周。"亚历山大的眉头微微地皱了，眼神射向什么虚无的地方："太痛了，睁开眼睛就开始上刑罚忍受剧痛，什么药都不管用。她拿着枕头让我们结束她的生命。大夫说熬着，也就是两三个月的时间了，每天都会如此。后来，我和我姐姐就达成一致，满足了她的愿望。"

秦封雨这一惊又是非同小可，这不是安乐死吗？没听说加拿大法律允许安乐死啊！她张了张嘴，说："我以为……，哦，这样她就少受点折磨。"她找不到"安乐死"这个英文词汇，觉得这么隐私的事儿是不是不该问得太详细，就闭了嘴。

"你以为……？是说安乐死吗？这种情况，自然不会大张旗鼓，我们全家是随了她的心愿，那位大夫很人道，就配合了，一针过量的安眠药。"

"是这样啊！我以为这样会犯法。"

"你说的对，不能让官方知道的。我母亲情况特殊，她没救了，而且睁开眼睛就是分分秒秒的剧痛，太残酷的煎熬。否则，哪位医生愿意冒风险这样做？"

"明白，其实我觉得安乐死对很多病人是最好的解脱。"秦封雨答着，就像到了邱段守的死，他也是一下就解脱了，可我和孩子们呢？

"对不起！"秦封雨眼眶突然就湿了，她低下头，血液又粘又稠地粘在心坎上，流不动似地难过，邱段守啊邱段守。亚历山大的母亲至少还为亲人留下四周情感的缓冲时间，这是有准备的、预谋的死亡。邱段守呢？突如其来，一切都没有了，一切从此改变！生命到底是怎么回事？她宁可喜欢这个有预谋的有准备的死亡。眼泪流下来，她似乎没有发觉。直到亚历山大伸手递过来一张纸巾，她才惊醒过来，一连声地说"对不起！"。她擦掉泪，强作欢颜，说："每个人有自己的时间，是吧？上帝都安排好了的。"

亚历山大突然隔着桌子抓住她的手，说："我知道你先生的事儿。应该说对不起的是我，勾起你的伤心事儿。请你信任我，我会帮助你的，你这样的好女人应该得到更好的生活！人生都是公平的，你相信我。"

主菜上来了，秦封雨很高兴亚历山大的表白被上菜打断，她需要有个缓冲时机来想一想怎么应对这样直白的表达。他当真吗？孩子呢？

"我的一儿两女，你知道吗？"秦封雨突然说："亚历山大，我太爱我的孩子们了，我不能……"她没有把话说完，亚历山大就接嘴道："梁星都跟我说过。别担心。母亲不爱孩子还算什么母亲？我懂。"他微笑着说，"快吃吧，你看你的鹅肝汉堡看起来多诱人？鹅肝多嫩！"那鹅肝汉堡高高耸立，鹅肝鲜嫩透亮地夹在红红绿绿的菜蔬之间，酱汁大概是故意流淌出来诱惑人的食欲，一根尾巴上缠着彩色塑料纸的长竹签从汉堡中间一插到底起着固定作用。

秦封雨想着亚历山大"母亲不爱孩子还算什么母亲"的话，似乎态度端正积极，但那话里面没有任何承诺。别急，她劝说自己。她小心翼翼地左手拿起叉右手拿起刀，先用叉子叉了几片汉堡边上的色拉吃着，这个她会。她在想，应该用手握起汉堡大口咬着吃还是得用刀割成小块小口小口进食？可这汉堡这么厚，剁碎的西红柿蔬菜和汉堡酱不用咬都在往外挤，嘴小，咬起来乱七八糟多不雅观？可去麦当劳吃汉堡不都是整个咬吗？麦当劳的汉堡薄得多啊！正不知道该怎么下手，亚历山大已经在抬手切着面前的羊肉汉堡了，原来是当盘菜一样来吃。她舒了一口气，放下心来，照猫画虎地切了起来。切着，却不容易，开始几下，都切空了，面包跟着刀叉转圈。她尴尬地笑着，干脆把面子放下，再不装模作样，说，"我平时总用筷子，很少用刀叉，你看我的汉堡在跳交谊舞呢，你笑话我不？"

亚历山大呵呵乐了起来，说，"你这个可爱的小丫头！我用筷子不是也很笨吗？用多了就熟悉了。这样，叉子要叉得稳而有力，固定好了，下刀要肯定，来回用力，才切得动。对，对，对，就是这样，角度可以随便，怎么用得上力都好。看，学的多块！"他的大手这次光明正大地抓着秦封雨的手，手把手地把汉堡切了两块下来。

秦封雨今天被亚历山大两次握住手，都很被动，可两次的感觉都出奇地舒服。悲伤地想到邱段守的死亡时，这手的厚实温暖就像黑夜里的明灯、沙漠里的甘泉，让她的夜得到光明、让她的干燥吸取水分，她喜欢他的温度和厚度，有那么一瞬间，她觉得那温度快速地传导着，进入了她的身体，浑身的燥热令她感到羞怯和恐惧。而这次手把手的接触，这种灼热的感觉却被另一种情感替代了，这是一种踏实的依恋，她的刀、她的叉在他大手的指挥下安全稳定，她不必担心汉堡的坚硬和厚度，有了这个指挥棒，方向确定，力量足够，一切都不必再去担忧。心甘情愿地做个小姑娘，原来这么好？她的年龄在亚历山大面前似乎缩小了，她不再是个独立的成人，她变成了一个不能自理的孩子。

"是师傅教的好！"那个娇嫩的声音怎么从她身体里发出来的，简直令她自己吃惊。她的脸早已桃花满面，被亚历山大的眼睛粘住，整顿饭虽然隔着桌子，却好像孩子和爸爸一样亲密默契，一个包容体贴，一个娇宠淘气。她很久没有感觉过这样的甜蜜了，这是一种前所未有的心动，有一小团火苗窜跳着在血管里旅行，她的心放松而温暖。

秦封雨没有吃完那么大分量的汉堡，洋人东西实在没中国菜好吃，肉多菜少，一吃就饱。对中国胃来说都是统一的味道，法国菜也没吃出什么特殊性，虽然今天的汉堡味道很不错，但也是记不住的一种好吃。亚历山大一个劲儿夸好吃好吃，那赞美的热情很具传染力，秦封雨点头应和，似乎很一般的东西也加了分好吃起来。吃完，她再没空间装甜点，就要了杯茶，陪着亚历山大喝咖啡。亚历山大看了看表说，"我们喝完咖啡就去买鸭肝酱，那家店还没关门。"

俩人各自付了账，亚历山大说："你跟着我的车就好。"

秦封雨开着车跟着，只过了两个街区就进了居民区，沿路是两排遮天蔽日的大树，住户门前的花园草坪大多修剪的整齐美观，房子看起来都不是新鲜款式，相对窄小狭长，跟这几年流行的宽门大院截然不同。从树木鲜花的雄伟生长状态就可看出这是一个成熟社区，地理位置接近市区，秦封雨暗想，房价一定不低，别看房子小些，恐怕比静湖区的房子还贵。

亚历山大的车拐进了一个狭长车道，面前是一幢红色小楼。秦封雨满心疑惑，跟在他车子后面停下。

"那家店周围不好停车，我们停下，步行去买鸭肝酱。"亚历山大望着满脸疑问的秦封雨说。

"可这是人家私人的车道啊！"

"哈哈，这是我家！"

秦封雨"啊"了一声，瞬间哑了声。亚历山大的手就拉住了她的手，爸爸领着孩子一样朝街口走去。天已经蒙蒙黑，路上没人，她想是不是该把手挣脱出来，可那种温暖地被攥着的感觉实在太舒服了，她没动，顺从地被领着，俩人沉默着，她感觉到他的大手用了力，松了便怕她跑掉一样攥紧了。

那家店就在街口，进门前，亚历山大松了手。商店门脸儿小，里面却很大，有专门的奶酪柜台、蛋糕柜台、厨具柜台，东西都精巧细致，那种拥挤的摆设和手写标签，别有一番风情，似乎进到了一个上世纪的乡村作坊。

售货员是个中年男人，一见亚历山大就热情寒暄，两人显然熟识。亚历山大说带朋友慕名来买鸭肝酱，就把秦封雨带到了后面一个冷藏柜台前。柜台不大，塞的很满，货品包装考究，价格标签都是褐色签字笔手写的草体英文法文双语标签，家庭作坊古朴原始的亲切感扑面而来。"他的货都是原始手法手工制作的，虽然贵些，你吃了就知道，味道鲜美极了，他用的肉制品，都是自然放养的动物制品，别家店比不得。这店在这里开了据说有五十多年了，是家族生意。站柜台的是老大安德生，他的两个弟弟也常常来帮忙，他家有个专门的食品加工厂。"

亚历山大没有让秦封雨付账，他说是他给邱伟大的一点小礼物。秦封雨问："那我怎么说？"

"你就说是妈妈的男朋友给他买了让他尝鲜的。"亚历山大哈哈笑道。他伸出臂膀紧紧拥了秦封雨一下，才出了小店，秦封雨看到安德生冲着亚历山大挥手道别时眨了眨眼，笑容里有很多兴奋的揶揄。

"你愿意到我家见见我的孩子们吗？"秦封雨趁热打铁，"到时候你再给他带礼物，这个鸭肝酱我还是给你钱。"

"别认真了，亲爱的。以后会去你家，到时候再说。现在先去我家吧。"亚历山大的手臂拥着秦封雨往家走。秦封雨恍恍惚惚地跟着，有些喝醉时的眩晕感。这是干嘛？认认家门？这个没有问题。她却莫名其妙地紧张起来，万一？不，不能！

亚历山大一开门，就迎面扑来一股淡淡的植物清香，是他出门前喷的植物芳香剂。家里一尘不染，到处镜光面滑，是亚历山大专门请了清洁工打扫过的。亚历山大一个人生活，清洁工原本三周来一次，为了约会，这次他提前叫了清洁工。秦封雨进门脱了鞋子，站在门厅地当中打量着四周，房子比她刚卖掉的大房子小很多，和她新买的镇屋差不多大小，因为是老房子，不如她的镇屋宽敞明亮。门厅不大，和厨房相连，厨房的厨柜炉具都是白色的，地当中摆着一只白色早餐桌，几只配套座椅。厨房连着两扇小门，都敞开着，可以看到里面洁净的地板和黑白色现代化的家具。

亚历山大拉着她的手从一个小门进去，是长方形的起居室，黑色软皮沙发对着一个巨大的超薄电视机。地上一块白色长毛地毯上摆着一只圆形硬木茶几也是黑白边框，茶几上基本精装杂志整整齐齐，一丝不乱。

"这是老房子，房子小，但很舒适。我带你参观一下。是啊，是新家具，都是我前两年换过的，换成现代一些的色彩式样去中和老房子的陈旧感。对，这是起居室。"亚历山大拉着秦封雨的手一间一间走过去。楼下除了起居室，还有一个衣柜、一个卫生间一个储藏室。边门通后院，楼梯侧面一个小门通地下室，地下室是装修完善的书房和健身房，书房里摆着两柜书，健身房设备完善，除了五件各种功能的健身机器，房梁上还装有单杠杆。楼上三间卧室，亚历山大从两间客人房开始，说，"这间大一点的，我女儿回来时给她住。她刚结婚，他们小两口通常不必在我这里过夜，她在附近买了房子，住的不远。"房子里除了一张大床，还有一个很大的梳妆台。旁边一间卧室只有一张书桌，上面摆着电脑，"这间基本空着，我偶尔会在这里上上网。来，到我的主卧房去。"

秦封雨一直有种漂浮的感觉，脑袋沉沉的不很清醒。屋里昏暗的灯光和狭小的空间，让她感觉好像走在一个梦境里。每间屋子窗帘都关着，开了灯，仍然昏暗，影影绰绰。一切似乎都处在半睡眠状态，或者一切都在为进入睡眠创造着良好氛围。这是一个安静而舒适得让人不想起床的环境，和自己嘈杂纷乱明亮的家，天上地下之别。

主卧房更加昏暗，双层加厚窗帘把世界彻底关闭在屋外，床是超大床（King size）规格，深棕色的床头高高隆起，可以看到边缘翘起来的精致花纹。深蓝色暗花大被整齐地罩着，一直垂到地毯上，同样配套的枕头，五六个一层层堆在床上。侧门通向主卫生间，亚历山大伸手开灯，这里竟是整个家最明亮的地方，三角浴缸靠在墙角，同样的大理石台面上并排两只洗脸池，台面上清净无一物，想必牙刷牙膏洗漱用品都在墙上关着门的小柜子里，镜子上没有一个水点儿，新的一样。厕所在淋浴房旁边，一道小墙隔着，淋浴房另一侧是上下摞起来的洗衣机和烘干机。淋浴房是全玻璃的透明空间，大理石墙壁和地板，淋浴头有半个脸盆大小。秦封雨笑着说："你这淋浴一开，整个卫生间都下雨。"

"你试试看？"亚历山大说着已经伸手拉开淋浴房的玻璃门，开了水龙头，调整冷热水。

秦封雨往后退着，说，"你干嘛？快关了，浪费水。"

亚历山大却早已回过身来，一把把她揽进怀里，眼睛看进她眼睛，说，"我们还等什么？这不是迟早要发生的事儿吗？"

秦封雨感觉着他迅速膨胀的身体，想抽身出来，试了两下，反倒被他拥的更紧。没等她反应过来，他的嘴早已贴了上来，舌头深深地被吸走，那是怎样贪婪的一个吻啊，她感觉身体的全部血液都朝着舌尖奔流过来，她的眩晕更加剧烈，一切都顺着感觉流失了，只剩下空空的躯壳，无力地被一团庞大的力量包围影响着，这力量点燃了一个熄灭了的角落，火星迸发，迅速地燃起蓝色的火焰，那炽热是久旱过的森林大火，火势凶猛，噼啪爆响，无法熄灭。他的手握住她胸前丰硕的一团时，她听到自己毫不掩饰的呻吟，身体的扭动是积极的迎合，主动的，不知羞耻的，没有意识的迎合。有那么一瞬间，孩子的念头闪了一下，却被他更有力的揉搓迅速碾成碎末飘散而去，小腹迎着他的坚硬扭动不停，完全失控，她隐约听到他粗重的喘息和碎语："哦，甜心儿，我爱你，爱你！我要你，哦，现在就要！"

155

两个人是怎么缠绕着转移到床上的，她不晓得，她知道自己被重重地压倒在弹性良好的席梦思上，上下弹了两弹。他的手已经不容商量地扯掉了她的内裤，今天为什么会穿连衣裙？卫生间里的水哗哗地响着，没人去理。亚历山大的手指正忙碌在她柔软的中心，那片晶莹如蜜的海洋被搅的波涛荡漾。她无法抵抗这种激动，她不想抵抗它，前所未有的快乐在每个汗毛孔里呐喊着，一切都是不曾有过的，这种不容分说，这种从上至下的循序渐进，这种翻江倒海的挑逗，都是崭新的。为什么要拒绝？为什么？ 这为什么在她大脑里挤出一条缝隙，那个缝隙里邱伟大的脸晃了一下，然后是二妞和三妞。当他抽回手指，终于决心用身体钻探时，她强迫自己推住了他的胸膛，她喃喃地说："你答应我，爱我的孩子！"亚历山大几乎是在她的话音还没落稳的时候就答应道："当然，当然，就像爱你一样。放心！不要浪费光阴，让我们好好爱吧！"

巨大的充满就那样占据了她，一切都既成事实。她的生活从此挤进了另一个男人，孤单会从此遁去吗？艰难会从此画上句号吗？孩子，会从此有个邱段守的替身吗？她大汗淋漓，身体的快感淹没了一切理性，她顾不上想这些，她的身体波浪一样有节奏地起伏动荡，他说："你可真是个宝物！宝物啊！"

卫生间里的淋浴喷头还在哗哗地流着，流着。

十三、

旭蓉蓉和贾易生开始卖房了。卖房子会这么困难，出乎他们的意料。

多年来旭蓉蓉一人带着丫丫，上班下班送丫丫学了钢琴学跳舞，马虎着吃饭，马虎着睡觉。这个家从未精心维护细心清理过。房子本来就是老房子，木头窗框，年代久了，油漆起皮，裸露出棕灰的木色。乳色墙壁泛着灰暗，成了不清不楚的颜色，像是白色上面罩了厚厚一层遮羞的面纱。地毯踩实了，走起来硬邦邦，东一块西一块残留着印记，或许是饮料泼洒过，或许是彩色画笔的留痕。家具简单，只有基本的餐桌书桌、沙发和床铺。日子过了十几年，东西积攒了不少，却放置混乱，桌上、床上、地上都堆满了。很多东西经久未用，蒙着厚厚的灰尘。壁橱里的衣服挂着的、塞着的、堆着的，横不成行竖不成垛。丫丫常常从一堆洗了没叠的衣服里挑出皱皱巴巴的衣服穿，靠体温熨烫，地心引力吸垂，穿上一会儿，也就不皱了。窗玻璃早就失去了透明，雾蒙蒙的，十几年没有擦过。门口的鞋子是成堆的，冬天的棉靴夏天的凉鞋挤成一团，散发出隐约的酸臭。

旭蓉蓉从来不请人来家里，她顾不上打扫卫生，顾不上走门串户和朋友联络感情，更不愿让别人来评价她的居住环境。她知道，这个居住环境被欣赏的可能性很小，倒是被批评的指数相当高。她有功夫在乎吗？有心情在乎吗？忙碌起来连觉都不够睡，哪顾得上这些？它就是个吃饭睡觉的小窝罢了，确切地说是一个不干不净将将就就的小窝。

贾易生回来后，家里也没什么大的改观。他过了多年独身生活，更不懂得什么样的清洁状况是一个家庭应该具备的，那些脏乱被他的眼睛过滤了，他的眼睛看惯了大东西，这些鸡毛蒜皮的东西哪里入得了他的慧眼？他也没有做家务劳动的意识和习惯，家庭里，除了吃和睡，似乎没再多的事情让他发生兴趣。两个马马虎虎的人过在一起，谁也不挑谁，倒从未因为这个家的脏、乱、差发生口角。如果不是卖房子，他们也许会这样脏脏乱乱地活到老去，谁也不会意识到自己过着猪狗似的生活。

卖房经纪是个本地白人，她进了屋，只转了一圈，就毫不客气地提出了一大堆意见，换窗户、换地毯、粉刷墙壁，花钱请专业人员做大扫除。她用了"filthy"这个极端的字眼儿，"太脏了，这样的房子没人会买！"

旭蓉蓉和贾易生送走代理，关上门。"咱们真的这么脏？"旭蓉蓉窘懂地问。

贾易生很有些不以为然，说："她他妈的的是不是种族歧视啊？咱们换一个代理来看看。谁代理不行？又不一定非得找她做。"

这次找的是个男代理，也是本地白人。请他来看房之前，旭蓉蓉花了一天时间把东西理了理，工作量太大，也只能照顾表面，贾易生放下展销会的准备工作，主动帮了一天忙。

这位代理看完房子，话也懒得讲，说："你们还是找别人代理吧。"

旭蓉蓉红着脸问："你总得告诉我为什么你不想代理吧？你不是以这个谋生吗？"

157

"啊，维修、更新、清扫的工作量太大，我怕你们做不来也不愿做，要花不少钱，所以……"

贾易生火冒三丈，大声说："你这是什么职业道德？有屁不放，做什么生意？加拿大的人怎么都这样？我就没见过有钱不赚的世道！见鬼！"虽然这些骂人话他只能用中文喊出，那青筋暴露的模样，还是把那老外吓得半死，慌不择路地走了，嘴里不停地说："Ridiculous! Ridiculous!（岂有此理！岂有此理！）"

旭蓉蓉和贾易生闷头坐下。旭蓉蓉半晌才说："唉，我真笨！把家搞成这个样子。"

贾易生火还没消，说，"怪什么你？不就是换这换那吗？咱们换得起！我就不信活这么大，干了这么多事儿，卖个破房子倒难住咱们了？"

贾易生对连心网已经轻车熟路，他立刻从"我是巧匠"论坛上找到几个搞室内维修装潢的个体商家，发悄悄话，打电话，一会儿就敲定了来探访估价的时间。连心网上的华人竟没有做清洁工这行生意的，旭蓉蓉于是翻出当地社区报纸，找到一家，也约好了估价时间。

旭蓉蓉不放心，第二天请了半天假和贾易生一起接待巧匠们。巧匠都是华裔，只在华裔圈子里招揽生意，换句话说，华裔的生意就足够他们谋生为业了。先来的姓陈，专做地板。整个屋子都换成地板，估价两万三千块，如果只做楼下，不包括楼梯，连工带料，需要八千。两口子当下商定，只做楼下，楼上地毯雇人彻底清洗。前脚陈巧匠刚走，后脚郭巧匠就登门了，窗户全换成新式仿瓷塑料窗框，整座房子需要四千。粉刷所有墙壁、油漆门框等等又需要两千。清洁公司来估价的是个法裔妇女，整个房子看了一圈，说原本这样的大扫除只需要八百，四个人同时来做。但这屋子沉积的死角太多，费时费力，要一千才肯干，如果需要另外清洗炉子和厨房壁橱油渍，还需额外加三百。

送走各位，旭蓉蓉由衷感叹，"得了，我税后一个季度的工资又没了！"她年薪九万，原本不是低工资，可上完税，到手的钱不足六万，再扣掉养老基金、医疗保险等等，能攒下来两万是天方夜谭。面对这个数字，只能滋滋冒冷气。卖个旧房子还得先投进去小两万才行，两人做梦也没想到。

贾易生脑子里一兑换，算出了十几万人民币，心里嘀咕，这抵得住当年给秋苇买的半套房子了。骂娘也不知从何骂起，只恨自己无能，到了加拿大，不得不算这种小帐，凡事靠了老婆，有什么话说？

有一点他瞒着没跟旭蓉蓉提起，卧春城不乏能工巧匠，自己装修地下室、更换地板、修建花园的华裔比比皆是。劳力昂贵，自己动手，可以省掉一半甚至三分之二的工钱。连心网的"我是巧匠"论坛，基本上是一个个人工程显摆展示平台，很多主业干IT的员工和政府公务员，做出来的地板、建造的地下室都漂亮规范得跟专业水准不相上下。卧春城没有什么娱乐活动，折腾房子，就成了这些IT员工和公务员的业余爱好。提供室内装修的百货商店，是专为人们自己动手改善住宅环境提供方便的，小到螺丝钉、焊锡块，大到房顶、大理石墙砖、房屋立柱，应有尽有。外加提供五花八门的培训班，如何装地板，如何油漆等等，自己动手修房建屋对于当地居民本来就不是什么新鲜事儿。动脑多于动手的华裔移民，移民五到十年之后生活渐趋稳定，入乡随俗，照猫画虎，也开始琢磨提高居住档次，自己动手丰衣足食的豪情壮志立下，就干得虎虎生风，比老外有过之而无不及。中华民族的勤劳智慧是战无不胜的啊！贾易生每每看到那些能工巧匠的作品，多少有些酸溜溜的不屑之意，哼，劳心者制人，劳力者制于人，咱是劳心的，如果真有一天要咱劳力，咱也不会比你们差，一定做那人中骄子。可现在，面对一万五千块装修费，面对旭蓉蓉，他还是羞不敢言，如果自己是个能工巧匠，省下八千一万，大有可能。他闭紧双唇，庆幸旭蓉蓉从不上网，不了解卧春城华裔男移民的现状。否则，她见识了这些巧手丈夫，他可就得钻地缝儿了。

贾易生去参加展销会的日子临近，忙得不可开交，美国飞了好几趟，安排摊位、货品、宣传单等事宜，顾不上家里。旭蓉蓉只好时不时跟威廉请假，监督家里的再造工程。

陈巧匠个头不高，身材单薄瘦削，像个没发育成熟的小青年。他已经是两个孩子的父亲，过去也是IT员工，三年前被公司裁员，找不到工作，干脆转行干了地板装修，全靠自学成才。这一干，竟一路顺风，因为口碑良好，为人实在，价格公道，生意颇为红火。旭蓉蓉观察了一天，发现陈巧匠不吭不响，干活仔细，中午自己带了三明治，喝水就从水龙头里接了喝，饮水机都不用，非常老实。看他爬在地上敲敲打打，着实辛苦，心下不忍，就递了两瓶啤酒。那啤酒却一放两天，他连碰也不碰，此人不贪嘴，不贪心，难怪令人放心。工程要干十天，陪不起，多亏这巧匠令人信任，所以每天等他来了，留他在家干着，就去上班，下班回来，再让陈巧匠收工回家。

家具倒腾得乱七八糟，腾出地方好做地板。吃喝更加对付，旭蓉蓉舍不得丫丫，常常给她从中餐馆订了爱吃的菜肴下班时带回来吃。贾易生在美国参加展销会时，地板终于装完。深红色硬木地板，每根每条都严丝合缝儿。隐形木纹十分优雅，预先抛光的表面亮得可以照出人影。家里的气氛一下变得高档神秘，旭蓉蓉心下欢喜，跟陈巧匠结帐时鬼使神差多给了一百元。那陈巧匠窄小的面孔堆着笑，开心得好像要再大些的脸盘才装得下那些笑容。旭蓉蓉心满意足，一连声道谢说："以后一定多给你介绍生意，我们在静湖那边买了新房子要装地板的人有很多很多呢。"丫丫在地板上打滚儿，欢天喜地，又抱怨说："妈妈，为什么要搬走了才换木地板，这么漂亮，这么豪华！我不要搬走了！就赖在地板上不起来！"

旭蓉蓉也好像年轻了十岁，跟着孩子在地板上又蹦又跳，累了，才和丫丫并肩躺倒。感觉着冰冷光滑的地板那坚硬的支撑，眼睛不免有些潮湿，她伸手抓住孩子的手，说："孩子，这些年妈妈除了忙工作，就是忙着送你学这学那。冷清了咱这个家。妈妈对不起你，你能明白吗？妈妈也希望咱们有个舒适的生活环境，所以才买了新房啊！妈妈向你保证，搬了新房，妈妈一定多花点时间来布置收拾新家，你给妈妈当参谋，好不好？"

丫丫翻身搂住旭蓉蓉，亲了亲她面孔，说，"好妈妈，我没怪你。你是世界上最好的妈妈！我今天要在这地板上睡，你答应我。"

地板凉，旭蓉蓉先是不肯，后来不忍心扫了孩子那么好的兴致，娘儿俩齐心协力才把楼上的床垫搬了一个下来，铺了一个高级地铺，又逼着孩子穿上长袖睡衣睡裤，才让丫丫睡下。一楼没有厚窗帘，月光透过薄纱隐约射进来，照在丫丫娇嫩的面孔上，孩子的鼻孔在阴影中一张一合，安静地入睡。旭蓉蓉一直睁着眼睛盯着孩子，心中无限柔情，新地板在月光下泛着迷人的棕色光芒。她突然发现，这些年来，她从不重视物质，原来物质能给人带来这么多的快感。丫丫今晚的欢乐来自哪里？自己此时的欣慰来自哪里？不就是这一地新地板吗？她想耻笑自己，又想歌颂自己，这种快乐是不是太庸俗了？这不是和梁星一样的现实和虚荣，是什么？还没换窗框呢，都有心思请人来派对，展示新地板了，荒唐！黑暗中，她对自己摇头。多年来，她是同学中唯一一个没有在家里开过派对的，贾易生不在身边，一个女人带着孩子，还要全职上班，哪里有闲情逸致开派对？她也不太会烧菜，想着去参加的那些派对，心里

160

发怵。唉！买了新房一定要开个派对，到时候把家收拾的像个样子，哪怕从餐馆里定菜呢，也要让朋友们来热闹热闹，图个吉利。

电话响起时，她才一机灵爬起身来，把电话拿到厕所关紧门，防止说话声音吵醒孩子，是贾易生。他的兴奋简直安耐不住，旭蓉蓉多少有些吃惊。过去贾易生不喜欢具体给她讲他生意上的事儿，如果不是十拿九稳的好消息，他不会透露给她。他说厨具展示台吸引了不少潜在客户，询问和索取样品资料的人络绎不绝。这还不是他兴奋的主要原因，原来周锡银介绍的那家超市主管，果然带来了进货的大头儿，当场演示完"万事不求人"厨房多用机的多种功能和该机的北美质量鉴定证书，那大头儿就立刻决定和他进货了。让他展销会结束就去他们总公司签合同，要把需要的材料准备齐全。旭蓉蓉也兴奋不已，说："没问题，我联系律师，明天就着手办。找中国人还是老外？"

贾易生犹豫了一下，说："找加拿大出生的中国人 CBC 吧，在这儿长大的中国人英语好，又有些中国背景，容易打交道，一旦合适，公司要用很久呢。周锡银介绍了一个律师，我也在考虑，你先找找，我回去了再商量。"

旭蓉蓉本来想说别跟周锡银扯太近，看贾易生那么兴奋，就闭了嘴。生意上的事儿，自己还是少插嘴。虽然快十一点了，她还是开了电脑，开始搜索卧春城的律师资料。上连心网的念头是一瞬间产生的。

连心网上有几十个论坛，卧春论坛、留学家园、妈妈宝贝、摄影爱好、顺风搭车、二手市场、宗教信仰、海外原创等等，几乎覆盖了生活的方方面面。旭蓉蓉没时间上网，但上次因为贾易生提及，看了芯儿里苦的帖子，竟对连心网发生了一点儿兴趣。那个芯儿里苦也令她挥之不去，上着班、走着路、烧着饭，做着爱，都会莫名其妙地想起那苦命的女人。虽然那起风波早已平息，她还是忍不住去翻翻那帖子。她把那个帖子加了标签，这样，每次登陆都可以轻易翻找。

她下意识地把自己跟芯儿里苦做了个比较，发现自己曾经和芯儿里苦一样苦不堪言。芯儿里的苦是有丈夫在身边胜似没有，她呢？两地分居那么多年，孤守空房的岁月是怎样度过的？有多少个夜晚是在疲惫中叹着气入睡的？又有多少个夜晚她一边抚摸自己一边流泪？贾易生回来之后，这个家才有了家的样子，身边的枕头有了男人的温度，贾易生的温存有度，也令她无可挑剔。她试图回避贾易生在国内的状态，她不去猜测他是否有小三，她宁愿相信他没有。这些年来，常常会有同事和朋友为她的两地分居嗟声长叹，她明白那些犹疑的目光里有着很多世俗的猜测，"你丈夫一定在国内有相好的，中国的现状，没有小三倒怪了！""你不在乎？你容忍这个？""你不寂寞？你不想他？""你这跟守活寡有什么区别？"她知道自己是个迟钝的人，对这些身前身后的流言蜚语，从来不去多想。自己的日子自己过，别人的闲言碎语能帮她烧饭送孩子，还是能帮她暖被窝儿？不能，都不能！就把它们当空气好了。她从来没想过跟贾易生离婚，即便当年和大威哥相好的时候，她也从没想过离婚。结了婚就准备过一辈子，她的思想就这么简单。

她在忙碌中自我麻醉着，诊治苦恼，"忙碌"这个麻醉剂一直非常有效。是芯儿里苦的帖子才突然令她恍然大悟，忙碌使她忘记了思考和追求自己的需要，芯儿里苦上网求助这事儿，虽然荒唐，但毕竟显示了那女人的追求和渴望，从这点看来，芯儿里苦是比她活的清楚明白得多，所以痛苦也就更多。好在现在贾易生已经回到身边，她的痛苦正在向着幸福过度，清楚不清楚、明白不明白都无所谓了。如果他的生意开拓良好，日子就会更加日新月异。

她觉得贾易生的回归是她的耐心和坚持的结果。她暗中希望芯儿里苦也要坚持和耐心，为女人自己争取幸福，是个长久之计，急不得。芯儿里苦和自己有着相同的坚韧、沉静和宽容，这让旭蓉蓉感觉亲切。她并没有具体帮助芯儿里苦的策略，但她坚信世界上没有一成不变的事情，也没有永远的痛苦和永远的欢乐，所以芯儿里苦总有一天会变成芯儿里甜的。有一次，她给自己注册了一个网名"一无所有"，写了几十行同病相连的感慨，到最后还是没有勇气点击那个"发送"键，她不敢把悄悄话发给芯儿里苦。从来没有上网的经验，她对这个虚拟世界有着莫名的距离感和恐惧感。算了，还是悄悄观望、悄悄祝福吧！

连心网花花绿绿的主页看得她眼花缭乱，她想还是上论坛求助吧。卧春主论坛上时常有人们询问各种各样的问题，哪个牙医好啊？哪里能买到凉皮啊？谁认识从大连来的李某某啊？都能得到热烈回应。想不到，这个当初看芯儿里苦帖子时注册的"一无所有"网名现在派上了用场。

她的帖子发出去还不到五分钟，就有人贴了一个链接过来，是连心网的便民通讯录中法律咨询一栏，里面有五六个华裔律师的广告。其中三个是以办理移民、留学事宜为主业的，两个是搞买卖房屋离婚遗产等民事咨询的，只有一个是针对小本生意和商业运作的。看来只有先联系一下这位郑女士了，照片上看起来很面善，中年年纪，小鼻子小眼，戴着无框眼镜，一脸学究气。从英文姓名上看是非大陆华裔，把

162

"Zheng" 写成 "Tseng"。她把电话抄好，才关了电脑。墙钟已经指到一点钟了。

窗框是随后两天换好的，换下来的旧窗框堆了半卡车，郭巧匠额外收了两百元说帮她处理这些废旧窗户。钱，水一样花花往外流，比原来计划的多花了不少。郭巧匠显然比陈巧匠实力雄厚，雇了三个说法语的法裔老外帮工，他做总指挥，讲一口磕磕巴巴的法语发号施令。旭蓉蓉问："你为什么不顾说英文的帮工？"

郭巧匠答："法裔做蓝领的人很多，好雇。他们生活态度松弛懒散，做蓝领按小时算钱，干一天是一天，下班就吃喝玩乐，不用动脑，很省心。你肯定不熟悉我们这个行业，盖房子的一半以上都是说法语的蓝领工。"

"我看你这么有经验，以前就一直干这个吗？"

"哪里，在国内我是大学老师，教政治的。出来的第一年到处找蓝领工，全家老小得生活啊！后来就找到一份盖房子帮工的活儿，本想干几年攒点儿钱再读个学位，找个白领工。谁想一干就干了十几年，从头学了一门手艺，杂工也干成技术工了，哪还有念书的干劲儿？这辈子，就这样吧！人啊，此一时彼一时！我自己这生意是五年前开始的，除了偶尔接点儿中国人这种活儿，我还有些业内的关系，有时可以拿到蒙坛公司和其他几家房地产公司包出来的活儿，凑合吧，比上不足，比下有余。"

旭蓉蓉看着几个法裔帮工惟郭巧匠命而是从，心下感叹，一个大学政治教师花十几年时间把自己打造成一个包工头，唉！哪个新移民没有一本大部头的辛酸创业史？都不容易！

新换的窗框洁白光滑，门框、墙壁都打磨粉刷了，效果出奇地好，整座房子顿时亮堂宽大起来。她前后左右绕着屋里屋外走了几圈，心下欢喜，眉头舒展。郭老板包工包料，风吹日晒，汗流浃背，还要付工人工资，比起自己坐在电脑前喝着咖啡享受着空调，一天就赚几百块，辛苦得多！开支票的时候，倒有些仗义疏财的豪迈，不再手软。

接下来就是打扫卫生了。清洁公司来打扫卫生的是四个法裔妇女，两个胖的两个瘦的。为首的十分高大，对话需仰视，说一口生硬英文，带着明显的法语口音。一股刺鼻味道从她身上飘出来钻进旭蓉蓉鼻孔，害得她直想打喷嚏，其他几个女人也有同样的味道。旭蓉蓉试图想清楚这似曾相识又久违不遇的味道是什么，直到劳动间歇几个女人站在门外抽烟，她才反应过来那是强烈的烟味儿。出国多年，卧春城所有公共场所都是禁止抽烟的，自己身边的同事也没有谁抽烟，竟连烟味儿也想不起来了。这里抽烟的人都是在户外抽，办公大楼门口总有一两个熄灭烟头的装置，会看到三两个人站在旁边抽烟。旭蓉蓉想起郭巧匠说法裔做蓝领的人很多，蓝领群里抽烟酗酒的也相对普遍，看来女人们也不例外。近距离接触蓝领阶层的西方女性，对旭蓉蓉来说是个新鲜事，她心里多少有点儿莫名其妙的不安，这些人不会偷东西吧？还是看的紧点儿为好。

为首的高个女人东指指西指指，把其他几个人分派到楼上楼下几个房间，她自己清理厨房。整座房子立刻弥漫了刺鼻的清洁剂味道，旭蓉蓉不好意思表现监工的架势，拿了本书一会儿坐在起居室，一会儿装模作样上楼换书，走进卧室看看。一接近干活儿的妇女，她就笑笑，妇女们也不多说，专心干活。有个很胖的女人膝盖上戴着一个怪东西跪在卫生间里躬身擦着淋浴间的瓷砖地面，被擦过的地面白白地反着光，没擦过的地方灰乎乎地蒙着一层雾，对比十分明显。旭蓉蓉心下惭愧，嘀咕着不知道这些人怎样看不起自己呢，把家住成这个样子。

旭蓉蓉犹豫着，没话找话问："你戴的这个是保护膝盖的吗？"

"我腰有病，医生说干这个活儿我必须学会用膝盖，跪着，尽量不弯腰。所以就买了这个护膝。不用这个，膝盖几天就磨出茧子了。"

女人说的轻松，旭蓉蓉听着却感觉沉重，不知道该回答什么好。心想，既然有了这样的病为什么一定要干这种体力工作？换个工作不行吗？怕是没上过大学找工作不易，终究不好意思问，倒同情起来，说："出来工作累了，回家就要好好休息了吧？不然，太累，腰病不容易好。"

"回家比在外面还累呢。四个孩子，两男两女，个个都像动物园里跑出来的，哈哈。"女人说着，满脸绽开着笑容，几个动物一样的孩子一定是她的开心果。

"你在家也把家打扫得这么干净？那可就更累了。"

女人抬头看了一眼旭蓉蓉，说："家，不应该天天打扫得这么干净吗？我天天都这么打扫。你们有钱可以雇人打扫，我只能自己打扫了。"

旭蓉蓉红了脸，她小声说："我哪里有钱，这是第一次雇人打扫啊！你是不是觉得我家太肮脏了？"

"啊，我见过比你家还肮脏的家呢。"女人并不怜恤旭蓉蓉的情感，一边把墙角木围栏上落的厚灰顺着墙一寸一寸地擦净，一边自顾自

164

地说，"我发现你们中国人都忙得很，不会打扫卫生，好像也不喜欢打扫卫生。可是住的房子真大，可惜了这些漂亮房子。我们有几个华人客户，开始也和你家一样脏，后来干脆常年雇了我们，两周让我们去打扫一次，房子就保持得很干净漂亮了。你如果喜欢，也可以长年雇用我们的服务。"

旭蓉蓉看着那圈被擦净的墙角木围栏，吃惊地想，天，原来这种地方也要打扫，在这房子里住了这么多年，一次也没有想过要打扫这种地方。唉，讲卫生都要跟蓝领阶层学习，是我太脏了，还是他们太干净了？常年雇佣，那又是一笔不小的开销，自己还没富到那个份儿上吧，等贾易生生意做起来，再说吧。

四个人干了六个多小时，连房顶上的吊灯也站上梯子里里外外擦干净了，房顶是用加长的工具扫的，边边角角的蜘蛛网一丝不剩。卫生间的墙镜上一星污点都没有，亮得像假的一样，所有的浴盆都泛着刺眼的白光，厨房的柜子似乎脱了一层皮。旭蓉蓉对这个干净到认不出是自家的地方感慨万千，她给几位清洁工每人塞了两桶可乐，写好支票，千恩万谢地送走了，才像走进别人家一样楼上楼下仔仔细细地欣赏起来，拼命地嗅着清洁剂残留的芳香。啊，原来厕所可以像透明宫殿，桌面可以这样整齐，沙发上的靠垫可以摆的这么好看，垃圾桶可以饭碗一样洁净！她伸手摸摸这儿，摸摸那儿，一切都陌生起来，干净，真好。没有比较就没有鉴别，这样看来，过去的自己活得真像个猪。她暗自下了决心，搬家之后，一定要让自己的新家总是这样干净整齐，猪的日子要结束，要过就过这种卫生整洁的文明人的日子。

厨房的抽油烟机一侧的接油玻璃罩被拧断了，装模作样地对接着，一碰就掉下来，旭蓉蓉第二天炒菜时才发现。想必是那清洁妇女不会摘取，用了硬力气。不厚道，弄坏了东西，好歹说一声，竟然如此作假，蓝领工看起来还是修养欠佳。旭蓉蓉眼前晃动着那个为首一位巨人的身影，厨房就是这位领导干的。找到电话号码，拨了一半，她还是犹豫着撂下了。已经坏了，还要怎样？让她们赔吗？怎么证明是她们弄坏的？干体力活的，不容易，算了吧！谁也不是故意的！这油烟机现在锃光瓦亮，坏个小零件不影响大局。她找到胶水把玻璃罩粘了回去，卖房子抽油烟机是要一并卖出的，到时候要跟买主讲一声。

贾易生回卧春城时，家里已经旧貌换新颜。平时并不注意小节的贾易生，竟对这个光鲜明亮的家赞不绝口："好啊，收拾这么漂亮，可别卖的太快了，咱们好歹也在旧家里享受享受！"

"看你这乌鸦嘴，装修不就是为了卖吗？"旭蓉蓉心情好，埋怨的话也是笑着说出来的。

贾易生这段时间心情大好，展销会一行，一帆风顺，生意势头良好。太太能干，家里一切都打点的井然有序，只等卖房了。郑律师也联系好了，这位香港裔的女律师专做这类私人小公司的法律顾问，经验丰富，收费与同类律师相比，价格适中，和贾易生见过两次面了解了生意状况，就开始准备相关法律文件，等一切就绪就去超市总部签约。

旭蓉蓉这边积极联系售房经纪，大多经纪要从卖家提取房屋价格的百分之五，有些名气的收百分之六，无名的只收百分之四。房子状态良好，不愁卖不掉。旭蓉蓉见了几个经纪，最后定下一个提成百分之四的白女人阿戴尔。这位阿黛尔大肆褒奖房子的状况，装修清理房子的辛苦得到专业人士毫不掩饰的认可，旭蓉蓉心花怒放。阿黛儿许诺再给做一些免费的装饰工作，几幅油画相继搬运过来，订在起居室和走廊的墙上，两盆艺术插花在餐桌和书桌上摆放。房子除了干净就填加了些高雅的气氛，这种"Staging"的服务，原本也是收费昂贵的，每幅画都应按天数收取租金，这阿黛儿想必着急拿到合同，也没计较。

旭蓉蓉每天像顶着个大太阳似的喜气洋洋，广告一登出，每天都有两个来看房的。阿黛尔在门锁上加了一个装置，可以自行带看房的人进门出门。来看房的大多集中在白天，上班的上学的忙生意的各自走了，留一个空房子给来人研究。碰上两次晚上要来看房的，三口人就干脆躲去饭店吃饭，等看房的人走了，才回家。第四天，一下就有两位回价的，一个要压两千块，另一个一分没压，前面压价的就急了，在原价上加了一千，后一个也不肯松口，加了两千，一来一去，竟比当初阿黛尔定的三十五万三千块多出了五千块，顺利成交。这是卖房最开心的结果了。

十几年前旭蓉蓉买这房子的时候只花了二十二万，加上这次装修的两万元，也才二十四万，抛掉律师费一千多，经纪提成一万五千，净赚十万。

俩人签字画押，一离开律师事务所，贾易生就当街把旭蓉蓉抱住，捧起太太的脸亲起来。旭蓉蓉挣脱着，咯咯笑着埋怨："你呀，当了这么多年大经理，这么搂不住吗？卖个房发了点财，看看，乐傻了！看街上的人不笑话我们俩！"

"啊，老天有眼啊！老婆，你我两地分居吃了这些年的苦，看来风水轮流转的日子马上就要转到大吉大利这边来了！这一出一进，咱们新房的贷款一下还掉十万块，债务额减少，我做生意的负担就小了很多，我能不高兴吗？"

"生意生意，原来还是惦记着你的生意呢。"旭蓉蓉嗔道。

"我的生意不就是我们家的未来吗？生意做好了，就不用老婆如此受累，我这还不都是为你着想！"贾易生一脸红光，甜言蜜语流水似地脱口而出，像换了个人。

旭蓉蓉坐在副驾驶上，看着老公兴奋的模样，也同样心花怒放。是啊，赚钱真好！少一点经济压力真好！相对来说，欢乐是可以被金钱换来的，这庸俗的理论，谁也不能不承认。

十四、

卧春城的华裔移民，圈圈伙伙有很多聚会。搬新家，有暖房聚会；农历新年，新年聚会；圣诞节，圣诞聚会。婚前，单身结束聚会；生小孩了，迎接新生命聚会。一月一次的长周末，就有夏天聚会、冬天聚会；教会有圣经学习聚会；歌舞团体、球队、棋队有表演聚会、赢球聚会、庆功聚会。五花八门的名目充斥着一年四季和圈圈伙伙。

没有名目的聚会也随处就有，不外乎女人下灶，男人帮厨，热热闹闹地吃着聊着，联络友谊，消除寂寞。华裔移民飘泊在外，没有国内那种叔伯甥侄、七大姑八大姨的热闹，只有这些一圈一伙隔三差五的团聚，建造出一个温暖的朋友圈，彼此加深理解，增进友谊。一但有事，就用上了远亲不如近邻这句话，在家靠父母，出门靠朋友了。

通常，聚会都以家庭为单位，一家发出号召，几家人带上各自的拿手好菜，拖家带口前往。大人一群，声音高亢，寒暄热烈。小孩一群，嬉笑游戏，蝶舞影飞。客人陆续来到，家家都用上了上好餐具，餐桌上荤素有致花花绿绿地越摆越满，放不下了，连厨房的中心岛也要用上。

女人们夸赞的声音响了起来，哇，芦笋怎么蒸得如此鲜绿？酱牛肉是西式做法还是中式做法？麻婆豆腐的配料这样多还是头一次见！蛋卷里卷了口巴萨香肠？中西合璧！请教如何烹饪的现场教学大会顺势展开，盐多少？糖多少？蒸煮烤步骤复杂的，菜主大度地一挥手，别急，派对散了就给你们邮箱里发这道菜谱。

屋里飘满了香味儿，就有小孩过来偷抓了一个虾饺，又有大人夸张地摸着肚子咽着口水，抱怨谁谁谁为什么还不到，害大家忍受煎熬。男女主人穿梭着，一刻不停，忙着介绍朋友相互认识，备了许多高帽，这位是李科学家，国际环境工程的领军人物，这位是卫生部的张官员，大权在握，专管抗癌新药的审批；这位是王专家，某某电讯通信公司的高管。被介绍的就含蓄地点头，谦虚地打着哈哈，过奖过奖，哪里哪里。

有人夸房子好，就有人要参观，女主人满脸堆笑，这下派对之前的大扫除没白辛苦，刚装修的卫生间也有了显摆机会。一队人马，楼上楼下跟着女主人一路视察，呦，这种大理石很贵吧？换一个这样的卫生间要三万？不得了。哇，这个壁炉好温馨，安在主卧房，很温暖的设计啊！地下室也是刚装修的？这个吧台太专业了！健身房设备都齐了？怪不得你们两口子青春不老，原来偷偷练着呢！

这一圈旅行完成，那最后一家恰好按了门铃，大家哄叫着，要罚那迟到的，迟到的早已找好理由，堵车堵车，身不由己，没长翅膀啊。终于都聚在餐厅了，主人一声令下，宣布百家饭开张。总是孩子们优先、大人居后，大家排队拿了盘子叉子餐巾纸绕着桌边挑选菜肴，各样菜都拣了些，渐渐地在盘子里堆出小山，才端到旁边去吃。餐厅的高级餐桌平时只是摆设，长久不用，这时派上了用场，铺了新桌布，本来八座，加了椅子，坐了十几个人。坐不下的，挤在起居室、家庭房的沙发上，没坐位的，干脆席地而坐，倒舒适惬意的比那有座位的还爽快自由。不管站着的坐着的，三三两两一边吃一边聊。女人们讨论着谁谁谁又买房子了，哪家的孩子赢了数学竞赛头奖，某女的丈夫换成老外了，某男到国内娶回个湖南网友，哪条街上又开了一家韩国衣饰店等等；男人们少了婆婆妈妈，定要涉及国家大事、车子、房子，大选来了，到底该选自由党还是保守党？北区的议员为劳动阶层说话，倾向自由党。南区和静湖区的提倡减税，保护中产阶级利益，住南区和静湖区的人们就宣称要投保守党的票。拥护自由党的提高了声音反对起来，吃着饭倒像开了个小战场。那边几个讨论汽车品牌的也毫不示弱，声音更高了几度，李领导坚持拥护美国车，大方舒适便宜安全靠得住，张官员就坚守经济实用的日本车，省油、贬值率低。又有人打岔儿，说已经做好研究，要去美国那边买车，一部车能省出一万块钱，就有几个响应的。又有人反对，说售后维修麻烦，还是在加拿大这边买方便。这时忽听某某买的奥迪SUV是从欧洲订来的，人们就又批判车主钱赚多了烧的难受，非开欧洲车摆谱不可，哄笑声和谴责声此起彼伏。这边女人们也特烈起来，有人说那谁谁信主之后受了神的召唤辞掉工作专职去中国传教了，就有唏嘘感叹的，赞那舍得下功名利禄去受苦受累待奉神的，一位信主的就趁机插嘴，信主真好啊，心里都是喜乐，要那功名利禄干什么呢？地上的财富是短暂的，只有天上的财富才是永恒的。信主的就随声附和，不信的不好意思反驳就跟着笑，反感宗教话题的就假装添菜，转身走开。

男的女的就有了一些人员的流动，有喜欢和女人聊天的男士，侃侃而谈的声音在女人堆儿里抢了风头，很快有了粉丝，那男人的脸就红光满面了，没问题，以后有什么需要帮忙的尽管说话，看我这浑身疙瘩肉，专门为助人为乐准备的。就有女人跑到丈夫跟前嘀咕，看看人家，家里的装修都是自己搞的，完工地下室、造围墙、铺花砖地，没一样不会，你回家也学学，看能省下多少钱啊！丈夫就有些不耐烦，看人家能干，你嫁啊！女人翻翻白眼，在别人家不好发作，都攒下，回家再算账！一扭搭走开找女人继续八卦去了。男人幸灾乐祸，继续开开心心地聊房子，这时的话题是在美国买投资房，那张官员也不隐瞒，大张旗鼓地传授购房经验，说美国经济危机房价最低时在佛罗里达买了三处公寓，都出租了，由当地代理经纪代管，鞭长莫及，会吃点儿亏，房租不能及时到帐啊，下水道坏了找的是昂贵的工人啊。代理不替你省钱，只能由着他做主。不过，上了税、付了房贷、刨除给经纪的代理费、房子维修费，一年净赚三千块还是有的，如果加上房子年年上涨的升值费，投资房产，终究是利大于弊。就有很多人心下盘算，自己也应该做些研究去美国投资房产，这么一想，眼前好像出现了升值的一摞摞美金，心情竟大好起来，很有些跃跃欲试的兴奋。也有家庭条件差点儿的，不吭不响地听着，嘴巴更多时候是忙着吃，心里多少有些自卑，也不露出来。咱一个人上班，三个孩子要养，比不得别人，一个房子尚且要25年还清贷款，还谈什么第二第三个房子？穷人就面对穷的现实，吃着糠麸窝头就不去羡慕白面馒头。

这时，男女主人东一圈西一圈都应酬到位了，见大家吃的聊的也都尽了性，黑色的大垃圾袋里一次性纸盘叉勺几乎满了，女主人的滚茶就端了上来。这是今年的西湖龙井，邻居回国带来的，怎么样，香醇清新吧？大家发出小口品茶的悉索声，都连声说茶好，女主人脸上的笑容更加灿烂，新茶又满上了。男主人这时已经把牌桌搭了起来，两副从一元店买的新扑克是新型塑料材质，咔咔响着，爱玩儿牌的就聚成一圈，哗啦哗啦洗起牌来，牌桌旁欢声四溢，连围观的也忘了应该观牌不语的规矩，咕咕叽叽地出主意。

不爱玩儿牌的跟着女主人到了装修好的地下室，一整面墙是电影屏幕，投影一开，家庭影院的气氛浓厚温馨，卡拉OK机虽然老了点儿，也是可以自由选歌、唱完会打分的智能款，有人迫不及待地唱了起来，嗓音不够动听，唱的倒十分深情，自娱足够，娱人便稍欠火候，大家水平相差无多，没人计较，情绪都被音乐熏得亢奋起来，个个点了自己拿手的歌，互相让着，你唱你唱，就有金嗓子出人意料地亮了起来，哇塞，此起彼伏响起赞扬之声，一曲歌毕，得了95分，人们哗啦哗啦鼓掌，金嗓子终究不好意思做麦霸，坚持让给下一位。有人问金嗓子是不是经常在家躲着练歌，那嗓子是天生的还是练就的，金嗓子就谦虚地笑笑，说出国来哪儿有时间练歌，瞎玩儿玩儿，都是过去的底子，想当年是儿童合唱队的领唱，今非昔比今非昔比，大家就又感慨万分，小小卧春城藏龙卧虎啊！低头抬头，身边这位就可能是个当年的人物儿，出国出的可惜了，可惜了。就有人搭茬说，可惜什么？出来的不就是放弃了在国内叱咤风云的日子，来这里找个平静安稳的小日子过吗？咱们能这样高高兴兴地在家里开party，大人孩子欢聚一堂，国内能行吗？夫妻俩忙的连面都见不到，吃饭都是去饭店包席，那是耍钱的，如果吃饭能吃到家里，那就是上等款待。哪像咱们这些洋乡下人，动不动就可以上等一下，还是咱们这样好，请我回去我都不回去！就是！就是！人们都应着，那有点小野心想回国创业的，也哑了声，对自己的前途感到迷茫，难道不该回去？怎么死不了这颗有理想有抱负的心呢？唉！从长计议吧，从长计议！

　　不知不觉就到了十点多，孩子们呵欠连天还赖在电视机前打游戏，家长赶紧招呼孩子告辞，没孩子想打牌的就留了下来，有孩子的都不能再耗，呼啦啦走了一大群。家里清净下来，只剩下牌桌上压低了声音的"吊主！"和扑克摔在桌上干脆的响声。

　　女主人摸摸索索地把能放洗碗机的放进洗碗机，能擦的桌面擦干净，能放的椅子放回原位。男主人一边打着牌，一边说，你今天辛苦了，快去睡吧，我们再玩儿一会儿，你就甭操心了。女主人打了哈欠，的确累了，说，茶壶在炉子上，你们渴了就自己张罗吧，我去睡了。牌友们"谢谢嫂子辛苦"，打了招呼，接着全神贯注地打牌。

　　这是比较普遍的中产阶层华裔家庭的聚会方式，条件是好是差，不过在房屋大小、餐具、家具档次上略有差别，基本聚会方式大同小异，为的是一起吃吃喝喝玩玩，展示主人的好客之心，联络熟人感情。吃喝多以自带菜吃百家饭的方式为主要方式，玩儿的内容除了打扑克牌、唱卡拉 OK 的，还有推麻将的，自家健身器械齐备的，也有一起运动的。如果门前有篮球筐，男人们热身打个小比赛也是汗流浃背的一种乐子。卧春四周多有树林，一队人马一起去走林间小路，一路登高爬低你一言我一语，更会变成人们喜爱的饭后消食活动。

入秋，静湖区这批房子终于陆续竣工交房。第一个开暖房派对的竟是黎群。

旭蓉蓉收到通知，把请帖伸到贾易生眼皮下，说："唉，你看你看，黎群请客呢，还郑重其事地发请帖，搞大了！"

贾易生接过来看了看，深紫色硬柬上嵌着精致的金字印刷。他笑了笑，说："嗯，不错。咱们要开派对，发个比这个还漂亮的请帖。"

"至于吗？出来这么多年，我还是第一次看到开个暖房派对还发请柬的，朋友之间打个电话通知一声不就好了？"旭蓉蓉不以为然地说："咱们去吧，看看别人怎么收拾新家，也看看人家怎么开暖房派对，取取经。"

贾易生点头答应。旭蓉蓉就笑："上次在葛林娜家，你挺有范儿的，那是在老外家。这次可是在中国人堆儿里展示你的风采了，好好表现啊！"

贾易生斜眼看了旭蓉蓉一眼，说："你会对这个在意？"这个老婆踏踏实实，既不讲究穿戴名牌，又不在乎开好车拎好包，几乎看不出什么虚荣心，原来也是在意老公形象的。贾易生多少有些吃惊，女人，真是千面人，难懂。旭蓉蓉如果变成了秋苇，成什么话？

刚刚搬进新家，旭蓉蓉和贾易生都还兴奋忙碌着。家里除了床和沙发已经就位，大大小小的包装箱摆了一地，等待慢慢清理归位。旭蓉蓉很高兴黎群请了自己一家，等自己家收拾利索，再没借口不举办派对，到时候一定把所有老同学和熟人都请来热闹热闹。这些年没少去同学家参加派对，自己却没回请过，总是找各种借口搪塞，哎呀，丫丫爸爸在国内，忙得顾不上啊！哎呀，不好意思，房子太小了，没有你们家敞亮，没法开呀！

旭蓉蓉跪在地上收拾东西，想起葛林娜家的派对，笑容浮上面颊。贾易生在旁边拆箱，也若有所思。葛林娜家一行，给贾易生提升了不少自信心。原来不愿参加聚会的原因都在渐渐消逝。中国圈子里的熟人越来越多，自己的英文越来越进步，生意雏形初具，男子汉的腰板儿有了直溜儿的资本，是该有些社交活动了。

以贾易生的理解，老外举办的派对相对随和。派对上，你吃着喝着，有人在近旁就聊聊天，没人理你，你也别感觉有所谓，东看看西看看，只要你自己不感觉尴尬，不会有人替你尴尬。贾易生那口笨拙的英文虽然交流起来磕磕巴巴，用词简单、句子有些语病却也不妨碍别人听懂你的大意。当地人不管心里怎么腻歪，表面上永远是一张温暖的笑脸。

葛林娜因为和旭蓉蓉关系好，拿出了平时少有的热情，她先生也是个健谈的俄罗斯大汉，两个男人站在院子里，贾易生竟显不出矮小来，一人端一瓶啤酒，咕咚咕咚喝着，谈笑风生。原来是贾易生在聊他当年的俄罗斯之行，贾易生做老总的几年，公款考察，跑过不少国家。

旭蓉蓉在旁边瞄着丈夫，心里叹着，这位老公真拿得出手，生意还没做成，陌生人面前，已经有模有样了，心下暗喜。

那天回来，贾易生很开心，他说："老婆，葛林娜对你不错，她丈夫亚历山大也是个爽快人。就是外国人的派对太简单了点儿啊，都是些生东西，除了那锅牛肉丸子，没什么对我口味。倒是啤酒管够，过瘾。"

旭蓉蓉答："你太挑剔了，葛林娜这样规格的派对已经不错了，我给你数算一下，一个熟肉大拼盘，一个汉堡拼盘，一盘蔬菜萨拉，一盘水果萨拉，加上那么多甜点，还供酒，你还嫌简单？这里的派对能和你在国内饭店里的排场比吗？你那是公款吃喝，这是自家出钱张罗，一份热情心意，就这样的派对我还办不出来呢。这些年，我总是约葛林娜出去喝喝咖啡吃个中饭，她都没来过咱们家。你看她家也是小小的镇屋，可是多么干净又是多么有情调啊！唉！算了，我也别自责了。都欠着吧，等住进新房，一并请！葛林娜也要在静湖买房子了，下个月开盘，是靠西端的那个房盘。"

旭蓉蓉和贾易生收拾着，旭蓉蓉收回心思，说："风水轮流转，你说咱家最近诸事顺利。是不是个好兆头？"

"这还用说？人生其实就是一条波浪线，高了就滑向低处，低了会攀向高处。你我都是勤劳肯干之人，上天不会让我们沉落低谷的。蒸蒸日上的日子是必然的，不是偶然。"

新居落成，卖房搬家，虽然辛苦操劳，两人却满心快乐。贾易生跟那家超市签了一年的供货合同，除去进货、保险、律师、运输等必要开销，一年的利润可以达到近十万。这一笔生意，就超出了旭蓉蓉一年的税前工资。男人心头一块沉重的包袱卸了下来。此外，展销会上又有些新的客户正在商谈之中，有两家也相当看好。贾易生忙的不亦乐乎，国内、国际电话、上网和客户见面，因为时间自由，还能见缝插针地接送丫丫，甚至帮忙准备点儿早饭晚饭也成了习惯。他仍然经常在连心网上换换脑筋，这种生意，忙就忙一阵，不忙是想忙也忙不起来。他开始庆幸自己的选择，来加拿大真是来对了，达到一种自主生活、自由掌控时间的状态，既赚了钱，又有时间享受生活，难道不是人们最佳的生活理想？

黎群的派对在周日下午五点钟开始。因为离的近，旭蓉蓉一家步行前往。丫丫并不想去，被妈妈连劝带逼，才达成一致，答应去派对上吃点东西，如果觉得无聊，就自己先回家。

贾易生和旭蓉蓉都穿着牛仔裤 T 恤衫，不谋而合，还都是蓝牛仔，白 T 恤。旭蓉蓉拎着一大瓶意大利红葡萄酒和一盒烤鸡腿，一路笑着，说："咱俩这还是情侣装呢。"贾易生想起秋苇永远精致讲究的打扮，转身看了看旭蓉蓉，说："你该给自己买点儿象样的衣服了，去派对好歹穿个裙子。我们男人穿的随便点儿，是随和。女人老穿这么随便，太没女人味儿了。"

旭蓉蓉听着也不知道该高兴还是该生气。多少年来她很少为自己花钱，高科技公司，一群理工男女，上班时大家都穿的很随便。牛仔裤 T 恤衫是最常见的打扮，她没觉得不好，既方便行动又经济实惠。那次去参加邱段守的葬礼，如果不是梁星说了自己几句，她都没有意识到自己穿衣服太不讲究。今天老公如果不说，她也没觉得这身衣服太没女人味儿。老公这是关心自己还是嫌弃自己？

她扭头问丫丫："丫丫，妈妈有那么没女人味儿吗？"

丫丫缠着妈妈的胳膊，说："妈妈漂亮，不打扮也漂亮！爸爸，你咋不给妈妈买裙子？妈妈是舍不得，也不太懂，你既然晓得这些为什么不管妈妈？"自从爸爸从国内回来，丫丫有意无意地向着妈妈，给爸爸点儿脸色是家常便饭。

旭蓉蓉得意地笑着，歪了贾易生一眼，贾易生尴尬地看着女儿，嘿嘿笑了，说："就知道向着你妈！我看你妈也不是不懂，她给你买的衣服还都不错。她就是舍不得对自己好。"

最后这句话让旭蓉蓉的心狠狠地跳了一下。看来老公不是嫌自己，是疼自己。

"我的衣服都是我自己挑的，我妈哪儿懂。以后你负责给妈妈买衣服，就这样了啊！"丫丫一付当家作主的劲头儿。

　　一家人一路说着话，已经来到黎群家门前。三条车道上已经前后停了五辆车，路边也停了不少车。

　　这是一座门脸儿阔气的豪宅，左右对称的设计，占地宽大，中间大门凹了进去，门顶是圆拱石头镶砌，再往上有个尖顶高高耸出威严和庄重来，很有些小号城堡的霸气。房屋正面是深土色砖头墙面，贾易生前后踱了几步，对旭蓉蓉撇了撇嘴，说："这堵外墙没少花钱。"

　　黎群来开门的时候，旭蓉蓉全家都吓得不轻。这，这是黎群吗？染成褐黄色的卷发在肩头颤动，浓妆淡抹眼眸顾盼，淡绿色紧身上衣下面乳房高高挺立，黑色瘦腿长裤把腰腿绷得紧紧的，格外好看。旭蓉蓉张了张嘴，不知道该说什么好。

　　黎群接过旭蓉蓉手中的礼物，咯咯咯笑起来，声音仍然保留了男子的粗旷，语气却格外甜腻："吓着了？我上次不是告诉你我改名儿叫黎群群了吗？我变性了。你们别愣着，快进来，丫丫啊，这么高了？小美女啊！看这小腰儿，天生跳舞的身子骨。唉，不跳舞，太可惜了！"

　　贾易生懵懵懂懂地进了门，也对面前这位妖艳女子大感惊奇。这变性女人比大多数原装女人都漂亮啊！旭蓉蓉用胳膊捅了贾易生一肘，贾易生才移开呆了的目光，嘿嘿笑着说："对不起，你，你，黎群群？太漂亮了！变得好！变得好！"

　　几个人都笑起来。黎群群拉着旭蓉蓉的手把一家人引进客厅。

　　客厅两层通顶，一整面墙都是窗户，上半截的玻璃是磨砂图案，下半截装着棕色镶边印花窗帘，半掩着，光线从一边射进来，客厅里就有了音乐厅的明暗效果，有些在影子里神秘着，有些被阳光照得发亮。客厅里没几件家具，却一件件都极其讲究，墙上镶着几个音箱，里面隐约响着什么小提琴名曲。墙角一只雕刻精美的白鹿，翘首望着窗外，大小和神情都可以以假乱真。壁炉上摆着三只纤细的玉色陶瓶，高低错落，弄姿美女一般。壁炉那一整面墙是三色的木片错落着贴出来的墙壁，古朴高雅，一幅看不懂名堂的抽象油画端正地挂着。巨大的椭圆形钢化玻璃茶几后面是一圈乳白色皮质沙发，上面坐着男男女女几个人。见他们进来，其中一个高大的白人男子站起身迎了过来。男人年纪足有五六十上下，鬓角的白发漂亮地朝上梳得油亮，浆过的白色衬衫领口，露出一丛灰黑色的胸毛，可以继续想象衣服之下的浓密。

黎群群松了旭蓉蓉的手，朝那男人贴了上去。旭蓉蓉松了口气，她还适应不了和黎群群像女人一样手拉手的感觉。她下意识地把手甩了两甩，好像刚摸过抖不掉的面粉。

"来来来，我来介绍。"黎群群说着流利但口音浓重的英文："这是我男朋友西德尼，这间新屋的男主人。这是丫丫一家，我得意门生的家长。"黎群群说着，脖颈一扭，媚眼勾魂夺魄地扫了西德尼一眼。门铃又响了，黎群群一跳脚，舞姿一旋，优美地转了身，说"甜心儿，你帮我招呼着，我去应门。"

贾易生、旭蓉蓉和西德尼握手寒暄，西德尼风度翩翩，他指着和客厅相连的厨房吧台上的饮料和酒水，用男低音的温厚嗓音说："你们请自用。"旭蓉蓉一扭头，看见大理石吧台前站着一个瘦高挑身影，长发齐腰，一件白色开襟薄衫随意地罩着，正低头从敞口玻璃饮料盘里往玻璃杯里舀绿色柠檬汁。

"冰儿？怎么是你？"旭蓉蓉兴奋地叫了起来，一蹦三跳走了过去："你儿子也学跳舞吗？怎么会认识黎群？"

冰儿看见旭蓉蓉，也眉开眼笑地兴奋起来，说："旭蓉蓉！你也来了？黎群？不，我们是西德尼的客人，他是秦男的博士导师。"

"这样啊！那西德尼是卧春大学的教授？这个世界是不是太小了？！那你认识黎群吗？"

"你是说他的漂亮女友？英文名叫米歇尔，听说是开舞蹈学校的。"冰儿清澈的眼神里映着旭蓉蓉吃惊的目光。

旭蓉蓉拨开柠檬汁上飘着的柠檬片，也盛了一杯。她把冰儿拉到一旁，假装漫不经心，小声说："天啊！你不认识黎群？我一进门都吓呆了。她半年前还是个地地道道的男子汉呢，是丫丫的舞蹈老师，刚变的性。"

冰儿克制着自己的惊讶，忍不住穿过陆续进来的客人，观察着妖娆的黎群群忙碌迎宾的身影，嘴里嘟囔着："难以置信！一点儿看不出来！怪不得她说话声音有点儿怪，这下有答案了。怎么秦男什么都不知道？"

秦男这时正站在窗前跟两个白人男子说话，他们也都是西德尼的门生。棕发男子说："教授这次认真了，两位前伴侣，那个女的同居了三年，那个男的同居了五年，都没有开过这么认真的派对公开让大家见面。这位美女才同居了不到一年，就买了新房，开这么象样儿的派对。"

金发男子接道："这位的确魅力十足啊！"他冲着秦男笑着说："男，你们中国女子魅力很大，这位又年轻又美貌，外表无可挑剔，听西德尼说是舞蹈演员，真美！"

秦男笑得憨厚，说："教授先生的性取向早就是多元化的，找个中国女子做太太我一点都不惊奇。"

"太太？也许只是同居。"棕发男子说。

"我只是预感，今天似乎隆重了一些，我想，也许……"秦男像是在自言自语。

棕发男子和金发男子相视一笑，秦男也笑起来。几个人心照不宣，上学时，秦男是西德尼最得意的学生，他除了专业功课优异，还有一项特长，准确的预见能力。他预感什么，什么就会发生。几个博士学生时常打趣地叫他"男巫"。

最神奇的事件有两件。一次几个同学去看冰球赛，秦男开车。走到一个十字路口，他拐进小路，大家七嘴八舌，都快迟到了，你怎么绕远路，还上了这条经常堵车的路？为什么不上高速，要不就迟到了。秦男说，你们相信我，我突然感觉不好，走这条路是下意识，这时候跟着感觉走是不会错的。几个人一路耻笑秦男这个平素极其讲究理性的人会突然变得感性。那天晚上几个人迟到了十五分钟，但躲过了一起重大交通事故。一个大型载货卡车行驶过快，撞在路栏上，后面跟着的十几辆汽车接二连三地冲撞，当场五人死亡，十六人受伤，创造了卧春城前所未有的重大交通事故。出事时间正好是几人赶去看球赛的时间，受伤和死亡者也多是前往观看冰球赛的球迷。

第二次是一个低一年级的学妹被诊断乳腺癌，那是个人见人爱的俄罗斯裔女子，二十五六岁，美丽聪慧。胸前风光无限，追求者众多。化疗过程中，秦男十分不安。几次前往探望。切除手术前夕，大家哀声一片，秦男突然语出惊人，别担心，我感觉那是个误诊。他极力劝说学妹推迟手术，再做一次生理切片确定病症，学妹将信将疑，因为秦男有那次躲过车祸的英雄事迹，不能不令她三思。她坚持向医院提出重做病理切片的要求。结果出人意料，果然是良性肿瘤，还因此挽救了另外一位女性。两位女病人的扫描信息不知道怎么在电脑操作中被调换了，这种失误百年不遇。学妹虽然受了不必要的化疗之苦，却万幸保住了一对健康乳房，可以像过去一样挺胸抬头，风光无限，更加坚定了成就学业、积极生活的信心，对秦男感激涕零。

从此，"男巫"的称号不胫而走。秦男本来是个不善言谈之人，学业优异，天生一付科学家的头脑，竟然附加了这条本领，一时成为坊间笑谈。人们嘴上调侃，心里却暗自重视，谁也不敢小看惜语如金的秦男。

满屋子人头攒动，很快就把黎群群的豪宅挤满了，人们端着美酒一群一伙地站着聊天，中国人占了多数，很多都是黎群群的学生和家长。认识的不认识的穿梭着打着招呼彼此介绍，嗡嗡嗡的说话声响着，很有些影剧院休息大厅中场休息的气氛。

这不是自带食物的聚餐会，来人带的礼物五花八门，有装饰房屋的镜框、花瓶，有家用设备诸如厨具、酒杯等等，最多的还是酒，整个吧台渐渐地都摆满了，高高低低晶莹透亮。

黎群群准备的食物中西兼备，西餐类是从本地最好一家食品超市里订购的巨大拼盘，有火腿熟肉拼盘、水果拼盘、奶酪拼盘、色拉拼盘和三明治、肉卷、汉堡拼盘，中餐是从中国超市定的，大盘的炒面、炒米、酱排骨、素什锦、叉烧肉等等。厨房宽大，早餐桌上摆得满满当当。餐巾纸和一次性杯盘叉勺都是相同的印花图案，看得出是从专门的派对商店订购的，一元店里见不到的坚实质地。有个褐色皮肤的清瘦女子在厨房忙碌着，闷不做声，和人目光相遇，就抿嘴一笑，低头擦拭淋在桌上的酒水。

冰儿低声说："这位是不是帮佣？像是菲律宾女佣。"旭蓉蓉把一块瑞士奶酪放进嘴里，嘟囔说："看着像，她家不愁请个佣人。"

时不时有认识人过来打招呼，旭蓉蓉和冰儿身边一会儿就围起一圈女人，叽叽喳喳说话。女人扎堆，三人成戏。小唐和周凌云一家也来了，他家女儿猫猫也做过黎群的学生。旭蓉蓉送丫丫去教会参加青年活动见过几次小唐，两人打了招呼。旭蓉蓉就问最近有没有见到梁星，小唐说有，梁星受洗之后很规律地来教会崇拜，还经常在儿童主日学班上帮忙。又问旭蓉蓉的家是否收拾好了，有没有需要帮忙的事情，离那么近，一定不要客气。又劝旭蓉蓉来教会崇拜："现在搬过来离的近了，经常来吧，你就可以见到梁星了。你家丫丫已经是青年组的小骨干了，孩子真好，温文尔雅的，你真会教育孩子。你送了她就来崇拜，也很顺便。"旭蓉蓉支吾着说好，过去几次她总是放下丫丫，就去买菜了，到点儿再来接孩子，小唐的笑脸面前，却不好意思说买菜这么庸俗的事情。人家是有精神有信仰的，自己却只懂得柴米油盐。

一圈人里就有人互相介绍，一个女子和冰儿在一个楼上上班，竟然是旭蓉蓉未来的邻居，叫辛迪，细眉细眼的秀气面容，却堆着一付尖刻的神情，说话冲冲的，老子天下第一的态度。旭蓉蓉笑笑，心想，这样的邻居怕是也不会有太多交往。几个人聊着，话题自然而然扯到了黎群群变性这事儿上，辛迪说："你们真不懂啊？还是装天真？哪有那么离奇？世界已经发展到无边无界无规无拘的地步了，什么都会变，何况一个"性"。她都变了几个月了，你们还当新闻呢。"

大家听着不爽，旭蓉蓉看没人接茬，说："我看不见得，你们看过那个芯儿里苦的贴子没有？这个世界上还有那样贤惠忍耐的妻子和母亲呢，传统的东西，什么时候都不会消失的。"

辛迪嘿嘿冷笑了一下，说："不说这个芯儿里苦还好了，说起来，我就觉得这是个冒牌的贤惠，怎么看怎么是个文学创作，招揽点击率的。真贤惠，会上网去诉苦？甘心受着就完了。退一步讲，如果真那么苦，也是可怜人必可恨，赖她自己蠢，离婚拉倒，受那个罪呢！男人就应该指使着用，还让他反过来对咱女人不理不睬，反了天了！"辛迪的话是爽朗着嚷出来的，开玩笑似的。她的脸很骄傲地兴奋着，显然她自己管理老公特别有心得。

"哪位是你老公啊？"旭蓉蓉笑嘻嘻地问："我倒想见识见识你的福气呢。"旭蓉蓉也不知道自己怎么这么不待见这个女人，下意识地跟她别着劲儿。

"喏，就是那位！"辛迪伸手指着一个五短身材的中国男人，男人没什么特点，是见面要努力才能记住的模样，这时正巧朝这边看着，只见辛迪夸张地媚眼一飞，那男人就笑眯眯地点了点头。旭蓉蓉起了一身鸡皮疙瘩。她揪了冰儿转身去拿吃的，嘟囔说："你这同事太没水平了，怎么这样？没看出她老公好到哪儿去，张狂的没样儿！"

冰儿心里正翻江倒海，她感激地看着旭蓉蓉，想不到老同学还有这等见识，说起芯儿里苦，那份同情和理解！过去没跟旭蓉蓉深交，想不到她如此善恶分明。她笑了笑，说："世界上什么人都有，我也跟她不熟。只是见面打个招呼的同事，没有深交。"她也从果盘里拿了几颗蓝莓，吃着问："你说的芯儿里苦什么的，是什么？我怎么不知道。"

"哦，你不上连心网吧？我过去也不上，一个偶然机会听到人们说到这个芯儿里苦的帖子，我才专门去看，后来就经常看看连心网了，觉得挺有意思的。"旭蓉蓉三言两语把芯儿里苦的帖子内容介绍了一下，又说："不瞒你说，我真觉得这个芯儿里苦是个好女人，谁不是苦到不得己才会上网求助？这么隐私的事情往外面抖，也需要勇气吧？我觉得那是个有思想有头脑懂得思考女人生存权利的女性，我觉得她句句都是真。过去我从来没想过这些事情，被她那个帖子启发，才发现自己活得真是窘懂无知，哪个女人没有自己的难言之隐呢？为什么我们不敢暴露它们？因为我们懦弱无知，精神世界贫瘠，到不了她的深度，还说什么……"

旭蓉蓉还没说完，就停住了，说："冰儿，你没事儿吧，怎么了？"

"没事儿没事儿，我觉得你说得好！所以有点儿感动。"冰儿放下自己的水果盘，揉了揉眼睛，笑着说："你给我发一个链接，我也去看看这个芯儿里苦的帖子。现在我得去趟洗手间，你先帮我看着盘子啊！"冰儿说完就转身走了，她太需要一个属于自己的空间了，她必须静一下，让憋回去的泪水流个干净。

冰儿出来时，吓了一跳，大厅里鸦雀无声，人们挤成了圆圈，密不透风，冰儿上了半截楼梯，才看见西德尼单腿跪在地上，抓着黎群群的手，说着什么。只见黎群群泪眼婆娑地点着头，浑身颤抖着让西德尼把戒指戴上。大厅里响起了轰鸣的掌声和欢呼声，"恭喜！恭喜！"人们大声祝贺着。

这时，站在窗边圈外的秦男肩上重重地挨了一拳，是学弟金发男子："又被你说中了！"几个学友相视一笑，身边学友的兴奋似乎不关他事儿，秦男还是那付不喜不悲的模样，耸了耸肩，连个表情都算不上有。

十五、

梁星在静湖区买的新房还没落成，她已经很规律地参加华人浸信会的周日崇拜了。

自从在卧春教会联合布道会上决志信主以后，她经常有种漂浮的感觉，似乎身体里揣着一个轻气球，随时会把她带到天上去，她轻盈的身体和思想感受着时时刻刻的快乐，眼里的一切都在变化。天更蓝了，草更绿了，工作更简单了，同事们更可爱了，眼里的一切都比原来美好了，连勇子打游戏，她都不再发怒了。在教会受洗班上课时她当着众人祷告："啊，主啊，谢谢你带领我认识你！我这快乐感都是从你而来！我过去是瞎眼，现在被你医治，我过去的肮脏，现在被你清洗。我求你牵住我的手，在你的爱里一天天长大。我愿意做你的仆人，跟随你走那窄路。在我眼里，这条路并不窄，它是光明大道！求你接受我这无知的人吧，看在我渴望的份上，请供应我的所需所求，请把爱种植在我心里，教我善待周围人，让我像耶稣一样圣洁美好。感谢你，我亲爱的父！阿门！"她祷告时口才格外地好，这个新的才能，令她无比兴奋。祷告于是更加频繁，这项本领渐渐练就的炉火纯青，小组活动和受洗班上她也经常被指定代祷了。

金齐欣也发现了梁星的变化，老婆脸上多了很多笑容，连说话声音都似乎轻柔了不少。

"想不到信教能把女人变得更女人，这个教不错！"他肯定地说。

"你想不到的事还多得很呢，除了把女人变得更女人，它也能变男人呢！周日你跟我去教会，好不？只有去了你才会有切身体会，难道你不想把自己变得更男人？"

"我已经很男人了，为什么要去变？"金齐欣正在换球衣，每周两次打篮球，已经是雷打不动的习惯。邱段守的突然离世，把他推到了队长的位子上，除了固定时间的训练，他还有调整队员、租赁场地、组织友谊比赛等等繁杂事务要做，忙得不亦乐乎。两个租出去的房子也有很多事情需要处理，今天水管漏水了，明天房客欠房租了，后天房客半夜开派对被邻居报了警。有些事他干脆交给梁星去打理，收房租啊，检查设备啊。梁星处理不了的，修水管，搬家具什么的，也只有亲自去跑。所以，他的时间表总是满满的。

"你看你老公是不是万里挑一的男人？工作稳定，又会投资挣外快，身体倍儿棒，吃喝嫖赌没一样沾染，对老婆你忠心耿耿。我不正是你们圣经里说的'男人是头'的典范吗？这个家里，我难道当头当得还不够好？"

梁星看着丈夫运动短裤下面一双腿上隆起的键子肉，撇了撇嘴巴。要照过去，她准会说："你是好丈夫，难道我不是个好老婆吗？人又漂亮，工作响当当，对这个家从无二心，对你言听计从，你有什么资格牛逼呢？"可是现在不同了，上帝的声音在制止她："对丈夫要温柔，要谦卑，要顺从！"

她微笑起来，确切地说是她命令自己微笑起来，她说："你当然是个好男人，这是我的福气！我感谢上帝！但如果你去教会听听道，你就不会这样骄傲了，你太骄傲了！"

　　"真是！脑子进水了，感谢上帝？你应该感谢我才是！你老公是我，又不是上帝！"金齐欣说着，拎着运动包往外走，经过梁星时伸手撸了一把她头发，说："你好好信，我可不跟你掺和这个教！你就死了心吧。"

　　金齐欣走了，梁星叹了口气，自言自语说："上帝说，凡事各有定时。这顽固老公信主的时间还不到呢，唉！他怎么就没有陆西安的悟性呢？"

　　除了满怀一腔新鲜如露水般爱主的热情，梁星热衷去教会还有一个她不愿承认的原因：见到陆西安。陆西安是教会的长老，经常上台朗读圣经、带领祷告，崇拜之后的受洗班，他又是老师。频繁的接触，一天天累积着梁星对他的敬佩和崇拜。从邱段守葬礼开始的那种怪怪的感觉已经从草长成树了。树，会不会枝繁叶茂，会不会遮蔽她单纯的天空，她一无所知。她只知道自己一天不见陆西安就难受得要命。他真是太优秀了！他多么高大啊！圣经他怎么能读得这么透？说起话来他怎么能那样沉着冷静？他的笑容为什么永远那么真诚？教会的人怎么都这么尊敬他？中国人能在这里做到行政主管的人有几个？他就是其中之一啊！

　　她喜欢他在台上读经，喜欢他在受洗班上讲话，那时刻她可以光明正大地看着他。她知道自己眼中的火焰燃烧着跳跃的激情，是很久没有烧向异性的火焰。她甚至开始了不间断的猜测，他是不是也同样想见到自己？他刚才掠过我的眼神是专门的吗？那瞬间的对望，他是不是也有着同样剧烈的心跳？为什么他还不转过身来？难道他不知道我在他身后吗？他为什么说"爱"这个字的时候专门看着我？难道他暗示着什么？该死该死，我怎么又脸红了？

　　上班时，她会专门去餐厅吃饭，希望能碰到陆西安。见到陆西安的机会却不多。他换了一个部门做经理，在二楼上班，梁星在三楼。陆西安上班时仍然是老成持重的样子，不拘言笑。他很少去餐厅，偶尔在电梯里碰到，总有别的同事在一起。即便一群人中见到陆西安的影子，梁星也会感觉这一天过的快乐充实。她像个孩子一样盼着什么，每天因为这个盼望而快乐。她把这一切归功给上帝，是上帝给了她青春的激情和向往，至于这向往是什么，谁在乎？她只知道这是个好东西，这个东西让她的每一天都闪烁着光芒。

她开始为自己创造机会。在家做了好吃的，她会专门多做一些，用保鲜盒装了带到班上去。

"你尝尝我做的韭菜盒子吧！"

"这次炖的肘子太好吃了，不给你带点儿，你就吃亏了。"

"酸菜粉条是我们家乡菜，你尝尝。"

她一趟趟溜去二楼，从陆西安冲着楼道的大窗户望进去，如果有别人，她就经过不停留，假装去健身房。没别人在，她就进去，放下饭盒聊几句才走。

"你这是干什么？又给我送吃的？真香啊！"陆西安微笑着看着梁星，眼神专注而热烈。梁星挪开眼睛，说："知道你一个人，男人家，能做出什么来吃？肯定是对付。我顺便多做点儿，不麻烦。"

两人都低头沉默了一会儿。

"你，吃东西了？嘴角有个饭粒儿。"陆西安忽然说。

"在哪里？"

"这儿。"陆西安伸手摸了一下梁星的嘴角，梁星一哆嗦。陆西安笑起来，说："对不起，不是米粒，是个小粉刺。怎么，上火了？"

梁星斜眼瞪了陆西安一眼，说："装蒜，你专门的。上火还不是因为你？"说完，一扭身走了，脚步沉沉的，生了气的样子。陆西安心花怒放，自己的判断没错，女人啊！

这时，离受洗还有一周时间。

受洗那天，金齐欣没有拒绝参加，儿子勇儿也一同去了教会，担任摄影师的艰巨任务。来观看受洗典礼的人挤得像个自由市场，共有二十五人参加受洗，据说这是华人浸信会有史以来最多一次集体受洗。家属们成群结伙地挤在受洗台前，有的拿着换洗衣服，有的端着相机拍照。

受洗台在教会主讲坛的地下，平时有块大地板盖着，看不出下面的机关。掀开地板，有几节台阶通到受洗池里，受洗池由上等白色瓷砖砌成，连着水管，比家里的澡盆宽大。受洗礼的前一天，受洗池已经擦拭得一尘不染，乳白的光芒咄咄逼人，阳光透过墙壁上的镂空十字架照在受洗池里，水面晃动出明亮跳跃的波纹。

潘牧师站在水池中，半身浸湿着。梁星穿着一件蛋清色棉质长裙一步步从台阶走下水池，牧师问："你信主的宝血能洗净你的罪吗？

"我相信！"梁星清脆地回答。

"你愿与主同钉十字架，同埋葬，同复活吗？"

"我愿意！"梁星眼含热泪。

"我以圣父、圣子和圣灵的名给你施洗！"潘牧师说着，一手托着她后脑，一手抚着她身体，把她平平地朝后仰躺放入水中。那哗啦的一瞬间，梁星热泪奔涌，泪水混合着头发上流下来的水滴沿着湿透的长裙滚滚而下，湿淋淋的她从此要开始她圣洁的新生命了。

"愿上帝祝福你，与你同在！"潘牧师看着湿淋淋的梁星笑道。

闪光灯跨拉跨拉闪烁着，梁星看到陆西安站在池边满脸微笑，他的眼睛静静地注视着她湿淋淋凹凸起伏的身体。她下意识勾起臂膀遮住前胸，心中的幸福感前所未有地升华着，啊，生活太好了，她在心中呐喊：神啊，我感谢你！

从池子上来，勇子不停地按着快门儿。金齐欣站在台下早把准备好的大浴巾展开来，老婆走到面前就披在她肩上，丈夫儿子跟班似地拎着换洗衣物陪她往卫生间走，一路上人们不停地道着"恭喜！"，她不停地回应着"感谢主！"头发还在淌水，人们没注意她不停涌出的泪水。

小唐不知从哪里跑过来，说，我来帮你。说着把梁星推进卫生间，也不顾她湿淋淋的，紧紧拥抱着她，在她耳边说："我真为你高兴！"

换好衣服的梁星光鲜照人，一件白色暗花掐腰衬衫，一条抖起来笔直的黑色纱织宽口长裤。头发散在肩头，懒洋洋地弯着几缕。脸上补了妆，眉目干净。"得快点儿，丫丫受洗，我得去看。还没跟旭蓉蓉说上话呢，刚才看到她在人群里。"

受洗台四周仍旧被人挤得水泄不通，梁星一路说着"抱歉！抱歉！"总算挤到最里层，丫丫正在往水池下走，旭蓉蓉端着相机和贾易生站在台下。梁星挤过去，捅了捅旭蓉蓉。旭蓉蓉小声说："刚才顾不上说恭喜！现在补上！"

目睹着丫丫受浸，梁星又忍不住红了眼睛。她小声说："我等着看你受洗的一天呢！"气氛如此，旭蓉蓉也十分动容，她点了点头，看着湿淋淋的丫丫从池中起身，赶紧跑上去用浴巾裹了孩子，眼眶也湿了。

受洗礼完毕，人们舍不得散，一群一伙儿站着讲话。陆西安看梁星一家和旭蓉蓉一家站在一起，走过来，眼神在梁星脸上扫了两圈，看见旭蓉蓉在，也少不得撇了两眼。见梁星变了脸色，自己先笑起来，"恭喜！欢迎多来教会！"和大家打着哈哈寒暄了一番。

贾易生头一次进教会，被旭蓉蓉逐一介绍。和陆西安握手时，两人都愣了愣，贾易生说，"我是不是认识你？"，陆西安也说，"是面熟！"

贾易生一拍大腿，"你是童小琦的爱人！当年你整天往我们宿舍楼上跑！哥们儿都恨死你了，那么清纯的女孩儿让一个外校的小伙追到手，耻辱啊！怎么在这儿见到了，这世界太小了！去年我们毕业20年聚会，童小琦说你在英国，你儿子也在英国，你怎么在这儿？你俩这是玩儿的哪一出？"

陆西安面色阴云起伏，他呵呵笑着："世界是小，是很小！"也没多做解释，转身说："我去和那位刚受洗的弟兄打个招呼，你们先聊！"

梁星吃了一惊，这是头一次有人正面提到陆西安的家庭，陆西安神秘面纱的一角正攥在贾易生的手中，不可思议。"你们认识？"梁星问。

"他老婆是我大学同学！美女兼才女！本事大得很，做实体的，都是老总了。"贾易生说完，含蓄地笑了笑，"呵呵，故事多了。"

梁星还要再问，被丫丫打断。丫丫兴高采烈，情绪还在刚受了洗的荣耀里兴奋着，她活蹦乱跳地闹着要去教会青年组一个同学家过夜（sleep-over）。正好是每月一次的长周末，周一不用上学，旭蓉蓉就答应了。一家三口和梁星一家告别，梁星招呼着："回头我给你去电话！都没来得及和你说话。"

"马上就是邻居了，着什么急？"旭蓉蓉笑着挥手告别。

上了车，旭蓉蓉问："想不到你会有这么虔诚信主的同学！"

"不是同学，他是工院的，追我们班一个女生。我们两所学院只隔三条街。这个女生童小琦故事多了，对同学们很仗义，求她办事，很热心。人极其能干，还风流。听说跟副市长有一腿，所以爬得这么快。同学聚会的时候，大家都知道她跟一个老外打的火热，是和她们厂合作的外资方首席。她这个老公倒被她经常炫耀着，说在英国带着儿子过。她每年都要出国几次，我们都以为是去英国，想不到在加拿大，奇怪。女人啊，撒起谎来不眨眼，见识了。你没看陆西安躲开了吗？肯定有难言之隐。不知道为什么不离婚，他老婆的事儿也够他受的。"

"现在的人，怎么都这样？想不到！可没见他有儿子啊！"旭蓉蓉问。

"他们是有一个儿子，在哪儿，你我哪里猜得透？老婆，他们可比你我复杂多了。"贾易生也感叹不已，"别看他信主，我看啊，是心灵苦闷，才从宗教上寻求慰籍，身边没女人，信主算是有个事儿干是不是？"

"这个你不能下结论！他是教会骨干，信了多年，灵命很成熟的，你不了解人别瞎说。"旭蓉蓉皱了眉，"什么没女人就找个事儿干？你没女人的时候也找事儿干？难道男人是有了女人就没事儿可干了？也许你是这种人，人家陆西安可不是。"

"得了吧，我就不信他们这些所谓信主的人真信！受过那么多年无神论教育，说信就信了？笑话！进化论就那么容易被创造论代替？白受教育了！愚昧！"

"你这是以己之心度君子之意！凭什么你就说人家不是真信？你是他肚里的蛔虫吗？要你这么说咱们丫丫也是假信了？今天咱们去教会干了什么？你怎么这么主观？太不尊重人了！国内的习气一点儿都没改！"旭蓉蓉激动起来。

"你不是中国人？动不动'国内'长短，我最讨厌出了国就不知道天高地厚的人了！想不到你……"贾易生声音高昂起来，后半句却忍住没说。

"我不知天高地厚？你怎么说话？你讨厌我就直说，我还讨厌你呢！"

"别吵了！"丫丫坐在后排，大声喊了起来。"莫名其妙！我不要听！"

贾易生和旭蓉蓉都住了嘴。贾易生回来之后，两人虽偶尔拌嘴，正面冲突却不多。旭蓉蓉常常对自己说，这么多年都忍过来了，好不容易到一起，就接着忍吧，吵架能吵出什么结果？求同存异，有利和谐。所以，大多数时间，即使意见不和，她也不接茬。近来买房卖房一切顺利，两人齐心协力更是少有口角，今天这是怎么了？为了别人信不信上帝而大动肝火，荒唐！难道是贾易生说起男人没女人就找事儿干触动了自己对他在国内单身生活的怀疑？男人到底是怎样一种动物？离了女人就空虚寂寞？女人义能好到哪里去?自己和大威哥那事儿还不是一样？

旭蓉蓉把头扭向窗外，秋色已浓，路边树林现出层叠的层次来，很美。红的、黄的、棕色的、绿色的树叶刷刷响着奏鸣曲。人啊！旭蓉蓉觉得自己的心情和树叶一样无助，秋风想把你吹到哪里飘落，你一点儿做不了主。一路无话，一家人各自想着心事儿，安安静静开回家。

话说陆西安被贾易生认出来，胸口像堵了一团棉花。回家路上去酒类专卖店溜了一圈，冷不丁看见墙角的酒架上有方块字，竟是瓶装山西汾酒，吃了一惊，当下掏出三十五块买了一瓶，合人民币二百元上下，价格怕是比在国内还低廉，出口的中国酒都是正品，买得放心，心下高兴，出了门就翻身回去又买了一瓶。搞活经济多好，远在异国他乡能喝到家乡酒，真好！胸口那团棉花才松动了一些。

多年来，他遇到不顺心事儿，总会喝点儿酒，睡一觉，祷告祷告，一切就烟消云散了。他庆幸上帝没有教导戒酒，否则，他的日子怎么能过？随后他拐进超市，买了一盒烤鸡腿和一盒色拉，晚饭就齐了。

陆西安的房子坐落在静湖区东侧，离蒙坛公司的新开发区大约十分钟距离。两千二百米大小的独立屋，房子不大，布局实用大方，三房两厅，三个卫生间，一个人住，宽敞有余，温暖不足。他从动物救助协会买了一只被人遗弃的瘸腿猫作伴儿，起名儿梦梦。这只女猫，虽然拐着一条腿，却有着一双总是半眯缝的勾魂眼，看起人来，分分秒秒一付痴情模样，格外惹人怜爱。她蜷在陆西安身上，会一动不动，松弛得像团没有生命却温暖无比的肉皮球。

陆西安进得门来，摊开鸡腿和色拉，开了汾酒，自斟自饮起来。见梦梦在脚边徜徉，起身开了一瓶猫罐头，把一只高脚葡萄酒杯斟满了，举着对梦梦说："干杯吧！为了你我的孤独干杯！"

半杯酒下肚，他懒懒地把自己放倒在沙发上，虽然闭着双眼，脑海里却放着电影，远处的童小琦、她那鬼佬情夫、儿子陆天逸，近处的贾易生、美貌的旭蓉蓉还有那暗送秋波的梁星。想到梁星，他的心脏小小颤动了一下。这女人除了有点儿俗气，倒真有一付好心肠。容貌说不上出众的漂亮，倒打扮得体很有些风情，做的那手好菜，自己也没少吃。他想起梁星上周从他办公室扭身离开的模样和那句"上火还不是因为你！"，身上热了起来。她脸上那颗小粉刺，随着嘴角一牵一扯呈现出格外的真实和性感。

他翻身坐起来，又喝了一大口酒，双手捧着脸，感受着酒液的火辣顺着食道缓缓进入胃部。罪恶！这是罪恶！他开始祷告："上帝我主，我被淫欲充满，撒旦正在向我进攻，我求您帮助我战胜它，求你进驻我的心、我的家，守护我的软弱。求你用你的大能铲除撒旦的诡计，也求你帮助梁星，让她不被撒旦利用，成为他罪恶计划的一分子。阿爸天父，这场灵魂征战，我愿意披上你的盔甲，端起耶稣这面盾牌，和撒旦斗争到底。求你给我力量！以耶稣基督的名求，阿门！

祷告完毕，他又喝了一口酒，身上更加燥热。他起身走到桌边，开了电脑。指头下意识地点了那个频繁浏览的网站，一对白人裸身男女正紧紧缠绕，女人坐在男人身上，面对着他，嗷嗷乱叫。他呆呆地看着女人节奏鲜明的上下动作和那个面对他敞开的肥硕胸脯，下身已经坚硬无比。他的手动作起来，一下又一下，从缓慢逐渐加速，不管不顾！凭什么我就得孤守空房？凭什么我就得忍受煎熬？神，你告诉我！你造了亚当，也造了夏娃。你给我的夏娃在哪里？就是现在这只勤奋的手，是不是？我证明给你看，我的上帝，我这就证明给你看！就这样……就这样……

五分钟之后，他从餐巾纸盒里抽出几张餐巾纸，轻车熟路地擦去电脑桌上那滩粘稠的白液。接着，他回到沙发前，端起酒杯一饮而尽，"我他妈是罪人"他自言自语道："上帝，你给了我罪性，你这样考验我，是为了什么？"他伸手从茶几上拿起厚厚的圣经，翻开来。一张纸片滑落出来，是一个电话号码。梁星最后一次受洗课下课时给他的：

"这是我手机号码，有事儿可以给我打电话，学生定效犬马之劳。教会通信录上我能找到你的电话，如果我有不懂的问题想问你打电话给你，你可不要吃惊啊！"

他又给自己倒了一杯酒，脑子眩晕起来。手里的电话号码晃悠着成了重叠的两行，他定了定神，一只手已经下意识抓起电话拨了起来，滴滴滴接通的声音响了起来，他突然后悔起来，立刻按了结束键。顺手把电话扔在地上，拖拖沓沓往楼上卧室去，还没到床边，就重重扑倒在床上，酒精变成了血管里无处不在的舒缓细胞，他翻了个身，四仰八叉地睡了过去。

床头桌上的电话震醒他时，已经是第二天早晨。

"喂？"他的声音里睡意尚存。

"是陆西安吗？我是梁星。总算接通了。你昨天是不是打过我手机？我打回去，没有人接。您这贵人一定有什么重要的事情才会给我打电话吧？我都受宠若惊了。"

陆西安早就坐起身来，他说："是吗？我不记得给你打过电话啊！也没有听到你打来电话啊！"

"哦！"梁星语气里的失望是显而易见的。

陆西安迅速地组装着记忆中的碎片，受洗礼，汾酒，自慰，醉酒。梁星嘴角那颗粉刺又清晰地浮现在眼前，"我上火还不是为了你！"又清澈地响在耳边。他的口气柔和下来，说："也许是我拨的电话，我喝了点儿酒，记不清了。本来我也应该问候问候你受洗后的感受。你有没有兴趣交流一下受洗心得，刚受洗的基督徒应该注意的一些问题，我也想给你说说。你有时间吗？"

电话里很久没有声音。

"喂？"陆西安问道。

"在哪里？你告诉我地址。"梁星呼吸粗重，她几乎是上气不接下气地说着。

陆西安把地址说了，就撂了电话。为什么不呢？我只是要把上帝的好消息倾囊相授。他闭眼开始祷告："上帝我父，求你武装你的仆人，让我在诱惑面前，如铜墙铁壁，我知道这是你给我的一个重大考验，求你检验仆人的坚定，我要在今天证明给你看，有了你做我的堡垒、我的避难所、我的墙角石，我是战无不胜的！让我尽职按你的意愿服侍你，做你合格的仆人！以耶稣我主的圣名，阿门！"

他迅速地冲了个澡，刷了牙，楼上楼下简单收拾了一番，半小时不到，整个房子已经眉目清晰。他是个爱干净整洁的男人，什么东西放什么地方，总是规规矩矩。他换了床单被罩，崭新的乳白碎花图案一铺，卧室立刻亮堂起来，这套床上用品是他回国时，童小琦的秘书按照童小琦的购物单买的众多家居用品中的一件。童小琦忙，没工夫过加拿大来探亲，但这个家里很多东西都是她张罗的，确切地说是她吩咐秘书张罗的。陆西安每两年回国探亲一次，总能带回满满两箱子家居物品。童小琦用这些东西代替她的存在，这方法的确行之有效，现在他不是想起她了吗？

"别说我没尽妻子的义务，我可是尽了力！"童小琦说。

陆西安耸了耸肩，"是，我没说你没尽妻子的义务。"他面无表情，既不是讽刺挖苦，也不是调侃奚落，他说的话似乎正是他心底想说的。昨晚做爱，童小琦没有拒绝，尽管她像一截毫无知觉的木头，陆西安也就把她当了那截木头，三分钟就结束了。

童小琦穿好一身黑色西装裙，临出门时说："我对我们的现状很满意。我们各自有自己的空间，你爱你的主、你的工作、你的加拿大，我爱我的事业、我的中国。我们爱我们的儿子。我把儿子天逸送到英国去，还不是为了孩子的前途？反正是我出钱，你那点儿工资负担不了这么大的开销，我也没抱怨，是不是？老实说，我真看不上加拿大的教育水准，那里的气候也太冷了。要把天逸带到加拿大去，我不会同意的，你也别再说了。再别提什么离婚，你是我的老公，是孩子他爸爸，这个不会改变的。好，我有个会，不能拖了，我已经安排好了，一会儿司机小贾就来接你去机场，一路平安吧！"

陆西安从恍惚中清醒过来，他对着漂亮的新床单冷笑了一声，转身走下楼梯。斜靠在沙发上，端起面前的圣经读了起来。

"我们不再做小孩……惟用爱心说诚实话，凡事长进，连合于元首基督。全身都靠他联络得合式，百节各按各职，照着各体的功用彼此相助，便叫身体渐渐增长，在爱中建立自己。"

"在基督的身体里合一"，陆西安翻回标题念出了声。帮助梁星，也是在神的身体里合而为一。神为什么在这个时候把这段圣经呈现在他面前，难道不是一种暗示吗？神让他与梁星在主里交通，各尽其责，这是神的计划的一部分。他感谢自己的忽然领悟，他的心一下坦然起来。这是跟随神的旨意，他微笑着想。

刚读过经文，梁星进门时，他格外镇静，没有激动和不安。梁星却是另一番光景，她面色绯红，脸上擦了淡妆，一件齐膝紧身豆绿色连衣裙，把身体束缚得凹凸毕现。陆西安心中暗笑，女人啊！他很着意地朝梁星鼓胀的胸前多看了两眼，笑着说："穿这么好看？"

梁星没有忽略那多余的两眼，她稍微含了含胸，一低头，说："不是来你这儿，哪用这么好看？你觉得好看就好，算我没白打扮。"

梁星进了门厅，四处打量着。这是个简单整洁的家，土色地毯在脚下柔软延伸，薄纱窗帘一垂到地。墙边一个高大的书架上整整齐齐摆满了书籍，书架旁边是一个电脑桌和电脑椅。对面的木框仿古沙发端端正正，扶手上刻有弯曲的花纹，漆色鲜亮。面前的茶几也是同样的古色古香，方正的四个角上刻着同样弯曲优美的花纹。茶几上面厚厚的圣经翻开着。

陆西安在厨房泡茶，对着半截敞开的门厅说："梁星你随便些，到了我这儿，就像到了自己家。别见外，这里没别人。"

梁星在他电脑桌前随手翻看，就看到自己留的电话号码摆在一摞纸张的最上面，心脏七上八下地跳。伸手接过陆西安递过来的茶杯，杯子轻轻地抖着。她不敢看陆西安的眼睛，低头说："你一个人住，能收拾这么干净，真不容易。我听说，你老婆在国内发财，她干嘛不移民？"

"没什么，放不下事业呗。"陆西安答着，话锋一转，说："你快坐下吧，你看你连茶杯都拿不动了，我来帮你拿。"说着，他去接梁星手里的杯子，两人的指头三三两两打着架，梁星唰地红了脸，下意识地往回抽手，陆西安也在同时松了手，杯子掉在地毯上，伴随着梁星的尖叫发出一声闷响，地毯的柔软阻挡了杯子的破碎，却没有拦住滚茶的泼洒。

"对不起，对不起！"梁星一叠声地道歉，蹲下拾起杯子说："都怪我！把你地毯弄脏了。有没有干毛巾，赶紧吸一吸。"

陆西安从厨房拿来干毛巾递给梁星，看着她跪在地上吸茶水。看着看着就发了呆，她的双臂很用力地用毛巾蘸着地毯，屁股撅起来，裙摆随着身体的抖动轻轻摆荡着。他觉得自己的身体被她的姿态刺激得眼红心热，甚至那坚硬也渐渐地膨胀起来。心底突然有一丝感动像脱缰的野马奔腾开来，多少年这个家里没有女人的身影了？这个清理地板的模样多像一个贤惠的家庭主妇？他克制着自己的情绪波动，蹲在梁星对面，用一种从未有过的语气，对梁星说："谢谢你！梁星。"他握住梁星抓着毛巾的手，紧紧地捏了捏，凝视着惊讶的梁星，笑着说："我来吸，你去坐。哪有让客人干活儿的道理。"他抢下了毛巾，接着吸起来，一会儿毛巾就湿透了，地毯上留下浅浅一圈茶迹。

这下轮到梁星心潮起伏了，他刚才的动作没有丝毫挑逗的含义，甚至是庄重和意味深长的，他的语气又是那么的深沉含蓄。他谢自己什么呢？那么高的人，蹲在地上太委屈了。"还是我来吧，本来就是我打翻的。"梁星又过来抢毛巾。

陆西安却起了身，突然恶作剧地把毛巾举得老高，笑说："有本事你够得着，就来抢。"

梁星被这玩笑逗乐了，她一扭身，红着脸说："谁上你的当！"翻身坐到了沙发上："你的地毯，干净不干净不关我的事。"

陆西安呵呵笑着，心情松弛了很多，一边在厨房洗毛巾，一边说："梁星，有没有人跟你说过，你脸红的时候很好看！"

这话是嚷着说出来的，孩子式的宣言，梁星高兴地回答，也是嚷着："真的吗？可惜我没法控制这张脸，如果能让它红它就红、让它白它就白该多好！"

两人都没了尴尬的感觉，你一句我一句地说起话来。

"我以为你总是像在办公室那样严肃认真呢，原来你也有调皮捣蛋的时候！"梁星说。

"我是人，又不是神。人和人其实都差不多。"

"我也听人反过来说，人和人其实相差很多。比如你，样样都好，就不多见呢。"

"样样都好？你太高看我了。"

"我就喜欢高看你，能被我高看，也很不容易呢！"

"看看！刚受了洗，就露出骄傲的本性了！谦卑，哪里去了？"两人咯咯都笑。

陆西安又端了一杯茶过来，放在茶几上，说："你手软，这次不能让你端杯子了。"说完看着梁星发笑。

"手软是因为心软。"梁星勇敢地迎着他的目光，说："我偏要端！"说着就端起茶杯，还做出要泼了茶水的模样，陆西安果然下意识伸手去接。

两人哈哈大笑起来。笑过，都有些不好意思。她放下茶杯，端起圣经问："你看什么呢？"

"是《以弗所书》在'基督身体里的合一'一节。是说我们作为神的仆人，要各行其责，应该在神的身体里合一工作。"他赶走念头里对"合一"的幻想，微微笑着。

梁星低头翻着圣经，问："你每天的业余时间就看圣经度日？一个人闷不闷？"

"当然闷！唉！闷是神给我的一种考验，有神在心中，一切都有因有果，也就容易接受所有的不安和难过了。"陆西安虽然尽力掩饰，仍无法抹掉语气中的无奈和落魄。他突然提高嗓音，像要打破自己的无奈，说："我很幸运啊，有你这样美丽动人的姐妹可以在周日访问我，感谢神！"他说完，伸手在脸上呼噜了一把，像是捋掉了一切不幸，坐直身体，说："来，我们来学圣经吧！"

梁星走后，陆西安心情大好。他躺在光展展的新床单上冲着天花板微笑。想不到收了梁星这个学生，这么好！他几乎有了恋爱的心境，脑子里回忆着梁星来访时两人的一举一动一颦一笑，很是幸福，对性的渴望竟遁去了许多。

下个周日，主日崇拜之后，梁星对陆西安说："我觉得上次你辅导我学圣经收效特别人。耶稣把水变成酒那段，如果我自己去读，一定读不懂字面背后的含义。原来耶稣不直接把空缸变出酒，而要求人先用水把空缸灌满再把水变成酒，有那么深的含义。他是在鼓励我们做我们人类可以做到的事情，比如用水填满空缸，然后让我们学会把人类不能做的事情交给神来施展神迹，比如把水变成酒。真聪明啊！这是阻止人类借用神的名义变得好吃懒做不劳而获，又教会了我们凡事信靠神，在神，没有不能成就的事！多么了不起的教诲啊！"

陆西安答："是啊，你悟性真好！你觉得有帮助，我就太欣慰了。你要愿意，我们可以经常学。"

191

梁星兴奋地说："那就一周一次？主日崇拜之后我就直接去你家。"

从此，梁星多了一个固定去处。两人各自开着车前后脚到陆西安家，每次学一个章节，相互问答讨论，十分愉快。梁星渐渐对陆西安家熟悉起来，少不得自告奋勇地沏茶倒水，有时还顺路买点小菜捎过来下厨。"让你尝尝我的手艺！"她兴奋地说。

"我不是经常品尝你带给我的佳肴美味吗？"

"那不一样，刚出锅的总会更加上口好吃！"

两人就面对面吃喝起来，杯盏叮当地把那一小会儿的日子过得像模像样。

陆西安说："单独辅导的事儿，不要声张，有人的地方就有闲话。想辅导的人多了，我也没那么多精力和时间。厚此薄彼，别人会嫉妒，因妒生恨，因恨生什么就难说了。小心些。"

两人虽然越来越亲近，隔膜越来越薄，那层薄膜却一直保持完美，没有突破。梁星觉得自己非常圣洁，是神的力量让她充实，也是神的力量让两人发展了如此纯洁的师生友谊，她几乎为自己的纯洁而感动。和梁星在一起时，陆西安却经常产生他念，甚至偷偷勃起，时而因为梁星的一个小动作，时而因为她的一句话，但他总能克制住自己即将伸出的手和即将冒犯的嘴。于是他的睡前祷告里加了一条感谢神和敬拜神的理由，是神的力量让他远离恶魔，让他有力量和梁星保持着纯洁关系。他仍然时不时地自慰，自慰之后仍然痛恨自己、求神帮助。他的平衡来源于他懂得适度地原谅自己，自己是人，不是神。

两人彼此想念着，惦记着，这份多出来的情感让每一天都格外有趣，充满盼望。陆西安起初的被动，已经变成了主动，有时上班时间，他也会忍不住打个电话给梁星："呵呵，没事儿，就是想听听你的声音。"说完就撂了。之后，两人都会为这个电话满心兴奋，一个对自己敢于表露真实情感的勇气自鸣得意，一个觉得拥有了被惦记的幸福。两人上班时或在教会，却都心照不宣，守口如瓶。梁星几次和小唐单独会面，都有要透露这单独辅导的冲动，几次都忍住了。隐约中，她隐藏着一种说不清道不明的希望，一切都好像一壶水，温度渐渐地热着，咕嘟嘟冒泡的沸水会不会把壶盖顶起来，她心里没底。

梁星是个简单的女人，受洗之后，她好像回到了青春期，做事勤奋乐观，回家总是笑容满面。周日耽搁到傍晚才回家，金齐欣也只当她在教会做义工，况且金齐欣周日经常赛球，也不在家。现在梁星张口闭口神啊神的，在教会又是带小孩又是帮助其他姐妹，比以前充实快乐很多，抱怨和嫉妒心都承下滑趋势，回家很少发脾气，甚至在床上也不再抱怨他的腰不好。她说："老公你是头，老婆我是身体！身体当然要听头的！"金齐欣自己虽然不信主，对老婆的转变还是看在眼里，喜在心头。这个基督教把小心眼儿的梁星变得善良、大度、温柔，真是个好教！他不得不佩服。

静湖区的新房盖好时，梁星和金齐欣几乎没有丝毫犹豫就举家搬迁，又把旧房租赁出去。梁星住的近了，在教会里更加活跃，新家还没收拾停当，就把自己家向教会静湖区的圣经小组开放了。她所在的小组共有八九户人家，小唐一家和陆西安都是小组骨干，每个月有一个周六晚上到梁星家聚会。金齐欣没有反对，但也没有什么热情参加，他经常找了借口去和球友们喝酒，把家让给这些虔诚的信徒。

日子很顺，梁星祷告时会热泪盈眶，她跪在床边，双手搭在床上，低垂头颅，紧闭双眼，说："神，我感谢你给我的一切。我愿意服侍你，永永远远做你的仆人，求你使用我，让我在为你做工的过程中享受你的恩典和厚爱！求你让我心中充满爱，就像耶稣的大爱一样完美无缺，求你供应我的每一天，求你保守我身边的所有人。以主圣名，阿门！"

十六、

旭蓉蓉接到冰儿的电话，吃惊不小，撂下电话时还恍恍惚惚。上学时就从来没跟冰儿有过密切交往，毕业后联络更少，冰儿怎么会约自己吃饭？奇怪！难道黎群群家的暖房订婚派对那短暂的交谈，联络了感情？旭蓉蓉对冰儿缺乏了解，只知道她一直和徐美美好得一个人似的。而自己和徐美美几乎是两个世界的人，徐美美是琉璃瓦，她就是毛土坯，冰儿就是那装满琉璃瓦的水晶房子，她能和自己有什么共同语言？

福克斯大道上新开张的寿司店，老板是一对早年移民来的香港夫妻，家族生意，儿子女儿四五个都入了餐饮业，除了这家店，还有三家店遍布在卧春城的几大繁华社区。几年来，卧春城华裔居民生活逐渐稳定，餐饮需求迅猛提高，几家寿司店生意兴隆，财源广进。虽是日式餐厅，只是蒙蒙老外，工作人员都是会讲国语或粤语的华裔，端盘子的女留学生们，一律镶红边的黑色紧身衣裤，清纯靓丽，十分养眼。用餐方式是点餐，不用自己劳动取食，现点现做现上，食材新鲜可口，杯盘碗碟精致小巧。虽然是想吃多少吃多少，吃不掉的却要额外收费，人们也就自觉起来，不敢乱点。日式风格的装潢典雅宁静，格子间格子窗，手工木伞悬在顶上，长方块的纸糊灯笼发出柔和昏暗的光芒，半封闭的小隔断里舒舒服服坐着，美少女们小碟小盘地伺候着，就比普通的自助餐高档精致了很多。三三两两的社交聚会，这里是个极好的去处。

旭蓉蓉先到了，选了一个靠窗的隔断坐了，窗户上贴着半透明日式绘画，线条纤细清晰，每个树木人形都似乎由百十条细线组成。街上活动的行人车辆与透明的绘画情景交融，画中的美女佳人也都活过来一般。

麦芽茶上来了，清香无比，乳黄色的茶水清澈见底。旭蓉蓉品着茶，静静坐着，想到上午的新闻，心情复杂如窗上的日式绘画。无论和萨瓦里相处如何艰难，无论萨瓦里的技术多么不入流，她还是没想到事情会严重到解雇他这个地步。公司有刺激职工努力工作的相应政策，每年业绩最差的雇员都有零星裁减，旭蓉蓉工作多年，身边却还没碰到过这样被裁掉的同事。

萨瓦里是三个孩子的父亲，妻子专职在家，父母亲也从印度被接过来和他们住在一起。那是一个典型的印度式大家庭，与中国人尊老爱幼的传统、团结紧密的家庭氛围以及热闹复杂的家庭关系非常相像。萨瓦里是这个项目开工时招进公司的，直接分在旭蓉蓉小组做助手，三年来，没少给旭蓉蓉添堵，但朝夕相处，说没有同事之情，那是假话。萨瓦里爱讲话，每天带着熏人的咖喱味念念叨叨地在旭蓉蓉面前抖落自己家里那点儿事儿，旭蓉蓉听着烦，不听也烦。你总不能剥夺同事的话语权吧？难怪他脑子里工作的事儿总是糊里糊涂，感情这么大个家，把脑子全占去了。旭蓉蓉经常感叹说："萨瓦里啊，你真是个好父亲，好丈夫，好儿子！当然也是个勤奋的雇员。"她忍住没说"可惜你智力欠缺，难成一个好雇员！你这傻了吧唧的勤奋，总用不对地方。"

她想，自己一个人带着丫丫就忙得焦头烂额，萨瓦里的家如此阵容，他的日子会多么不易！工作一丢，凭他的技术水平，再找到合适工作，要猴年马月，日子怎么过？靠政府救济，怎么能填补这么多张要吃要喝的嘴巴？

早晨人事部招了萨瓦里去，连办公桌都没让他回，就有人把他的所有物品用纸箱子装好搬了出去。公司规定，为防止被解雇人员在电脑上做手脚盗用公司信息，通常都是谈完话直接走人，保安把你送出大楼，连跟同事告别的机会都没有。残酷的资本主义！

　　旭蓉蓉感到了心脏的隐隐作痛。自从千禧年前后北美经济泡沫以来，高科技的员工们就没有睡过几个安稳觉。今天这家公司裁员百分之三十，明天那家公司被收购重组，后天最大的电信公司宣布倒闭了。坏消息波浪一样，一波刚停，一波又起。朝不保夕、人心惶惶，几乎是所有高科技员工周期性要面对的现实。有本事有闯劲儿的，跳槽，回国，去美国，你方唱罢我登场。随遇而安心态平和一些的，也不过是过一天算一天，今朝有酒今朝醉，明朝无酒再心碎。刚买了新房就丢了工作只好再卖房的，刚毕业没工作几天就丢了工作只好回学校继续读书的，刚生了孩子丢了工作只好把孩子送回国内托老人照看的，工作丢了爱情失落婚姻危机的，丢了几十年的本行改行做体力工的，等等，诸如这般的例子比比皆是。

　　旭蓉蓉转着手里的茶杯，想着自己几次逃脱裁员危险，何等幸运，又想着萨瓦里将要面对的困难，何等艰苦，不由得目光忧郁，惆怅地叹出声来。冰儿长发飘飘地坐到对面时，微笑着问："怎么愁容满面？谁欺负你了？"

　　"对不起，我们组今天裁掉了一个同事，心里很不舒服！"

　　"是好朋友吗？这么难过。"冰儿摘掉太阳镜，满脸温和笑容。

　　"朋友都算不上，还有些小矛盾呢。"旭蓉蓉看着这张柔和的面孔，心情舒缓起来，这笑容很好看！她微微笑着，简单介绍了一番萨瓦里的事儿，免不了提到他有多么烦人。"你说人多奇怪？合作的时候我烦他，他被炒了，我又念念不忘他的好处，他工作很勤奋，就是才智欠缺些，养那么大个家，真不容易。"

　　冰儿伸手给自己添了茶，又帮旭蓉蓉填满，说："是，人就是拥有时看缺点，失去时看优点，人人都一样。"她声音又轻又缓："人生其实本来就不易，不为这个愁，就为那个愁。快乐的时候少，忧愁的时候多，大多人如此难活，你说是不？"

　　"真的？你这么想吗？我还以为你和徐美美一样是那种快乐永远多于忧愁的人呢。"旭蓉蓉没去掩饰自己的惊讶。

　　"哎！徐美美也许是，我呢，对半吧。"冰儿温和的笑容像是脸上的皮肤，无论怎样牵扯着，都在缓缓地笑着。

"你那么幸福，还会忧愁？我想不通。说我对半还差不多，一个人带着丫丫那么多年，别提多累了。那时候，反倒没时间想事儿，每天按部就班地过着，机器一样，也就不知道什么快乐不快乐，忧愁不忧愁。即便现在，如果不是你提到这个，我也想不到。一听你讲话，就知道你是个多思之人，像个文艺青年，怪不得你会忧愁，一定是自寻烦恼。有句诗说什么什么强说愁来着？"旭蓉蓉咯咯笑着问。

"少年不识愁滋味，爱上层楼，为赋新诗强说愁。"冰儿答着，也笑。她看着旭蓉蓉没有丝毫化妆却粉嫩清秀的脸，想起那天她为芯儿里苦据理力争的模样，心里说不出的喜欢。就这么一件要样子没样子的体恤衫，也能让她穿出这么窈窕的样子来，这就是天生丽质！原来同学时，竟忽视了这么个里里外外都美丽动人的人，简直有眼无珠。

两人点好菜，冰儿问："你说的那个芯儿里苦的帖子，我回去就翻出来看了，真像你说的那样，我也好同情她。我现在写博客，很喜欢听不同人对不同事情的看法，对我启发特别大，能给我积累一些写作素材。今天约你出来吃中饭，就是想和你聊聊这个。"

旭蓉蓉又吃了一惊："咱们搞理工的有几个能有写博客这种爱好？你真有雅兴！你把博客发给我，我一定好好拜读。关于芯儿里苦，你想听我说什么？我也只是看看热闹，什么都不懂的。"

"你说如果你是她，会怎么样？这么多年，你一个人带着丫丫，你就不想？"冰儿很坦率地问，她知道话题到了床上，并不是每个人愿意透露自己的隐私。

旭蓉蓉果然有些尴尬："我不可能有芯儿里苦那种问题。每天又忙又累，倒床上就睡了，哪里顾得上想这个？"

"你的言外之意是，闲人才会想这个？"

"我不知道别人是不是这样。反正我是累了就不想。还有习惯吧，贾易生在国内，时间长了，我就习惯了一个人，我是个很容易习惯的人。你不问我都想不起这个问题，你这一问，我想我也许有性冷淡倾向？"旭蓉蓉说完，自己先笑起来，她突然想起来大威哥。

菜都上来了，她夹了一个日式天妇罗炸茄盒，小口吃着，咽了才说："温饱思淫欲，我可能还没温饱呢，所以不想。芯儿里苦是生活太幸福了，只有这个不满足，所以这唯一的不足就令人心烦了。"

冰儿圆睁着眼睛，愣愣地看着旭蓉蓉，半晌没讲话。

"难道我说的不对吗？"旭蓉蓉说着把牛肉片往冰儿面前推了推。

"对。我倒没想过芯儿里苦是生活太幸福了,才会有这个饥渴。我以为那就是生理反应,幸福和不幸福的人,都会有的生理反应。你这个视角挺独特的,我相信那个马拉松帖子里没有人这样说过。你为什么不告诉她,也许她会因此改变看待这事儿的视角呢。"

"我是写过悄悄话,一直没发出去。我很土,不习惯网上联络。现实生活里的朋友都没时间应酬,网上的陌生人还是慎重吧。我心里是诚心诚意希望这个芯儿里苦不要再苦自己,虽然我也说不出什么惊天动地的话来,但我知道,如果我在她身边,可能会成为她可以倾吐的朋友,我和她的性格里除了对性的要求不同,其他很多地方都好相像,比如对家庭的态度,对子女的重视,对老公的付出,对自己的舍弃,等等,太多品质都太像了,我就是不由自主地喜欢她。可惜我没有人家那样的文采和勇气。"

冰儿听的心潮澎湃,泪眼蒙蒙。她在心里喊着:我就在你面前,你知道吗?我已经是你的朋友了,你知道吗?我们可以成为世界上最好的朋友,你知道吗?芯儿里苦感谢你的支持和知心,感谢你在人前为她所作的维护和表白,她感谢上苍给了你们俩这么多同样的品质!迟早有一天她会在你面前显形,她要当面感激你!

冰儿克制着自己就要脱口而出的实情,低头吃了大大一口绿芥末,眼泪有了嫁祸的对象,才抬起头来。

"天,你这么能吃芥末啊!都辣出眼泪了!"旭蓉蓉指着芥末,啧啧叹着。

"偶尔要想念一下那股窜进脑子里的辣劲儿!很刺激!"冰儿擦了擦眼睛,柔柔地说。

"这就是文人的激情吧?对了,你写博,肯定有很多粉丝吧?你和他们接触吗?"

"现实生活里当然不接触,我的粉丝遍布世界各地呢。网上的确交了不少朋友,天南海北。其实上网很锻炼人,那个虚拟世界里,悲欢离合喜怒哀乐,也会揪心扯肺地让人魂牵梦绕。梧桐更兼细雨,几日春寒,几许秋露,听人笑语,看人吵架,都趣味横生。"

"到底是文艺女青年,出口成章。冰儿,你真选错行了,我觉得你应该去当作家,我最羡慕作家了,一本书,那么厚,从无到有,一字一句写出来,那可不是什么人都干得了的事业,多少智慧的结晶啊!咱们编程序,是个人都能学会,编好编坏是另一回事儿。可写书这种工作,打死我,干不了就是干不了啊!"

冰儿笑得很甜，她真是越来越喜欢旭蓉蓉了。"我哪能算什么文人，不过自娱自乐，不知道怎么不小心就有了很多跟读的。我那些博文也算不上什么文学作品，如果真能出版著作成了作家，我就太幸福了。"

　　当作家原本就是冰儿的梦想，五岁时捧着图画书，就要给故事的结尾改头换脸，小手儿抓着蜡笔东画西画，把书涂的乱七八糟，直到母亲严厉训斥把书都没收了，才眼泪汪汪地求饶。一本图画书，她可以看十几遍，然后就自言自语地讲故事，给主人公改变了十几遍命运。大一点就养成了在被窝里打着手电看小说的习惯，以免被母亲捉到。初中没毕业，中外名著就读遍了。书是从语文老师那儿借来的，看完一本换一本，她的作文总是全班第一，借书成了老师给得意门生开的小灶。直到随父母出了国她才不得不把精力放在提高英文上，渐渐停了中文阅读，可英文又一样地爱上了，英文小说越读越上瘾，高中时，她可以两天读完一本四百页的英文小说，上大学前报专业，就想报英语文学。母亲说，学文学？不行！学理工，毕了业有个实实在在的一技之长，好生存。文学只能当零食，不能当正餐吃。于是阴差阳错，走上了电脑编程这条路，此刻竟被旭蓉蓉说中了。

　　关于文学，和徐美美好了那么多年，徐美美也从没有说过这样鼓励的话。徐美美会说："干什么不好？非要搞这个不能吃不能喝，只会让人多愁善感的职业？每天闷头在纸上写东西，那是什么鬼日子？不就是爬在纸上或者键盘上白日做梦吗？你呀，现实点儿好不好？穿好的吃好的多挣点儿钱多谈谈恋爱，才是正路！"

　　两个女人边吃边聊，丈夫孩子工作生活无所不及。旭蓉蓉眼里，冰儿远不像自己想象的那样锦衣华食，高高在上，这是一个温柔体贴善解人意隐忍端庄的小女人，聊起孩子时那种用心和细心即便在女人里也是罕见的。两人越说越投机，都有了相见恨晚的感觉。

　　"咱们一个月一起吃一顿中午饭，如何？我现在用压缩时间，每天工作多一小时，两周就多出一天休息，要么周一休，要么周五休，我就着你的时间，我们选离你公司近的餐馆。怎样？"冰儿建议道。

　　旭蓉蓉心里说不出的柔软感动，她觉得自己似乎爱上了冰儿一般，便一口答应。

　　两人抢着付钱，谁也不相让，最后干脆各付各的，这才罢了。一起身，两人都愣住了，对面隔断里坐着大威哥，正和一个妙龄少女面对面吃饭，他的手伸的老长，搭在少女手上，捏捏抓抓。

"大威！"冰儿脱口而出。

大威哥吓了一跳，迅速抽回手来，不自然地站起身来，显然也吃惊不小："怎么是你们两个？"

冰儿和旭蓉蓉相视一笑，心照不宣，冰儿应该和徐美美在一起才合乎情理。旭蓉蓉脸上泛出红晕，有些尴尬，她庆幸她和大威哥的事儿是个死掉的秘密。自从上次和大威哥见面闹翻，她再也不想见到他。今天的他打扮的很精神，米黄色宽松外套罩着一件白色条纹衬衫，额前立起一撮长发，打了发胶，年轻人的酷态，哈，和小女生约会就是不一样。那女生埋怨地说了句什么，大威嘿嘿笑了一声，说："忘了介绍，这是我女朋友罗恩。"

冰儿和旭蓉蓉都冲着罗恩说"嗨！"，低眉抬眼多端详了两眼，真是个小美女，脸蛋儿圆圆的水嫩滋润，眼睛不大闪烁着清纯光芒，额上几颗青春痘若隐若现。旭蓉蓉惊讶地说不出话来，她想起那天大威哥在停车场发了疯痛斥女人的样子，怎么这么快又恋爱了？男人到底是怎么回事儿？冰儿拉了拉旭蓉蓉的手，说："你们慢慢吃慢慢吃，我们先走一步。"两人逃跑似地出了饭店，一出门就面对面啧啧啧叹起来。

"天，这两口子都够快的。徐美美和一个白人买房子买在我们街上，你知道吧？大威哥交了这么嫩的女友。他俩离婚只有半年多吧？都如此神速！本来听说大威哥忧郁得不得了，哪儿有的事儿？冰儿，这世界变化快成这样子，我真不适应，我就是跑都跟不上！"旭蓉蓉睁着大眼睛愣愣地说，心思还停在惊讶中。

"是啊，上次见徐美美，她还提起大威酗酒，他忧郁你也知道？好了好了，这下好了。我得赶紧通报徐美美，她总算可以摆脱不仁不义的阴影了，前夫度过了黄昏，已经领着一位小美女朝黎明进发呢，她这个前妻再也不用担心大威哥报复打击了，她可以高枕无忧地想爱就爱了！"冰儿显然十分高兴，她拿出手机给徐美美敲起短信来。

"他俩到底是怎么回事？那么好的一对儿，怎么说离就离了？"旭蓉蓉问。

"唉，人啊。鞋子舒服不舒服只有脚知道。清官都难断家务事，何况你我这种小民？"冰儿继续敲着字，说："等等，这就发好了。"总算敲完了，胳膊立刻搂了上来，她轻轻抚摸着旭蓉蓉的后背，因为个子高，那姿势很现成，她说："徐美美这妮子，你还不知道？那是为了追求幸福不管不顾的人，当年追大威哥可以那样，现在有了新目标，同样不管不顾，有什么稀奇？我跟你说的话，请到此为止，徐美美知道我这么评价她，会杀了我。"她说着捏了捏旭蓉蓉的肩膀，小声说："蓉蓉，我今天真高兴！"她转过身来，迎面和旭蓉蓉拥抱。两人心里都有一丝颤抖，如音锤铛地撞响，余音缭绕，一份感动悄悄弥漫在两人中间，两人不像刚刚发展了友情，倒像是要好了一万年。

人到中年，有个谈得来的同性朋友，真好，尽管冰儿又搂又抱的亲密举动让旭蓉蓉很有些受宠若惊。在国外住久了，懂得同性之间要保持距离，在国内上街和女友手挽手的习惯在这里会被人看作同性恋，想不到冰儿竟然会对女性朋友保持这种肌肤接触的闺蜜之仪，旭蓉蓉一路开车回公司，肩膀很沉，一直感觉着冰儿的手那一松一紧的揉捏。

冰儿晚上在博客上写了首诗：

我是梦者
四季中流浪
寻找风、寻找雨
寻找曙光和晚霞，也寻找
你，一同背起行囊
朝着同一个方向

我们相遇在
晨光铺洒的岔路口
微笑，挥手告别
一个走进石径
一个走向草丛

当正午的艳阳，照在
你我的头上
疲惫已令我神伤
困倦也让你迷茫
石径的尽头竟是你的草丛
各自走了一个圆圈
面对着对方的方向

携手，在诗歌的末行

你是我的你，我是你的我
背起行囊，手拉手
一起去找风找雨
找到晚霞和朝阳
完成那梦里
二人的流浪

　　冰儿的诗一发出去，就引起了粉丝们的大胆猜测，这分明是首情诗，写给谁的？显然不是写给丈夫，很像初恋情人，或者是个曾经的过客？谁能令这位才华横溢的女子倾心向往携手流浪？谁能这样俘获她的心？跟贴有玩笑调侃直截了当的，也有含沙射影拐弯抹角的，冰儿心中暗笑，照旧在当天不理不睬，她喜欢让网络的反馈去沉淀一下，多年的网络经验，她已经可以比较自由地控制情绪不受跟贴的影响。不要说这是写女人寻找友情，如果真是写给情人的，她可能去承认吗？冰儿知道自己对旭蓉蓉如此好感起来，仅仅是因为她对芯儿里苦的同情和理解，那灵犀的一点却足够可靠了。自己孤单、寂寞、无助的日子是需要理解的，她承认自己和所有的女人一样，需要友情。她渴望一个可以倾诉的对象，她渴望比情人单纯的友情来宣泄苦闷。徐美美不够，她永远滞留在青春期的状态无法满足她已经逐渐衰老的心境。几天来她赶不走旭蓉蓉为芯儿里苦打抱不平的模样，她庆幸自己约了旭蓉蓉出来，她还要继续地和她相处下去，她喜欢那张面若桃花的面孔，她喜欢她朴实无华的姿态，她欣赏她善解人意的善良品行。
　　女人可以对女人产生类似情人的感觉，在冰儿并不新鲜。她的多愁善感，会让情感的小喷泉随时喷发。当年跟徐美美在高中时就热恋中人一样，形影不离，那时的她还没有现在的思想和困惑，有的只有青春的梦想和激情，和徐美美现在的样子一模一样。她对徐美美的一成不变，即佩服又疑惑，一个人可以不长大，多么美妙，可惜她自己做不到。她不想老去，可有谁能挡住时间和生活给她的历练？她在秦男的冷淡和沉默中历练，她在秦风秦云的成长中历练，她在芯儿里苦的苦闷中历练，这就是生活，一个逃不脱的熔炉，被烧被翻滚被煎熬，最终会百炼成金还是变成一块废铁，只有时间可以证明。
　　当冰儿的思绪翻滚如巨浪时，旭蓉蓉却简单地兴奋着，她翻着冰儿的博客，那一篇篇妙笔生花的文字，让她顿开眼界，越看，她越崇拜这位"半满"，也越来越惊奇于冰儿的多思和多才，真的是她吗？就是中午和自己刚吃过饭的那位秀丽美女？冰儿太低调了，她从来没有在人前夸耀过自己的生花妙笔啊！人，谁能从外表看到一个人如此丰富的内心世界？她被自己的惊奇兴奋着，有些控制不住。她端着电脑，走进贾易生书房，说："唉，你不是爱上网吗？，你看看，我同学冰儿的博客这么火，近千万点击率了。可了不得！真人不露相啊！"

贾易生翻着屏，不以为然地说："现在的人，都有才。网上网下两张面孔。天上掉下来一块陨石，一砸就能砸中个有几百万点击率的博主。"

旭蓉蓉翻了翻白眼，说："风凉话谁不会讲？有本事你也挣几百万的点击率，那可不是人人做得到。再说，冰儿初中就出国来了，能写这么好的中文，难道不稀奇？除了智慧，还有这种文字追求的精神也令人钦佩！我们现在是好朋友了，你别挑拨离间！"

贾易生耸肩微笑，他对旭蓉蓉的背影说："我还是别追求几百万的点击率吧，我追求挣一百万就行了。这些虚头八脑的文字有屁用？世界是靠实实在在的东西支撑着的，不是靠文字。多亏'半满'是女人，我看如果是男人，你都快爱上她了，爱上这种风花雪月的男子可就毁了。"

旭蓉蓉顿了顿脚步，没接茬，嘴角却咧开了，是啊，自己过去不大看博客，这种隔着屏幕的世界原来真的会迷人心志，文字里的人物都是精雕细琢，去真存伪，完美无缺。谁不喜欢完美之人完美之语？如果半满真是男人，爱上她又会怎样呢？

她翻回"半满"的首页，就看到冰儿刚发出的那首诗，开始的时候她也以为冰儿在写一个恋人，看第二遍就觉得有可能是写给自己的，心里突突突涌起一股克制不住的冲动，她抓起电话。

"我今天看过你的博客了，文章太多，只挑着看了一些。我太崇拜你了！你太太太有才了！我彻头彻尾地成了你的粉丝了。这首新发的诗，是？"

"谢谢你还有空看我那两笔无聊文字。这诗是写给你和我的，你喜欢不？"冰儿温柔的声音柔和如蜜。

旭蓉蓉不知说什么好，电话里的冰儿突然雾一样模糊起来。从来没有过什么人专为自己做什么，给自己写诗，"同一方向""手拉手去找""二人的流浪"，暧昧！她感觉自己的脸发起烧来，浑身甜腻腻的不自在。这种感觉太不同寻常了，在她的记忆中，从未经历过这样的感觉，像一缕几乎散尽了水分的蜂糖，拉着长长的粘稠的丝。这种感觉很脱离现实，摸不着，看不见，如何去面对，她手足无措。她只知道心脏一颠一荡地跳动着，可以听到血液流动的哗哗声，有一种激情在那哗哗声中翻卷着泡沫，洁白的泡沫，脆弱而美丽的泡沫。

"你真好！谢谢你。"她小声嘟囔了一句："早点睡吧。"

撂了电话，她呆呆地坐着，很久没有思想，又似乎有很多思想。怎么会这样？入睡前她反复地问自己，也问"半满"：这就是心心相印吗？

纯洁的友谊！她下了结论，才安稳地阖上了眼睛。丫丫的房间早就寂静无声，楼下贾易生书房的灯光还亮着，可以听到若隐若现的说话声，他一定又在和国内的业务单位通话呢。

夜深了，卧春城的秋夜宁静安详，天空清亮无云，星星眨眼，枫树摇曳。静湖区的灯光渐渐稀疏，连绵的房屋一座座暗淡下来，不同的人生进入了相同的无意识睡眠，或梦着惊涛骇浪，或梦着花前月下，不管你醒着的时候多么强大，都被潜意识掌管了一切。

路灯照着杳无人迹的街道，如一颗颗金色纽扣缀在夜的黑衣上，纽扣亮着，衣裳严丝合缝。

十七、

梁星所在的税务局办公大楼每年都会有些定期不定期的集体烧烤活动，巨大的白色无墙帐篷搭起来，三五个烧烤炉点燃，长条派对桌上堆着大袋的汉堡肉、面包、洋葱、生菜、西红柿酱、芥末酱、矿泉水和罐装饮料。行政上有个挑头的，劳动的基本都是志愿者。男同事在烧烤炉前烤肉，女同事负责夹汉堡，人们取了热烘烘的汉堡端着一次性盘子站在草坪上边吃边聊。

这次活动是一个叫麦克的同事发起的。麦克的太太乳腺癌刚刚去世，他号召给乳腺癌基金会捐款，捐够两万块，他就甘愿剃掉留了二十年的连鬓胡须和头发。捐款活动网页和乳腺癌基金会的捐款网页相连，可以用信用卡直接在网上捐助，收据当时就可打印出来为年底报税留存备用。

麦克长着丰富密集的连鬓胡须，嘴巴基本隐藏于须髯之间。说话时看不到嘴唇运动，须林开合之际，从那神秘缝隙中就传出浑厚低沉的话语。他照顾同事情绪，很少当众吃饭，人们联想食物进入那口腔的重重阻碍，难免发生诸多感慨。饭后的胡须清理工作是他吃饭的必要步骤，他甚至随身携带着一把胡须专用梳子。此人头上的长毛卷发也十分特别，胡须是深棕色的，头发却是黄里透白，打着千万个碎卷儿，像一头绵羊立在雄狮头上。这种不协调却很协调地在人们眼前晃来晃去，一晃就是二十年。

二十年不见天日的上下半张脸要冲破重围见太阳，旧貌换新颜，当然是件颇为有趣的事情。不到一周，整座大楼就捐了近三万块，人们热情高涨，兴高采烈地等着看麦克剃头。捐款金额和捐款速度倒比中国汶川地震和海地地震还多些。

局里借机组织烧烤聚会，帐篷中间早早安放了座椅，有同事自告奋勇担当剃头匠。日子选在周五下午，人们提前下班，跑到院子里乘凉。那麦克早就西装革履地穿戴好了，有人拿了高级相机给麦克和同事一一拍照留念，麦克的须林横向延伸着，虽然看不见嘴巴，那笑容倒是显而易见。一会儿，连鬓胡须和头发一同消失，麦克会变成什么模样，各有猜测。有同事画了若干漫画到处让人签名，一块两块地下了赌注，输了的请客去星八达喝咖啡。

麦克在当中端坐之时，整个帐篷四周围满了人，剃头匠是麦克组里一位黑人同事，据说经常给男性亲戚们刮剃卷曲无比的黑人毛发，颇有剃光头刮光脸的实战经验。乳腺癌基金会的代表三言两语宣布了有零有整的捐款数字和基金用途，谢了大家，赞了麦克，剃头活动就在嬉笑中开始。第一片雪白的皮肤在麦克下额上显露时，人们大声地喧哗叫好，围观的人们举着手机啪拉啪拉拍照。随着裸露的皮肤越来越多，人们啧叹的声音就无边无沿了，等到麦克整个头颅瓢光面净之时，人们面前像多了一道惊人的世界奇景，没有一人不点头称赞，除了久不见光的苍白，这是一张棱角分明没有缺点的脸。太帅了，这样的脸遮掩了二十年，何等浪费资源！"Breath taking!"人们大赞。麦克明星般和熟人逐一握手，接受祝贺，又是噼里啪啦一顿合影照。烧烤炉子这时都点燃了，人们渐渐散开，空气里飞扬着烤肉的诱人香气。

陆西安一直在烧烤炉前烤汉堡和面包，刚才观摩剃头的时候，梁星早透过人群用眉眼跟他打了无数次招呼，马上就要到周日了，俩人都热切地盼望着二人小组的圣经学习。梁星看夹汉堡的女同事忙不过来，赶紧跑到长条桌前去帮忙，一趟趟从陆西安手里取烤好的汉堡肉和面包，一接一递，两人很是默契。忙了一阵，草坪上的众人手里大多都有了吃喝，速度才放慢下来，就有人来替换，劳动人员终于可以为自己服务，梁星先夹了一个厚厚的汉堡递给陆西安，自己才夹了一个薄的给自己，保持体重，不敢贪嘴。

"这次捐款如此成功，麦克的胡须立了大功。"陆西安说："我在想，教会筹备盖新礼堂，是不是也应该别出心裁想点儿有趣的办法，鼓励会众捐款。"

"咱们教会可没有长连鬓胡子的人供人来刮。"梁星笑道，看见陆西安眼神温柔地望着她。

"我看教会每周的欢迎卡上都有本周实际捐款金额和预期目标，基本持平，每周都上万，会众都好自觉。"梁星等嘴里的汉堡咽干净了才接着说："我过去可真落后，虽然咱们税局每年都会有几次大大小小的捐款活动，可是捐助意识我还是去了教会才真有了。过去捐款，心里不情不愿，很勉强，随大流，别人捐多少我也捐多少，不诚心，太惭愧了！现在被动变主动，心态被神的大能完全改变了，世界上那么多需要帮助的人，教会的牧者都是靠会众支持才可以给我们带来神的启示，多么伟大和无私的职业！我过去真是罪孽深重，好自私！不懂分享，不懂得帮助别人本身就是一种快乐，更不懂付出会得神的喜悦，不懂得付出越多，神给回来的喜乐也会越多。实话跟你说，开始在教会看到每周的捐款报告，我还以为是教会编出来哄人的呢。那时以为人人都跟我一样自私小气。我想，哪儿有那么多傻子？辛辛苦苦挣的工资，为什么不留着自己花，都白给别人用？"

梁星说着，瞟了陆西安一眼，正好接住陆西安宽容的目光，她低声说："你笑话我了吧？我这么隐私不雅的想法都跟你和盘托出了。"

"我怎么会笑你？你这是最好的见证，是神在你身上做工，改变了你对金钱的态度，也改变了你对人生的态度，我只有为你欣慰，为你骄傲！"陆西安说着，心下感到惭愧，身为长老，他虽然每次都把工资的十分之一拿出来捐给教会，捐的却是税后的十分之一，不是税前的十分之一，这和经上的要求有出入。加拿大这种高税收国家，税前税后一年可以相差几万块，十分之一就是几千块。他默默求神理解，旧约圣经是两千多年前记录的神示话语，那时的税收制度与今大不相同。自从耶稣完成了救赎，信徒多以新约的教训为准，新约并没有明确奉献数额，只说"照自己的进项"。他做到了量力而出，诚心服侍，神一定不会怪罪他。他默想着哥林多后书九章七节的教训"各人要随本心所酌定的,不要作难,不要勉强,因为捐得乐意的人是神所喜爱的"。他所奉献的都是他诚心给的,神自然会喜爱!他暗暗佩服梁星的进步,她如此爱主,连奉献这个艰难的门槛都轻易通过,感谢神。

梁星嘴上说得热切,心里却风吹草动。刚开始去教会,捐五元她都嫌多,算计着五元可以喝提姆霍顿两杯中号咖啡了。如今,她给自己定了每周捐五十块的目标,特殊日子教会搞活动,她还捐过一百,她为自己的进步大大感谢神。至于"十一奉献",她总是绕开不提,她做不到。祷告时她存了私心,下意识地避开这个具体数值。一个月两百多元奉献给教会,她已经很为自己感动,为此还把金齐欣惹火了。她祷告说:"谢谢神的指引,我已经可以把奉献做到这么多,金齐欣都跟我翻脸了,我不知道该怎么办。感谢您的看顾您的指引,我求您继续支持我的信心。也求你的照看,求你软化金齐欣的心,让他认识你,让他支持我爱你。求你让所有奉献钱款对宣扬你的圣名、对教会的成长壮大有所助益。"这么说着,倒好像她已经达到了神的要求,问心无愧了一般。

"陆领导,我问你一个问题,如果家里人意见不合,阻止奉献,该怎么办?"梁星嘟嘟囔囔地说出来,话没说完,脸先红了。

因为奉献的事儿,金齐欣刚跟梁星大吵了一架。梁星去教会,每次奉献都取了现金,背着金齐欣,她知道丈夫没有反对她信主是因为他看到了基督教对她性格的良好改变,如果他知道她捐这么多钱,一定会阻挠她继续信主。可到了填表报个人所得税时,她无法再瞒,她要用捐款收据来抵掉一些个人所得税。

"你可真大方,一个月两百多,一年两千五百块不止,这是小数目吗?咱们投资三座房子,那么多房贷。这边借着债,那边你倒有钱往外扔?我每天辛苦工作,奔波在几座房子之间,为了什么?我反对,坚决反对你臭显摆充大头!"

"你真自私!教会给我带来平安喜乐,我就要捐!捐款是用我自己的钱,你就当我少挣了两千块,咱家能饿死?愚顽不化!自私自利!再说,我上班这么多年,难道两千块钱的主都做不了?我过去买衣服买包的钱也远超过这些,我现在买东西少了,你就当我花了,免得心烦!"

"教会就是蒙你们这些脑残的人,你不要再去那个鬼地方了!不去教会你就没有平安喜乐了?满世界不去教会的人多了,不都活得好好的?我自私自利?我是为我自己吗?我是为了我们的未来未雨绸缪!你倒玩儿开高尚了！就你需要属灵安慰？高尚得你还不知天高地厚了！我看这个家你都舍得给你的主了！什么鬼教，骗人钱财的教罢了！"

"你，你……"梁星气得说不出话来，半晌才说："就为两千块钱，你信口开河，指黑说白！你明明知道信主改变了我的人生，也改变了我的脾气，我，我……"梁星本来想说：我厌恶你！你自私自利不可救药！你的脑袋被撒旦控制了，还死不悔改！可圣经上的话跳了出来，"要温柔良善"，"男人是头，女人是身体"。她一扭身走开，心里产生强烈抵触情绪，这样的人怎么能做我的头？他是利欲熏心，视财如命，而我是主的孩子，宽容伟大高尚！我怎么能让这样的人做我的头？我要做我自己的头！

"你的教改变了你的脾气？你这样跟丈夫大喊大叫，是什么好脾气？告诉你，我现在正式反对你去教会洗脑，也从此反对你把圣经学习小组领到家里来，都是这群疯子把你带坏了。我不是开玩笑，我很认真！"金齐欣说完就摔门走了。

梁星气的坐立不安，当时就想打电话给陆西安，几次拿起电话，几次又放下。太丢人了，这种家务事儿怎么对外人说？陆西安还不笑话死了？再说，她也不好意思把家里的经济问题说给陆西安听。她犹豫再三，抓起电话拨给小唐，仍然苦于启齿，吞吞吐吐地说："你们全家都信主，周凌云也去教会，多好啊！"

小唐听出她话外有音，问："怎么了，突然说这个？金齐欣欺负你了？"

梁星不想说自己和金齐欣吵架的事儿，她从来都是众人羡慕的对象，怎么能被人同情？可眼泪不争气，顺着面颊流了下来，她说："小唐，你说信主是不是也会有阻力？"

"当然了。这个世界是属血性的，是属尘世的，撒旦的计划不会终止，属灵的征战从来就没有停止过啊！"小唐说着，又问："你怎么了？告诉我，和金齐欣闹矛盾了？"

"他，他反对我奉献。"梁星的声音低得几乎听不到。

"哦，这样啊！"可以听见小唐轻轻的笑声："很正常的，别灰心。怪不得你羡慕我全家信主。这种情况在单方信主的家庭很普遍呢，只是人们都不说出来罢了，牵扯到钱了。唉，坚持祷告吧，让神开启他的心灵。别赌气了，啊？不信主的都不太理解奉献的意义，也不奇怪。"

梁星不想多说，就撂了电话。她对祷告能如何改变金齐欣，抱有很大怀疑。奉献的事儿不解决，金齐欣怎么可能同意她去教会？以后的日子怎么过？

憋了两天，她几次想问陆西安讨主意，几次都没好意思。正好局里搞这个活动，她终于憋不住了。

"金齐欣反对我奉献。"梁星低低地说道，抬头看了看陆西安，感觉自己脸上火烧火燎。

陆西安从来没有见过梁星这般可怜的样子，像个犯了大错的小学生，时刻等待老师的训斥鞭打。他真想伸手过去摸摸这张尴尬的脸，再把这个不知所措的身体揽进怀里。他逼着自己把目光移开，咳嗽了两声，说："这样啊！这个，这个……如果因为这个产生家庭矛盾，神并不会喜悦。问题严重吗？"他问道。

"严重。"梁星低声说："他说不让我信主了。"说完，又赶紧叮嘱："你可千万别告诉别人，太难为情了。"

"放心，我怎么可能和别人说？如果他坚决反对，奉献就先停一段时间，没关系，神会体谅你的，他更在乎你的信心，而不是形式。问题的关键要多祷告，求神看顾金齐欣，软化他的心，让他早日信主。"

听到"先停一段时间"，梁星立刻松弛下来，看看，这就是成熟基督徒的善解人意，多么体贴知心！她知道自己早就有此想法，只是需要一个主里人的支持。她问："可是每个人有自己的时间，不是吗？如果金齐欣一直不信主，我还永远不奉献了？神说应该先爱他，才爱世人。我被老公影响不为神奉献，神会惩罚我吗？"

"这个，很复杂，我们慢慢来探讨解决这个问题，好吧？先放宽心，奉献停一段时间，和金齐欣搞好关系，很重要！"

梁星使劲点头，眼里心里都感激万分。

有人过来和陆西安讲话，梁星就端着盘子走开了。

"星！"亚历山大端着汉堡和可乐朝梁星走过来。

"啊，是你！你们部门搬到四楼，我们都见不到面了！"梁星笑着说。自从把秦封雨介绍给亚历山大以后，她就没再过问他们两个人的事，秦封雨见风使舵的本领令她既佩服又小视，丈夫去世没几天，就能如此八面玲珑游刃有余地掌控局面，这是能人，根本不需要她的什么帮助。她是一个不喜欢和强者打交道的人，和强者在一起，她感觉自己弱小无力。相反，和弱者在一起，她感觉安全踏实，她喜欢在帮助弱者时心中的欣慰和满足。

"我和雨准备订婚了，星。我们要谢谢你！订婚的日子已经选好，我们只请几个贴己的人来家里吃顿饭。雨说，她的朋友只请你和小唐，你们最可靠，对我俩的发展速度不会说三道四。请帖我带来了。"亚历山大说着把盘子放在身边花池的砖沿上，从口袋里掏出一个漂亮信封。

梁星连声说着恭喜，笑容浮在脸上，心里又是一惊。天！订婚了？！秦封雨，这个三个孩子的寡妇，真不一般！

"要不要我给小唐带信儿？我周日去教会，会碰到她。"梁星说。

"不用，雨说她会自己通知小唐。本来她想直接通知你，但我想当面谢谢你，表达我的诚意，如果没有你的介绍，我怎么会这么幸运认识雨？"亚历山大的蓝眼睛孩子一样闪烁着喜悦的光芒，笑容在一张已经失去棱角的脸上晕开，盛在每一根皱纹里，那脸就舒展年轻了很多，爱情的力量真是强大，哇，看他鬓角的白发都闪着银白的光辉。

"别客气。你们能这么顺利，我很欣慰。"梁星真心希望这两位幸福，她突然想起邱段守的葬礼上秦封雨泪奔的模样，想不到命运拐了这么大一个弯儿。她克制着心中的波涛起伏，脱口说了一句："感谢神！"，说完自己先笑了，问："有一阵没看见秦封雨来教会了，原来她在忙着和你谈恋爱！"

"哦，我信天主教，带她去了几次我们的天主教堂。所以……"

"这样啊！我从来不知道你是天主教徒，好啊好啊。"梁星也不明白自己在说什么好，对她来说，只要信教就是好，不管什么教。作为一个新信徒，她还区分不了教与教之间的关系，她只知道天主教和基督教信的都是圣父圣子圣灵三位一体的上帝。秦封雨去了天主教堂，似乎也无可厚非。可她转念想到自己的浸信会会因此减少一个人，减少一分奉献的力量，就又觉得不太对劲，她问："那封雨是决定跟你信天主教了吗？"

"哦，没有没有。只是去了去教堂。"亚历山大憨厚地笑着，突然转了话题，问："星，你们中国女人喜欢什么礼物？有什么特殊性吗？我送花给她，她似乎也不是多么高兴。"

梁星咯咯咯笑起来，说："没有女人不爱花的，不过呢，中国女人更现实更实在，如果你花同样的钱买些更实用的东西送她，她可能会更高兴。花过几天就谢了，好看不中用。"

"更实用的东西？"亚历山大反问。

"比如一件衣裳，几双袜子，一只炒菜锅，哪怕一盒子速冻酱鸡腿呢，都很实用啊！"梁星说完，自己先哈哈大笑起来，说："怎么从美丽鲜花拐到鸡腿了？哈哈，你别笑话我们中国女人缺乏浪漫，你以后和封雨过日子会逐渐明白，娶个这样不爱浪漫的老婆非常非常实惠！"

"送鸡腿？送炒菜锅？"亚历山大睁着迷蒙的双眼呆呆地重复着。

"对对，就是鸡腿和炒菜锅。"梁星仍然笑得合不拢嘴，看见有人开始收拾烧烤残局，赶紧帮忙，她冲亚历山大说："我一定去你们的订婚宴，请转告封雨，恭喜你们！"

亚历山大果然在去秦封雨家的路上买了一大盒烤鸡腿。自从他向秦封雨求婚成功，他每天好像活在风里，脚下踩着云，身轻如燕，生活一下变得色彩斑斓。秦封雨在他眼里十全十美。她那紧致的东方面孔一轮满月般照耀着他的生活，她的顺从、她的湿润更令他百般不舍，每次见面都不能自己。有时约会看电影，或邀她去酒吧，他也会小腹胀痛，在大庭广众之下变得坚硬无比。即便时间地点都尴尬，他也会在车里或者在野地里要求与她交合，最令他惊奇的是无论什么时间场合，她都积极配合，带给他意想不到的刺激。除了性的吸引，她的独立自主、勤快聪慧也令他神往。相比那个总给他买速冻食品吃的公司主管前妻，秦封雨吃苦耐劳的品格让他耳目一新。这个女人怎么永不疲倦？她几乎没有坐下歇息的时候，可一举一动又有条不紊，无慌张之感。三个孩子虽然负担不小，也看不到她愁眉苦脸。亚历山大隐约觉察到秦封雨手头并不羞涩，心下猜到邱段守暴病而死的人寿保险数目不小，否则，怎么付得起幼儿园，又哪来时间和金钱出去学习。

秦封雨房子买的差不多，租户稳定了，房子就做了副业，遥遥控制着。认识亚历山大不久，超声波技师班也开学了，她英语过关，学的那点儿技术知识跟当年她读大学和研究生时的专业课无法同日而语，据说毕业就可轻易找到工作。有个稳定的工作，钱多钱少不打紧，找份踏实感觉。邱段守的离去，让她认清了独立自主的重要性。

和亚历山大恋爱，是一种全新体会，他旺盛的性欲让她无比新奇兴奋，他的温和礼貌，也令她耳目一新。本来担心他和三个孩子会有摩擦，竟也多虑了。三个孩子配合默契，情况好得出人意料。邱段守走后，邱伟大立刻成熟起来，长子风范显露无疑，经常帮忙照看两个妹妹，待人不温不火，虽然和亚历山大没有亲热之感，也没有明显反感，对秦封雨更是言听计从，极少顶嘴，青年人里如此温顺的男孩子实在罕见。

亚历山大来的时候，经常爬在地上陪二妞三妞搭建乐高积木，邱伟大就悄悄在旁边看着他的一举一动，开始的时候眉眼之间很多戒备之意，渐渐那眼神就舒缓下来，搭出像样子的城堡，他也跟着两个妹妹呵呵笑。笑过，亚历山大问："伟大，我带她俩去公园荡秋千，你来不来？"邱伟大就拎上足球一同出门，秋千沙坑旁边就是足球场，亚历山大推着妹妹荡秋千时，邱伟大就一脚一脚地射门。

女儿小的时候，亚历山大给社区足球队做过三年教练，他看邱伟大脚力颇佳，就动员秦封雨给邱伟大报了社区足球队，他隔三差五地在球队做义工，帮助训练，那邱伟大进了球，就总是向亚历山大蹦跳着招手，秦封雨在旁边喝彩，他倒看不见。秦封雨五味酱缸翻在心里，又是喜又是忧，喜在儿子和亚历山大如此融洽有缘，忧在多少对九泉之下的邱段守有些不明不白的歉疚。

二妞脾气倔，可只要芭比娃娃一递上，立刻眉开眼笑，亚历山大就经常买芭比娃娃给她，很快，二妞就有了自己五颜六色的芭比娃娃展示台。三妞会动不动爬到亚历山大腿上，敲着他鼓鼓的肚子问："为什么这么大？"他答："为了让你敲！"三妞就敲得更欢乐，擂鼓一样，那两只柔软的小手锤起来节奏鲜明，力度恰到好处，痒痒的，微微一点痛，亚历山大就有了些当爹的欣慰，抱着三妞的手更加柔软温和，面孔上的笑容持久不退。

几个孩子都感觉到亚历山大与邱段守的不同，邱段守从来不会如此近距离地和他们嬉闹，更不会爬在地上和他们玩耍，过去陪孩子去公园从来都是妈妈的任务。小孩子对亚历山大的到来就有些欢天喜地，亚历山大半个月没露面，孩子们就生出些盼望来。三妞嘟着嘴问："亚历山大呢？我要他陪我去荡秋千，妈妈你叫他来！"二妞说："妈妈，你叫他来。"秦封雨扭头看邱伟大，邱伟大正在电脑上写作业，头也没抬，说："是啊，怎么这么久不来？球队他也两周没去了，他这个差出的时间太长了，以后你跟他说让他少出差。"

秦封雨知道时机成熟，心中喜悦。亚历山大两周培训一结束，便如热锅上的蚂蚁，见到秦封雨就猴急猴急，完事儿了，秦封雨香汗淋漓地说："我们住一起吧，连伟大都想你了。"亚历山大兴奋得神魂颠倒，当天就要去买订婚戒指。

秦封雨抽空正式和儿子商量订婚之事，这种事情，她必须把儿子当大人看。

她说："你才十几岁，还未成年，家里的状况本来不需要跟你汇报，但你是长子，妈妈的主心骨，妈妈要让你知道，妈妈做的一切都是为了你们的未来，你要有信心，爸爸去了，我们却一点儿都不比别人活的差，日子会越过越好，明白吗？你要支持妈妈，咱们一起把这个家建设得蒸蒸日上。"邱伟大就点头，伸手搂住母亲。

秦封雨又说："中国老话，寡妇门前是非多，虽然咱们在国外，也还是要注意名声。你能理解妈妈谈朋友这件事，妈妈真是太欣慰了，有了你的支持，妈妈就能正确地对待这个事情，我需要你们的配合。我真高兴亚历山大能和你们和睦相处，他是个爱小孩的人，妈妈需要一个同龄人来作伴，来一起照顾你们，你明白吗？你相信妈妈，也相信亚历山大，是不是？"

邱伟大答："妈妈您小看我了，你当然需要同龄人作伴，我不是告诉过你了，我们同学里这种情况很普遍，一半同学有继父继母，我懂。再说，我也不能总跟球队同学说亚历山大是我妈的男朋友吧？"

孩子如此聪慧开明，秦封雨放下心来，和亚历山大的恋爱也就越演愈烈，除了在孩子面前预先说好了不亲热，两人几乎一见面就如胶似漆，秦封雨在爱情滋润下像个多年不开的鲜花，一开起来就声势夺人，姹紫嫣红。有天二妞抬头看着妈妈正在摆弄刚烫过的头发，说："妈妈，你和以前不一样了。"

"怎么不一样了？"秦封雨蹲下抱着二妞问。

"漂亮了。我也要漂亮，我也要烫头。"

秦封雨心花怒放，说："妈妈漂亮，二妞开心吗？理发店不给小孩子烫头发。二妞不烫头就很好看，比芭比娃娃还好看，比妈妈更好看。"

秦封雨不但烫了头发，还做了挑染，黑发中间闪烁几缕紫红色，人一下子摩登起来，最近添了几件紧身衣裳，她的丰满就很有些招摇。亚历山大无穷无尽的赞美已经在秦封雨的生活中播了种，她前所未有地感觉到自信之树生根发芽，一天天壮硕繁茂。她的容貌、智慧、床上反应，都可在亚历山大面前舒展释放、毫无保留。亚历山大如淘金者淘出了沙土中埋藏的真金，真实的秦封雨揭掉了土里土气的过去，散发着炫目光彩。世界于是好像突然拉掉了一层蒙着的幕布，原来里面如此辉煌靓丽沁人心脾。她的一切于是真的好上加好了，她轻盈地走路，温柔地说话，麻利地做事，认真地恋爱。日子和邱段守在的时候截然不同，多了许多意想不到的起伏和意想不到的滋味。她不再仅仅是个家庭主妇，她似乎更是个独立的魅力无穷的女人。"自我"不知不觉回到她身体里，遗忘了十几年，这个自我令她感到陌生的兴奋。

她毫不犹豫地把这次恋爱归为三次恋爱的最高级状态。和师兄是日久生情的平稳恋爱，一切水到渠成顺理成章。和邱段守是现实有目的恋爱，动机不纯，走出阴影走出国门是她面对邱段守的唯一渴望，之后的生活她掩藏了自己，在孩子的包围中，她认可了一个家庭主妇的被动角色。而现在，她重新感觉到了激动人心，她的生命像刚发芽的小草，每一天都支棱着往上长。她对亚历山大的朝思暮想如此新鲜动人，几乎令她大惊失色，她甚至怀疑自己是不是病态了，爱情就应该这样疯狂吗？就应该如此渴望床上云雨吗？过去那两段感情，难道不是爱情？怎么活到今天，才发现这样的重大问题？床上的彻底放松，擦掉了两人之间一切拘谨和隔膜，脱光衣服的男女，在肉体裸露的状态下，精神也轻易地裸露了。

"相依为命，白头偕老？"她娇喘吁吁地问。

"白头偕老！永不停歇！"亚历山大呼哧呼哧节奏鲜明地答。

接着就是更疯狂的一个回合。

秦封雨几乎忘掉了邱段守，她感觉到了自由。这种感觉好像脱掉了一件紧身胸衣，她终于可以舒展心胸大口喘气了。

她的确和亚历山大去过两次天主教会，但不是亚历山大提出的，是她要求的。自从和亚历山大谈上恋爱，她就在有意无意地回避去华人教会。人多口杂，她不想成为别人茶余饭后的口舌之谈。而且华人浸信会让她躲不开邱段守的影子，她是邱段守的遗妇，每个人看到她首先会把这个头衔安在她身上。她厌烦这种感觉，她想甩掉阴影，重头来过。她还年轻，她要新生活。

教会帮助办理丧事的好处她并没忘记，有过几次，她开车路过小唐家，让小唐把给教会的捐款支票带到教会，支票在信封里，封的很严。她不管一百元是多还是少，每次她都放一百。教会给她捐到的款子办完丧事还剩有近万元，除了一次性捐掉的两千，剩下的也够她捐一阵的了。

"怎么不来教会了？我们都很想念你啊！"小唐说。

秦封雨笑笑，说："哎，一个人弄孩子，又要上课，周末功课也做不完，忙呢，对不起对不起，有空了一定来一定来！"

"你这么不容易，不来就不要捐了吧。"小唐往回塞那信封，秦封雨坚决地推着，一溜烟已经开车走掉了。小唐代祷的时候就感谢神赐予

213

这样关心教会的好姐妹，自己那么困难，还不忘了为教会奉献，一起祷告的教友们就也知道了秦封雨的虔诚无私，人们叹着"不容易不容易，三个孩子的单身母亲，还想着教会，难得难得！"

亚历山大是只有圣诞节才进一次教会的那种信徒，秦封雨停止去华人浸信会之后，多少有些打破多年习惯的难耐，好像戒烟戒酒的滋味，一到周日，就有些坐立不安。

终于有一天，秦封雨对亚历山大说："我想去你们天主教堂，你带我去听听？"

亚历山大没有不答应的道理，他带着秦封雨会见熟人朋友早就变成一件很荣耀的事儿。秦封雨的端庄、年轻、性感，好像他的一件高档衣服，只要穿上，就让他倍感精神焕发。教堂去了两次，秦封雨感觉一般，洋人教会不能给她带来亲密感。崇拜和祷告似乎都是做给别人的，牧师布道她也听的一知半解，人们脸上都笑着，可是不亲近，她感觉不到华人教会里那种真心实意的温度。而且，她对坐在忏悔室里跟牧师忏悔始终持异议，自己的罪孽应该直接跟上帝交流，和人交流怎么靠得住？她对那个白发牧师也没有多少好感，他总是不停地强调"罪孽"，这让秦封雨感觉心情沉重。爱情中的她，渴望飞翔一样的轻盈，任何拖后腿的东西她都宁可丢弃。

主日崇拜也就这么自然而然地停掉了，这正合了亚历山大的心意，他说："这个年代，圣诞节能记得去教会祭奠耶稣基督已经很好了，上帝在乎的不是形式，因信称义，你信，你感恩，上帝都知道，不去教会他也知道。这样很好，这样很好。"秦封雨知道亚历山大贪图周日晨博激战后的回笼觉，她一只手里攥着他，懒在亚历山大怀里说："假装！自己恋床，还找出一堆借口来！"

"是恋你，不是恋床。"亚历山大纠正道，嘴巴已经压到秦封雨的嘴唇上了。

秦封雨渐渐地连信封也不再给小唐送去了，小唐几次打电话来问侯，她总是找了借口塘塞几句，渐渐地，小唐也不再来电话了。

订婚宴之后，秦封雨和华人浸信会的联络渐趋于零。秦封雨和亚历山大之间的发展，华人浸信会都蒙在鼓里。小唐不是个爱扯老婆舌的，别人问起，并不多说，何况她和秦封雨也疏于联络。反倒是梁星可以零星从亚历山大那里听来些消息，七零八碎一拼凑，两口子的日子也就有了个幸福的轮廓。

秦封雨和亚历山大合着把隔壁的镇屋买了下来，又买了改造许可，中间打通，两座镇屋变成了一座房，双门一户，六个卧室，两个厨房两个家庭房两个餐厅，对这样一个拼装家庭最理想不过。亚历山大彻底搬了过来，两个大人住一边，三个孩子住另一边，两个大人动静再大，也吵不到孩子。孩子每人有了自己的房间，一间家庭房干脆改成了玩具室，一个餐厅改成了健身房。亚历山大把城里的旧房子出租出去，一心一意地建设起这个新家。两个院子相连，草坪宽大敞亮，他自己动手造了一个大大的木头晒台，占了半个院子，上面摆了阳伞和躺椅，排场舒适。一边院子里添了滑梯沙坑，天好的时候，院子里就经常可以听到一家老小的欢笑声。一年之后，两人悄悄去市政府领了结婚证，没办婚礼，日子早就过到了一起，还在乎那个形式吗？那时秦封雨已经怀孕，亚历山大把喜讯告诉梁星时，梁星没有吃惊，她对秦封雨生出了佩服，这个女人是可以创造点奇迹的。

十八、

搬家之后，贾易生的生意越做越顺，两家小客户看大超市都在进他的货，爽快地签了一年合同。贾易生春风得意，很有些运气来了挡不住的兴奋。超市的第一桶金仰仗周锡银引荐才有了今天。周锡银从国内一回来，贾易生就邀他喝酒。

周锡银在电话里说："你不会兴师问罪吧？"

贾易生一头雾水，问："这话从何说起？"话没说完，已经明白周锡银睡了秋苇，心里虽然别扭了一下，也就是那么一下，立刻风平浪静，他说："多亏老兄引荐，生意做成了，不喝一口，憋死我？"

"好，够爷们儿。"两人心照不宣。

这是一家不起眼儿的兰州拉面馆儿，门脸陈旧，进门楼梯朝下，饭店是半截地下室。进了地下室，却是柳暗花明又一村，曲曲弯弯隔出许多个小包间，这在卧春城算得上首屈一指。包间的排场是中国习惯，西餐馆难得见到。多年来卧春城的华人餐馆基本停留在中国八十年代末那种大食堂似的格局，几张圆桌在餐厅正中，靠窗一溜儿方桌，一进门，食客一目了然，没有隐私。所以，这拉面馆儿的包间设计算是开天辟地的新鲜事物。门厅里兰州师傅拉面的台子隔着透明玻璃，厨子戴着高高的白帽，双臂握着面团伸展了，弹性良好的拉面在不锈钢面板上叭叭地甩出响声，千丝万缕的拉面长长地荡了秋千，吃饭的孩子们离开座位跑过来围住看新奇，啊啊地嚷着。包间的隐秘和拉面台子的喧器，一静一闹，很有些别致，既方便小团伙的私人聚会，又方便大家庭的欢乐聚餐，小店一开张就立刻红火起来。

小店竟然有多种中国酒卖，周锡银在国内吃席伤了胃，只肯喝啤酒，两人就要了绿岛啤酒，周锡银说："把绿岛啤酒引进加拿大的老板是个女人，我认识，很传奇。当年拎着绿岛啤酒一个一个西人酒吧去推销，百般碰壁，中国啤酒？中国人还会做啤酒？最后终于有一家愿意试试，老外酒鬼们竟意外地喜欢绿啤独特的麦香气，就这么做起来。这女人直接跟绿岛啤酒厂联络，那时中国酒少有出口，绿岛啤酒厂也不抱什么希望，就让她做了加拿大代理，没想到，她就这么白手起家，越做越大，如今早就是北美总代理了。"

"机遇！一切都靠机遇啊！那头一家敢卖中国啤酒的酒吧就是她的机遇，即扶持了她的生意，也扶持了她的信心。我遇到你老兄，也是机遇和缘分，如果没有你引见那家超市，老弟我都准备两年之内打道回府了，靠老婆养的滋味太难受了。没成想就做成这笔单，三年不开张，开张吃三年！好事成双，业务局面算打开了。现在回去的心思是断了，咱就踏踏实实留在这儿吧，空气新鲜，地广人稀，自有它的妙处。"贾易生酒不自醉人自醉，还没喝高，就开始大发感慨。

"回去有回去的好，在这儿有在这儿的妙！来回跑，最自由！我不回去，能帮你照顾她吗？"周锡银笑说。

贾易生心里咯噔一下，眼皮也没抬一下，他抬手给周锡银斟满酒，举着和他碰杯，说："干杯，什么都别说，为咱哥们儿的缘分干杯！"干了，贾易生才揶揄地看着周锡银说："我就纳闷儿了，你老兄见过的世面也不少了，还能对她动心，她还那么迷人？"

"尤物！开始的时候，我只是替你看看她，她还念着你老弟，我也没多想。可不知道怎么的，见了几次面她就变成魂了，绕着我不离不弃。你说漂亮她也不是最漂亮的，年轻她也不太年轻了，可身上有股子媚劲儿，怎么就跟着你缠着你绕着你，让你放下心来。这样的尤物不能闲置啊，太浪费资源，老兄我也就大义救美了。哈哈哈，还得感谢你老弟的好眼力！"周锡银朗声笑着。

贾易生点着头，又干了一杯，话匣子开了，掏心掏肺地说："我对不起她，本来一直指望我能给她个名分，唉！舍不下丫丫啊，老婆是大学时的初恋，也放不下！"

"老弟，别拿老婆孩子打掩护，我看你是舍不得出国的未来。国内那种状况，挣得再多，也不踏实，不出来住住，真觉得亏！何况做咱们这种两边架桥生意的，国内那边是现成的关系，只要在外面打开局面，就能活到最佳状态，两头不误，是百分之百的正确抉择！来来来，为你我的正确抉择干杯！"

两人又喝。菜都是小碟家常下酒菜，榨菜黄豆，朝鲜辣黄瓜，夫妻肺片，清炒菜苗，红油土豆丝，凉拌三素，白灼虾，奶油青口。

贾易生说："要说男人是老鼠变的，还真有道理，老鼠哪有不偷油的？可我出来这两年，还真没偷过，也没觉得缺什么，是不是国外干净的空气，净化了我的心灵？"

周锡银哈哈大笑起来，说："老弟你还真有些浪漫情怀，难怪秋苇迷了你那些年。温饱思淫欲，你刚出来，靠老婆养着，温饱尚未解决，哪里有空思淫欲？现在局面开了，你呀，难说喽！加拿大的空气如果能净化男人的心灵，这里的离婚率就不会高达百分之五十了。全世界的男人八九不离十，都占着碗里的，看着锅里的。有个大脑分析图表，你看到过没有？男人的脑子里一半以上的空间是'性'。"

两人酒至半酣，越说越热烈，周锡银就把自己招妓的事也都吐露出来："一次招两三个美女，太刺激了，那滋味不是神仙可比！"

"这个我没干过。唉，那我问你，其一，不怕得病？其二，为什么还要养小三？"

"唉，你傻吗？鸡和小三感觉能一样吗？小三给你有情有意小鸟依人的温暖，是信赖，是咱男人有本事的体现和满足。鸡是什么？招之即来，呼之即去，你当她是女人，是嫖出了修养，你当她是块肉，是嫖得粗旷，"随心所欲"这个词就是在这里派用场。至于病，有点儿保护不就完了？不过，还真有干得欢忘了戴套的时候。"

两人你来言我去语，都半醉了，话题才从床上移开，周锡银说："别以为我不拿这事儿当真，和秋苇是有因有果的。我刚回去，一个拜把子兄弟犯了点儿事儿，贪污，等着宣判，中国的事情，人治大于法治，你懂的。我无意间跟秋苇提了提，没想到她那个青梅竹马的朋友小郭就在中级法院做厅长，事情就这么在下面活动了活动，我哥们儿本来是无期，只判了十年，你说我怎么感谢她？听小郭走嘴，似乎法院院长跟秋苇关系也不一般，估计小郭坐上厅长的职位也亏了她。你想想，这个女人岂止有情有意？简直女中豪杰，可以为众多朋友舍身相助两肋插刀。是不？我哥们儿宣判完了，他老婆就整了套房给秋苇和小郭，你知道那小郭早都结婚了。这房子的事儿只有我们几个知道。唉！老弟，谁能想到咱还真赶上时髦了，遇上了公共情人，这个角色，不是人人做得来，除了貌美如花柔情似水，还要懂得眼观六路耳听八方，是除了皮子好，脑子要更好才做得来啊！"

贾易生听得昏昏乎乎，想不到秋苇进步到这个地步了，心中有种隔岸观火的失落和无奈，那边岸上烧的是自家曾经的庄园，分明就有了几分大势已去的悲伤！

周锡银掏出手机，翻出一张相片来，说："你看你看，她老了没有？"

贾易生接过来看着手机上笑眯眯的秋苇，一张瓜子脸越发瘦削了，淡妆化的恰到好处，齐肩长发垂着，清纯得像个十八岁的少女。奔三十的人，果然年轻。谁能想到长得这样干净的女人会做公共情人？贾易生隐约觉得秋苇的"进步"和自己的离开有关，心脏隐隐作痛。他伸手翻了一下屏幕，出来一张上半身裸体的女人像，头发遮了半张脸，半边嘴唇歪歪的，媚笑着，坚挺紧致的乳房傲然独立。贾易生身上的血一下热了起来，是秋苇，正是她。还没来得及细看，周锡银一把抢过手机，说："别看了，省得受刺激。来来来，继续喝！"

两人喝到半夜，都半醉了，干脆把车留在饭店停车场，让饭店叫了出租车送二人回家。

贾易生的确受了刺激，第二天清醒了，眼前仍一直晃着秋苇裸体的模样，一整天心神不定，想着是不是应该买机票飞回去看看这个公共情人到底公共到了什么地步。旭蓉蓉上班前叮嘱他下午去学校接丫丫去观看一个好友的女子冰球比赛，他彻底忘了，直到丫丫打来电话，他才从恍惚中醒来，等接了丫丫到达球场，比赛都进行到一半了。丫丫沉着脸，贾易生讨好地跟女儿说："别跟你妈说，爸爸有个订单要准备，忙糊涂了，对不起。迟到也已经迟了，就别让妈妈生气了。爸爸给你一百块零花钱！"丫丫白了爸爸一眼，也不客气，伸手把钱装进口袋，嘟囔着："堵我的嘴巴！"，然后就一声也不吭地看比赛，小脸儿上却渐渐有了喜色。后来好友进了一个球，丫丫就彻底忘了刚才的不快，哇啦哇啦站起来大喊大叫。贾易生的心放了下来，他在一旁看着女儿又蹦又跳，多么快乐的美少女啊！念头一闪，秋苇的模样在眼前晃了几晃，看起来比丫丫大不了几岁。这事儿如果孩子知道了，会怎么样？贾易生恨恨地骂了自己两句，松下心来陪女儿看比赛，我这爹当的，是挺够呛的，唉！

那之后的几天，贾易生很努力地在家表现，做家务、接送女儿去学钢琴，旭蓉蓉回家喜笑颜开，夸奖道："竟然还知道擦地板了？擦得很亮啊！"

贾易生谦虚道："哪里哪里，擦得不好，请老婆多多指教！"全家人都笑，家庭气氛十分欢乐。大家约好了周末去郊外野餐，丫丫出乎意料地跑过来搂了爸爸的脖子。贾易生兴奋得整晚不想睡觉，这两年隔阂的日子终于熬过来了，现在不仅女儿的人和自己在一起，心也越来越近了。想到刚回来那阵，女儿陌生人一样敌视自己，恍如隔世。

两个月过去了，周锡银却意外地惹上了麻烦，他叫贾易生到他家去说事儿。

"你说这事儿可怎么整？"周锡银穿着睡袍，头发蓬乱，脸色蜡黄，眼白红血丝密布，他手里端着半杯红酒，开了门就径直斜倒在沙发上，阳光透过薄纱窗帘在他身上映出条状花纹，他就像个苍白的鬼。"她一点儿商量余地都不给，说已经找律师了。"

贾易生在他对面沙发上坐下，问："你这么精明之人，和秋苇的事儿怎么会让她发现？"

"百密一疏啊！他妈的，肯定是回来之前那次招妓，好几个都是我熟悉的鸡，其中一个估计也是刚得了病，看着干干净净的，没看见异常，疱疹这东西有潜伏期。我过去一直很注意。这次就中间换人时有一分钟没带套，谁想到就染上了，我也不知道，回来和老婆干，就过给她了，她可能免疫力低些，先长出那东西，我后来才长，这事儿还他妈的能瞒吗？我百口难辨啊！她恨死我了，然后就被她抄了手机，你看过的，那些半裸照片，妈的，也不是我想暴露秋苇，我老婆是什么人？那是个女福尔摩斯，几下就查到秋苇了。这秋苇也是，网上还有个博客，上了些照片，连我都不知道，竟被她挖出来了。"

"她真要离？"

"真离。兄弟我这些年什么没见过？没想到心里会这么难受，老弟，我老婆那可是难得的好女人，没有一样不好，对我是铁了心的，能干就更别提了，憩园Spa，知道吗？三个连锁了，都是她的！"

"操，你怎么从来没说过？连心网上她的广告最大了，感情是你老婆。也难怪，有你这个财神当后盾。"

"你错了，我发家还是靠她呢。仰仗她爹有权，当年才入了这行，没有她老爷子帮衬，我走不到今天。她的 Spa 生意，也是她自己打出的天下，跟我真没关系。毁了，被老婆甩了，这下，我惨了！"周锡银说完，咕咚喝了口酒，眼睛更加红了，说："让我今天就打包住旅店去，我走了，她才回来，昨晚吵完架，她就去她店里住了。"

"慢着慢着，别急。首先，你不想离，是不是？"贾易生问。

"不想！绝对不想！百分之两千的不想！"

"那好，不离就想不离的策略。咱们挽救它！"贾易生自己起身拿了一个酒杯，也倒了杯酒，喝了一口才说："大丈夫能屈能伸！给老婆赔个不是，保证痛改前非。女人的心是软的，她也许就给你机会了，十个女人，九个会回心转意。"

"唉，如果不是黔驴技穷，我也不会憋到现在才叫你来，这病都发现一个多月了，现在治得差不多了，快好了，复发不复发，现在顾不上。可秋苇的事儿被她挖出来，我可是没想到的事儿。不瞒你说，秋苇每天给我发几十个短信，照片天天发，这不成了小三？嫖妓，她已经恨我之入骨，养小三，她就根本无法原谅了。回心转意？我就差下跪了！好话说尽，她是一点儿不给机会啊！"

"冷静，冷静！现在她还在火头上，自尊心受挫，她的极端反应是自然的，等温度降下来，她不会说不进去话的。你给她这么大刺激，换谁会没有个态度？"贾易生伸手拍了拍周锡银的肩膀，说："我直觉上感觉你俩不会完，我一进你这庄园，就感觉到你没事儿。老兄你太激动了，真想不到你和老婆感情深到这种地步。看你那德行吧，人不人鬼不鬼的，我还真被你感动了，妈的！都这么大的老爷们儿了！"贾易生说着，眼圈就有些红。

周锡银仰倒在沙发上，闭着眼睛，叹气说："插队那时候，我是个什么？她就认准了我啊！她家没有一个人同意。那时候她多美啊，两根长辫子在屁股上甩来甩去，她家那时就住小洋楼，我除了爱折腾，一个工人子弟，有个球？就被她看中了，从此不离不弃。生米煮成熟饭，她家才认了，一路把我们弄回城，工作都是她家照应的，后来出国也是她家美国亲戚担保出来的，我这是干了什么？你说我是不是畜生？我对不起她，她恨我也是应该！"一串眼泪从他眼角流了下来，他呼噜一把脸，坐起身来，又猛喝一口酒。

"你醉了。"贾易生伸手把他手里的酒杯夺下来,说:"别悲观!我看你俩缘分没尽,你别糟蹋自己了。咱们踏踏实实做点儿该做的事儿。"

"该做的事儿?还有什么事儿该做?你说说,还有什么事儿该做?该做的该说的我都做尽了说尽了。女人为什么就不明白,男人偷腥和爱情是两回事,那是单纯的"性",和"爱"有屁毛关系?"周锡银仰天长叹。

"当局者迷。爱,这东西谁能说得清?你老婆对你态度坚决,对我可不一定。我去跟你老婆聊聊,探探她的真实想法,怎么样?日子过了快三十年,说断就断,哪那么容易?我如果能劝就劝劝,然后咱们再一步一步商量对策!"

贾易生说着,把周锡银从沙发上揪起来,说:"去穿衣服,我这门外汉,今天要拜你为师,向你请教如何打高尔夫球,别腻歪了,咱们打球去。"

周锡银知道贾易生是要他转移注意力,勉强打起精神,拖着球杆皮口袋,坐上贾易生的车子,两人就直奔球场。

离静湖最近的高尔夫球场离周锡银的别墅只有十几分钟距离,面积颇为辽阔。碧绿的草坪顺着山坡走势起伏蜿蜒,中间除了天然水洼池塘,还有人工建造的喷泉,喷泉四围栽着低矮植被盆景,姹紫嫣红,景色如画。

周锡银的会员卡可以带一个朋友来免费打球,贾易生却一直没抽出空来,如果不是看周锡银沮丧,贾易生还是不会把打高尔夫球提到议事日程之上。移民之后,开拓生意,生活忙碌,哪里有闲心半天半天地在草坪上悠闲。

高尔夫这种贵族运动,在国内虽然刚刚兴起,在加拿大却早已深入贫民百姓圈中,费用虽然相比其他运动昂贵,却因地广人稀,场地优越便捷,小小卧春城就有东南西北五六个像样儿的高尔夫球场,普通百姓偶尔一打,也是家常便饭。周锡银买的却是最高级连通 VIP 会员卡,一年要交四万年费,在全省几个上好的高尔夫球场都可以打球,所到之处可以免费吃喝,甚至度假过夜都不必额外收费。周锡银不回国做生意的时候,经常会去各个球场打球,日积月累,球技颇有长进,还参加过几个小型比赛,成绩说不上好,也说不上差,倒在会所里混了个脸熟。能买得起这个级别会费的都是口袋比较充实的成功人士,白人居多,亚裔面孔屈指可数。他在国内做外贸多年,英文屡次进修,常年使用,得心应手，周锡银自认为算得上融入了主流社会里比较上等的阶级，颇为得意。生意做到如今，不能不把高尔夫外交的功劳算上一笔，几个超市大佬的关系就是在切磋球艺的过程中建设起来的。

一进会所，周锡银立刻像变了一个人，刚才的垂头丧气，变成了精神抖擞。贾易生心里暗笑，男人，就是需要走出家门，家里是地狱，门外就是天堂。他庆幸自己的当机立断，把周锡银带到他擅长又引以为荣的地方，他的病怕是可以不治而愈。人有了这点儿积极向上的精神头儿，有了体面和荣耀的资本，还有什么值得愁的？家里那点儿破事儿，有这个正能量支撑，多半可以柳暗花明。

周锡银带着贾易生到练习场地，教他如何握杆如何击球。几杆下来，周锡银感慨道："不错，当年我练了三天，都没你练这三十分钟的水平高，你小子行啊！"

贾易生也颇有点儿沾沾自喜。他虽非懒惰之人，也谈不上勤快好动。当年在学校总是寻找各种理由逃避体育课，仗着身体素质颇佳，不经训练也可轻易达标过关，又因身材高大，球类比赛总把他算在圈内候补。如今打打这小白球，似乎又有了当年的感觉，比上不足，比下有余，如果坚持下去，怕是又有候补可能。

两人在相邻的练球道上一杆一杆地打着，一个教的上劲儿，一个学的用功，大声说着话，两小时不知不觉就过去了。薄汗一身，两人热气腾腾。收完球杆，周锡银擂了贾易生一拳，说："爽了！行，就这么定了，以后你就跟我来打球，咱们打 18 洞的全场。明年你自己买会员卡，咱哥俩儿就真正地志同道合了！哈哈哈！"刚才沙发上潦倒的模样好像已经是上个世纪的事情了。

把周锡银送到家，贾易生说："我去探探你老婆口风，等我回话。你老实在家呆着，是汉子，就别再折腾自己了！"

玛格丽塔原名朱悦黎，因为开的 Spa 面对西人，用惯了英文名，中文名渐渐就被人遗忘了，她自我介绍时也只说叫"Margarita Zhu"。贾易生给朱悦黎打电话时，她没有扭捏推辞，让贾易生晚上直接到她 Spa 来说事儿。

旭蓉蓉听说是周锡银的事儿，心里生出一点儿厌倦来，她想起周锡银飞扬跋扈的神情来，也懒得多问，男人总要有几个贴心哥们儿，又是生意上的贵人，随他去吧。公司最近项目快要收尾，人人都在加班，测试中心的机器 24 小时连轴转，她给女儿打了电话，就留在公司加班。

自从家住到静湖区来，女儿步行十几分钟就可到学校，省了旭蓉蓉和贾易生很多事儿，除了孩子有活动的时候，丫丫基本上都是放学自己回家。孩子大了，家里备有很多半成品食物，比萨饼、意大利拉萨尼亚千层面等等，微波炉一热，一顿饭就搞定。孩子懂事自立，两口子忙碌的时候，丫丫就全权做了自己的主人。

　　萨瓦里被裁员之后，机构做了小范围的调整，从别的项目转了几个人过来，旭蓉蓉被威廉任命为小组长，有了一男一女两个助手。男的是马来西亚裔二代移民，祖上有些中国血统，姓陈，名保罗，黑黑瘦瘦的中年男人，不善言谈，老实肯干。女的是沙特阿拉伯裔二代移民，弗丽达，因为信仰穆斯林宗教，带着包头巾，从上到下穿的严严实实，脸上不施脂粉，白皙美丽，一天五次祷告，不管多忙，也要放下手里的活计，专心祷告。这女子年纪在三十上下，还是单身，据说非穆斯林不嫁。她从小在加拿大受的教育，干起活儿来一丝不苟，一口流利英文没有丝毫口音，如果不是那块包头巾，很像个土生土长的白人。旭蓉蓉的工作量并没有因为当了小组长产生太多变化，这是个技术流动职位，跟着项目起落，项目结束，就会终止，所以工资和级别都没有涨幅，旭蓉蓉无所谓，工作了这么多年，有个小官儿当着总比没有强。两个助手，总体说来比萨瓦里省事儿，再没有人拆台帮倒忙了。旭蓉蓉并不苛刻，碰上需要加班，宁可自己来加，两个助手也很有眼色，一定会留下一个来陪着加班。经济形势不好，加班费早就取消了，换个说法，加班就等于义务劳动。

　　那天，旭蓉蓉还在公司义务劳动的时候，贾易生已经坐进了朱悦黎的办公室。这是一间装潢别致的办公室，房间不大，只有一个小小的白色写字台和一把玲珑的白色小转椅，对面一只可躺可坐的乳黄色沙发，墙壁是深棕色的，上面凹嵌着几盏蜡烛状的乳黄色壁灯。墙上的金属展示架上摆着几瓶体态优美的香水瓶和化妆品。贾易生坐在沙发上，面对着这个打扮精致的女人，立刻有了一种莫名其妙的不平等感。自己似乎是个泥脚乡下人，走进了雪白的大理石宫殿。周锡银何时有这种气势？他不过土财主一个，耀武扬威的张狂哪里比得上面前这位不怒自威的贵族架势。人间的事如此阴差阳错，朱悦黎是怎么被周锡银迷上的？命中注定啊！

　　一个穿着工作服的美容小姐进来问贾易生要不要咖啡或茶，贾易生要了茶。他清了清嗓子，自己先笑了，说："从来没有当过说客，头一次，当的不好，您可别见笑。"

玛格丽塔微笑起来，她挑染的红头发一抖一抖，眼睛似乎有些肿，但显然画过妆，脸色均匀透亮，弯眉杏眼，笑起来一排白牙晃眼地亮着，也就三十几岁的模样，不管是不是注射了肉毒杆菌或者开刀拉过皮，"美女"这词在这里当之无愧。

　　贾易生心里骂周锡银，妈的，这样的老婆还不够，贪婪的人啊，欲望无尽！钱，真是个坏东西！

　　"他后悔，真心的！他心里只有你！你得给他个改正的机会！"贾易生说，"我看他都快崩溃了。"

　　"这么恶心的事儿都干得出来，你让我怎么办？我也快崩溃了！"玛格丽塔声音不高，语气平缓，她悠悠地说着，眼睛呆呆地看着一个空空的地方，好像在说着别人的事情。

　　"他知道错了，看在你们二十几年夫妻的份上，你给他一个改正的机会吧。"贾易生坚持道。

　　"我也想给他机会，可是……可是……"玛格丽塔轻轻叹了口气，说："一闭上眼睛，我就看到他的丑态，太恶心了，我受不了！"玛格丽塔的声音轻柔如水，此时掺进了沙哑。贾易生看到她别过头去，伸手摸了一下脸。她在静静地哭。

　　贾易生不知该说什么好。沉默中，贾易生的眼前也出现了赤裸的周锡银与女人们的裸体交织缠绕的情景，白色的床单，白色的肉，黑色的毛发，喘气的声音，床铺吱呀的声音，还有秋苇的半裸像在旁边的手机上忽闪忽闪。贾易生感觉到血液一点点粘稠滞缓的流动，他有种频临窒息的感觉。玛格丽塔是一个有血有肉的女人，这样的画面是残酷的。贾易生叹了口气，他说："我请你吃饭吧，你也该出去散散心。"

　　玛格丽塔摇着头，抽了张纸巾，轻轻地擦着脸。她说："我吃不下。我只想一个人静静！"

　　"你住哪儿？这儿？"贾易生问。

　　玛格丽塔似乎点着头，又似乎没有。贾易生被这个女人出奇的安静震撼了，这比任何大吵大闹、抱怨指责都令人心碎。他说："你等着我的消息，我接周锡银到我家住几天，你回家去住，这儿哪儿能住？我过半小时就给你打电话。现在我给你叫个外卖，饭还是要吃的。"贾易生说完就起身告辞，走到门口又转身说："凡事想开点儿，他很爱你，你懂的，他不能没有你。他那只是为了性，跟爱不搭界！"

　　玛格丽塔抬起眼睛，问："你真这么看吗？"

"我看到他爱你，我还看到他知道错了，我看到他想改，他想和你白头偕老。"贾易生说完，准备推出门去，微微躬了躬身体，似乎要敬礼，又顿住了，他说："别钻牛角尖。等我电话。"

贾易生一走，玛格丽塔就爬在桌上抽搐起来。秋丽进来，叫了三声她都没有听到。秋丽显然不知道发生了什么事，尴尬地站着，她等玛格丽塔抬起头，才怯怯地说："客人都走了，卫生也都清理完了，可以打烊了。"

"你们先走吧。"玛格丽特挥了挥手。

我把一切都给了他，他却这样……30年啊！我决不能原谅他，绝不能！世界静止着，她听到自己的心跳声咣当咣当地响。送餐的来了，她收下就把门从里面上了锁。

她默默地在Spa里走着，灯都关了，街上的路灯射进来，美容床美容椅都罩着寒冷的月光。她伸手拿了货架上的一瓶晚霜，是新到的松露油，小小的50毫升，580块。钱啊，她的Spa可以进得起如此昂贵的产品，她的Spa可以提供最享受的美容服务，钱，她的钱雪球一样滚出更多的钱的时候，她得到了什么？对周锡银的冷落？对周锡银的放任？对周锡银的失控？钱有什么用？周锡银呢，是她使他有了今天，是她造就了他的成功，换句话说，也是她滋养了他的背叛，她在干什么？为了现在品尝这种地狱般的失落？为了让一切美好的记忆以最可悲的方式结束？没有意思，这一切都毫无意义!毫无意义！她必须结束这一切，必须！

她扶着墙，慢慢地走着，最后跌坐在门厅的沙发里，我拥有什么？我拥有的除了钱，什么都没有。他强奸了我的尊严，我必须让他受到惩罚！

贾易生来电话时，她才从恍惚中醒来。她对贾易生印象不错，这个人看起来踏踏实实，周锡银交了一个这样的朋友，也算上大有眼。她摞下电话，站起身来，头晕眼花。她走到水池前低头冲了把脸，觉得可以平稳走路了，才向门口走去。回家，家是我的，我要撵走他，他强占了我的一切，我要让他把这一切还给我！

贾易生把周锡银真的接到了自己家里。"住一晚，你想出去住旅店明天再去，想在这儿长住就长住，都由着你。"

旭蓉蓉悄悄把贾易生拉到一旁，问："怎么会这样？你不是说他家豪宅几十亩地吗？怎么到咱这贫民窟来了？"

"谁还没有个落魄的时候？家庭矛盾，不是一句话两句话可以说清楚。你就担待一下，这是我的贵人，我现在能立住脚，靠他。在家靠父母，出门靠朋友，咱们远在海外，该有几个贴心朋友。你给点儿面子！谢谢老婆！"贾易生说着，伸手搂住旭蓉蓉，紧紧地抱了抱。

旭蓉蓉被贾易生抱得有些痛，整个身心却一下浸了蜜似的甜腻起来。她笑嘻嘻地挣脱了，咚咚咚下了楼在厨房里忙活起来，不一会儿，就端了碗酒酿汤圆给周锡银送进客房，说："你喝碗热的顺顺气儿，两口子闹矛盾，几天就好。你就安心在我家呆着，如果有需要我的地方，你尽管直说！"

周锡银起身谢着，等旭蓉蓉走了，才拉着贾易生的手说："兄弟，咱俩半斤八两，都对不住老婆啊！"俩人都点头，鼻子酸到了一处，彼此拍打着，无话，各自睡了不提。

十九、

徐美美的房子是蒙坛公司在静湖这片房子最后竣工的一批，两人搬家入住时，福克斯大道的交通已经十分繁忙。上下班时间，十字路口蜿蜒着长长的车队，绿灯一亮，车流开始行进，车辆很快分散到静湖新区的各个岔路上去，又迅速被无数新鲜的房屋吸收。门前，白天空荡的车道渐渐被车辆停满，灯光从一扇扇窗子流淌出来，烟囱虽然看不到炊烟，空气中却飘散着无法抗拒的香味儿，人们在准备晚饭了。由于中国移民集中，这味道里就经常混杂着炒菜炖肉的中国饭菜味道，可惜街道上行人很少，只有下车走到家门口那几部路可以享受这香味的诱人之处，这几步路于是充满想象，是不是咱家烧饭的味道呢？真香啊！这么盼望着，肚子已经不听话地咕噜乱叫起来，男人女人们就把这几步路走的连蹦带跳，到家了，有家真好！

徐美美和肯特搬家之后，伊莎贝尔每隔一周来爸爸家一次。徐美美每次都给伊莎贝尔买一大堆玩具和儿童首饰。伊莎贝尔才五岁，就有着惊人的服饰品味和爱美天性，她会很挑剔地指责徐美美："你这件上衣如果没有这圈花边就更端庄了。""你的头发如果加几缕挑染，就会很摩登。"徐美美于是在伊莎贝尔光临的日子需要格外小心地装扮自己。

而这个小洋孩儿自己更是打扮得不伦不类，她会脚踏一双小高跟牛仔靴，一条裹得紧紧的弹力裤，一件齐腰的仿皮夹克，头发高高地盘在头顶。这身衣服穿在一个20岁的青年女子身上颇有新潮感，穿在一个五岁孩子身上，就不能不令人犹疑。徐美美原本以为自己很新潮，这才发现，和伊莎贝尔的母亲相比，自己不过是个土老冒儿。这么想着，心里反倒踏实了不少，咱要的就是与肯特前妻有所区别，否则肯特对自己还能有新鲜感吗？

徐美美悄悄问肯特："你太太是怎么教孩子的，太吓人了，她从哪儿给伊莎贝尔搞来这些衣服？想买也买不到啊！专门订做的？"

肯特乐呵呵地说："有的是从网上订的，有的是找裁缝做的，都是孩子自己要的，这是天性。她妈就那样儿，衣着总是很时髦另类，漂亮女人更喜欢追求完美的美丽。你想想，是不是？她最近给孩子报名参加儿童选美大赛呢，去比赛，舞台表现、歌唱、舞蹈等等都是要受严格训练，她妈给她请了专门的形体教练。"肯特没提，这些昂贵的开销，都是由这个爸爸来负担。

"她才五岁，就请形体教练？她的小身体还没有'形体'呢。"徐美美很吃惊。

肯特皱了皱眉，说："她怎么没有'形体'？伊莎贝尔难道不漂亮？选美一定能被选上。她喜欢，就让她去。"

徐美美没再吭气儿，她不愿意看到肯特皱眉。如果不是十分反感，他不会皱眉。徐美美于是经常给伊莎贝尔买儿童首饰和天然化妆品，伊莎贝尔虽然每次都会挑肥拣瘦地评论指责一番，但终究掩饰不住得到礼物的欣喜，小脸就好看得多，肯特也没再皱眉。

徐美美自从和肯特结婚，似乎一下子成熟不少。她时不时打电话向冰儿请教居家过日子做母亲的心得和经验，"什么？都是你做早饭？可我起不来啊……噢，习惯了就起来了。""什么？家人都睡了，你才洗衣服整理房间？雇个做清洁的不就得了？……噢，收拾家用物品，别人替不了你。嗯，那倒是。""变着花样儿做吃的？那多麻烦啊！……噢，把男人的胃搞定，家庭就稳定了。""为孩子牺牲自己的时间？每个母亲都会这样？不见得吧，我好像就比较自私……，等我有了自己的孩子会变？可伊莎贝尔不是我的孩子啊……"

徐美美虽然做不到像冰儿一样贤惠、容忍、宽和，但的确开始学习对自己任意妄为的心性进行控制，好玩儿的心性也收敛了一些。生活在一起，徐美美才发现肯特是个比较简单的人，除了热爱工作、热爱跑步，就是热爱做爱，没有更多的兴趣爱好。相比之下，徐美美倒是没有一天不想下了班就下馆子吃东西，周五去酒吧喝酒，周末出去看电影、参加派对或者逛商店。肯特不仅不想去，还不喜欢她撇下他自己出去，他宁可在家和她看看电视做做爱。

爱，做的太多，徐美美就有些习以为常，甚至不耐烦。她不明白，为什么肯特总是做不腻？肯特还想让徐美美早点再生个孩子，徐美美也不很上心，她还没玩儿够呢。可年纪越来越大，她想，就顺其自然吧，既来之则安之。肚子却不争气，结婚半年多了，从无避孕，仍然一片平原。她和大威在一起时，也一直没有小孩，两人都好玩儿，乐得好好享受二人世界。现在，徐美美才暗自嘀咕起来，是不是自己有毛病啊？她约了专科医生做检查，输卵管果然略微有些狭窄，她的症状比较轻微，可以手术治疗。夫妻俩商量了一下，很快把手术做了。可半年又过去，平原还是没变成高原。

徐美美愁了几天，看肯特并没有嫌弃自己的意思，没心没肺的劲头就又上来了，想着，管他的，及时行乐是正道，走一步算一步吧。

黎群群的舞蹈学校开始招收成人学员的时候，徐美美报了名。她和肯特说："我要去跳舞了，你不是总要求我健身吗，我不喜欢跑步，跑步又累又无聊，跳舞多有意思啊，听着音乐，美美地挥着胳膊抬起腿。我一周跳两次，保证维持我现在的优美身材十年不变，你支持我吧，嗯……"，这个"嗯"拐了很多弯儿，她还真的把胳膊挥了起来，腿也抬得老高。肯特看着她高抬的大腿，眼神就热烈起来，说："只要不影响做爱，随你去跳。"说着早半拉半扯地把她弄床上去了。

徐美美搬到这条街上，和旭蓉蓉做了斜对门儿的邻居，两人上下班时间差不多，出门进门，远远地看见，就远远地打招呼。这时，整条街房子都盖齐了，有些新住户的车道还只是碎石砾，要过一冬让积雪充分渗透，土地沉一沉才可以铺沥青车道，以防止车道变形。草坪也有几家还没有铺上，一眼望去，目光无法过滤掉那东一户西一户的泥土地，整条街就还是脏脏乱乱的工地感觉。

旭蓉蓉是街上住进来最早的住户，房子最像样子，车道草坪早已完备，门前两颗树也种妥了，一颗市政府给的枫树，立在沿街一米处，一颗蒙坛房地产公司送的日本樱花树，种在门廊前的草坪中央。旭蓉蓉自从有了卖房时遇到的烦恼，意识到自己过去太不讲究家居质量，搬了新房就开始在这方面用功，格外留心让自己家保持清洁舒适和美观。

有了草坪和树木，没有些姹紫嫣红，就好像黑白铅笔画，活在落后的年月，没有饱含色彩的时代感。修个花池种上鲜花，立刻上到旭蓉蓉的意识日程之上。她有空就开车绕着卧春城比较成熟漂亮的社区转来转去，仔细观察人们门前各种各样的花圃设计。连心网上有个"养花种草"论坛，她也时常去访问，开辟花圃的程序、用料、开销都了解清楚了，很快定了一个预算。她的野心并不大，自己动手，先开辟一个小花坛，让一年温暖的三季都有盛开的鲜花。以后如果要铺花砖地，再统筹设计更具规模的花圃。

周末，旭蓉蓉和贾易生在前院挖除草坪，订购的黑土已经运来，堆在车道上，小山一样，颇为壮观。两口子两手泥泞，正干的热火朝天，徐美美扭搭扭搭走过来，说："蓉蓉，你们自己开花池吗？"

徐美美穿着一身红色璐璐莱蒙紧身运动衣，头发梳在头顶，一条白发带箍得额头光溜溜，精神抖擞。她一手甩着车钥匙，站在旭蓉蓉两口子面前。旭蓉蓉直起身体，笑着说："是啊，种点儿花，以前没种过，咱们在国内哪能住上这样的房子呢？阳台上养几盆，也空气污染得灰不溜秋的。贾易生回来前，我住那个小破房，也没心情和时间种，现在好了，咱也要享受享受养花种草的乐趣。你呢？打扮这么精神去跑步？我总看见你家肯特跑步，你怎么不跟他一起跑？"

"我跑不动！我去跳舞。"徐美美道。

"跳舞？就数你开心，没小孩就是轻松。"旭蓉蓉感慨地说："我听说卧春城华人社区有好几个健身舞蹈队了，你是参加哪一个？"

"黎群群舞蹈学校刚开的成人班，比那些自发组织的舞蹈队正规些，是跳民族舞，今天才第二节课，一个半小时，能出一身汗呢，蛮好玩儿的。"

"是黎群群教吗？"

"不是，是她雇的老师在教，也是国内来的移民，专业跳舞的。黎群群现在都不怎么教课了，在家带小孩儿呢。"徐美美答。

旭蓉蓉吃了一惊，问："带小孩儿？谁的小孩儿？"

"当然是他们的小孩儿啊！你没听说吗？他们从国内收养了一个孤儿院的小女孩儿，才六个月大，好象是从浙江收养的。黎群群推着孩子去过一次舞蹈学校，白白净净的，大眼睛，好可爱的小女孩。"

旭蓉蓉看徐美美说"好可爱"三个字嗲声嗲气的，走上前一步，小声说："我看你很喜欢孩子，还等什么？赶紧要吧！你俩的孩子一定好看，人家都说混血儿的孩子漂亮又聪明。"

徐美美挑了挑眉毛，娇滴滴地说："我怕吃苦啊！我看你们带孩子都好辛苦！"

旭蓉蓉无言以对，耸了耸肩膀。问："我老外同事从中国收养孩子要排两年队，还要交不少钱，怎么黎群群他们这么快就收养到了？"

"听说是她变性之前就排着队了，她同性恋好多年了，可能早有打算，我们都不知道罢了。"

"不知道他们怎么带孩子，黎群群自然是妈妈，教授做爸爸。"

"我看黎群群做妈妈很像样子的，一句一个'甜心儿'。她大概天生就该做女人，可惜还得受罪把那个割了。"徐美美捂嘴笑着，撇了贾易生一眼。贾易生正好一锹下去，很不得力，弯腰去揪那块草皮，草皮下面的塑料网筋筋缕缕地连着泥土不肯脱离土地。徐美美咯咯咯笑起来，说："老贾，你挖地一点儿都不像，没当过农民吧？"又转头对旭蓉蓉说："蓉蓉，你老公是赚大钱的料，一看就不是干苦力的，你舍得？花点钱雇人干算了，费这个力呢！买得起宝马 SUV，雇不起人吗？"说完，扭搭扭搭地朝自己的车子走去，挥手道别。

旭蓉蓉等徐美美的车开远了，才又蹲下给贾易生打下手。贾易生说："你这个同学真是一景，说话不中听，打扮得像个妖精，又不好看，还挺自以为是的，也就老外能和她过，换个中国人谁受得了她这样的！难怪大威和她离！"

贾易生这三言两语说得叫人心爽，旭蓉蓉伸手过去帮老公揪草坪，嘿嘿乐着说："看来你还是挺善恶分明的，我还以为你们男人都喜欢妖精呢。周锡银还不是被妖精迷住了，才闹得老婆要离婚？"

"周锡银？"贾易生眼前出现了秋苇的模样，心脏抽搐了一下，秋苇怎么能是妖精？秋苇是个好女人，心想事不成，纠缠在情债里罢了，是"男人坏"造就了"女人乱"。他说："周锡银的事儿挺复杂的。"

"他们到底怎么样了？"旭蓉蓉问："他在咱家住的那两天，我还真把对他的坏印象改变了。在咱家他可一点儿过去的张狂劲儿都没了。很有礼貌，还买了两次菜呢。人啊，只有背运的时候才能老老实实，面对现状，脚踏实地。"

"唉！所以人不可貌相，他和他老婆都那么能干，叱咤风云的，谁能想到在婚姻上还是都放不开。人有七情六欲，这个"情"字就是人逃脱不掉的债，不是你欠我，就是我欠你，总不能平衡，于是烦恼不断，是不是？"

旭蓉蓉斜了丈夫一眼，他还挺哲学的。那你我之间是谁欠谁的？我那十来年的辛苦日子，一定是你欠我的了。现在呢，平衡没有？想归想，她没吱声。

贾易生继续说："我去劝玛格丽塔的时候，心里觉得她真可怜，周锡银这么伤她，她肯定是不会回心转意了。谁曾想，这一对就是前世的冤家，今生的夫妻，骨头连着肉，肉连着皮。周锡银从咱家走了不是去住了几天旅店吗？住的魂儿也要丢了。他借口回家拿东西，六尺汉子，痛哭流涕地求老婆啊，玛格丽塔估计也是万箭钻心的难受，一个人守着个豪宅，鬼一样的，新仇旧恨在心里翻滚，能不难受？也就顺水推舟同意了让他在家住，但不跟他同房。这不就给周锡银改正的机会了？周锡银是三天一个大礼物，两天一个小礼物，天天鲜花送到美容厅里，国内的生意也不管了，全力以赴挽救婚姻。撂下几十年的锅铲也捡起来了，家里雇的小时工也不用，自己亲自下厨给玛格丽塔炒菜做饭。据说他们一同插队时，周锡银一表人才，聪明绝顶，那时候物质贫乏，他经常领导男知青从邻村偷鸡偷鸭上树抓鸟下河捕鱼，知青们改善生活全靠他的智勇双全，要没两下子，估计也俘虏不了玛格丽塔那颗骄傲的小姐心。"

"真想不到！"旭蓉蓉感叹道。

"那个年代过来的人，经历过很多酸甜苦辣，感情有很深的基础。这不，现在虽然还不能说两个人和好如初，至少两个人都开始努力挽救婚姻了。你知道周锡银的撒手锏是什么吗？他们的儿子。周锡银把儿子发动了，儿子是玛格丽塔的心头肉。"

"他儿子不是在美国工作吗？"

"为这事儿，最近叫回来了。他儿子医学院毕业了，在美国做实习医师。你猜怎么着？这儿子非要爹妈去找婚姻顾问，上心理咨询课，两人就乖乖听儿子的话去了。上次见周锡银，他说每天要和老婆一起读书，还要做作业。读的书是专门讲男女心理分析的夫妻婚姻补救教材，作业都是促进夫妻相互了解和增进感情的题目，比如学习彼此双方最喜欢什么、最在乎什么、最讨厌什么，回忆两人曾经有过的最甜蜜时刻、最愤怒时刻、最无聊时刻等等，周锡银说很管用。很多往事挖掘出来，两人在回忆中又哭又笑的，美好记忆浮出来，两人都觉得走到今天来之不易。"

有件事贾易生没提，周锡银被诊断为"性瘾"，是对青年女性和多位群交的迷恋，除了心理咨询治疗，还需要配合一些精神类药物呢。

"这么好？！心理咨询师很贵的，我同事里有常年看心理咨询师的，医疗保险可以负担一些，但还是要自己掏很多钱。听说夫妻一起上婚姻咨询课的也不少，梁星说教会每年举办夫妻夏令营，也是有第三方指导老师来帮助夫妻促进关系的活动，很棒的。梁星还想鼓动金齐欣明年一起去呢。"旭蓉蓉说着，心里蠢蠢欲动。

　　"嗯，我发现国外挺注重人的心理健康的，这方面的社会资源也多，各种讲座，各种咨询师，到处可见，似乎满大街都是心理病人。我看啊，心理疾病就是社会太平静舒适造成的'舒服病'。人总要找点儿痛苦，吃的饱穿的暖，社会稳定，环境优良，外界没有可抱怨的了，就只好折腾自己，好好的日子非要整出点儿心理毛病，生活才有点可担心可抱怨可倾诉的，日子才有些起伏和波折，这不是富贵病是什么？如果吃不饱穿不暖，忙于解决温饱，你看人会不会有心理疾病？！"

　　旭蓉蓉觉得贾易生说的在理，都是自己想不到的东西，心下对老公多了一份佩服，也不表现出来，她问："那你说，咱们是不是应该到非洲去生活？吃不饱穿不暖，就不会得心理病。咱们在加拿大，现在奔小康生活了，得心理病也就为时不晚了。"

　　贾易生哈哈大笑起来，带着手套的泥巴手伸过来摸了一下旭蓉蓉的脸，旭蓉蓉跳开，嚷着："干什么，脏死了！"清脆的声音飘在风中，心里的欢乐荡漾在脸上，晨光暖暖地照在两人脏兮兮的劳动衣裤上，安静的街道立刻有了活泼的动感。

　　隔壁二楼窗口窗帘一抖，旭蓉蓉两口子的一切都被里面一双好奇的眼睛尽收眼底。辛迪自从和旭蓉蓉在黎群群的派对上见面不久，就搬进了新居，成了旭蓉蓉紧挨着的邻居。两口子都是在卧春大学读的电脑编程学位，男人叫崔利，在联邦政府农业部工作，辛迪在多元文化署工作，两人生有一子崔强，和丫丫年纪相仿，也在静湖中学上学。辛迪两口子移民十几年了，生活一步步锦上添花，也已进入小车换大车、小房换大房的小康生活。

　　辛迪在窗口看着旭蓉蓉两口子打打闹闹地劳动，心里堵了气。崔利做好饭，在楼梯口叫她下楼吃饭，她也不理。崔利上楼来请，她才嘟嘟囔囔地说："看人家老公，多能干！又会挣钱，又会干活儿！你呢，挣那两个死钱，还笨手笨脚的，啥都不会干。"

　　崔利摸不着头脑，一大早忙活了半天，劈头盖脸就挨了一顿骂，"谁家老公？"他问。崔利天性温和少语，对辛迪的骄横早已习以为常，这时穿着围裙，呆呆立在地当中，像件放错了地方的家具。他低声说："下楼吃饭吧，我做了法式蛋煎面包，趁热吃好吃。我去看看强强起不起床。"

辛迪这才下了楼，仍气不顺，找个这样窝囊的老公，真没劲！桌子上崔利已经盛了一碗大米粥，一小碟北京酱菜，盘子里煎蛋面包摆的方方正正，半只葡萄柚剥好了，放在旁边。她悠闲地吃着，体会着中西合璧的食物在口中美妙的香味儿，心情略好了一些。厨房的落地窗户对着刚搬进来的一户老外家后院，新房还没装围墙，那老外光着膀子在家里晃来晃去的身影清清楚楚，肥肉裹着厚厚的胸口，胸前一层黑毛，肚子有些凸出，大裤衩子在隆起的肚皮下面松松的耷拉着。

辛迪一边目不转睛，一边冲着刚下楼来的崔利说："你看，那老外多恶心！那么难看的身体，还在大庭广众之下晃来晃去！"

"人家在自己家，裸体你也管不着。怎么是大庭广众之下？"崔利说着，拿起抹布收拾锅台。

"我能看见，就是大庭广众之下！你怎么胳膊肘往外拐呢？有本事他别让我看见。"辛迪恨恨地说："你本事越来越大了，我说什么，你反对什么，你怎么回事？"

崔利看了老婆一眼，不再吭气儿。

"你工作又不忙，就不能想办法赚点儿外快？你看旭蓉蓉家刚换了一辆宝马SUV，现在又折腾花池呢，人家贾易生是赚大钱的。这么下去，咱们怎么做邻居？等人家把院子收拾得越来越有样子，咱们多掉价？你工作又不忙，干嘛不想点儿办法弄个第二职业？也给咱家挣点儿外快啊！"辛迪说着，声音越来越高。

崔利叹了口气，说："你小声儿点儿，刚起床怎么就吃了枪药？强强睡的晚，你就再让他睡一会儿觉吧。"看辛迪住了嘴，才又说："咱们怎么掉价了？咱们的房子不是和她家一样大小？花池什么的不是说好了过两年弄吗？房贷这么多，总得慢慢来吧？人家买个好车，怎么掉你的价了？比来比去，人还能活吗？自己过自己的日子，不好吗？你每天有现成饭吃，别人有吗？"

辛迪无言以对，摔了筷子又撂盘子，不知道气往谁身上撒才好。她上楼换好衣服，出了门。

旭蓉蓉的门前已经开出了一块椭圆形的泥土地，贾易生正往一个单轮手推车里装黑土往花池里运。辛迪走到旭蓉蓉身边，说："你家动作真快，都开始做花池了？"

旭蓉蓉笑着答："是，听同事说，木本多年生植物越早种越好，多长一年就是一年的蓬勃兴旺，和养小孩儿一样。所以，今年赶紧先种上一些，希望明年可以开出像样子的花。"

　　"你真有闲情逸致，养花种草这种事，我退休以后才打算做呢，现在哪顾得上这个？这花，好看也是给别人看，有没有它咱都住在咱自己的房子里，不缺粮不少肉。连人还没时间伺候呢，还伺候花？我可不找这罪受。"

　　旭蓉蓉无言以对，笑容僵在脸上，她耸了耸肩膀，转身帮贾易生把小推车里的土倒进花池。

　　辛迪又说："前天和那个'张聋哑'的丈夫聊天，我们在想咱们这一排联合一起做围墙，价钱会便宜不少，你家也加入吧？"

　　"谁是'张龙雅'？"旭蓉蓉问。

　　"你怎么什么都不知道呢？你不是第一个搬进咱们这条街的吗？唉，真够孤陋寡闻的。就是顶头那家巨宅的女主人啊！她是个聋哑人，她爸不知道是在国内发什么横财的，给她这宝贝女儿买了这座房子，她家连房贷都没有，直接付清的。她丈夫是倒插门儿，好像专门负责照顾她，他跟我说他开着一个加油站，雇着人管。那么有钱也蛮抠门的，还要和咱们搭伙修围墙。"

　　旭蓉蓉低头干活，没理辛迪。听这女人说话，气就不打一处来，泼妇做派。管聋哑人叫"张聋哑"，嘴里像长着一支钢枪，一张嘴就东戳一下西戳一下，全世界都成了她的仇人，她的舌头粘上谁，谁就一身不是，咱惹不起还躲不起吗？

　　"唉，我问你呢，你怎么不说话，你加入不加入？"辛迪似乎没看出旭蓉蓉的反感，自顾自地问。

　　"好啊，你们搞定了，我们凑份子没问题！"贾易生在一旁接了嘴。

　　旭蓉蓉斜眼瞪着贾易生，分外吃惊。贾易生只是笑。

　　"那好，你把你家后院围墙尺寸告诉张聋哑的男人，他负责打探行情。回头我让他把咱们街上的人弄个群，大家联系就方便了。"

　　贾易生就脱了手套，掏了张名片给辛迪，他说："谢谢辛迪领导。"

　　辛迪嗔怪地白了贾易生一眼，笑嘻嘻地说："我什么时候成了领导了？"

"你又给人家起名'张聋哑'，又给人家丈夫分派任务，不是领导是什么？我看他家应该给你交税，我们都应该给你上税呢！"贾易生乐呵呵地说着这话，眼睛一直笑眯眯地看着辛迪。那辛迪愣了几秒种，突然咯咯咯地笑起来，说："哎呀，老贾，你可真幽默！"说着扭搭扭搭转身要走，又抛了个媚眼给贾易生，贾易生还是笑，说："不送您了！"

　　那辛迪就又咯咯咯地笑出声来，手捂着嘴巴，夸张的好像腰也要笑弯了。

　　旭蓉蓉等她进了家门，才回头看着笑嘻嘻的贾易生，说："你怎么回事？"

　　贾易生哈哈地笑起来，说："把我憋的！你呀，老婆，太老实，脸上藏不住事儿。这人缺心眼儿，我逗逗她，你也跟她一样缺心眼儿吗？"贾易生用铁锹平着新添的土壤，小声说："大家一起做围墙，会有折扣，挺好的事儿，咱们干嘛不随大流？能省很多心思。辛迪不会说话，人倒热心。这件事儿是为她家利益，也是为大家伙儿的利益，你计较她干什么？就事儿论事儿，咱们合作就是了。邻里之间，能别闹别扭最好别闹别扭，否则一住很多年，低头不见抬头见，多难受？"

　　旭蓉蓉点着头，可想着辛迪说的话和对自己老公轻浮的眼神和举止，仍然有些气闷，她说："我怎么觉得这个人心术不正呢？妖里妖气的，你可少理她啊！"

　　贾易生又笑起来，说："你太小看老公了，别说她那么缺心眼儿的人，就算十个她加起来也比不过我一个老婆，长相、人品、智慧，根本不是一个档次上的，别傻了！"说完，他伸出泥手拍了一把旭蓉蓉，拍在旭蓉蓉高高撅起的屁股上，她正弯腰从新土里捡出一颗石块。旭蓉蓉翻身跳了起来，俩人就一个躲一个追，又闹了一通。

　　旭蓉蓉喜滋滋的，贾易生生意稳定后，全家心情愉快。自从周锡银在家里住了几天，旭蓉蓉尽心尽力地款待客人，夫妻俩的关系就更上了一层楼。日常琐事之外，多了一种童年般的无忌和欢乐，初恋时的依恋和欣赏开始悄悄回到两人中间。

　　"别闹了。"旭蓉蓉停下脚步又捡起铁锹，喘着气问："你见过辛迪提到的张、张什么的那家人吗？"旭蓉蓉差点儿顺口说出"聋哑"二字，话到嘴边又憋了回去，太不人道了，怎么可以这样称呼残疾人？"她家房子是我们这条街上最大的吧，背后还对着公园。那房子要比咱

235

家的房子贵三十多万，加上里面升级的东西，上百万的房子啊，想不到竟然是没房贷的。"

"这几年从国内出来的人，背景太复杂。和你面对面的某位，也许其貌不扬，牛仔裤T恤衫，可兴许就是一个中央领导或者叱咤风云的大明星、大财神的家眷，兜里揣着几辈子花不完的钱，躲到外国找个像卧春这样安静的地方，图了安全、安逸和安心。"

"你说老天爷是不是很有趣？你看，咱们这些健全人每天辛辛苦苦地工作谋生，住个大房子，要背着二、三十年的房贷，可咱们拥有健全人的快乐。那个张什么，有本事住着巨宅，不必为钱发愁，可听不见说不出，活在无声的世界里，多可怜？上天就是不让你十全十美！"旭蓉蓉感慨道。

贾易生笑嘻嘻地看着老婆说："老婆，要不说你聪明呢，活了一辈子，能悟出这个道理的人也并不多。大多人都是这山望着那山高，吃着碗里的，看着锅里的。其实，世界上的事永远是阴差阳错，没有十全。能看到这点，就会活得相对快乐。人生在世，酸甜苦辣、七情六欲一样都少不了，不论你多有钱、多有势，一定不会只有欢乐、没有痛苦，反之亦然，再穷再苦的人，也有欢乐和幸福。所以人万万不可比人，没有可比性！咱就好好过咱的日子，往好处努力，往坏处打算。能达到不以物喜不以己悲的境界，心就平了。"

旭蓉蓉点着头，心里暖暖的，眼神里又多了几分对丈夫的钦佩，她对现在的生活状态很满意。

两人干着活儿，一应一答，时间飞逝而去。到了日上中天，花池已经铺好。宣厚新鲜的黑土堆出一个像样的花床，花床呈葫芦形状，蜿蜒在露台下面。掀掉的草皮塞了满满三个半人高的草木回收垃圾袋。

旭蓉蓉回家看丫丫在电脑上做功课，把剩饭热了热，全家随便吃了，就招呼贾易生一起去郊区植物店买花。

两人的车子刚倒出车道，就和张姓两口子的奥迪车打了个照面。贾易生挥了挥手，按下车窗，两辆车就头挨头地停下来，那边的车窗也退下来，旭蓉蓉看见张姓女子坐在乘客坐上，小鼻子小眼，白白净净的，笑容很干净，就冲她挥了挥手。

贾易生提高声音问："我家隔壁辛迪说你张罗咱们联合做围墙，我家参加，有什么需要我们的地方请别客气！给，邮箱电话都在这上面。"说着，贾易生掏了张名片递了过去。

"好啊好啊，我叫傅奇，以后做邻居，多多关照！"傅奇说着，也递上了自己的名片，又说："我太太张阳阳，耳朵不好，也请你们多担待，别以为跟她说话她不理，她是听不到。"傅奇说着扭头看了看太太，目光温和体贴，算是做了介绍。那张阳阳就隔着两个男人，冲旭蓉蓉甜甜地笑。

往郊区开去的路上，旭蓉蓉说："这对夫妻，看着面善。"贾易生点头称是，说："钱多钱少本来就不是评论好人坏人的标准，你看傅奇热心又谦逊，看着很有修养，那张阳阳也蛮温和的。"

两人在植物店踯躅了一个多小时。植物店占地面积很大，除了宽大的室内展示厅，还有大面积的户外园林，草本木本花草、果树花树一应俱全。导购是位对各种植物颇有研究的资深园丁，陪伴着一路做着详细介绍，什么花配什么草好看，什么植物适合我们这种北方气候等等，不厌其烦。两口子拖着的大平车上渐渐就摆满了，虽然没买太名贵的植物，算账还是算出两百多块。两人心满意足，运用了几何技巧，才把所有植物塞进车子的后备箱。

天将黑的时候，劳作终于结束。路灯下，旭蓉蓉门前的花池已经像模像样地挤满了植物。有不必开花、叶子就很美丽的玉簪草，白边绿芯儿好似蜡裹了的叶片，直愣愣地种在外圈，穿插种着一年生草本凤仙花，鲜红鲜红的两大片，从四月开春可以一直开到11月霜降。靠墙，一边种了会攀爬的红玫瑰，另一边是会爬墙的淡紫色喇叭花，都用攀爬架固定了，尚未开花，静静地、对称地绿着。中间有夏秋兴旺的八仙大绣球两颗，一颗白色，一颗蓝色，也都没到开花季节，中间插种了一颗矮株的日本枫，叶片火红火红地烧着，被两株绣球的大绿叶簇拥着，皇后一般。沿着花池的坡地边缘，种了满满一圈白色地毯式香雪球花，虽留了发展蔓延的间隙，不甚茂密，一圈自然的白色植物围栏还是自然天成了。多年生木本植物都还矮小无花，可有了香雪球的雪白和凤仙花的艳红，这片花圃立刻生气勃勃起来，即便在路灯下，含蓄的含蓄，妖娆的妖娆，错落有致的美丽刺激得眼睛似乎要流下泪来。旭蓉蓉不顾光线昏暗，取出相机跨拉跨拉地拍了照，说要存档留念，用来和明年发育后的花园做比较。

晚风轻轻撩着，旭蓉蓉站在自家车道边上，用外人的目光注视着黄昏中自家的房子、草坪和花池。干净漂亮，甚至精致到位。一楼起居室窗口里泄出柔和的灯光，因为隔着走廊从厨房射出，那昏暗就难免有些暧昧，好像旭蓉蓉此时的心境。她返身看着这条新街，完工的街道，半裸半就的草坪，一座座独立的房屋和屋子里各种各样的人生，静静地伫立在晚风的混沌之中。

肯特穿着运动短裤和紧身衫朝着公园方向跑去，路过旭蓉蓉，轻轻点了点头。

路灯成串地亮着，街道反射出等距离均匀的明暗，有鸟儿在远处的树上鸣叫，亦听得到汽车经过大街时刷刷的车轮声。丫丫房间的灯突然亮了起来，旭蓉蓉微笑起来。静湖，不错。住进静湖区，生活好像女孩儿的成人礼，一切从此赋予了新的意义，一切似乎都在转变模样。

二十、

夏天一到，卧春城的美就铺天盖汹涌而来，你想躲都躲不开。天蓝得扎眼，云白得如刷了漆。沿着高速公路开车，连绵草地绿得直达目光所及之限，黄色蒲公英哗啦啦开得如同撒在草地上的金币。土拨鼠在地洞里探头探脑，肉敦敦的身体皮光毛滑，神情自在悠然。大片小片的树林青汪汪地绿了，漫步在四通八达的林间小道上，时不时可以碰到踏青的行人。松鼠们树上树下兴奋地穿行，眼睛滴溜溜转动，勇敢与人对视，从不着急逃跑。阳光从林端射下，一地斑驳。走在林中，神清气爽，仿佛白雪公主住进了小矮人的家一般安心无忧。

林外也是别有一番新光景，积雪化净，住宅区成片的房子脱掉冬天的昏暗，房前屋后，嫩草出青色，娇花含新蕊。街上溜狗的主人，手中纤绳紧紧拽着，被撒欢儿的狗儿牵着跑，嘴上呵斥着，脸上却笑若春花。街上行驶的车辆少了雪泥的糟蹋，光眉俊眼地闪着亮光。天空似乎高了很多，一切都敞开了，装不下一丝阴影。春天一闪即过，直接从冬天跳级到夏季。锻炼的人们脱掉厚重的冬衣，直接把胳膊大腿光光地裸露出来。憋了一冬的目光，落在那些鲜亮的皮肉上，整个世界都轻装上阵地兴奋起来。

孩子们在自家门前三三两两玩着旱地冰球、篮球，大人也在院子里忙碌，栽花的、割草的，给孩子们当裁判的，三两邻居闲聊的。天长了，公园里孩子们的笑声，晚上七八点钟仍不止息。如果在静湖区的公园小憩，你会看到沙坑里秋千上的孩子，一群一伙黑头发黄皮肤的小脸儿，迎风笑着，叽叽喳喳的说笑声挡不住地往你心里钻。

早九晚五的人们闷在房子里辛勤工作，外面的艳阳天小挠子似的挠着人们的心思。被人们的热切盼望烧灼，时间跑了起来，周末似乎到来得快了很多。大家小口、郊外踏青啊、开车远游啊、登山入林啊、木舟独钓啊、包个木屋回归自然啊，诸般亲近山水自然的活动，就你刚唱罢我登场地热闹起来。平日的紧张融化进碧草青山之巅，琐碎的烦恼消失在云山林海深处。

新移民老移民，在卧春住久了，少有没走入过自然的。四通八达的林间小道横亘在社区的房前屋后，随便散散步，一不小心就走进一片树林。到远一点、更加幽静美妙的国家公园里野营是当地人日久年深的度假方式，移民生活稳定之后，这些亲近大自然的度假方式也渐渐变成了入乡随俗、融入社会的一项必修功课。

五月一到，卧春大学校友联谊会就发出召集校友集体野营的通知。要住在好的野营区，需要提前几个月预订营地。响应积极热烈，有四十多家人报名参加。日子定在八月的"公民日"长周末，两晚三天，周五下午入住野梦湖宿营区，周一返回。

这时，静湖新区已经初具规模，和旭蓉蓉一起买房子的，大多都已入住新居一年有余。虽然旭蓉蓉和梁星只隔着几条街，各自忙碌，也很少见面，看到野营通知，才通了通气。小唐丈夫周凌云是卧春大学的毕业生，小唐、梁星、旭蓉蓉、徐美美和冰儿几家人都报了名。

旭蓉蓉和冰儿早成了知心好友，俩人每月吃一次中午饭。私下里，冰儿想，旭蓉蓉和自己的缘分已经胜过了徐美美，她愿意和旭蓉蓉讲心事儿，愿意在旭蓉蓉面前表露弱点，在徐美美面前却不能。旭蓉蓉像一件贴身的睡衣，徐美美就只能是件派对上的鸡尾酒裙。

旭蓉蓉有一搭没一搭地跟踪着冰儿的中英文博客，两人见面，就围绕着博客内容聊天，博客内容无所不及，聊天内容也就无所不包了。在旭蓉蓉眼里，冰儿的智慧多才、善良真诚，是一道绚丽风景线，照在哪里，哪里就通透地亮了。而冰儿眼中，旭蓉蓉的谦逊赞美、善解人意，是她见过的女人里最完备最温暖的。每次吃完饭，见面的情景和会话都会在冰儿头脑里滞留很久，想着旭蓉蓉的音容笑貌，就像一条加热过的河流从头顶流至脚趾尖，这条河如同蛋白饮料一样补充着她生活的养分，她看着旭蓉蓉的眼神就像看着自己的影子，世界上有这样美丽温柔的女性多好啊。

有时忙碌，两人错过了见面的时间，冰儿就会有几天缺魂少魄的日子，正在工作着，或者正在做着家务，她会突然放下手中的活计，给旭蓉蓉拨电话："你好吗？我刚买了一本书，是讲正能量的，很好的书。我也替你买了一本……谢什么？你和我，谁是谁？……你项目还没结尾吗？我发现一家印度餐馆很不错，我们去吧……饭总要吃的，好不？"她几乎是在恳求了。"好，好，不见不散！"

　　有一次聊起秦男，冰儿说："有时候我觉得我和一个机器人生活在一起。他什么都会做，什么都依赖程序，完美地进行。可是，我感觉不到温度，你懂吗？温度！我们女人最需要的东西！"

　　"你，你不会指上床也那样吧？"旭蓉蓉犹犹豫豫地问着。

　　冰儿没应声，把目光移向了窗外。

　　旭蓉蓉伸手握住冰儿的手，抚摸着说："冰儿，多久没有了？"

　　"一个月。"冰儿小声说。

　　旭蓉蓉微笑起来，突然拍着冰儿的手说："你这个贪婪的女人，是不是到了如狼似虎的年龄了？当年贾易生在中国，我独守空房一守就是半年一载的，如果像你这样，可怎么办？"

　　"可我想啊……"冰儿盯着旭蓉蓉小声道。

　　旭蓉蓉也盯着冰儿的眼睛看，看着看着，就又笑起来，说："你怎么跟芯儿里苦差不多了？"

　　冰儿差点儿脱口而出"我就是芯儿里苦！"，她憋着，只是死死地看着旭蓉蓉，攥着旭蓉蓉的手也紧了。

　　旭蓉蓉不知不觉也把手紧紧地攥住了她，两人盯着。空气粘稠起来，呼吸滞胀，有层雾把两人裹得严严实实，耳鼓里发出嗡嗡嗡细小的鸣响，浓雾之外的一切都朦胧不清。浓雾里只有两对眼睛亮晶晶地闪着，彼此对望，直望进两边的灵魂深处。

　　服务员来上菜，两人才从雾霭中清醒过来，一齐松了手。两人挪动着各自的身体，有一份契约似乎在刚才的一瞬间签字画押，这个契约让两人都成了彼此心灵和身体的一部分。

　　"冰儿，我虽然是个守旧古董的人"旭蓉蓉说着这话的时候，想到大威哥，那时的偷情也是守旧的一部分吗？"可不等于我的心中没有激情和动荡，也不等于我不懂得刺激和出点儿小格时的激动人心。你明白？"

　　冰儿使劲点着头。

"我听同事葛林娜说她用那种工具很好，用不着男人，也能高潮，咱不彻底独立了？福克斯大道上就有一家，我一直不敢去。我们一起去吧，好吗？也许，就解决了你的问题呢？我看着你这样，真心疼！"

两人潦草吃了饭，说走就走，一块新天地就这样打开了。

后来冰儿在电话里说："蓉蓉，谢谢你。真的，谢谢！你想不到它有多么强大，我的郁闷都随它而去！"

旭蓉蓉喜欢听冰儿电话里的笑声，那笑声冰糖水一样清凉解火。有那么一瞬间，她似乎也感觉到身体由燥热紧张到松弛释放的快乐，浑身的痒就那样轻而易举地消失了。

"你还等什么，用用就知道了。"冰儿说。

那天虽然陪冰儿去也买了一件，旭蓉蓉却始终不曾用过，她觉得对不起贾易生，回来就把它藏在冬天的大毛衣里面，几乎忘得一干二净了。

"你说我是不是应该给那个芯儿里苦发个悄悄话，告诉她怎么解决问题啊？"旭蓉蓉问。

冰儿咯咯笑了起来，说："她那个帖子早沉了，她的问题也许早就解决了，你就别瞎操心了！"说完，冰儿用英文说了句"蓉蓉，I love you！"就撂了电话，把旭蓉蓉留在了无边无际的梦幻之中，那个梦境闪着金色的光辉，清风悠悠，碧草青青，一对白衣天使手拉手在波光荡漾的湖水旁漫步，长长的白纱裙摆在草地上划出两行美丽的拖痕，那两个背影无比娟秀美丽，因为她们的洁白，天空显得很蓝很蓝！

旭蓉蓉和冰儿发展着稳定的友谊时，梁星和陆西安的友情也芝麻开花节节高。

梁星听了陆西安的话，暂停了给教会捐款，圣经小组学习也没再在家举办，金齐欣不再抱怨。勇子转到了静湖中学，一个年级两百人，就有一半是"天才生"。勇子虽然也是天才生，成绩却相对较低，男子汉的小虚荣心蠢蠢欲动，怕垫底，知道用功了，游戏仍然迷着，连网的时间却被金齐欣控制着，由不得他。学习成绩基本保证在 85 分上下，虽然离梁星的期望值还有些距离，总还算得上是 A 等生，被卧春大学录取应该无忧。两口子都不是虎妈虎爸型的，就松了口气，忙着各自的一亩三分田。金齐欣乐滋滋地管理着他的房产，业余时间打篮球、组织比赛、和球友们聚会，与梁星在一起的时间不多。梁星越来越热衷教会事务，周三晚上参加社区小组祷告会，周日去教会崇拜，崇拜完照旧到陆西安的家里接受单独圣经辅导。

梁星和陆西安两人在一起的感觉越来越舒服自然，像兄妹，又像同性挚交。梁星照旧经常给陆西安烧饭煮菜，到了陆西安家随便得像在自己家。梁星有种神圣的信念，陆西安这样灵命高尚之人常年为教会做义工，回到家却忍受着孤独寂寞。她为陆西安服务，就是间接地服侍主，是学习在主里互助友爱的一个步骤，何况陆西安还带领她学习圣经的真谛，有着很多精神付出。一年来，自己的进步突飞猛进，陆西安的功劳不可抹灭。能给他烧点热乎饭菜，算是一份微薄的回报！私下里，她甚至想，如果陆西安需要她的身体，她也会无私地奉献出来，这么爱主的人应该得到神的赏赐，也许她就是神赏赐给他的礼物呢？比起耶稣为解救人类的罪孽在十字架上所流的宝血，把自己渺小的身体奉献一下，又算什么呢？这么想着，她就会浑身燥热不安起来，她赶紧诅咒自己的低下，陆西安是神圣的，灵魂被神的灵光冲刷洁净，纤尘不染，怎么会想这种恶心事儿？自己真是太低级趣味了。

　　梁星哪里知道，每次她去陆西安家前后，陆西安都需要一番灵魂与肉体的争斗。他跪在地上祷告祈求，恳求主帮助他克服对肉欲的向往。可那个魔鬼，无比强大而坚韧，仍然肆无忌惮地来攻击占领他。他憎恨自己的软弱，他厌恶自己的低下。没有一次他不渴望这个单独圣经学习过程中，发生些意外的事情，虽然，一次次，什么都没有发生。

　　他渐渐地习惯了这样一个温馨的下午，他在这个下午结束的时候开始期盼下一个周日。他对梁星的想念，似乎在想念一个笼统的概念，这个概念是一个温暖女人的朦胧身影，她可以烧出香气袭人的饭菜，可以问寒问暖，可以说话解闷儿，当然也可以搂着抱着翻云覆雨。每当他陷入对这个影子的想念，他就几乎忘记了梁星的具体模样，他沉浸在这个概念里不可自拔。有时他看着梁星的目光变得朦胧，梁星就捅他一下，声音温柔起来，奶油一样柔软："唉，发什么呆？"说完，梁星就把刚给他剥好的橘子瓣递到他手里，一瓣儿吃完，再递一瓣儿。很多次，他想伸手把梁星揽进怀里，却往往让自己坐得更远，要么干脆站起来走开。他不允许自己被撒旦引诱，他必须拒绝这样难耐的诱惑。他半曲着身体，把中间的挺立隐藏在弯腰驼背中藏匿。

　　教会结束，梁星要去买菜，总会耽搁一些时间。他想出一个非常有效的具体措施，一到家，他就打开电脑，看着 A 片，让自己放掉。放掉的不仅仅是生理压抑，还有心理上的渴求。他一如既往地咒骂自己，一如既往地请求上帝原谅。之后的他，就能够比较松弛地面对梁星了。

有一次，梁星给他熬了极为香甜的八宝粥，他喝得太高兴了，说："来，让我们为你的伟大厨艺拥抱一下！"梁星楞了楞，就伸过臂膀，两人紧紧地拥抱着，心潮澎湃。那一刻，他的心虽然加快了跳动，身体却因为提前的准备工作而疲软得恰到好处，毫无尴尬。很快，他松开梁星，说："谢谢你给我带来的这一切！感谢主！"前半句说完，梁星的脸红了起来，可听到后半句，她就惭愧地低了头。陆西安把一切都归功与主，我，我，我却总有非分之想，我，太恶心了！她无限自责。陆西安却突然皱了眉，他痛恨自己的虚伪，又陷入深深的彷徨。我，我为了主，难道真的需要压抑人性的原始欲望吗？主为什么这样折磨我，就是为了让我见证他的力量？为了让我成为宣扬他的真道的活见证吗？难道主会给我大卫王四十年漂泊的苦难？难道他要给我约伯失去一切的悲惨？我还需要面对多久这样的考验？我能坚持吗？

　　教会生活持续着，梁星的家庭生活持续着，陆西安的单身生活持续着。两人就这样维持着十分亲密又相当疏远的朋友关系。

　　一切都在悄然中按部就班，大家的生活和静湖一样安静，世界却在表面的静谧中日新月异。静湖春暖花开了，静湖烈日炎炎了，眼中的一切都明亮得洗过一样，八月的公民日长周末说到就到了。

　　野营的长周末，天高云淡。营地坐落在卧春往东两百公里的哈岗国家公园深处的野梦湖宿营区。国家公园由绵延起伏的低矮山脉组成，山上披着参天树木织就的绿衣，各类枫树和松柏形成自然层次，远看是一卷卷随便拼搭起来的绿布，织出深浅不一的图案。车道是人工开拓出来的两条反向单行车道，黑色路面被两侧树木夹裹，形成绿衣上一条黑色宛带。据说，这样的缎带从东到西纵横穿越整个国家的无数国家公园。山高的地方，道路盘卷着延山边绕上去，平坦地段，顺着山势延伸，缓慢前行。上过坡，便是下坡。汽车行驶在下坡路上，最让人心旷神怡，向下的视觉总比向上的视觉宽敞幽远。天，在树梢上铺开，开下去似乎开进了天空，树木快速地飞逝而去，更多的树木却又从两侧迎来。人便有了幻觉，道路和时光一样，无休无止，过去的不再，未来的无尽，现在的，来不及拥有便消逝了。

　　车里塞的满满当当，除了帐篷行李、锅碗瓢盆、油盐酱醋，还载满了全家老小的笑语喧哗和度假的兴奋。孩子们坐在后座上，有的叽喳，有的安静。安静的多半忙于手中的游戏机，小脑瓜儿早和外界失去链接，身和心都沉浸在虚拟世界的精彩竞技之中。母亲就会暂停和父亲说话，回头提醒："别再玩儿游戏了，玩太久了，看看窗外，休息休息眼睛，景色多好看！"那孩子嘴上应着，等妈妈扭转头，又开始埋头奋战，窗外的美景，在孩子的眼里终究敌不过巴掌一块屏幕的魅力。

有几家结伴同来的，也有单独行动的。下午五点之后，人们陆续到达营地，天还没黑，帐篷已经东一座西一座点缀了树林。定的早，四十几家占了湖畔景色最美的大部分营地，每家营地除了可以停下两辆汽车，搭建两座帐篷，还有篝火炉，长长的原木野餐桌。营地是森林中开发出来的，营地之间隔着未砍伐的高大松柏树，夹杂着低矮密集的野生灌木，隐私空间就一圈圈生成了。隔着树墙，看不到彼此身形，帐篷内外的谈笑却传到了好几个营地之外。天黑下来，篝火点燃，在林中间隔地亮着，地上的星星一般，火苗在风里抖着。相邻的几家大多是相熟的，安顿好了，大人们就凑到一起。孩子们早结伴疯玩儿起来，林子里的人声伴着夜莺的啼鸣，在篝火边聚集着。

梁星家的营地，面对野梦湖宽阔的湖面，天虽然晚了，湖面上还有时不时呼啸穿过的快艇，有人在艇上高声快乐地喊叫。篝火燃起来，树影摇曳，篝火边的沙滩椅早围了一大圈，这时坐满了人。被火苗照着，人们的脸半明半暗，丑的美的都同类化了，皱纹隐在夜色里，每张脸都年轻而神秘地影影绰绰。男人们时不时往篝火炉里加着带来的木柴，有一搭没一搭地聊着什么。女人早按耐不住八卦的热情，椅子围成圈，梁星、小唐、旭蓉蓉、冰儿，还有另外两三校友家属，喝着梁星沏好的普洱茶，抢着说话。

梁星问旭蓉蓉："徐美美怎么没来？"

"她们明天来，肯特女儿伊莎贝尔今晚有选美比赛，他们全家一起去看。"

"想不到徐美美当后妈当得还挺像样子，肯特条件那么好，她还等什么，赶紧生一个混血吧。"

"贪玩儿吧！她和咱们不一样，那是活自己的人，我们呢，活家庭、活别人。"冰儿答。

旭蓉蓉转身问身边的冰儿："冰儿，我看肯特天天跑步，徐美美跟黎群群学跳舞，两人的小日子又健康又滋润。人家离婚又结婚的，还真选择对了，是不？你说，'白头偕老'是不是过时了？"

冰儿微笑说："你和我，就适合一条道走到黑，夫妻终身制，绝不下岗。生为同衾生，死当携手归。大不了引进一个不会说话只会做事的第三者。"说着两人互相看着咯咯乐起来，心照不宣。冰儿接着说："而徐美美，就适合山外名山楼外楼，攀高登远永不休。"

"什么，什么？你们在说什么第三者？徐美美怎么了？"梁星凑了过来。

冰儿答："改朝换代了，我们说现如今，原配不如再婚，在国外没条件搞'妻不如妾，妾不如偷，偷不如偷不着'的把戏，就离了再结，也是时尚呢。徐美美现在不是很幸福？我们却是古董，赶不上新形势。梁星，咱们都是一个阵营里的，拖家带口来野营的都是现代古董。"

梁星的眼前突然出现了陆西安的身影，和两人促膝学圣经时坐惯了的那对沙发。隔着篝火她看到金齐欣正和周凌云聊着什么，眼神就呆了呆。金齐欣已经三周没有和她成功亲密了，周六例会两人照旧搂着说话，可金齐欣总是起不来，有一次起来了，没开始动作就莫名其妙地泄了，还说痛。有一片乌云停在两人之间，说轻很轻，说重又很重。两人似乎都不太在意，她说："都累了，早点睡吧。"金齐欣答："是，打球打的腰痛，睡了！"两人就松开对方，并肩睡了。她没有很多失望，她甚至下意识地希望金齐欣继续如此这般，自己和陆西安的周日圣经学习，就不会有太多的负罪感。这种古怪的情感，在冰儿的哲学里算不算得上古董？

旭蓉蓉说："还真是。黎群群连孩子都领养了，做妈妈幸福得不得了。徐美美和大威哥离了婚，各自也都过得不错，不知道大威和那个小留怎么样了。这次大威会来吗？"

梁星说："你们也知道大威和小留好上的事儿？那天我在中心商城碰到大威哥，他和一个小美眉在逛街，说马上要结婚了，我看那小女子挺着肚子呢，拎着孕妇店的服装袋，装的满满的。大概有五六个月了。"

旭蓉蓉和冰儿吃惊地叫了起来："天，世界发展太快了！这样啊！"

小唐端着切好的西瓜走过来，一一给大家递着，说："日子可不是快吗！知道秦封雨吧？上个月已经生了，男孩儿，八磅半。"

"你去看过了？我还想是不是应该等过了满月再去看呢。"梁星道。

"还什么满月不满月的？我看秦封雨身体好，学了西人，她生三妞时就只坐了半个月的月子。这回嫁了亚历山大，一周不到，就开车出门买菜了，拎着孩子四处跑。"小唐答。

"小唐，秦封雨很久不来教会了，是不是不算咱们教会的人了？听亚历山大讲他们有时候去天主教会。"梁星问。

"只要信着，就好吧。神会保守她们一家的。去哪个教会倒是次要的！"小唐微笑着说，声音温柔舒缓，风一样抚弄着。

冰儿看着小唐小小的身体端着大大的托盘，温柔的面孔在人们面前持久地微笑着，就停了说话，专注地看小唐。听小唐说到神，她扭头轻声对旭蓉蓉说："蓉蓉，我在想，你我是不是该去去教会？你看这些基督徒身上的温柔喜乐，真是装不出来。我看小唐只要开口，就没有不笑的时候。还有梁星，变化多大啊！原来那么骄傲的一个人，现在连说话声音都变了，东北口音都改没了，快变成吴侬软语了。"

旭蓉蓉哈哈笑了起来，指着梁星说："梁星，冰儿说你信主连东北口音都改了。"

"呵呵，是啊，这么好的事儿，你们也加入啊！"梁星说着，起身帮小唐收拾瓜皮。

男士们也都在吃西瓜，梁星收瓜皮时听周凌云对金齐欣说："你呀，真沉得住气。"

两人见梁星来了，都住了嘴。梁星说："凌云你家的瓜在哪儿买的？特别甜。这儿，瓜皮扔这儿。"

周凌云把瓜皮放进梁星手里的垃圾袋，说："谢谢。小唐买的，买了三个大的，够咱们这几天解暑了。"

野餐桌上的孩子们突然发出了很大的喧哗声，夜立刻动荡起来，男男女女都扭头看，只见秦男率领着几个男孩子拍着手笑，桌边的煤气灯在笑声里轻轻抖动。几个女人起身过去看，原来是玩儿国际象棋。秦风带了一个小孩儿做徒弟，大获全胜。旭蓉蓉说："有其父必有其子啊，你儿子棋艺高强，看当爹的乐的。"她胳膊肘捅了捅冰儿，说："能带孩子玩儿的父亲，一定是好父亲，你的福气。"

冰儿淡淡笑着，不吭，眼神里的柔波在老公和儿子身上转来转去。

天完全黑透了，篝火弱了下来，人们约好了明天去湖边陪孩子玩儿沙，然后晒太阳、走树林。中午是百家饭的大聚餐，活动日程都是提前通知的，各家也都准备了拿手易携带的好菜，少不得彼此交流一番。说罢，各自寒暄而散。

贾易生有个重要客户要见，周五没跟旭蓉蓉和丫丫一起来，周六再搭别人车来。旭蓉蓉家的帐篷是金齐欣帮忙搭起来的。旭蓉蓄和丫丫手拉手往自家营地走。营地的公共淋浴间门口闪着昏黄的灯光，几个人拎着淋浴袋在排队。经过的营地，有的已经漆黑入眠，有的仍然笑语喧哗，还有一圈七八个人打扑克正打得热火朝天，另有一家支了麻将桌子，还在煤气灯下哗啦哗啦地推、摸、胡。

"丫丫，你说说出来野营有什么好处？"旭蓉蓉问。

"远离都市，接近自然。远离假网络，贴近真生命。"

旭蓉蓉在黑暗中满意地点头，孩子大了，什么都明白。"没有网络，受得了吗？"

"今天是第一天，还没感觉到，明后天可能就不习惯了。不过，我好多同学都来了，今晚玩儿得好开心，我不会闷的。"

帐篷是贾易生新买的双房超大帐篷，金齐欣早帮她把双人充气床垫充满了。营地边上有个伸出来的简易水龙头，三四家公用。这是有电源的营地，丫丫带来的收音机还在播着音乐，旭蓉蓉伸手关了，两人简单洗漱之后，肩并肩钻进睡袋。丫丫两分钟就沉入睡眠，旭蓉蓉却翻来覆去睡不着。

林子里已经安静下来，白白的月光透过高大的树影从帐篷的透明塑料窗里射下，在丫丫脸上落下斑驳光点。旭蓉蓉伸手把一缕头发从丫丫脸上拨开。多久没有跟孩子一起同床睡眠了？她静静地盯着孩子安详的睡脸，柔情，水一样淹没了她。

床垫和睡袋都很舒适，她没有感觉户外躺卧的不适，让她清醒的是不一样的空气和不一样的心情。生活越来越好，日子却想倒着过。旧社会是草房子拆了盖泥房，泥房拆了盖砖房。如今呢，砖房住惯了，就要搬出来重温原始、回归自然，过一过天当房地当床、没有电视电脑、没有网络的日子。人，真折腾。

那一刻，她非常想念贾易生，她想象着和他在这样的树影下做爱是什么滋味，竟脸红心跳起来，她后悔没带上"第三者"。买了那个东西，一直没去使用，冰儿总说好，她才试了一次，那巨大的响声和巨大的刺激都把她吓坏了，还没等完全体会它的妙处，她就快速地把它收藏了。背叛丈夫的羞耻感仍缠绕着她不放。冰儿说："我们是自己身体的主人，丈夫不是这个身体的主人，是不是？"她明白冰儿的意思，可每天和贾易生生活在一起，她就是觉得这样做不太对。那天，唯一的一次尝试之后，她几乎无法正视贾易生。

她想起刚才几个女人的对话，微笑起来。自己是良家妇女，冰儿、梁星、小唐、秦封雨，甚至黎群群，无一不是。这就是国外的平淡生活造就出的中年移民女性，工作着，早九晚五，生养着，尽心尽力。一切都单纯而简单，没有国内的激动人心，也没有条件朝三暮四，更没有机会大起大落。平淡的社会，平淡的人生。无大富大贵，却衣食无忧，无显赫声名，却平静安乐。

她的脑子里闪烁着熟人们的面孔，除了大威哥，似乎都落脚在静湖区了。即便大威哥，也是幸福的，都快做父亲了。她由衷地开心起来，那面大威哥送她的土耳其小镜子只快速地闪了一瞬，就消失不见了。有情人终成眷属，正是她期望的美丽结局。

夜，静得只能听见自己的呼吸声。旭蓉蓉终于沉入睡眠，那缕月光从丫丫脸上转到了妈妈脸上，长长的睫毛下，盖着一个安详的梦境，那个梦和丫丫的梦一样，充满滋味又不合逻辑，却持续地进行着……

清脆的鸟鸣比晨光更加性急地翻开了新的一天，树林里的小径五点多钟就有了零星早练的身影，彩色运动衣穿梭在树木中间，水墨画里随意滴入了几点运动着的颜色。脚步踏在泥土小径上的声音沉闷拖沓，身姿却是矫健轻盈的。没走多远就远离了营地，小径越来越深，树根粗细不匀，支棱八叉地横贯小径，登高爬低，就好象踩在树根搭起的台阶上。

旭蓉蓉和冰儿走在小径上，高一脚低一脚。旭蓉蓉说："冰儿，你怎么能这么早醒呢？我听到你捏着嗓子在帐篷外叫我，还以为在做梦。"

"我心里有事儿，总睡不好，何况我觉少。难得咱俩可以这样尽情地呆在一起走路、说话，等大家都起了，要张罗大人孩子，哪还得空。"她脸上闪烁着兴奋，眼神明亮清澈，说着，她停住脚步，转身抱住身后跟上来的旭蓉蓉，嘬地亲了一口。旭蓉蓉恨恨地笑着，用手背擦了一下脸，举起拳头就打："坏人，怪不得要赶着没人的时候，方便你耍流氓！"两人就追追打打起来，都跑累了，才气喘吁吁停下来。两人找了一块面对湖面的密实草坪，顺势坐了下来，背靠着背。

眼前的美景令人窒息。沿岸的芦苇，士兵一样排着队守护着湖面，芦苇除了麦穗样金黄的叶片，还夹杂着指头粗细的褐色香蒲，额头的金钗一般，把晨光分割裁剪。湖面仍然静着，远处对岸的零星房屋依山而建，似乎专门涂了鲜艳的色彩，红的、黄的，掩在翠树绿茵之中，儿童积木一样。船屋舌头一样伸进湖水，里面的小船随着清风缓缓地摇着。背后的大山在晨光里鲜嫩无比，高高地往天上伸展着，无边碧绿。

"真美啊！"两人不约而同地说，说的太整齐，约好了似的，就都笑起来。

"冰儿，我昨晚想，人类真是会折腾，有了高楼大厦，就思念原始和自然。你说，我们是不是很幸运，可以生活在这个天高地远，树木成林，绿草成坡的国家，想接近自然，两个小时就如此接近，如果在国内，怎么敢想？"

"是。所以国内想移民出国的人也越来越多，追求新鲜空气和无毒无害食品，应该是一个重要原因。"

"你有一篇文章写到，老了要回中国去做义工，是真的？"旭蓉蓉问。

"当然了，到时候你也跟我去好不好？我想去山村里教孩子们读书，我们一起开办一个学校，每天和村里淳朴的孩子朝夕相处，吃五谷杂粮，饮山泉，嗅清风，在山上奔跑，在田野歌唱，你想想，那是怎样的生活啊？"冰儿说着，兴奋起来。

"孩子不管了？老公不要了？"

"蓉蓉，你我这样的人，一生努力工作，巧手持家，娴熟温良，把我们的青春贡献在生计和相夫教子上面，什么时候能甩开顾虑做一点自己想做的事儿？退休了，孩子大了，有了自己的生活，我们难道不可以去实现一点理想吗？业余写作和全职义工，就是我退休以后的理想。人活得有些意义，对社会无愧，也让自己开心，多么好！"

旭蓉蓉把头扭过去，脸凑上去贴了贴冰儿的脸，胳膊环绕起来，把冰儿搂得紧紧的。"你真好！我加入你！到时候，咱们的老公，如果愿意加入我们，就加入，不加入，咱俩就结伴回去。一言为定！"

冰儿也伸出胳膊搂紧旭蓉蓉，两人都微笑着，目光接着目光，如两颗星星撞击出的火花。冰儿说："让眼前的美景，做我俩的证人，一言为定！"

两人回到营地时，已经炊烟缭绕，除了准备早饭，人们也开始为中午的聚餐大显身手。野营地的条件有限，人们带来的厨具五花八门，有电炉子，煤气炉，炭火炉等等。有心的人们早做好了半成品，酱牛肉、三鲜面、越南米粉卷、凉拌素什锦和包子饺子，只等中午聚餐前该热的热热，该拌的拌拌。

太阳恐怕赶不急似地往天顶冲，不到十点，天空已经亮得睁不开眼，女人们的阳帽和墨镜就都上了脸。空气里悠然地飘着湖水潮湿的味道，说热就热了起来。大人小孩都裸露着四肢，露出尽可能多的皮肤。湖边早已挤满了人，堆沙堡挖沙道的，打沙滩排球的，泡在水里打水仗的，游泳的，躺在水上气垫上晒太阳的，沙滩椅上支着阳伞看书的，卧在沙地上闭目养神的。

中午不到，湖滨阳棚里的野餐桌已经连成一串，各色各样的桌布把桌子点缀的五颜六色，渐渐地桌子上就堆满了美味食物。除了食物诱人，各式灶具也竞相媲美，玻璃烤盆、印花搪瓷大碗、不锈钢凉盘、木雕水果架，粥啊汤啊，则盛在慢炖锅、高压锅、焖烧锅里。远远看去，高高低低，姹紫嫣红，煞是好看。就有人吧啦吧啦地拍照片。人们渐渐地聚集起来，一眼望去有一两百人。

卧春校友会的执行会长是金齐欣球队的成员，名叫赵安平，奔六十的人了，还非常活跃，在国防部研究中心做工程师，热心有能力，被力推为会长，类似的大型聚会都是他张罗组织。完全的义工，虽然是个费力不讨好的差事儿，他却从不抱怨，几次提出换届，总没人响应，也就一路做了多年。

此时，赵安平站在一张桌子上，拿了个喇叭吆喝着，等大家安静下来，才说："各位父老乡亲！"人群里一片笑声，他等大家静下来，又说："咱们为着一个共同的目标走到一起来，"人们又笑。"这个共同的目标，就是在异国他乡创建一个平安、快乐的生活！"人们点头称是。"咱们卧春大学的校友，在卧春城的华裔移民中堪称中流砥柱。学成之后，遍布各行各业。卧春城的高科技领域和政府部门，大概有一半是我们卧春大学的毕业生吧？"有人喊："超过一半，远远超过！"赵安平说："苦尽甜来，读书时的头悬梁锥刺股，换来了现在稳定平安的生活。这些年，大家五子登科，"有人问："什么'五子'？"立刻有人答："学位帽子，赚的票子，娶的妻子，养的孩子，住的房子，开的车子……"人们就乐，说多了一子。赵安平接着说："咱五子、不、六子登科之后，生活日新月异。学生贷款都还清了，房子越住越大，车子越开越好，孩子越来越多……"人们又笑。"融入主流社会，已经不是什么梦想，是现实！都知道咱中国移民喜欢买大房子，开好车，咱白手起家，短短十来年，已经过上了本地人民几代人努力之后创建起的生活，生活水平丝毫不比他们差，是不是？"人们高声称是。"咱是用咱的勤劳、咱的踏实、咱的智慧、咱的脚踏实地换来的幸福生活，是不是？"人们欢呼着说是。"现在，有清风绿水碧草青天，有平稳安定和谐的社会，有公平健康民主的人文环境，生活好不好？"人们大声喊好。"看看桌上丰盛的食物，看看这些快乐的孩子，看看眼前的绝美景色，再看看你们身边开心的'孩儿他爹''孩儿他妈'，"人们又笑。

"同学们，我们是不是要感谢生活的赐予啊！"人们喊"是"的声音响彻云霄。"有了这一切，我们是不是也要积极地回报社会，为公益做点儿贡献？"人们嘘唏着，有人嬉笑着说："得，有捐款义项了。"

果不其然，赵安平开口说："对，众人拾柴火焰高！团结力量大！最近，卧春城的华人社团要联合购买市中心银座街的教堂，成立一个华人文化中心，为我们卧春华人组织、提供各种文艺体育活动，这个想法好不好？"人们鼓掌。赵安平就招呼几个小留学生拿出一个登记簿和大大的捐款箱，说："今天聚餐，除了吃喝玩乐，就是希望大家踊跃为华人文化中心捐款，捐一百元以上的，等买下教堂，改建中心时，名字会镶刻在墙壁上，捐十元以上的，都有退税收据。对不起大家，吃饭之前先捐款，希望可以帮助消化。"人们又笑。"现在人齐，先把这件正事干了。捐完了，咱们就开饭，大家开开心心吃，开开心心玩儿！"

赵安平说罢，从桌子上下来，带头捐了三百，人们就陆陆续续上前捐款，都想雁过留名，大多数人家都捐足了一百元。一个留学生认认真真地登记名册，另一个给人开收据。

这边孩子们已经取了一次性盘子、勺、叉排起了长队，准备领取食物，就有不少母亲们自告奋勇地在桌边帮忙，梁星和旭蓉蓉一边帮忙，一边聊天。梁星说："这个赵安平真是个了不起的人，据说业余时间全都在做义工，听说咱们每次的校友聚会和活动，他都自己掏腰包，都是工薪阶层，多不容易，真是一个全心为公的好人。有人告诉我，为了张罗这个文化中心，他还准备把自己的房子再抵押，申请银行贷款呢。"

"是呀，有了这些人，咱们真是相形见绌了。能捐一点儿就捐一点儿吧。"旭蓉蓉答。

"我家捐了一白，金齐欣去捐的，你呢？"梁星问。

"也是一百。我倒想多捐呢，最近刚给心脏病研究中心的马拉松赛捐了两百，有点儿吃不消了。"

"嗯，明白，太多慈善机构要捐款，电话我都不敢接，十个电话有九个是要捐款的。"

"你还得给教会规律捐款，是不是？比我们捐的更多些。"旭蓉蓉说："丫丫去教会青年组，也都带些现金去捐呢，都是我们给她的零花钱，她说以后赚钱了，还要多捐呢。"

"丫丫真懂事，现在她都是教会的青年骨干了，我看她还经常在小孩主日学里帮忙！"梁星说着，脸上有些泛红，她想到自己已经有近一年没有给教会捐款了，心里对金齐欣很不满意，眼睛就在人群里寻找丈夫的身影，看他正和几个校友在湖边坐着说笑，才收了目光，就突然有些想念陆西安。幸亏陆西安不是卧春大学的校友，否则，那会是什么情景？这么想着，她的脸就艳艳地红起来。

"蓉蓉、梁星，看大威哥在那儿呢！带着他的小女友。看！"冰儿跑过来跟旭蓉蓉说。

梁星和旭蓉容就都顺着冰儿的目光望过去，只见大威哥正在对面餐台旁跟几个校友介绍小女友。那女子笑若春花，穿着粉色碎花儿孕妇裙，和大威哥身上的粉色 T 恤衫搭配的十分和谐自然。

"徐美美还没来？不知道他们碰到会怎样。"梁星小声说。

"谁说她没来，我刚刚还跟她和肯特说话了。这妮子从来拿得起来放得下，才不会对大威哥感觉尴尬呢。何况现在两边的小日子过得都不错，不计前嫌，是最好的态度吧。"

几个人取了食物，找了一颗树下阴凉处坐下，正吃着，徐美美拉着肯特扭搭扭搭走过来。几个人就都起了身，跟肯特用英文打招呼。肯特用中文说："你们好！"大家就都笑，夸奖徐美美训练肯特有方。徐美美笑说他只会这一句，大家就都礼貌地变了英文，问伊莎贝尔的昨晚的比赛如何，听说赢了第三名，又是一番恭喜。比赛完，伊莎贝尔就被母亲接走了，徐美美和肯特这才赶来参加野营。

冰儿把徐美美拉到一旁说："大威也来了，带着小女友，都怀孕了。你看！"

大威正回头望过来，两人的目光就咚地撞上了，又倏地都躲开了。徐美美就有些恍惚，她的目光紧紧跟着大威女友的肚子，心中五味酱瓶翻了一片。冰儿就扯着她去桌上拿食物，没成想大威竟拉着小女友过来了。大威满面春风地对徐美美说："美美，你还是这么漂亮？！"徐美美穿着一件白色印花连衣短裙，头发扎成马尾巴，一对大贝壳耳环夸张地悬在两颊，看起来也就二十出头的样子。大威的小女友大着肚子，齐肩长发随意地披着，反倒端庄优雅地像个幸福的小媳妇。

"我给你们介绍一下，这是罗恩，我未婚妻。这是徐美美。"徐美美楞着不知该说什么，那罗恩已经伸出手来了，笑眯眯地说："我早就知道你。你今天真好看！"

徐美美的脸似笑不笑地僵着，冰儿赶紧打岔问罗恩："几个月了？啥时候生？"

"七个半月了。"罗恩大大方方地答道。

"知道是男是女吗？"冰儿问。

"不知道，我想要个惊喜。男女都好！"罗恩甜甜地答着。

"恭喜恭喜！"冰儿说。

大威哥就拉着罗恩走开，说："你们吃，太多好吃的了，罗恩都等不及了。"他的目光在徐美美脸上划过，脸上带着胜利者的笑容。

直到端了食物在草坪上坐下，徐美美的脸都没松弛下来，"他，他这是向我示威呢！混账！我恨死了！"徐美美恶狠狠地说着，突然眼眶就红了。

冰儿伸手把徐美美搂了搂，小声说："你犯得着吗？"

"不就生个孩子吗，有什么了不起？"徐美美用叉子狠命地戳着一只虾。

"乖了，你跟自己怄气，值得吗？别生气了，快吃快吃！"冰儿说着咬了一口煎饺，夸张地嚷："真好吃！快吃快吃！"

徐美美只是不高兴，闷闷地吃着。

冰儿叹了口气，说："你多心了，亲爱的。这不是最好的结局吗？离了也没变成敌人，该说话就说话，该恭喜就恭喜，多好！你和肯特没孩子自有没孩子的逍遥和自在，别跟别人比，好不好？你看我们拖家带口的，哪个活得有你舒服？哪个有你美丽？别不知足！你昂首挺胸，才能抵消大威哥的牛逼劲。好了，好了，快尝尝这个酸菜鱼，做的真地道！"

肯特也取了食物，过来坐下，徐美美这才舒展了眉头。很多食物肯特都认不得是什么，徐美美一一给他介绍。

"中国人真的什么都吃！每样东西做得出这么些花样，了不起！"肯特惊叹着，嘴里嚼的津津有味。"这个肉丸味道很特别，什么时候你也学着做给我吃？"

徐美美就起身到处打听谁做的肉丸，问着了，拿纸笔记下配方，才兴高采烈地坐回来，挥着手里的纸片嚷着："瞧，回去就给你做，保证让你满意。"刚才的不快，似乎早就忘到九霄云外了。

这时的草坪上一堆一伙儿坐着人，女人们照例聊着食谱和孩子，男人们照例聊着房子、车子和票子。那饭一吃就是两三个小时，等女人们把桌子收了，已经到下午三点钟了。

赵安平又上了桌子，他满面红光，兴奋地宣布："父老乡亲们！你们猜猜今天捐款数额是多少？"人们就七七八八地嚷，"两千"、"三千"、"五千"！

"五千八百七十！"

人们哗哗地鼓起掌来。阳光晒着，人们心里心外，都热烘烘的。

"等咱们文化中心建好了，我们会建起自己的图书馆、乒乓球馆、羽毛球馆、老人活动中心，还会从国内请专业表演团体来卧春城演出。虽然身在异国他乡，我们一点也不会缺少中华文化的熏染和中华文化的氛围。咱们大家同心协力，让这个多元文化的国家里，让这个小小的卧春城里，到处散发着我们中华不朽文化和精神的影响和坚守。好不好？！"

"好！"人们大声嚷着，又是一片轰鸣的掌声。

"好。现在把活动日程贴在公告栏里，今天下午四点半拔河比赛，晚上七点桥牌赛，明天上午沙滩排球比赛。欢迎大家踊跃参加！友谊第一，比赛第二！"又是一片掌声！"想钓鱼的跟咱钓鱼大王老张联络，其他活动自行安排！"

赵安平宣布完了，大家才陆续散了。走树林的走树林，晒太阳的晒太阳，打扑克的、聊闲天儿的，滋润着。湖滨早被孩子们占领了，波光潋滟，水花轻溅，彩色泳衣和裸露的皮肤，在烈日下反射着水光的晶莹。

在湖畔、在草坪、在林中，欢声笑语伴着清风艳阳。碧水青天，远山近林，因为这些快乐的人群，蒸腾着欢乐的躁动，天地似乎进入了青春期。移民他乡的海外华人们，在那个阳光明媚的下午，占据了野梦湖的美景和清新空气，一片草一片叶一样，融合在自然之中。

天空有几片云朵飘过，白色的，灰色的，零碎的，完整的。不完美的天地，散发着完美的和谐气息。

杜杜部份著作书影：

杜杜已经出版的部分书籍

杜杜作品进入的部分作家文集

杜杜著作名录：

散文小说集《青草地》
诗集《玻璃墙里的四季歌》
随笔散文集《杜杜在天涯》　淘宝、当当等中国网站均有销售
中长篇小说集《不吃土豆的日子》　　　　Amazon 国际网有售
短篇小说集《玫红色的埃玛》　　　　　　Amazon 国际网有售
新诗集《上帝之棋》　　　　　　　　　　Amazon 国际网有售
散文集《大路朝天》　　　　　　　　　　Amazon 国际网有售
英文诗集《When a poem speaks》　　　　Amazon 国际网有售
新诗集《一叶书签》　　　　　　　　　　Amazon 国际网有售
长篇小说《中国湖》上　　　　　　　　　Amazon 国际网有售
长篇小说《中国湖》下　　　　　　　　　Amazon 国际网有售
古体诗词集《草色入帘青》　　　　　　　Amazon 国际网有售

Amazon 购书英文搜索词："Dudu Anthology" "Dudu's fiction" "Zhanqing Du" "Days without Potato" "Emma in Rose" "Chess of God" "A Road heading to Sky" "China lake" "When a poem speaks" "Grass shows green" 等均可。

杜杜个人微信号：　　　　butterflydudu
杜杜微信公众号：　　　　杜杜天下
杜杜邮箱：　　　　　　　zhanqingdu@yahoo.com
杜杜 twitter:　　　　　　zhanqingdu
杜杜 facebook:　　　　　Du Zhanqing

www.ingramcontent.com/pod-product-compliance
Lightning Source LLC
Chambersburg PA
CBHW031942010726

47493CB00007B/2045